KB009031

파크애비뉴의
영장류

PRIMATES OF PARK AVENUE: A Memoir by Wednesday Martin

Copyright © 2015 by Wednesday Martin

All rights Reserved.

This Korean edition was published by SAHOI PYOUNGNON PUBLISHING CO., INC.

in 2016 by arrangement with the original publisher, Simon& Schuster, Inc.

이 책의 한국어판 저작권은 (주)한국저작권센터(KCC)를 통한 저작권사와의 독점 계약으로 사회평론에 있습니다. 저작권법에 의해 한국 내에서 보호를 받는 저작물이므로 무단전재와 복제를 금합니다.

뉴욕 0.1% 최상류층의
특이습성에 대한 인류학적 뒷담화

Primates of Park Avenue

파크애비뉴의 영장류

웬즈데이 마틴 지음
신선해 옮김

사회평론

신선해

연세대학교에서 국문학과 심리학을 전공했다. 졸업 후 편집기획자로 일했으며, 현재 전문 번역가로 활동 중이다. 원저자의 의도를 살리면서 한국 독자들이 편안하게 읽을 수 있는 번역을 추구한다. 《개를 훔치는 완벽한 방법》, 《블레이드(1~4)》, 《오빠 손을 잡아》, 《엄마를 기다릴게》 등 청소년 소설과 《사랑의 행위》, 《이상한 나라의 앨리스(with artwork by 쿠사마 야요이)》, 《스타워즈 노블 시리즈: 제다이의 귀환》, 《죽기 위해 산다》 등 성인소설뿐 아니라 《그렇게 한 편의 소설이 되었다》, 《비바 라스베가스》, 《여자끼리 떠나는 세계여행》 등 다수의 실용서까지 다양한 분야의 작품을 번역했다.

파크애비뉴의 영장류

2016년 12월 12일 초판 1쇄 인쇄
2023년 08월 22일 초판 10쇄 발행

지은이 웬즈데이 마틴
옮긴이 신선해

단행본 총괄 권현준
편집 석현혜, 윤다혜, 강민영, 이희원
제작 나연희, 주광근
마케팅 정하연, 김현주, 안은지

펴낸이 윤철호
펴낸곳 (주)사회평론

등록번호 10-876호(1993년 10월 6일)
전화 02-326-1182(대표번호), 02-326-1543(편집)
팩스 02-326-1626
주소 서울시 마포구 월드컵북로6길 56 사평빌딩
이메일 editor@sapyoung.com

ISBN 978-89-6435-931-0 03840
책값은 뒤표지에 있습니다.

사전 동의 없는 무단전재 및 복제를 금합니다.
잘못 만들어진 책은 구입하신 서점에서 바꾸어 드립니다.

블러썸과 다프네,

그리고 세상의 모든 엄마들에게 이 책을 바칩니다.

일러두기
  • 이 책에 포함된 각주는 모두 옮긴이 주석이다.

이 책은 몇 년에 걸친 내 경험을 담은 회고록이다. 일부 이름과 식별 가능한 정도의 상세한 묘사는 변경했으며, 일부 개개인에 관한 묘사도 몇 가지 사례를 합성해 만들었다. 서술상의 이유로, 그리고 특정 인물들의 신상을 보호하기 위해, 특정 사건의 시간대를 바꾸거나 압축했다.

들어가며

/

맏아이를 낳고서 받았던 선물들 중에 유아용 그림책이 한 권 있었다. 어린 시절에 나와 한동네에서 살았고 여전히 그곳, 미시건 주의 한 작은 마을에서 두 아이의 엄마가 되어 살던 오랜 친구가 준 것이었다. 그 책은 내 아들의 출생을 축하하는 한편, 이제는 내가 어린 시절의 그 동네와는 아주 딴판인 뉴욕 시에서 산다는 사실을 의식한 선물이었다. 《도시 아기는 까맣게 입어요Urban Babies Wear Black》의 기발한 삽화를 넘기다 보면 간략한 5분 사회학 강의를 듣는 것 같다. 도시의 아기들이 정확히 어떻게 다른지가 한눈에 보인다. 옷차림에서 시작해(검은색에 세련된 디자인 vs. 분홍이나 파랑색에 귀여운 디자인) 먹고 마시는 것(초밥과 라테 vs. 핫도그와 우유), 나아가 시간을 보내는 장소(오페라 극장이나 미술관 vs. 놀이터)에 이르기까지. 솔직히 아들 녀석보다 내가 그 책에 더 푹 빠졌던 것 같다. 출산 후 아이와 함께 집으로 돌아온 첫 주에만 해도 몇 번을 읽어줬는지 모른다. 심지어 녀석이 낮잠을 자는 틈에도 난 그 책을 붙들고 있었다.

그러다가 깨달았는데, 그 그림책의 매력은 아기의 '엄마'를 엿볼 수도 있다는 점이었다. 그림책 속 삽화에는 산책하고 조깅하고 택시로 이동하면서 아기도 자기 자신도 세련된 도시인으로 만드는 이 엄마들의 매력적인 모습 중 일부만, 이를테면 아찔한 하이힐이나 멋들어진 개목걸이 정도만 살짝살짝 나온다. 아들에게 책을 소리 내어 읽어주는 동안 나는 삽화 속 도시 엄마들의 매니큐어와 모피로 된 아기띠를 자세히 들여다봤다. 정말이지 이 여자들은, 세련된 아기와 함께 화려하고 멋있게 등장하는 그녀들은 과연 누구인가? 하는 일은 무엇이며, 어떻게 해내는 것인가?

그녀들을 더 잘 알고 싶었다. 내 주변의 엄마들, 맨해튼의 다른 엄마들을 더 이해하고 싶었기 때문이다. 나는 가족생활의 역사와 진화 초기 역사를 주로 다루는 사회연구가이자 선진 서구 환경에서 아이를 키우는 엄마인데, 나의 육아 방식은 내가 연구하고 기록하는 사람들의 방식과 절대로 같을 수 없었다. 옛 선조들의 수렵채집 사회에서는 공동 육아가 일반적이었다. 공동체 생활을 했기 때문에 꼭 엄마가 아니어도 양가 할머니, 고모나 이모, 사촌언니 등 갓난

아기를 제 자식처럼 돌봐줄 (심지어 아프면 간호해줄) 사람이 아주 많았다. 내 어머니도 이와 비슷한 환경에서 우리들을 키웠다. 내가 자랐던 미시건 주의 작은 마을이 일종의 공동체였던 것이다. 우리에겐 가족과도 같은 이웃이 있었고 그중 전업주부는 열 명 남짓이었다. 잔일을 해야 하거나 낮잠을 자고 싶거나 단순히 아이들 없이 어른끼리 시간을 보내고 싶을 때, 어머니는 그분들에게 우리를 믿고 맡길 수 있었고 덤으로 우리도 동네 친구들과 어울릴 수 있었다. 집과 집을 잇는 뒷마당은 상호 이타주의적인 공동체의 연결망이었다. 그곳에서 엄마들과 아이들이 교류했다. 당신이 나를 도왔으니 나도 당신을 도울게요. 오늘은 내가 뒤쪽 창문에서 아이들을 지켜볼 테니 내일은 당신이 그렇게 하세요. 밀가루를 빌려줘서 고마워요, 케이크가 다 구워지면 한두 조각 가져다줄게요.

이와는 사뭇 대조적으로, 뉴욕이라는 대도시에서 나와 내 아기의 생활은 지극히 개인적이었다. 심지어 다운타운의 이웃이 수백 명에 달하는데도 그들을 보는 경우조차 드물었다. 모두가 각자의 삶을 살아가기 바빴다. 그들이 하는 모든 일이 사무실, 아파트, 학교 등 외부와 단절된 공간에서 이루어졌다. 나는 친정에서 멀리 떨어진 곳에 살았기 때문에 수시로 도움을 청할 사람이 없었다. 가장 가까이 사는 친족은 시어른들이었는데, 우리를 보면 굉장히 좋아하시지만 그때그때 손을 빌려주시긴 어려운 형편이었다. 또한 대다수의 미국인이 그러하듯 우리 부부도 부모형제를 떠나 독립된 가정을 꾸리고자 했고……. 어쨌든 그분들이 당장 달려오신다 해도 최소 30분은 걸렸다.

한편 내 남편은 나의 아버지를 비롯해 서구의 대다수 가장들, 특히 물가가 엄청나게 비싼 도시에서 가족의 생계를 책임지는 부담감이 어마어마할 수밖에 없는 맨해튼의 여느 가장들처럼 출산 후 집에서 우리 모자와 딱 일주일을 보내고 일터로 복귀했다. 그나마 당장은 입소문을 통해 고용한 보모가 있었다. 맨해튼에서 보모란 모든 아이들에게 부속품처럼 따라붙는 존재, 친정어머니나 할머니 대신 산모와 아기를 돌봐주고 육아의 기본을 가르쳐주는 존재였다. 우리 보모도 매일 아침 밝은 얼굴로 찾아와 내 산후조리와 갓난아기 다루기를 거들어주는 동시에, 내가 산부인과 병원에서 간단히 배웠던 육아법과 훨씬 더 오래전에 아기를 돌봤던 경험을 찬찬히 일깨워주었다. 하지만 보모는 정해진 시간이 되면 퇴근했고, 가끔 친구들이 찾아오는 경우를 제외하면, 집에는 대체로 나와 갓난아기 단 둘뿐이었다. 결국 나는 엄마 노릇을 제대로 하고 있는지에 대한 걱정을 안고 하루하루를 보내야 했다.

난 외출도 거의 하지 않았다. 좁지만 아름답고 소중한 뒤뜰에 아이와 함께 앉아 바깥바람을 쐬는 것은 너무너무 좋았지만, 그 외에는 집 안에 틀어박혀 지냈다. 좀처럼 밖으로 나설 마음이 일지 않왔다. 자살 특공대처럼 운전하는 택시기사들, 법석대는 인파, 공사장 드릴 소음, 자동차 경적 소리가 끊이지 않는 길거리 때문에 나는 내가 10년 넘도록 사랑했던 이 도시를 새삼 살기 힘든 곳으로, 심지어 내 아들에게 위험한 곳으로 느끼게 되었다. 간발의 차이로 나보다 먼저 출산한 친한 친구는 이런 대도시에서 아이를 키울 수 없다며 교외로 떠나버렸고, 내가 다녔던 집 근처 '마미앤미Mommy&Me' 요가학원에는 친구가 없었다. 아무도 직장에 다니는 것 같지 않았지만 수업이 끝나면 다들 예의 바르게 고개만 꾸벅하고 부리나케 뿔뿔이 흩어졌다. 그렇게 맨해튼의 초보 엄마들은 각자의 아기와 함께 각자의 집에 틀어박혀 각자의 일을 하는 듯했다.

나는 혼자서 전전긍긍했다. 도시 아기의 도시 엄마가 되는 법을 누구한테서 배운단 말인가?

⋮

미국 중서부에서 태어난 나는 비교적 옛 방식을 따르는 환경에서 유년기를 보냈다. 학년은 제각각이어도 동네 아이들 모두가 비슷한 시간대에 걸어서 등하교했고, 방과 후에는 감시하는 어른 없이 우리끼리 깡통을 차며 놀거나 어느 집 뒷마당 혹은 근처 숲에서 저물녘까지 노닥거렸다. 주말이면 자전거를 탔고 스카우트 활동을 했다. 그러다 나이를 조금 더 먹으니 저녁과 주말에 이따금씩 아기를 돌보게 됐다. 아기 돌보기는 친누이의 마땅한 의무요, 동네 처녀들에게도 인기 높은 소일거리였다.

내 성장배경에서 아마도 유일하게 남달랐던 요소, 그래서 진로 결정에 적잖이 영향을 미쳤던 것은 바로 내 어머니의 관심사였다. 어머니는 인류학과 그 당시 신생 분야였던 사회생물학에 매료되었고, 어머니가 좋아하는 책 중 하나도 마거릿 미드Margaret Mead의 저서인 《사모아의 청소년》이었다. 이 책을 통해 미드는 아동 및 청소년을 양육하는 데 서구식이 반드시 유일하거나 올바른 것은 아니며 사모아의 양육 방식이 더 낫다는 주장을 펼쳐 1928년 첫 출간 당시에는 물론이고 재출간된 1972년에도 뜨거운 논란의 중심에 섰다. 어머니는 어린 내게 마거릿 미드에 대해 설명해주었다. 그분은 인류학자란다. 다른 문화권에 녹아들어 그곳 사람들과 함께 생활하고 그들이 하는 일을 함께 해보며 연구하고 배운 것을 책으로 썼지. 엄마들은 대부분 전업주부이고 아빠들은 대부분 의사나 변호사인 환경에서 자라던 나에게, 인류학자라는 직업은 믿을 수 없을 만큼 색다르고 화려하며 매혹적인 것으로 느껴졌다.

아울러 그때는 제인 구달Jane Goodall의 시대이기도 했다. 카키복에 금발머리를 하나로 질끈 묶고 햇빛 가림용 모자를 쓴 매력적인 모습으로 영장류 동물학의 대표적인 얼굴이 된 인물. 탄자니아 곰비의 야생 침팬지 집단을 관찰하고 보호하면서 〈내셔널 지오그래픽〉을 통해 세상에 널리 알린 그녀는 어린 시절의 나에게 최고의 우상이었다. 우리 가족의 저녁식사 시간에는 어머니, 아버지의 하루나 나와 남동생들의 학교생활에 대한 이야기뿐 아니라, 세 자녀를 둔 엄마이자 애연가이며 탄자니아의 올두바이 협곡과 라에톨리에서 고인류 화석을 발견해 인류의 기원에 대한 기존의 통념을 뒤집은 메리 리키Mary Leakey가 화제에 오르기도 했다.

저녁식사 시간에 아들들이 다투면 어머니는 로버트 트리버스Robert Trivers의 양육투자 이론과 형제경쟁 이론을 들먹이며 꾸짖었고, 녀석들이 얌전히 굴면 혈연선택과 호혜주의 이론을 설명해주었다. 돌이켜보면 참 이상했다. 열 살짜리 딸아이를 둔 엄마가 빨래를 개면서 골똘히 생각하는 것이 에드워드 윌슨Edward O. Wilson의 사회생물학 이론이었다니. 만약 차 앞으로 뛰어드는 나를 엄마가 황급히 밀쳐 구하는 일이 있었다면, 그건 순수하게 나를 위한다기보다는 자신의 유전자를 지켜내기 위한 행위였을까.

이렇듯 내 어머니가 (1975년경이라는 시대적 상황을 내가 지나치게 단순화한 감은 있지만) 감성을 배제하고 육아에 적용한, 부모 자식 간의 관계를 완전히 새로운 시각으로 대하는 사회생물학적 이론이 내 관심을 끌었다. 여기에 미드의 저서와 나란히 놓인, 우간다 이크족과

자이르 음부티 피그미족에 관한 콜린 턴불Colin Turnbull의 저서들, 베티 프리단Betty Friedan의 저서, 《하이트 보고서The Hite Report》*, 《침묵의 봄》, 그리고 탑처럼 높이 쌓인 〈내추럴히스토리 매거진Natural History Magazine〉 등등 어머니가 모은 책까지 함께 접했던 내 어린 시절의 경험이 생물학과 문화인류학을 공부하고 여성의 삶을 중점적으로 연구하는 분야로 나를 자연스럽게 이끌었던 것 같다. 사바나에 서식하는 개코원숭이들의 몸치장과 우정, 지배권 다툼보다 더 나를 매료시키는 것은 없었다. 무리에 합류했음을 인증하는 춤 의식과 우두머리를 향한 충성, 독특한 경쟁구도에 이르기까지, 그들의 생태는 마치 대학교 사교클럽처럼 기묘한 '세상 속 세상'의 모습이었다. 나는 구세계 원숭이와 신세계 원숭이, 호모 하빌리스와 호모 에르가스테르의 두뇌 크기를 연구하여 여학생 사교클럽 회원들과 유인원이 크게 다르지 않다는 논지의 논문을 썼다.

자극이 필요했던 20대의 어느 시점, 문화연구와 비교문학 박사학위를 취득하기로 마음먹고 고향을 떠나 뉴욕으로 왔다. 맨해튼은 나의 모든 것을 바꿔놓았다. 내 목표(박사학위는 땄지만 대학교수가 궁극적인 꿈은 아니라는 결론을 내렸다), 패션 감각(늘 관심은 있었지만, 태

• 페미니스트이자 성 연구가인 셰어 하이트Shere Hite가 1976년 여성이 오르가즘을 느끼는 데 남성이 필요하지 않다는 내용의 연구 결과를 담아 출간한 책. 남성의 삽입 섹스만이 칭송받던 당시 사회에 큰 반향을 일으켰다.

생적이든 후천적이든 미녀가 넘쳐나는 곳에서 살다 보니 거의 집착으로 발전했다), 심지어 세포 단위의 작용(흥분 가득한 대도시 생활이 내 코르티솔 수치와 신진대사를 변화시켜 전형적인 뉴요커, 즉 불면증을 앓는 깡마른 여자로 만들었다)까지. 혈기 왕성한 20대였던 나는 잡지 기고문을 쓰고 편집하면서 강의도 몇 건 뛰어 집세와 생활비를 벌었다.

풍요로운 대도시에 사는 고학력 여성 대부분이 그러하듯 결혼과 출산을 미루다가, 30대 중반이 되어서야 한 남자와 결혼했다. 그는 뉴욕 토박이였다. 이 도시에서 태어났고 이 도시에서 자랐으며 이 도시에서 전문직 종사자로 살고 있었다. 그가 뼛속까지 도시인이라는 점이 내게는 이를테면 타히티인이나 사모아인처럼 이국적인 매력으로 다가왔다. 그는 애향심도 대단했다. 이 도시의 역사라면 아주 세세한 부분까지 훤히 꿰고 있었고, 거의 모든 골목과 건물과 동네에 개인적인 추억을 심어놓은 것 같았다. 뉴욕에 대한 그의 열정은 내 안에 있었던 일말의 망설임까지 씻어내기에 충분했다. 그의 부모와 형 부부도 뉴욕에 살고, 그가 전 부인과 낳은 10대 딸들이 주말마다 아빠와 함께 지낸다는 점도 마음에 들었다. 그의 가족은 친정을 멀리 떠나온 내가 이곳에서 의지할 수 있는 존재였다.

이곳에서는 나 같은 작가가 광고, 출판, 교육 등 다양한 생태적 지위로 승승장구할 수 있다는 점도 뉴욕을 삶의 터전으로 삼기로 한 내 결심에 한몫했다. 북적북적하고 활기 넘치는 이 도시는 열대우림을 연상시켰다. 무수한 생활형태가 이토록 극단적이고 활발하게 변화할 수 있도록 뒷받침하는 서식지로 이곳 뉴욕을 제외하면 지구상에 열대우림이 유일하리라. 나는 페루인이 모여 사는 동네와 인접한 인도인 동네에서 살다가 '리틀 스웨덴'이라 불리는 동네 근처로 이사했다. 남편이 아주 완고했고 나도 반대하지 않았다. 우리는 맨해튼 다운타운에 신혼살림을 차렸고, 결혼 6개월 만에 아이를 가졌다. 남편도 나도 뉴욕을 떠날 생각이 전혀 없었다. 남편은 이곳에서 훌륭한 어른으로 성장했으며 나는 긴 여행을 마다 않고 굳이 맨해튼을 찾아온 몸이었다. 그만큼 우리 아가한테도 좋은 곳이지 않겠는가?

아울러 임신 사실을 알게 된 순간('우리한테 아이가 생긴다니!') 개인적으로 기쁜 일이 시작된 것만은 아니었다. 나 자신이나 내 결혼생활이나 내 배경, 혹은 엄마가 되는 것에 대한 내 느낌보다 훨씬 더 큰 무엇이 시작되었다. 나중에야 깨달았지만, 그것은 변이變異의 전조였다. 내가 또 다른 세계, 즉 '맨해튼의 엄마들 세계'로 들어섰다는 의미였다.

:

이 책은 내가 직접 맨해튼의 엄마가 되어 맨해튼의 엄마들을 연구한 학문적 실험의 결과로, 소설보다 더 소설 같은 이야기이자 결코 가볍지 않은 의미의 세상 속 세상 이야기를 담고 있다. 9·11 테러 직후에 우리 가족은 어퍼이스트사이드로 이사했다. 참극의 현장으로부터 멀어지는 동시에 시댁을 더 가까이 두고 싶어서였다. 더욱이 이제는 아이가 있었기 때문에 그 이사가 특히 중요했다. 세상이 너무나 위험하며 우리가 사는 곳도 너무나 취약하다고 느껴지던 그때, 사랑하는 가족과의 끈끈한 유대가 우리 부부와 아들에게 포근한 위로가 되기를 간절히 바랐다. 물론 그 바람은 어렵지 않게 이루어졌다. 문제는, 그곳에는 내가 낯을 익히고 습성을 배워 더불어 살아야 하는 다른 엄마들이 있다는 사실이었다.

결국 우리는 파크애비뉴 70번대 가street에 새 둥지를 틀었다. 내 활동반경은 집 주변을 벗어나지 않았다. 길모퉁이 요가학원에 다녔고, 까다로운 회원제의 고급 음악 강의를 수강했으며, 보모들과 옥신각신했고, 다른 엄마들과 커피를 마셨다. 아이가 다닐 유치원의 '심사'를 받기도 했는데, 이는 둘째 때에도 되풀이되었다.

그 과정에서 육아란 맨해튼이라는 섬 안의 또 다른 섬이라는 것, 어퍼이스트사이드의 엄마들은 사실상 별개의 종족이라는 사실을 알게 되었다. 그들은 일종의 배타적 비밀 집단이었다. 나에게는 너무나 생소한 규율·의식·제복·행동양식의 지배를 받았고, 나로서는 꿈에도 존재하는 줄 몰랐던 신념·야망·문화적 관습을 따랐다.

사교활동과 놀이터 나들이를 한꺼번에 해치우는, 어퍼이스트 사이드의 아이 엄마가 되는 과정을 겪으면서 나는 두려움을 느꼈다. 우리 가족이 터를 잡은 동네의 이웃은 하나같이 엄청난 부자에 사회적 지위를 의식하는 사람들이었다. 최고급으로 차려입은 의기양양한 얼굴의 엄마들 틈에서 나 혼자 동떨어진 느낌에 주눅이 들 때도 많았다. 그러나 고등 영장류처럼, 그리고 세상의 모든 인간들처럼, 나도 그 안에 몹시 들어가고 싶었다. 나 자신을 위해, 그보다 더 내 아들을 위해, 나아가 내 둘째 아들을 위해서도.

문학과 인류학을 공부한 바탕으로 잘 아는 사실이 하나 있었다. 소속감 없이 어떤 집단에 속하게 되면 우리 같은 유인원은 길을 잃는다는 것. 문학이나 현실 세계에서 외톨이는 흥미롭고 응원하고 싶은 반영웅antihero일지언정 대개는 비참하다. 오디세우스부터 데이지 밀러*까지, 허클베리 핀과 헤스터 프린,▲ 이사벨 아처,■ 릴리 바트*까지…… 사회적 외톨이와 천덕꾸러기는, 특히 여성은 더더욱, 삶이 고단하기 마련이다. 사회적 관계망이라는 보호막이나 버팀목을 갖지 못한 그들은 상징적으로, 때로는 문자 그대로 헤매다 죽고

---

* 헨리 제임스가 쓴 동명의 중편소설 주인공으로, 빼어난 미모를 지녔으나 지나치게 자유분방한 탓에 사람들에게 멸시를 받는 인물.
▲ 너대니얼 호손의 장편소설 《주홍 글씨》의 주인공.
■ 헨리 제임스의 《여인의 초상》 주인공.
◆ 이디스 워튼의 《환락의 집》 주인공.

만다. 현장생물학자들이 상세하게 기록했듯이, 단지 책 속에서만이 아니라 사회와 야생에서도 말이다. 하물며 새끼를 데리고 새로운 무리로 옮겨가려는 암컷 영장류만큼 위태로운 존재는 없다. 예를 들어 어미 침팬지가 새끼와 함께 낯선 무리에 끼려고 하면, 원래 그 무리에 속해 있던 암컷 침팬지들이 심한 텃세를 부리고 무시무시한 물리적 폭력을 가한다. 심지어 무리에 새로 들어온 어미와 새끼가 죽임을 당하는 경우도 있다.

물론 어퍼이스트사이드에서 자리를 잡으려 애쓰는 나를 문자 그대로 죽이려 드는 사람은 없었다. 그렇지만 나는 무리에 들어가 인정을 받아야 했고 되도록 빨리 방법을 찾아야 한다는 생각에 애가 달았다. 누가 외톨이가 되고 싶겠는가? 아침에 아이를 유치원에 데려다준 후 커피를 같이 마실 수 있는 친구를 원하지 않는 사람이 있는가? 아이에게 같이 놀 친구가 생기길 바라지 않는 엄마가 있는가? 시댁 식구들과 남편이 내내 나를 도와주기는 했다. 괜찮은 식료품점을 알려주었고, 유대교 성인식을 비롯한 각종 행사와 사교클럽, 자치회 따위의 복잡 미묘한 규칙이며 내게는 생소한 이 동네만의 의례와 관습을 설명해주었다. 그러나 어퍼이스트사이드 엄마들의 문화는 오롯이 내가 풀어야 할 숙제였다. 나 자신이 그들과 섞이고 그들과 어깨를 나란히 하고 싶은, 그래야만 하는 엄마였기 때문에.

그렇다. 뉴욕으로 건너온 이래 어퍼이스트사이드로 들어가려는 시도는 질리도록 해봤다. 이곳이 화려하고 부유하며 특권을 가진 동네임을 알고 있었다. 이곳에서 절제는 미덕이 아님을 알고 있었다. 다운타운과는 의복도 철학도 기풍도 다른 동네임을 알고 있었다. 그러나 어퍼이스트사이드 엄마들이라는 세상 속 세상은 워낙 비밀스럽고 특수해서, 내가 직접 경험하기 전에는 그 존재조차 알지 못했다. 아이들이 없었다면 나는 특권층 엄마들과 아이들로 구성된 평행세계가 존재한다는 사실을 영영 알아채지 못했을지도 모른다. 하지만 아이들이 있었기에, 부득이 알게 되었다. 그리고 어떻게든 그 세계를 이해하고 스며들어 그 문화 특유의 속성까지 꿰뚫어야 한다고 느꼈다. 어퍼이스트사이드의 엄마가 되는 과정, 내 주위의 엄마들과 친분을 쌓고 그들의 방식을 체득하는 과정은 도무지 앞을 내다볼 수 없는 별난 여정이었다. 마사이족의 소 등타기나 피 마시기 의식, 아마존 야노마미족의 도끼 싸움, 명문 대학 여학생 클럽의 신입생 통과의례인 술 진탕 퍼마시기처럼 이전까지 공부하거나 경험한 것들로는 그들을 대적할 수도, 대비할 수도 없었다.

어퍼이스트사이드 아이들의 생활은 누가 봐도 평범하지 않다. 운전기사와 보모가 있고, 햄프턴스까지 타고 갈 헬리콥터도 있다. 2세 아이는 나이에 '알맞은' 음악 강습을 받고, 3세 아이에겐 유치원 입학시험과 면접 준비를 도와줄 개인교사가 붙는다. 4세 아이는 유치원 방과 후 프랑스어, 중국어, 영어, 요리, 골프, 테니스, 성악 등 각종 '사교육'을 받느라 놀 시간이 없어 노는 방법도 잘 모르기 때문에 놀이 지도사가 따로 또 붙는다. 엄마들이 학교나 유치원에 아이를 데려다주고 데려올 때 입을 옷을 구매하는 데 도움을 주는 의상 상담사도 있다. 공간은 드넓고 천장도 높아 바운시캐슬*을 통째로 들여놓을 수 있는 아파트에서, 5천 달러(약 600만 원)쯤은 우습게 들어가는 생일잔치에서, 하다못해 평일 놀이터에서도, 엄마들은 아찔하게 높은 하이힐을 신고 숨 막히게 멋진 제이멘델이나 톰포드 모피를 걸친다.

이곳 아이들의 생활이 그저 특이한 정도라면, 엄마들 생활은 가히 괴이한 수준이다. 완벽한 특권층 여성을 지칭하는 이른바 '금수저녀gets'의 생활상을 나는 체험으로 파악할 수 있었다. 내가 발견한 바로는, 그녀들의 정체성은 자치회 면접이나 자녀의 명문 학교 진학 같은 어퍼이스트사이드 특유의 잔인한 통과의례를 거치며 형성된다. 그녀들이 '맨해튼 게이샤' 같다는 생각이 든 적도 있었다. 시간과 돈이 남아도는 고학력자 여성들이 피지크 57Physique 57▲과 소울사이클SoulCycle■을 광적으로 추종하며 직업 대신 완벽한 몸매 가꾸기로

---

* 성 형태의 구조물 속에 공기를 채워 아이들이 뛰어놀 수 있게 만든 놀이기구로, 주로 야외에 설치한다.
▲ 발레와 필라테스를 결합한 57분 운동 프로그램으로 유명하며, 뉴욕에 본사가 있는 세계적인 피트니스 클럽.
■ 음악과 실내자전거 운동을 결합한 스피닝 프로그램을 소개해 뉴욕을 기점으로 미국 전역에서 선풍적인 인기를 끌게 된 피트니스 클럽.

과시욕을 채우는가 하면, 시중에서 구할 수 없는 명품(그 문화에 완전히 동화된 후, 내 경우엔 버킨 백이었다)을 손에 넣기 위해 치열한 탐색전을 벌이기도 하고, 장애인 통행권을 가진 디즈니랜드 안내원을 암암리에 고용해 합법적인 새치기를 꾀하는 방법 같은 '내부자 정보'를 집요하게 찾아내기도 한다. 그리고 육아와 살림을 도와주는 피고용인과의 잡음 많고 미묘한 관계도 어퍼이스트사이드 엄마들의 정체성 형성에 기여한다. 어퍼이스트사이드의 렉싱턴애비뉴와 파크애비뉴 사이에 사는 엄마들 중 하나가 되어 그녀들에 대해 배우는 동안, 나는 자극적이고 매혹적이며 교육적이고 때로는 간담이 서늘해지기도 하는 새로운 세상에 눈뜨게 되었다.

나에게 어퍼이스트사이드 엄마가 되는 법을 알려준 여성들은 자식, 그리고 자기 자신을 위해서라면 기꺼이 무자비해질 수 있었다. 물론 다정한 엄마들이었지만, 자신의 성공을 방증하기 위해 '자녀의 성공'에 전력투구하는 기업가적 군주이기도 했다. 예컨대 자신의 세 살배기 아들이 명문 사립 유치원 입학시험을 준비 중이라고 털어놓는 엄마는 없었다. 아무리 친한 친구 사이라도 그런 정보를 터놓고 공유하지는 않았다. 그러나 다들 했다. 그리고 입소문으로 은밀히 개인교사를 구하든, 조기 사교육에 수천 달러를 쏟아붓든, 이 모든 일은 전부 다 사랑과 불안과 냉철한 야망이 동등한 비율로 작용한 결과였다. 이 세계는 보이지 않지만 강력한 위계질서가 엄존하는 곳이었고, 모두가 위로 올라가길 원했다. 다들 자기 아이가 부유하고 영향력 있는 부모를 둔 '대장 아이'와 어울려 노는 날을 되도록 많이 계획하는 한편, '서열이 낮은' 부모의 아이들은 비상시의 차선책으로 삼고 전략적으로 피했다.

문득 이런 생각이 스쳤다. 나와 한동네에 사는 엄마들이나 학교 복도에서 같이 수다를 떨었던 엄마들에게 자녀란 '고급의 삶'을 누리는 또 하나의 수단에 지나지 않는 것인가? 소중한 '내 새끼'이기보다는 소중한 '장난감' 내지 '장신구'로 여기는 것은 아닌가? 전부는 아니어도 몇몇은 그랬을 것이다. 아이에게 알맞은 물건을 사주고, 각 분야의 최고 전문가로부터 적절한 관심을 받을 수 있도록 아낌없이 지원해주고, 최고급 건강식을 먹여주고, 최고의 명문 학교에 들어가게 도와주는 식의 호사를 아이 엄마 본인이 즐겼을 것이다. 인정한다. 이 낯선 세계를 탐구하는 모험이 이따금씩 내게 회의감을 안겼다는 사실을.

그런데 이토록 강한 야망과 적극성을 드러낸 여성들의 내면에는, 알고 보니 어마어마한 근심이 도사리고 있었다. 완벽해야 한다는 압박감이 그녀들을 짓누른다. 뭐든지 잘하는 완벽한 엄마이면서 완벽한 몸매에 완벽한 옷차림에 완벽한 관능미까지 갖춘 완벽한 여자여야 한다. 그녀들은 완벽해지는 데 온 시간과 에너지를 쏟아부으며 스트레스에 시달리다 한계점에 이르는 것 같다. 그래서 나름의 해결책을 강구한다. 술에 의지하거나 약을 처방받는다. 친구들과 함께 전용기를 타고 라스베이거스나 생바르텔르미*나 파리로 날아가 흥청망청 파티를 즐긴다. 운동과 자기관리에 목을 맨다(따라서 플라이휠Flywheel▲, 사골 수프, 저온착즙 유기농 생식 주스 다이어트가 무척 중요하다). 입이 떡 벌어질 만큼 엄청나게 쇼핑을 해댄다(내가 아는 주변 엄마들 사이에서는 '사전할인presale'이 일상어이며, 버그도프굿맨이나 바니스■에서 하루에 1만 달러[약 1천 200만 원]를 쓰는 건 일도 아니다). 대체로 똑같은 근심을 품었지만 때때로 서로를 시기하는 '친적(친구이자 적)'들과 거한 점심을 먹거나 함께 스파 관리를 받기도 한다.

초기에 내 목표는 어퍼이스트사이드의 엄마들 문화를 제대로 소화하되 그들 사이에 만연한 스트레스, 광기, 경쟁과는 거리를 유지하는 것이었다. 사회연구와 인류학 공부로 쌓은 지식이 도움이 되리라 믿었다. 적응하기 힘든 세계에 나와 내 아이들을 위한 자리를 마련하는 동안, 그 지식들이 나로 하여금 중심을 지키고 제정신을 유지하게 도와주리라고. 그러나 전 세계의 인류학자들처럼, 어느 틈엔가 나도 '동화going native'돼 있었다. 이는 현장 연구가가 객관성을 잃고 연구대상인 사람들과 자신을 동일시하게 되는 현상을 가리

---

* 카리브 해에 위치한 프랑스령 섬으로, 호텔과 리조트 등의 시설이 잘 갖추어져 있어 휴양지로 인기가 높다.
▲ 소울사이클처럼 스피닝 프로그램으로 유명한 피트니스 클럽.
■ 둘 다 뉴욕의 상류층을 겨냥한 명품 전문 백화점.

키는 용어로, 연구대상을 이해하는 것을 넘어 그 집단에 '흡수'되었음을 뜻한다. 윗동네에서 아이를 키우며 주변 엄마들과 친분을 쌓는 일에 전념하다 보니 아랫동네에서 사귄 친구들과는 점점 소원해졌다. 나도 모르는 사이에 차츰 주변 엄마들처럼 입고 행동하고 생각하기 시작했으며, 그녀들이 신경 쓰는 것에 덩달아 신경을 쓰게 되었다. 나는 놀랍도록 강한 의무감에 잠식당한 상태였다. 아주 생경하고 신기하며 나와는 어울릴 법하지 않은 세계였지만, 여기에 기필코 내 자리를 심는 것이 급선무인 것만 같았다.

다행히 어퍼이스트사이드 엄마들이라는 희귀종족 가운데서도 친구를 사귈 수 있었다. 자리다툼, 경쟁, 극도의 불안감과 스트레스가 지배하는 엄격한 위계구조의 환경에서 깊은 우정을 다지고 서로를 보듬어주기란 결코 쉬운 일이 아니다. 그들의 법도와 규칙, 관행이 나에겐 대부분 생소했고 꺼림칙한 면도 많았다. 초기에 내가 맞닥뜨렸던 우월의식과 무심함도 그랬다. 그래서 이들 여성이 남들과 다르게만 보였다. 하지만 나중에 알고 보니, 그녀들도 다른 동네의 엄마들, 전 세계의 엄마들과 공통점이 많았다. 어퍼이스트사이드의 엄마들도 힘든 시기에는 서로 의지하고 뜻밖의 특별한 방식으로 보살펴주기도 한다. 태곳적부터 전 세계의 우리 종種과 수많은 영장류 진화에 꼭 필요한 요소였던 협력과 배려는 지금도 어디에나 존재하며, 여성의 우정과 모성을 알리고 정의한다. 심지어 화려하고 잘 다듬어진, 심하게 경쟁적이고 심하게 부유한 이곳 어퍼이스트사이드에서도.

내가 이 특별한 친구들의 특징 중에서 가장 특이하게 여겼고 지금도 그렇게 여기는 점은, 자기들이 더 잘 아는 세계를 나에게 소개하고 이해시키는 과정에서 보여준 아량과 열의, 자기들의 세계관을 공유하려는 열정, 자기 자신과 주변 사람들이 영위하는 삶에 대한 모순된 감정이었다. 그리고 그녀들의 유머감각도. 나와 어울리다가 책이 출간되고 나면 당신이 곤란해질 것 같아 걱정이라고 반농담조로 얘기하는 나에게, 한 엄마는 "우리 삶이 얼마나 터무니없고 비상식적인지, 얼마나 웃기고 미쳤는지 모르는 사람하고는 어차피 친해지고 싶지도 않다"라고 잘라 말했다. 솔직히 이 책을 쓰기가 두려웠지만 이 엄마들 덕에 한결 안심할 수 있었다. 외부의 시선으로는 더없이 기이하며 거슬리는 점투성이에 이상하기 짝이 없는 이 세계에도 정상적인 것이 적당히 존재한다는 사실을, 이토록 비우호적이고 불친절한 환경 안에도 진심 어린 온정과 호의가 존재한다는 사실을, 그녀들이 몸소 보여주고 나를 일깨워준 덕분에.

사회연구가이자 엄마로서 몇 년 동안 어퍼이스트사이드의 엄마들과 섞여 그녀들을 연구하면서 알게 된 사실은 모든 엄마들이 자식에게 바라는 것을 그녀들도 똑같이 바란다는 것이었다. 아이가 건강하고 행복하길, 사랑받는다 느끼길, 무럭무럭 잘 자라길, 그리고 언젠가 출세하길…… 그러나 유사성은 이것으로 끝이다. 맨해튼에서 아이를 키워보지 않았다면, 아니 맨해튼에서 아이를 키우는 엄마라 해도 어쩌면, 어퍼이스트사이드 아이들의 생활은 하나부터 열까지 전부 다 부자연스러워 보일 것이다. 나아가 어퍼이스트사이드 엄마 밑에서 자란 사람이 아니라면, 이곳 엄마들에게서 논리적이거나 솔직하거나 상식적인 면을 전혀 찾아볼 수 없다고 느낄 것이다. 어퍼이스트사이드 엄마란 여기에서 아이를 낳았다고 해서 저절로 되는 것이 아니라 '만들어지는' 것임을, 나는 참 힘들게 배웠다. 이 책은 내가 어떻게 만들어졌고 어째서 다시 만들어져야 했는지, 그래서 얼마나 자주 자괴감에 빠졌는지를 기록한 이야기다. 어느 작은 섬의 극소수 엄마들에 관한 고찰이며, 그것이 다른 모든 이에게 어떤 의미일 수 있는지에 대한 묵상이다.

제1장

정착하기:
품위 있는 '서식지' 탐색

현.장.기.록.

환경과 생태

이 섬은 길이가 폭의 약 7배인 땅덩어리에 지리적·문화적·정치적으로 고립된 지역이다. 온대기후에 속하지만 약 200년간의 집중적인 토지개간 및 산업화에 일부 기인하여 최근에는 상대적으로 혹독한 겨울과 극도로 무덥고 습한 여름을 나는 아열대에 가까운 기후를 보이고 있다. 섬의 위도는 북위 40°43′42″, 경도는 서경 73°59′39″이다.

이 섬의 거주자들은 생태적 해방ecological release의 상태에서 살아간다. 식량과 식수 등의 자원이 풍부하고 조달도 용이하며 질병이 적고 천적도 없다. 그야말로 유례없이 풍족한 환경에서 사전적 의미의 생존으로부터 자유로울 뿐 아니라 최고로 부유하기까지 하다. 자식을 낳으면 누구 하나 부족하지 않게 아낌없이 투자할 수 있고, 정교하고 복잡한 사회규범을 개발할 수 있으며 시간·노동·자원 집약적인 준수도 가능하다.

섬 전체에 식량과 물, 기타 자원이 놀랄 만큼 풍부함에도 불구하고, 일부 지역에는 끈질기고 뚜렷하게 빈곤이 존재한다. 고립된 환경, 극한의 인구밀도, 극심한 빈부격차와 더불어 육아 및 가사에 대한 고정된 성 역할이 이후에 다룰 최고 부유층 거주민의 특이한 행동양식을 설명하는 원인의 일부인지도 모른다.

주거 형태

이 섬의 거주민들은 주로 수직적인 주거 형태를 이룬다. 즉 곱게 빻은 돌로 지은 건축물 안에 집들이 층층이 자리한다. 이러한 '수직형 마을'은 밀집된 인구에 비해 땅이 비좁은 이 섬에서 귀중한 물리적 공간을 최대화하는 방법이다. 특히 최고 부유층이 거주하는 일부 지역의 수직형 마을은 비밀스런 '장로회'의 주도하에 누구를 주민으로 받아들이고 누구를 받아들이지 않을지 결정할 정도로 입주 요건이 극히 제한적이다. 주거지 탐색은 이번 연구대상 집단의 여성 구성원들이 가장 심혈을 기울이는 노동 집약적 관행 중 하나로, 그 이유는 주거지가 곧 가족의 신분을 규정짓기 때문이며, 대부분의 경우 초산모가 이 일을 맡는다. 이들 여성이 집을 구하는 임무를 수행할 때에는 거의 예외 없이 '집터 주술사'의 안내를 따른다. 막대한 돈이 들어가며 고단하고도 지난한 이 개척 과정을 이들 주술사가 내내 함께하면서 전문적인 지식과 상담 및 정서적 지원을 제공한다.

섬 사람들의 출신지

이 섬의 거주민은 여러 지역 출신의 다양한 인종으로 구성돼 있다. 그중 상당수가 멀리 떨어진 더 작은 도시나 시골 마을 출신으로, 성적 성숙기에 더 나은 출세·연애·결혼의 기회를 찾아 이 섬으로 이주해 온 사람들이다. 나머지는 토착민으로서 비토착민보다 높은 지위를 누리는데, 특히 이 섬의 특정 구역에서 자랐거나 특별한 '배움터'에 다녔을 경우에 더욱 그러하다.

섬 사람들의 자의식과 외부의 시선

외부인, 방문객, 동포 들의 시선으로 볼 때, 토착민이든 이주민이든
이 섬에 거주하는 사람들은 자부심이 대단하고 거만하다. 무뚝뚝한
태도, 천부적인 지능, 휘황찬란하게 꾸미는 습관, 교환·거래·협상 감
각 등이 외부에 알려진 이 섬 사람들의 전반적인 특징이다. 그들의 거
래가 점점 더 비가시적인 사상과 관념 차원에서 이루어지면서 그들
은 스스로 특전적 의식privileged knowledge을 가지게 되고 심지어 '마법'
의 힘이 있다는 자의식을 강화한다. 이 섬으로 건너와 이곳에서 성공
하기 위해 분투하는 사람들의 여정과 고난은 그야말로 전설로 통한
다. '이곳에서 성공한' 사람들이 지녔을 불굴의 고유한 정신이 실제로
구전과 기록을 통해 전해져 하나의 전통으로 뿌리를 내렸다. 이 섬에
서 성공한 사람들이니만큼, 자타 공인 '어디 가서도 성공할 수 있다'
고 여겨지는 것이다.

자원 획득과 분배

이 섬에 정착한 사람들은 미국 내 최고 부유층으로, 전 세계 타 지역

거주민의 생활사에 지대한 영향을 미치는 환경적 제약에서 자유롭다. 자신과 자식을 먹여 살리는 것은 인류 진화의 역사를 통틀어 전 세계 부모의 주된 생태적 과제이지만, 이 섬사람들에겐 이마저도 아주 간단한 일이다. 그러나 여러 산업사회와 후기산업사회가 그러하듯 성 역할에 대한 개념이 매우 보수적인 본 연구대상 집단의 아버지들은 아내와 가족에게 재정적·사회적·문화적 자본을 포함해 덜 가시적인 자원을 공급하는 일에 주력하는 경향이 있다. 이 섬에 거주하는 많은 여성이 출산 및 육아기에도 집 밖에서 일을 하는 반면 상당수 부유층 여성은 아이와 함께 집에 있어주는 것이 자신의 '역할'이라 믿으며, 대부분의 경우 부모 이외의 양육 조력자 즉 '대행부모 alloparents'의 도움을 받는다. 이들 대행부모를 일컫는 단어는 '가정부', '보모', '도우미' 등이다.

섬의 구조

거주민들의 개념상 이 섬은 '상, 하, 좌, 우'의 네 구역으로 나뉜다. '윗동네'와 '아랫동네'는 뚜렷하게 구별된다. 즉 섬 사람들은 아이를 기르기에 좋은 곳으로 윗동네를 선호하며, 아랫동네는 번식기 이전의 문화적 '아웃사이더'들이 축제 같은 일상을 누리고 열광적인 밤 문화를 향유하기에 좋은 곳으로 여긴다. 윗동네는 다시 좌우로 갈리는데, '윗동네'와 '아랫동네'처럼 '왼쪽'과 '오른쪽'도 서로 다르며 심지어 정반대의 특징을 갖는다. 왼쪽 동네 사람들은 격식을 차리지 않고 진보적인 성향을 지닌 반면, 오른쪽 동네 사람들은 격식을 중시하고 보수적인 성향을 지녔다고 인식된다.

이 섬에 사는 사람들에게 상하와 좌우는 단순히 방향이나 좌표만을 의미하는 것이 아니다. 섬 주민들의 정체성과 일상 경험을 구조화하는, 강력하고 뿌리 깊은 양분兩分의 개념이다. 이 섬의 주민들은 거주 구역에 따라 네 개의 아족亞族*으로 구분된다. 각각 오른쪽 동네 주민, 왼쪽 동네 주민, 윗동네 주민, 아랫동네 주민이다. 거주민들 전반이 군도와 인접한 지역으로는 잘 가지 않고 그곳 주민들에게 대체로 무관심하며 좀처럼 말도 섞지 않는다. 군도의 다른 섬이나 외지로 '건너'가려면 복잡한 교통 노선에 정통해야 하고 요금도 치러야 한다는 점이 섬 사람들의 이방인 혐오증과 지리적인 고립을 심화한다.

---

* 동식물 분류학상 속과 족의 중간.

섬 개념도

각 구역 주민의 사회적 정체성

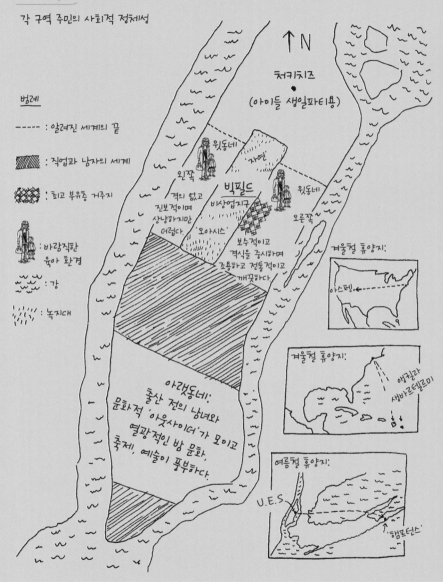

범례

----- : 알려진 세계의 끝

▨ : 직업과 남자의 세계

▨ : 최고 부유층 거주지

👩‍👧 : 바람직한 육아 환경

〰 : 강

⦚⦚ : 녹지대

↑N

처키치즈 ●
(아이들 생일파티용)

윗동네

왼쪽   자연

빅필드
비상업지구

격의 없고
진보적이며
상냥하지만
더럽다 '오아시스'

윗동네
오른쪽

보수적이고
격식을 중시하며
조용하고 전통적이고
깨끗하다.

아랫동네:
출산 전의 남녀와
문화적 '아웃사이더'가 모이고
열광적인 밤 문화,
축제, 예술이 풍부하다.

겨울철 휴양지:
아스펜 ←

겨울철 휴양지:
앨런라 샌바르델린드미

여름철 휴양지:
U.E.S.
'댐프턴스'

각 구역 주민의 사회적 정체성

이 작은 섬 안에서도 자신의 거주지 이외의 구역으로 갈 때면 두려움과 불안을 경험하고 괴로워하는 사람이 많다. 시간 낭비이자 불편하고 어려운 일이라 여기며, 심지어 불행하다고 느끼기도 한다. 미신에 사로잡힌 일부 거주민은 어지간하면 집 주변을 벗어날 일이 없게끔 행동반경을 한정하고 (의료·금융·육아 주술사와의) 약속을 잡는다. 각 구역의 정체성은 의복과 장식, 육아, 계절에 따른 자발적 이동 습성(왼쪽 동네 주민들은 여름에 산악지대로 떠날 가능성이 높다. 반면에 오른쪽 동네 주민, 특히 오른쪽 윗동네 주민들은 최고급 해양 휴양지를 선호한다. 겨울을 따뜻하게 나기 위해 가는 곳도 구역마다 다르다) 같은 여러 가지 관행에서도 드러난다.

오른쪽 윗동네와 왼쪽 윗동네가 육아와 가족생활에 '최고'의 환경이라는 믿음이 섬 전체에 널리 퍼져 있다. 이 두 구역 사이에는 선망의 대상에 가까운, 굉장히 넓고 모두가 사랑하며 별명도 적절한 '빅필드 Big Field'가 자리해 있다. 빅필드가 조성된 것은 섬 사람들의 집단적 초기 역사에서 기인했는지도 모른다. 안전을 위해 나무 위에 집을 지었던 사바나 거주민들처럼, 나아가 침입자를 경계해야 했던 자작농들처럼, '안전한' 높이에서 탁 트인 시야를 확보할 때 가장 편안하게 느끼고 거기에 가치를 두는 것이다. 따라서 이 섬에서는 빅필드를 한 눈에 내다볼 수 있는 거주지가 각광받고 값비싸며 거주자에게도 높은 사회적 지위를 부여하고 강화한다. 빅필드는 주로 대행부모, 혹은 부모나 교사가 지켜보는 가운데 아이들이 뛰어놀기에 이상적인 장소로도 꼽힌다. 빅필드는 산업화가 금지돼 있고 최소한의 상업 활동만 가능하다. 그곳은 성지聖地요, 건강에도 매우 유익한 장소로 통한다. 빅필드를 굽어보거나 그곳을 거닐다 보면 기분이 들뜨고 기운이 샘솟는다고 한다. 네 구역 중 빅필드와 가장 가까운 오른쪽 윗동네(어퍼이스트사이드)에 사는 사람들은 이 섬의 최고 부유층이다. 그들의 일부는 매우 독특하고 굳건하며 기이해 보이는 집단적 관습과 의식, 신념을 가지고 있다. 바로 이 사람들이 우리의 연구대상이다.

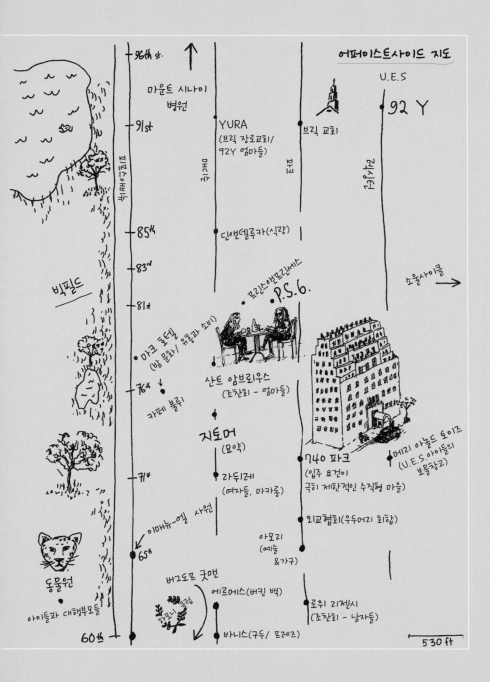

어퍼이스트사이드 지도

41

남편과 나는 우리 아들을 '더 나은' 환경에서 키우기 위해 업타운
(윗동네)으로 이사하기로 결정했다. 윗동네에는 어퍼이스트사이드
와 어퍼웨스트사이드 사이에 도심의 오아시스인 센트럴파크가 있
고, 훌륭한 공립학교와 사립학교가 많다. 아이를 데리고 가기에 좋
은 식당, 아동복 전문 매장, 아이들이 소방차 모양의 의자에 앉아 위
글즈° 동영상을 보면서 머리 손질을 받을 수 있는 미용실처럼 그 당
시에는 아랫동네에 흔치 않았던 시설도 다양하게 있었다. 한편 다운
타운(아랫동네)에는 약 1년 전에 벌어진 테러의 잔재가 열악한 실내

• 호주의 4인조 밴드로 TV 뮤지컬, 교육용 DVD, 공연 등을 통해 세계적인 인기를 누리고
  있다.

공기, 계속되는 불안감, 식지 않는 추모의 열기 등 온갖 형태로 남아 있었다. 우리는 끊임없이 그 비극을 떠올리게 하는 환경에서 벗어나 심리적 휴식을 취하고 싶었다. 놀이터와 가족 중심적인 환경 그리고 우수한 공립학교를 원했다. 또한 시부모님과 시아주버님댁 가족, 다시 말해 우리가 수면부족에 시달리고 젖니 관리나 보채는 아기 달래기로 애를 먹을 때 도움을 구하고 의지할 수 있는 혈육 관계망이 가까이 있기를 바랐다. 아울러 우리 부부는 맨해튼을 삶의 터전으로 삼겠다는 의지를 굳혔으므로, 결론은 하나였다.

'어퍼이스트사이드.'

내가 윗동네로 이사할 거라는 얘기를 꺼낼 때마다, 아랫동네 친구들은 마치 내가 사이비 종교에 가입할 계획을 누설하기라도 한 것처럼 반응했다. 어느 날 밤 술자리에서 한 친구의 남편은 "적어도 다운타운의 트로피 와이프는 안경 쓴 박사에 비영리단체 운영자쯤은 되는데"라고 비꼬았다. 아무도 언급하지 않았지만 그 순간 우리 모두는 어퍼이스트사이드에 사는 트로피 와이프의 이미지를 똑같이 떠올렸을 것이다. 금발에 가슴확대수술을 받은, 직장에 다니지 않고 아이만 키우는, 대신 집에서 고용인들을 거느리는 여자. 그렇지 않은가?

사실 나도 잘은 몰랐다. 오래전부터 어지간해서는 웨스트 33번 가보다 북쪽으로 올라가는 모험을 삼갔으니까. 고작해야 시댁에 가거나 가끔 미술관에 다녀오는 정도였고, 그때마다 길거리의 사람들이며 상점들이며 하여간 눈길 닿는 모든 것이 번쩍거리고 돈 냄새를 풍긴다는 인상을 받았다. 그렇지만 그곳의 엄마들이 특별히 내 눈길을 끈 적은 없었다. 하다못해 어퍼이스트사이드의 아이 엄마를 지인으로 둔 적도 없었다. 당연하지 않은가? 그녀들이 나와 알고 지낼 이유가 무어란 말인가?

그때 내 친구는 "아무튼 모피코트 장만할 돈은 꼭 마련해두도록 해"라며 놀리듯 조언했다. 나는 웃었고, 내 남편은 캐슈너트가 목에 걸려 캑캑댔다. 윗동네와 아랫동네를 비교하는 고정관념은 이렇듯 뿌리 깊게 박혀 있었으며, 내심 나는 실상을 직접 확인할 기대에 부풀었다.

그렇지만 우리가 살 곳을 찾는 것이 우선이었다. 그리고 남편이 선수를 쳐서 아파트 찾기 프로젝트를 내게 일임하는 바람에, 그 일은 오롯이 내 몫이었다. 일견 합리적인 결정이기는 했다. 갓난아기의 엄마로서 또 근무시간이 비교적 유연한 '자유기고가'로서 나는 업무를 며칠에서 때로는 몇 주까지 미룰 수 있었다. 게다가 내가 집을 보러 다니는 동안 우리 아들을 돌봐줄 시간제 보모도 있었다. 하지만 더 깊이 들어가면, 그건 역할분담에 대한 문화적 논리가 작용한 결과였다. 맨해튼에서 가족의 주거지를 찾는 일은 여성의 역할이다. 집값을 부부 중 한쪽이 전부 치르거나 각자 반씩 부담할 수도 있으나, 이성異性 간 결혼생활에서 집을 구하러 다니는 쪽은 대개 여성이다. 나는 진즉 이런 현상에 의문을 품고 충분히 숙고한 끝에 이것이 농경문화에 기인한 문화라는 결론에 도달했다.

우리의 먼 조상은 여기저기 돌아다니며 먹을 것을 구했기에 주거지나 소유물을 단출하게 만들고 미련 없이 버렸다. 그러나 이러한 수렵채집 사회가 농경 사회로 이전하는 과정에서 모든 것이 변했다. 재산의 개념이 생기면서 ('이 땅은 내 거야!') 여성의 활동량이 상대적으로 적어지고 배란주기가 짧아져 출산율이 증가했다. '여성의 지위'는 채집인에서 가사 책임자로 변했다. '좁쌀'이라는 단어가 생기기도 전에 하루치 필수 영양분의 대부분을 무리에 공급하며 이에 따르는 권력과 영향력과 자유를 누렸지만, 농경사회에서는 온종일 걸려 만든 저녁식사 시간을 알리는 것 외에는 목소리를 낼 일이 별로 없고 아이를 배는 것 말고는 그다지 존재 가치를 인정받지도 못하게 된 것이다.

육아와 살림이 나에게 편중되고 새 집을 구하는 일을 내가 도맡는 것에 불만은 없었다. 합당한 일이었다. 남편이 나보다 수입이 많았고 나도 어린 아들을 곁에서 돌보고 싶은 마음이 컸으므로. 그러나 친구 부부와 술잔을 기울이며 주고받았던 이야기들이 진실인지도 모른다는 생각이 들었던 나날은 있었다. 즉 다운타운에 비해 어퍼이스트사이드의 성 정치학gender politics은 자유분방한 수렵채집 집단인 !꿍산족!Kung San* 보다 농경 집단인 반투족Bantu▲에 정말 더 가까운지 궁금했다.

또 한편으로는 아무리 내가 부동산에 문외한이어도 다운타운의 타운하우스를 팔고 업타운의 아파트를 사는 것이 그리 어렵지는 않으리라 믿는 구석도 있었다. 어쨌든 뉴욕 시내의 타운하우스는 최고 계층을 상징하니까. 윗집도 아랫집도 없이 독립적인 주택을 소유하고 산다는 것은 맨해튼에서 대단히 드물고 귀중하며 탐나는 생활방식이다. 서구사회가 중시하는 사생활을 보장받고, 제곱미터 단위로 값을 치르는 도심에서 공간의 위엄을 누리며 살 수 있기 때문이다. 그래서 주방이 좁고 엘리베이터가 없는 비교적 소박한 우리 집에도 잠재 구매자가 줄을 섰다. 나는 우리 집을 항상 새 집 같은 상태로 유지해놓았고, 중개인과 고객이 찾아오면 편히 '둘러볼' 수 있도록 눈치껏 밖으로 나갔다.

이렇게 자의 반 타의 반으로 집에서 쫓겨나 있는 동안에는 근처 카페에서 중개인들에게 전화를 돌렸다. 대부분이 여성이었다. 그리고 통화가 한번 시작되면 대화는 좀처럼 쉽게 끝나지 않았다. 문의할 게 있어 전화를 건 쪽은 나인데, 웬일인지 오히려 그녀들이 나에

---

* 칼라하리 사막의 원시부족.
▲ 반투어족에 속하는 언어를 사용하는 흑인 부족을 통칭하며, 대부분 아프리카 중남부에서 농경생활을 한다.

게 온갖 질문을 퍼부어댔다. 남편은 무슨 일을 하세요? 사모님은요? 고향은 어디세요? 출신 학교는요? 심지어 우리의 순자산이 얼마나 되는지까지 캐물었다.

맨해튼 사람들은 파티 등의 모임에서도 이런 식의 호구조사를 통해 상대방을 파악한다. 처음 당했을 때에는 정말 황당했다. 유대인인 내 남편은 대수롭지 않게 설명했다. "아, 당신하고 '유대식 지도 그리기Jewish Geography'•를 하는 거야. 당신이 어디에 있는지 알고 싶어서."

하지만 퀴즈 게임 같은 그 행위의 목적은, 내가 이해하기로는 종교와 무관했다. 이런 거대도시에서 나와 상대방의 연결고리가 있는지, 있다면 어떤 식으로 연결되는지, 내가 알거나 알고 싶은 사람과 상대방이 아는 사이인지 등의 정보를 얻는 수단이라면, 다시 말해 인구 수십억의 나라 중국에서 인맥을 형성하는 방식인 관시guanxi와 비슷한 개념이라면, 어느 정도 납득할 만은 하다. 약간 (혹은 많이) 속물적인 의도가 엿보이기는 하지만.

호구조사를 마친 뒤 중개인들은 하나같이 내가 문의하는 그 물건은 없지만 대신에 다른 물건을 보여주겠다고 제안했다. 온라인이나 광고지에서 봤던 아름다운 아파트들은 하나도 실재하지 않는

• 유대인들이 처음 만난 사람과 친해지기 위해 질문을 주고받는 게임의 일종으로 유대인 사회의 비공식적인 관례 중 하나이다.

것만 같았다. 광고를 보고 막상 전화를 해보면 '이미 팔렸'거나 '계약 중'이거나 '웹사이트 업데이트가 안 되어' 예전 매물이 올라와 있는 거라는 답이 돌아왔다. 그래서 남편한테 얘기했더니, 그는 그것이 전형적인 미끼 상술이라면서 '구매자 측 중개인'을 구해야겠다고 말했다. "말하자면 현지 정보원이나 안내인 같은 거?" 내가 흥분하며 묻자 남편은 딱 그거라고 단언했다. 다이앤 포시Dian Fossey가 전문 추적꾼들의 도움으로 르완다의 산림에서 매일같이 야생 고릴라를 발견할 수 있었듯이, 현대 인류학의 아버지인 프란츠 보아스Franz Boas가 배핀 섬에서 이누이트족 연구를 시작할 때 자진해서 자기네 방식을 일러준 현지인들이 있었듯이, 내게도 현지 조력자의 조언과 통찰이 필요했다.

남편은 수년 전 자신의 어퍼이스트사이드 원룸을 팔 때 도움을 주었던 중개인의 번호를 알려줬고, 나는 다음 날 그녀에게 전화를 걸어 내 소개를 한 뒤 아파트를 구하려 한다고 말했다. 내 편인 중개인을 찾았으니 모든 일이 일사천리이리라 생각했다. 그러나 내가 너무 순진했다. 난 고작 부동산 세계의 문을 두드린 것에 불과했다. 진짜 일은 이제부터 시작이었다.

남편에게 듣기로 잉가는 덴마크 출신의 전직 모델이었다. 과연 그녀는 매력적인 억양에 딱 부러지게 사무적인 말투를 썼다. "우선 지금 사시는 주택의 매매를 맡을 중개인은 있으시죠? 다운타운 쪽

은 제 구역이 아니거든요." 그녀는 업타운의 부동산과 다운타운의
부동산은 전혀 다른 별개의 세계라고 설명했다. 또한 업타운에서도
자신은 웨스트 쪽보다 주로 이스트 쪽 거래를 중개한다고 덧붙였다.

"그렇군요, 음, 예, 저희는 이스트사이드로 이사할 계획이에요."
동네 간에 명확하게 선을 긋는 부동산 중개업계의 관행을 이해하느
라, 나는 말을 약간 더듬었다. 그러나 이내 정신을 차리고 우리 입장
을 전했다. "훌륭한 공립학교가 많은 동네였으면 좋겠어요." 한동안
정적이 흐르더니 수화기에서 무뚝뚝한 대답이 돌아왔다. "쉽지 않겠
네요." 어쩐지 내 요구가 못마땅한 눈치여서 난 순식간에 낙담해 풀
이 죽고 말았다. '쉽지 않다고……?'

잉가는 듣기 좋은 북유럽 억양으로 내처 말했다. "하지만 애써
보겠습니다. 일단 몇 군데 둘러보시죠." 절망 속에 한 줄기 빛이 비
쳐들면서, 희망과 안도감이 물밀듯 밀려들었다. 둘러볼 데가 있대!
좋아, 나한테도 안내인이 생겼어! 기분 좋은 예감을 안고 통화를 마
쳤다. 잉가는 단지 집을 소개하는 데 그치지 않을 것이다. 나에게 어
퍼이스트사이드의 기본 규칙을 안내해주기도 하리라. 어느 인류학
자에게나 현지 정보원은 필요하다. 기꺼이 길잡이가 되어줄 믿음직
한 내부자가 적어도 한 명은 있어야 한다. 언어를 통역해주고, 그들
의 풍습을 설명해주고, 그들 문화의 추악한 비밀과 암묵적인 관례까
지 귀띔해줄 사람. 한마디로, 들어가는 길로 안내해줄 사람. 바로 그

런 정보원을 찾아냈다고 나는 확신했다.

⋮

"사모님은 오늘 안 오시나요?" 쫙 빼입고 에르메스 스카프를 두른 여자가 미심쩍은 표정으로 내게 물었다. 보톡스를 맞아 이맛살이 잘 찌푸려지지 않는 듯했지만 파크애비뉴에 있는 으리으리한 사무실 로비에 나타난 내 행색에 혼란스러운 기색은 언뜻 엿보였다.

"음…… 제가 그…… 사모님…… 인가 봐요." 난 가까스로 대답하며 쭈뼛쭈뼛 손을 내밀고 내 이름과 용무를 밝혔다. 그녀는 다운타운에서 유행하는 '꺼벙한 힙스터' 스타일의 마크 제이콥스 옷을 입은 나를 잉가의 고객이 거느리는 조수쯤으로 여긴 게 분명했다. 이 도시에서 무직의 여성이 집을 새로 구할 때 개인 조수를 둔다는 사실을 처음으로 알게 된 순간이었다. 그리고 아파트 물색용 옷차림은 따로 있다는 사실도. 때마침 잉가가 나타났다. 흑발의 미녀로, 꼬챙이처럼 큰 키와 깡마른 몸매에 맵시 있게 어울리는 세련된 미백색 정장 차림이었다. 나는 그녀를 향한 동료 중개인의 감탄 어린 시선을 눈치챘고, 그제야 안심했다. 내 옷차림도 문제 될 것 없으며 집을 구하는 모든 과정이 잘 풀려 무사히 이사할 수 있으리라는 희망이 샘솟았다. 꼭 마법 같았다.

　내 추측은 틀리지 않았다. 맨해튼의 부동산 거래(아파트 매매)는 생태적으로 여성에 의한, 여성을 위한, 여성의 일이다. 특히 어퍼이스트사이드에서는 더욱 그러하다. 부동산업계의 언어는 옷차림이다. 판매자 측 중개인의 옷차림은 판매자에게 씌워주고자 하는 위엄을 나타내며, 구매자 측 중개인의 옷차림은 잠재 구매자의 이미지를 반영함으로써 양측에 진지한 구매의사를 전달한다(만약 구매자가 극도로 부자라면, 본인은 이 거래에 굳이 목매지 않아도 된다는 뜻에서 일부러 소박한 옷차림을 선택할 수 있다. 고급스러운 옷차림은 중개인이 대신 보여주면 그만이다). 날이면 날마다 건물 로비며 아파트를 보여주는 모든 과정이 과시로 시작해 과시로 끝난다. 동틀 녘 세르지오 레오네Sergio Leone*의 음악이 흐르는 가운데 브루넬로 쿠치넬리와 로로 피아나▲를 걸친 여성들이 대치하는 모습을 상상해보라.

　특히 가방이 굉장히 중요한 것 같았다. 그 첫날, 네댓 군데의 아파트를 둘러보면서 만난 중개인들 상당수가 샤넬 백을 들고 있었다. 어깨끈은 사슬이고 은은한 광이 나는 묵직한 덮개에 반대 방향으로 교차하는 두 개의 C 모양 로고가 박힌 퀼팅 백, 아니면 덮개가 없고

---

* 이탈리아 출신의 영화감독으로, 할리우드 서부극의 틀을 깬 〈황야의 무법자〉 등을 연출하여 '스파게티 웨스턴'이라는 새로운 장르를 개척했다.
▲ 둘 다 이탈리아의 명품 의류 브랜드.

손잡이 바로 아래에 역시 두 개의 C로 이루어진 로고가 간단하고 우아하게 박힌 송아지가죽 소재의 네모반듯한 쇼퍼 백. 그날 저녁 나는 반농담조로 남편에게 말했다. "괜찮은 아파트를 구하려면 먼저 명품 가방이 하나 있어야겠어." 정말이지 기절할 만큼 피곤한 일이었다. 몇 시간을 내리 걸어 다니느라 쌓인 육체적 피로(이것 또한 잉가의 다른 고객들과 나의 차이였다. 어퍼이스트사이드 문화에 어울리는 데 필요한 또 하나의 요건은 잉가와 나를 태우고 다닐 차량과 운전사였다)뿐 아니라, 여러 아파트를 둘러보고 중개인들을 상대하고 내 기준과 바람을 각각의 장소에 끼워맞춰 보느라 예상 외로 심리적 노동과 감정적 소모도 상당했다.

그 후로 몇 주 동안 매일 아침 나는 어퍼이스트사이드의 아파트 물색용으로 몸단장을 했다. 체형에 꼭 맞는 단정한 디자인의 아네스 베Agnès B* 원피스, 프렌치솔French Sole▲ 플랫슈즈, 내가 가진 것 중(헐렁한 가방은 내 임무에 하등 도움이 되지 않으므로) 가장 여성스러운 가방. 마무리는 말쑥하게 (보이고 싶은) 포니테일 헤어로. 어쨌든 내 목적지는 '말쑥 나라'였으니까. 그런 복장으로 택시를 타고 북동 방향으로 보통 30분을 달려 십중팔구 렉싱턴애비뉴 서쪽에 있는 어느 건물의 로비에서 잉가를 만났다. 내가 훌륭한 학군을 최우선 요건으

---

* 프랑스 디자이너 브랜드.
▲ 영국 런던에서 출발한 플랫슈즈 전문 브랜드.

로 꼽았기 때문에 기본적으로 우리는 맨해튼을 통틀어 집값이 가장 비싼 동네를 뒤져야 했다. 언젠가 우리 아이를 좋은 공립학교에 공짜로 보내기 위해서 말이다. 이 모순은 나나 내 남편 혹은 빠르게 우리 생활의 일부가 된 잉가에게도 아무런 영향을 미치지 않았다. "학군을 크게 따지지 않으시면 훨씬 더 많은 매물을 소개해드릴 수 있는데요." 제법 친해진 이후 그녀는 넌지시 제안했다가, 내가 눈총을 쏘자 급히 덧붙였다. "하지만 사모님과 부군께서 원하시는 바를 제가 잘 알지요. 그러니 이 구역을 더 샅샅이 뒤져봐요."

아파트 하나 찾는 데 평생이 걸리는 것만 같았다. 하필 경제 호황기여서 집값이 치솟던 시기였다. 그야말로 판매자가 부르는 게 값이었다. 잉가가 몇 번이고 넌지시 말했듯이, 우리가 원하는 동네는 이 도시에서 가장 뚫고 들어가기 힘든 곳이었다. 우리는 보고 보고 또 보았다. '괜찮은 건물'과 '좋은 건물'과 심지어 관리직원들이 실제로 흰 장갑을 착용하는 '흰 장갑white glove* 건물'의 '식스룸 아파트'와 '세븐룸 아파트'와 '에이트룸 아파트'를 둘러보았다. 어느 건물로 가든 도어맨이 정문을 열어 맞이해주었으며, 엘리베이터 버튼을 대신 눌러주는 직원이 있는 건물도 많았다. 그러나 진짜 '훌륭한 건물'은 따로 있었다. 같은 블록에 있고 외관은 똑같아 보여도, 막대한 선금을

• 완전무결함을 뜻하는 관용어이기도 하다.

요구하고 저당권 설정을 금지하며 잠재 구매자의 유동자산이 아파트 가치의 세 배나 다섯 배 혹은 열 배 이상이라는 증거까지 요구하는 곳이 있다. 그러면서 특정인들에 한해서는 예외를 두기도 하는데, 잉가가 일찍이 설명했듯이 이런 아파트 건물은 기본적으로 입주자운영위원회가 바람직하다고 여기는 규율을 만들고 적용하여 운영하는 일종의 회원제 클럽이기 때문이다. 부유한 유명인사의 입주 요청이 거부당하는 경우도 허다하다. 리처드 닉슨도 마돈나도 똑같이 상처 받고 넌더리를 내며 단독주택으로 관심을 돌린 바 있을 정도다.

주로 산업계 거물들과 그들의 사교계 명사인 아내들이 거주하는 이들 훌륭한 아파트 건물의 명칭은 대개 주소와 동일하다. 파크 740, 피프스 927, 피프스 834, 피프스 1040. 물론 이름이 붙은 건물도 있다. 베레스퍼드, 산 레모, 다코타, 리버 하우스. 대부분 로사리오 칸델라Rosario Candela나 에머리 로스Emery Roth 같은 유명 건축가가 설계한 석회암 건물들이다. 그런 곳들이 우리에게 알맞지 않은 것은 당연했지만 잉가가 '가족형 아파트' 건물도 반대하는 것은 이해하기 어려웠다. "왜요? 완벽할 것 같은데"라는 내 질문에 그녀는 참을성 있게 설명해줬다. "가족형 아파트라는 건 놀이방이 있다는 뜻이 아니라 90퍼센트 대출을 허용한다는 뜻이에요. 안 돼요, 더 나은 집을 찾을 수 있어요." 잉가가 몸에 두른 질 샌더, 피아자 셈피오네,

프라다가 내 지위를 반영한 것이듯, 내가 들어갈 건물은 그녀의 지위를 반영하는 셈이었다. 그녀는 우리에게 최선인 집을 찾아내고자 했다. 그녀의 명성도 여기에 달려 있기 때문이었다.

난 그런 구분에 연연하지 않았다. 적당히 좋은 학군에 적당히 좋은 집이면 족했다. 그러나 놀랍다 못해 당황스럽게도, 까다롭게 굴지 않는다고 해서 집을 구하는 과정이 수월해지는 것은 아니었다. 중개인들은 '매물이 적다'는 말만 한없이 되풀이했다. 게다가 집을 둘러본다는 핑계로 남의 삶과 공간을 침범하는 것도 상상 이상으로 부담스럽고 이상했다. 지금 사는 사람들의 물건과 습관을 훔쳐보는 것 같아 못내 찜찜한 기분이 들 때가 있는가 하면, 모델하우스처럼 완벽하게 꾸며져 과연 여기에 사람이 사는지 미심쩍을 때도 있었다. 많은 아파트를 둘러보다 보니, 어퍼이스트사이드 특유의 인테리어 방식을 알 수 있었다. 온통 투알 toile° 천지였다. 그리고 노란색이 정말 많았다. 파란색도. 끝이 없었다. 나로선 이런 공간을 달리 어떻게 꾸밀지 감도 잡기 어려웠다. 우리 가구가 여기에 어울릴까? 이런 아파트에서 과연 우리 가족이, 내 남편과 아들과 내가 살 수 있을까? 아기침대는 어디에 둘까? 만약 아이가 더 생기면 그 애는 어디서 지내지? 이 아파트에서는 내가 재택근무를 할 수 있을까? 이런저런 자

° 자연, 풍경, 고성 등을 정교하게 묘사한 문양이 반복되는 고전주의 프랑스풍 인테리어의 대표적인 요소다.

문들이 꼬리에 꼬리를 물고 이어졌다.

우리가 요구한 기본요건인 적합한 학군, 적정 수의 화장실, 적절한 조도와 전망을 충족하는 아파트가 나타나면 그다음은 남편이 둘러볼 차례였다. 남편이 오면 잉가와 나, 판매자 측 중개인, 어쩌면 판매자까지, 우리 여자들은 새삼 열과 성을 다해 그를 만족시키려 애썼다. 다른 여자들과 함께 이 문 저 문 열어 보이고 붙박이장들을 보여주는 식으로 남편에게 아파트를 '소개하는' 동안, 나는 영락없이 반나 화이트˚가 된 기분이었다. 마치 모두가 한 편의 연극에서 각자 배역을 맡은 것처럼 행동했다. 나는 전혀 나답지 않게 바보 같은 선웃음을 날리며 알랑거렸고, 남편은 아파트의 이모저모를 샅샅이 살폈으며, 중개인들은 어떻게든 그의 속내를 읽어보고자 그의 말 한마디 손짓 하나에 주목했다. 남편은 예의 바른 사람이었지만 이 상황에서만큼은 절대로 과도한 친절을 베풀지 않았다. 중개인들 앞에서는 어떠한 기색도 내비치지 않고 신속히 한 번 휘둘러본 뒤 '남자들의 중요한 세계' 즉 일터로 서둘러 돌아갔다. 그러고는 가는 길에 나에게 전화를 걸어 자기 생각을 전했다.

그 모든 과정이 내가 마치 80년대 TV 시트콤에 나오는 가정주부인 것처럼 느끼게 했지만, 사실상 최종 결정권자도 바로 나였다.

˚ TV 게임쇼 〈휠 오브 포춘〉의 여성 보조 진행자.

가족이 살 집을 구하는 건 여성의 일, 다시 말해 집안일이었다. 그래서 모든 중개인과 잠재 구매자가 여성이었던 것이다. 남자들은 진중한 분위기와 약간의 전율을 제공하고는 사라진다. 그리고 아내의 결정을 승인한다. 거부할 수도 있지만. 그다음엔 뭐든 우리 마음대로 한다. 웰컴 투 어퍼이스트사이드.

이렇듯 성 역할의 구분과 새 거주지의 의미를 깊이 생각해보는 한편, 나는 더 실질적인 문제들에도 신경 쓰지 않을 수 없었다. 다시 말해, 매매가로 따지면 애틀랜타나 그랜드래피즈의 수영장 딸린 저택에 맞먹는데도 어퍼이스트사이드의 아파트는 대체로 실망스러웠다. 늘 같은 식이었다. 파크 혹은 매디슨 혹은 피프스애비뉴라는 '특권층' 주소에 화려하고 번쩍거리는 로비와 관리직원들을 갖춘 건물의 엘리베이터를 타고 올라가 아파트로 들어서면……, 정신이 아득해졌다. 내 눈을 의심한 적도 한두 번이 아니었다. '어퍼이스트사이드의 멋들어진 여자들이 이런 데서 산다고?' 몇몇 아파트는 모델하우스를 방불케 할 정도로 완벽하게 깔끔했지만, 대부분 아니면 상당수가 은근히 혹은 대놓고 방치된 상태였다. 해진 러그와 오래된 카펫 바닥. 낡아빠진 주방. 누렇게 바랜 페인트. 그리고 거의 항상, 먼지를 털거나 은 식기에 광을 내거나 빨래를 개는 가정부가 있었다.

게다가 거실을 둘러볼 때마다 나는 매번 흠칫했다. 집집마다 어김없이 한결같은 사진 액자와 기념품들이 진열돼 있었다. 어느 아가

씨의 사진 옆에는 브리얼리 혹은 스펜스*의 졸업장. 어느 청년의 졸업사진 옆에는……, 금박 로마자가 박힌, 호레이스만▲이나 버클리나 세인트버나드*의 졸업장. 완벽한 머리 모양. 주름 없이 젊은 얼굴들. 부자연스럽게 환한 미소와 교정한 듯 가지런한 치아. 어느 날 매디슨애비뉴 80번대 가의 어느 아파트를 둘러보던 중, 망치로 머리를 맞은 것 같은 약간의 충격과 깨달음이 한꺼번에 덮쳐왔다. 이 사람들은 어쩔 수 없이 집을 파는 것이었다. 그들이 지극정성으로 모든 것을 쏟아부은 자녀들이 마침내 졸업하여 독립했으므로. 이 부모들은 재정적으로 무리를 하면서까지 가정부를 고용하고 자녀를 사립학교에 보냈다. 둘 중 하나를 포기하느니 이사를 가는 편이 낫기 때문에 이 집을 팔고 더 작은 집으로 이사하려는 것이었다. 졸업장과 가정부를 데리고.

"이게 믿어져?" 큰 깨달음을 얻은 그날 밤, 고단한 몸과 우울한 마음으로 침대에 털썩 드러누우며 남편에게 말했다. 연달아 네 군데를, 으리으리한 로비와 해진 카펫과 빛나는 졸업장을 보고 온 터였다.

그는 한숨을 쉬며 간단히 대꾸했다. "응." 그는 뉴요커였지만 맨해튼 토박이는 아니었다. 브루클린에서 태어나 10대 시절에 어퍼이

• 둘 다 맨해튼 피프스애비뉴에 있는 명문 사립 여자 고등학교.
▲ 뉴욕 주 브롱크스에 위치한 명문 사립 캠퍼스로, 유치원부터 고등학교까지 있다.
• 둘 다 맨해튼 피프스애비뉴에 있는 명문 사립 남자 고등학교.

스트사이드로 온 사람으로, 내가 매일 둘러보는 아파트의 주인들이 지닌 욕구와 신념과 분투와 불안과 우선순위에 익숙하면서도 그런 점을 이상하게 볼 줄은 알았다. "가정부나 졸업장 같은 건 그냥 장식이 아니야. 그 사람들의 정체성이지."

그는 하품을 했지만 난 잠이 확 달아났다. 아주 오래전, 학부생 시절에 들었던 인류학 강의가 생각났다. 그때 교수님은 예멘의 어느 부족 내에서 통하는 명예의 개념을 설명했다. "추상적 관념이 아닙니다. 명예가 훼손되면 한순간 창피하고 마는 게 아니에요. 살점이 떨어져나가는 것과 같지요. 상처와 흉터가 남아요." 그러고 보니 사립학교 졸업장과 가정부는 지위에 집착하는 속물근성의 발로도, 단순히 자랑스럽게 입거나 갖거나 드러내는 물건도 아니었다. 어퍼이스트사이드에서 그 두 가지는 한 사람의 고유한 가치이기 때문에 새 카펫과 주방 개보수와 완벽한 집 상태를 포기하더라도 반드시 소유해야만 하는 것이었다.

그렇다면 이해할 만했다. 자녀가 있는 부동산 중개인이든 내가 둘러본 아파트의 현재 안주인이든 어퍼이스트사이드에 사는 친구들의 친구들이든, 여자들이 처음 만난 자리에서 아이들 학교 얘기를 꺼내고 아이들의 나이와 소속 학교를 자기소개에 포함시켰던 이유. 그렇다. 그녀들은 그런 식으로 안면을 트고 그 과정에서 약간의 연대감을 형성했다. 그런 것들이 그녀들의 본질이자 전부이기도 했다.

"안녕하세요, 전 앨리샤예요. 애들 이름은 앤드루, 애덤이고 둘 다 앨런-스티븐슨에 다녀요. 그쪽 아이들도 거기 다니죠?"

"아뇨, 우리 애들은 컬리지어트에 다녀요(두둥! 이렇게 그녀는 일류 학교에 다니는 아이를 둔 엄마로서 우위를 점한다). 대신 제 친구 마저리의 아들 넷이 다 앨런-스티븐슨에 다녀요(숨은 의미: 제 친구 마저리는 애를 넷이나 키울 만큼 엄청난 부자고, 그녀의 친구인 저 또한 부자랍니다). 어쩌면 앨리샤도 마저리를 알지 모르겠네요. 앨리샤 애들은 몇 살이죠?"

"어머나, 그래요? 제 조카 둘이 컬리지어트에 다니는데(여기서 그녀는 자기도 일류에 뒤지지 않는다는 사실을 드러낸다. 자기 동생의 아이들이 일류 학교에 다니므로, 그녀도 동등하다는 것이다.) 걔네는 쌍둥이고, 2학년이죠. 데본과 데이튼." 이런 식으로 대화는 계속된다.

사립학교는 정말 중요했다. 내가 아들을 동네의 우수한 공립학교인 PS6에 보낼 계획이라고 하면, 예외 없이 대화가 끊어졌다. 잠시 말문이 막혔던 상대방은 이내 눈썹을 치켜세우며 공손하게 "그래요, 아직 아드님이 많이 어리죠"라고 말했다. 더 노골적인 사람들도 있었다. 한 중개인은 주방 찬장을 열어 내부 조명을 보여주며 억지스러운 미소를 띠고 약간 과장된 어조로 말했다. "에이, 사모님도 남들처럼 아이를 사립학교에 보내게 되실 거예요. 운전사 딸린 자동차로 등하교를 시킬 거고요. 다들 그러니까요. 꼭 이 동네만 고집하시지 않아도 되는데요."

그러나 우리 부부는 확고했다. 우리가 공립학교에 다녔으니 우리 아들도 그럴 수 있었다. 그게 당연하고 합리적이었기에 우리는 계속해서 매디슨애비뉴와 파크애비뉴 사이의 이스트 81번가에 있는 탁월한 학군 근처를 고집했다. 그곳은 중개인들이 '어퍼이스트사이드 프라임'이라 일컫는 동네였고, 그래서 우리 조건에 맞는 집을 찾기가 더욱 어려웠다.

이쯤에서 나는 남편과 잉가의 속성 지도를 받아야 했다. 맨해튼에서 부동산을 기준으로 한 사회적 지위는 가장 기본적으로 '세입자'와 '소유주'로 나뉘는데, 나는 결혼을 하면서 그 경계를 넘었다. 남편이 자기 집문서에 내 이름을 올려 공동소유로 만들었고 난 그냥 그런가 보다 했는데, 알고 보니 이 도시에서는 집을 소유한다는 것이 보통 일이 아니었다. 맨해튼 사람들은 본인이 세입자라는 사실을 숨기거나 적어도 언급을 삼간다. 집을 세내어 사는 것은 불안정하고 열등한 삶을 의미한다고 여기기 때문이다. 중개인들이 한결같이 내게 (또는 아파트를 보여주기 전에 우리의 의도를 파악하기 위해 잉가에게) 묻는 첫 질문은 "구매하시는 거죠?"였다. 그들은 우리가 장애요소를 더하지 않으리라는 사실을 확인하고자 했고, 우리가 이미 소유주 무리의 일원임을 알고는 비로소 흡족해했다.

맨해튼의 부동산은 또한 제2차 세계대전 전에 지어진 건물과 전후에 지어진 건물로 나뉜다. 유명한 건축가가 설계한 본연의 특색과 수많은 사연을 고스란히 품은 유서 깊고 아름다운 건물에서 살면 물론 참 좋을 것 같았지만, 우리 부부에게 그것은 필수조건이 아니었다. 다만 전전·전후 건물의 구분과 대부분 겹치는 또 하나의 필수적인 선택사항이 있었다. 다시 말해 코옵co-op과 콘도condo 중에서 하나를 골라야 했는데, 다운타운의 주택에서 살던 나는 맨해튼 건물들이 이 두 가지 상반된 형태로 존재하며 그것이 어퍼이스트사이드의 독자성을 이룬다는 기본적인 사실을 잉가와 내 남편의 설명을 듣고서야 알게 되었다.

코옵 건물은 운영위원회가 입주자 요건과 아파트 관리규정을 정한다. 어떤 조항들은 직관적이고 논리적이다. 예를 들어 휴가 여행을 떠나는 가구가 많고 소음을 피해 야외로 나가기 좋은 여름철에만 리노베이션 공사를 허용하는 '여름철 조항'이 있다. 모두가 남의 집 바로 위나 아래에서 살기 때문에, 공사로 삶의 질이 떨어질 수 있다는 것이다. 잉가는 이 여름철 조항이 '어퍼이스트사이드의 특징'을 대표한다면서, 어퍼웨스트사이드의 코옵 건물 중에는 이런 조항을 두고 있는 곳이 드물다고 귀띔했다. 이런 조항은 합리적이다.

한편 기능보다 문화의 영향이 더 크며 독단적인 조항들도 있다. 예컨대 코옵 아파트에 구매자 본인이 아닌 임차인이나 20대 자녀를 살게 하려면 먼저 위원회의 승인을 받아야 한다. 특정 건물의 코옵은 천문학적 단위의 유동자산 증서를 구매신청서류에 포함시키기도 하는데, 모든 코옵이 그러는 것은 아니다. 코옵이 구매 희망자의 자산을 검토하기로 하고 증거서류를 '요구'하는 것은 일종의 '보증' 개념이다. 기본적으로 코옵은 그 건물 내의 모든 아파트에 선취권을 갖기 때문이다. 개별 아파트 구매자는 실질적인 소유주가 아니다. 개별 아파트 구매는 건물의 '지분'을 소유하는 형식이며, 대체로 아파트 크기와 지분율은 비례한다. 지분은 곧 권력이다. 코옵 아파트를 구매하고자 하는 사람들은 거의 항상 운영위원회의 사전 인터뷰를 거쳐야 한다. 내 남편과 잉가가 내게 미리 일러주었듯이, 운영위원회는 구매 희망자에게 무엇이든 캐물을 수 있고 아무 이유 없이 구매신청을 거부할 수도 있다. 그래서 우리가 파크애비뉴와 피프스애비뉴에서 둘러봤던 코옵 건물들 중 '위원회 승인절차 없음'이라고 광고하는 희귀한 건물들에 유독 경쟁자가 몰렸던 것이다. 그러고 보면 코옵 지분을 소유하는 것은 사립학교에 다니는 아이와 가정부를 두는 것과 같은 느낌인지도 모른다.

콘도는 약간 더 비싸고, 전반적인 규정은 덜 엄격하다. 허용되는 대출비율 한도가 더 높은 편이며, 구매자는 실소유주가 되므로 임대를 하든 세컨드하우스로 쓰든 마음대로 할 수 있다. 구매신청서류는 별도의 관리회사가 검토하므로, 앞으로 이웃이 될 수도 있는 사람들이 구매 희망자의 재정상태와 신상정보를 상세히 살펴보는 코옵보다는 사생활을 침범당하는 느낌도 덜하다.

코옵이든 콘도든, 전전 건물이든 전후 건물이든, 이제는 슬슬 한 군데를 골라야겠다 싶었다. 매일같이 웨스트빌리지*와 어퍼이스트사이드를 왕복하자니 택시요금에 허리가 휠 지경이었다. 매일 윗동네에 다녀오는 수고를 그만두기 위해서라도 우리는 이사를 해야 했다.

⋮

그러던 어느 날, 드디어 파크애비뉴에서 괜찮은 아파트를 발견했다. 세계대전 이전에 유명 건축가가 설계한 '훌륭한' 건물은 아니었지만 난 상관없었다. 어쨌든 센트럴파크에서 두 블록 거리였으니까. 아파트 자체는 처음에는 조금 어두워 보였다. 그러나 그건 벽지 색 탓이었고 내 눈에는 '그 너머'가 보였다. 주방은 중개인 표현에 의하면 작은 편이나 '최고급'이었다. '탁 트인 도시 전망'은 공원이 내다보이지 않는다는 뜻이었지만 또한 창문을 가리는 건물도 없다는 뜻이었다. 다른 건물들과는 빛이 충분히 들고 답답하지도 적막하지도 않을

• 다운타운 서쪽에 위치하며, 어퍼사이드까지 7∼8킬로미터 정도 떨어져 있다.

만큼 떨어져 있었다. 방의 개수도 적절했다. 그중 어느 방에는 앙증맞은 탁자와 의자, 그리고 분홍색 마분지에 마카로니와 단추와 반짝이를 덕지덕지 붙인, 만들다 만 미술 작품이 있었다. 그 소녀의 방이 우리 아들의 방으로 탈바꿈한 모습이 손쉽게 그려졌다. 천장이 낮고 구조도 완벽하지 않은 데다 붐비는 길거리와 맞닿은 건물 모퉁이에 위치한 아파트였지만, 아이 친화적이고 따스한 분위기가 그 모든 단점을 상쇄할 만큼 마음에 쏙 들었다.

그곳을 두세 번 더 둘러봤고, 점점 흥분이 일었다. 판매자 측 중개인은 없었다. 잉가가 "사정이 있어서 못 왔대요"라고 설명했지만, 나는 부동산업계에서 그것이 무시를 의미한다는 것을 알고 있었다. 그쪽 중개인에게 잉가와 나는 시간을 내어 만날 가치가 있는 고객이 아니었던 것이다. 아마 다른 데서 다른 고객을 만나느라 바빴겠지. 그래도 난 괜찮았다. 대신 두 번째 약속은 되도록 급히 잡아서 결국 그 중개인이 (귀찮은 티를 내며 무심하고 불친절하게) 나를 상대할 수밖에 없게 했다. 그녀와 함께 두 번째로 아파트를 둘러보고는 남편에게도 보여주려고 세 번째 약속을 잡았다.

세 번째 방문에서 처음으로 그 집의 안주인을 만났다. 현관문을 여는 순간, 딸아이를 꾸짖는 소리가 들려와 그녀가 집에 있다는 것을 알아챘다. 복도 끝을 살펴보니 나처럼 금발에 나이도 체구도 나와 비슷해 보이는 여자가 있었다. "레다, 먹기 전에 손님께 먼저 권해야지!" 보아하니 그 손님이란 중개인을 가리키는 듯했다. 지난번에 잠깐 만났던, 짧은 빨강머리에 덩치 큰 여자가 장 슐룅베르제Jean Schlumberger* 액세서리를 착용한 투견처럼 우리와 집주인 가족 사이에 서 있었다. 내가 다가가자 그녀가 반지와 팔찌를 주렁주렁 찬 팔을 번쩍 들어올려 막았지만, 정작 안주인은 상냥한 미소를 머금고 악수를 청했다. "앨리예요." 어퍼이스트사이드의 길거리와 아파트에서 많이 마주쳤던, 예의 그 서먹하면서 공손한 말투와 태도였다. 어떤 사람이 이 집을 사겠다고 하는지 눈여겨 살피는 것 같아서, 나는 그럭저럭 잘 차려입고 온 게 다행스러웠다. 평범한 수요일 오후였고 자기 집 안인데도 그녀는 세련되게 단장한 모습이었다. 몸에 잘 맞는 검은색 카프리 바지,▲ 포근한 느낌의 연보라색 블라우스, 그리고 완벽하게 손질된 발톱에 반짝이는 연분홍색 페디큐어까지. 머리 모양과 화장도 분명 전문가의 솜씨였다. "이분은 샤론이고요." 앨리가 대신 소개한 중개인에게 나는 손을 내밀며 "안녕하세요. 또 뵙네요"라고 짐짓 경쾌하게 인사했다. 그녀는 내 시선을 피하며 쭈뼛쭈뼛 악수를 받아들였다.

중개인이 자기 고객을 과잉보호하고 거래 상대를 이상하게 적대하는 경우를 처음 본 것은 아니었다. 판매자 측 중개인은 과도기

• 주얼리 브랜드 티파니의 대표 디자이너 중 한 명.
▲ 7부나 8부 길이의 여성용 바지.

를 겪는 고객의 보호자를 자청하고, 집주인에서 판매자가 되었다가 구매자를 거쳐 다시 집주인이 되는 고객의 여정을 함께하며 길을 안내한다. 중개인들은 그 모든 과정에 개입하고 싶어 한다. 막대한 수수료가 달린, 중개인 자신에게도 중요한 과정이기 때문이다. 그들은 자기가 맡은 거래에 차질이 생길까 봐, 그래서 잘릴까 봐 전전긍긍한다. 그러나 어퍼이스트사이드의 중개인과 고객 사이에는 뭔가 다른 것, 뭔가 더 생소한 것도 있었다. 나도 그것을 지금, 앨리가 자기 방으로 간 딸을 살펴보러 가야겠다고 했을 때 눈치챘다. 난 샤론을 돌아보며 그저 예의상 레다의 나이를 물었다.

"세 살이에요. 템플 이매뉴-엘 유치원에 다니죠." 그녀는 짧게 답했다. 마치 자기가 노벨상을 수상했다고 알려주는 것처럼 우쭐대면서. 어퍼이스트사이드의 중개인, 건축가, 보모 들의 공통점이었다. 고객이나 상사의 지위가 곧 자기들의 지위인 양 구는 모습. 샤론도 마찬가지였다. 난 템플 이매뉴-엘이 근처에 있느냐고 물었고, 샤론은 어처구니없다는 듯 입을 딱 벌리고 나를 쳐다봤다. 난 무지하고 무심한 인상을 조금이라도 덜어내길 바라며 빙긋 미소 지었지만 속으로는 눈자위를 굴리며 투덜거렸다. '이 아줌마가 왜 이러시나. 여기가 당신 집이야? 이 사람들이 당신 가족이냐고.' 물론 그녀는 수수료를 받고 일하는 사람이었지만, 아마 이 집을 구매하는 데 관심을 보이는 사람들이 줄을 섰을 것이다. 어퍼이스트사이드의 중개인

대부분이 그러하듯 샤론도 부자였다. 그녀의 수수료는 건당 6퍼센트였고, 그녀 개인의 몫은 3퍼센트였다. 경제와 부동산 경기가 호황이었던 그 당시 나는 그녀에게 아무것도 아니었고, 그게 눈에 보였다. 그래서 아니꼬웠다. 우리는 그냥 거기 서 있었다.

고맙게도 앨리가 금방 돌아와 사과를 하고 탄산수를 권했다. 우리는 아이들 얘기를 했다. 내 아들이 그녀의 딸보다 조금 어렸다. 그녀는 아파트 여기저기를 보여주면서, 자기가 좋아하고 싫어하는 것을 솔직히 얘기해주었다. 샤론은 우리보다 조금 뒤에서 따라다녔다. 그녀는 엄마들 대화에 낄 수 없었다. 지금까지 줄곧 사려 깊게 기다리던 잉가가, 내 남편이 길이 막힌다고 전화했다는 소식을 전하고는 다시 물러나 동료 중개인과 한담을 나누었다. 한순간 나는 별난 우월감에 사로잡혔다. 말이 동료지, 샤론은 잉가와 급이 달랐다. 모든 면에서 잉가가 더 나았다. 태도, 사교기술, 전문성, 미모까지. 하!

앨리가 안방을 보여주겠다며 우리를 이끌었다. "건물 관리직원들은 나쁘지 않아요. 훌륭하진 않지만, 그럭저럭 괜찮은 편이죠." 그녀는 이 건물의 위층으로 이사할 계획이라고 했다. 이 아파트보다 침실이 하나 더 있고 공원이 내다보이는 펜트하우스로. 그러니까, 그녀가 더 좋은 데로 가면서 비우는 집에 우리가 들어간다는 얘기였다. 언뜻 속이 좀 상했지만 얼른 떨쳐버렸다. 누가 신경이나 쓰겠는가? 임신을 해서 더 넓은 집으로 이사하는 것인가 싶었지만 굳이 물어보지는 않았다. 대신 되는 대로 주워섬겼다. 이 건물에 로비와 엘리베이터가 있어 얼마나 안심인지 모른다고. 타운하우스에서는 계단이며 뭐며 좌우지간 갓난아기를 안거나 유모차에 태우고 다니기가 여간 불편한 게 아니라고. 그녀가 갑자기 눈을 반짝 빛냈다. "타운하우스에 사세요? 내 꿈인데!" 어쩐지 위로가 되었다. 집 잃은 소라게처럼 남이 버린 껍데기로 기어들어간다는 생각으로 무너졌던 자존심이 되살아나는 것 같았다. 앨리는 안방 수납장들을 열면서 하나씩 설명했다. "여기에는 가방을 (구찌, 루이비통, 고야드 등이 눈에 들어왔다) 수납하고요, 여기는 구두를 (줄줄이 놓여 있었다) 보관해요."

"금고는 원하시면 두고 갈게요"라면서 그녀는 몸을 숙여 작동법을 보여주었다. 난 망설였다. 금고에 뭘 보관한담? 귀금속에는 별로 흥미가 없었다. 남편과 처음 여행을 갔을 때 그는 내게 귀금속 장신구를 사주고 싶어 했지만 난 "고마운데, 사실 난 보석…… 별로야"라고 털어놓았다. 사실이었다. 심지어 약혼반지도 원래는 싫었다. 내가 누군가의 소유물이라고 떠벌리는, 어색하고 빤하며 촌스러운 표식인 것 같았다. 하지만 결국 남편의 설득을 못 이기고 비교적 소박한 다이아몬드 반지를 맞췄다. 그 편이 더 쉬웠고 반지 집단의 일원인 것이 안정감을 주기도 했다. 그리고 음, 반지가 예뻤으니까.

"예." 왠지 어떤 면에서든 앨리와 내가 다르다는 인상을 주고 싶지 않아서 나도 더듬더듬 금고를 만지작거렸다. 그녀가 재빨리 설명

을 덧붙였다. "이건 간단하게 보관하기 좋아요. 진짜 귀중품은 길모
퉁이 은행의 개인금고를 이용하실 수 있고요. 전 그렇게 해요." 나는
스틸레토들과 곱게 접혀 색깔별로 정리된 캐시미어 스웨터들을 감
상하며 그녀의 말을 들었다.

그녀가 다시 일어섰다. "옷장을 맞추면서 몇 가지 실수가 있었어
요. 원하시면 제가 어떻게 하고 싶었는지 알려드릴게요. 더 효율적으
로 쓰실 수 있게." 그러고는 한숨을 지으며 "어수선해서" 죄송하다고
했다. 어디가 어수선한지 내 눈엔 보이지 않았다. 사실, 어퍼이스트
사이드에서 만난 여자들은 다 그랬다. 있지도 않은 어수선함을 사과
했다. 난 나중에 이 의문을 풀어보자고 일단 뇌리에 새겨놓았다.

앨리는 미소 띤 얼굴로 다시 손을 내밀었다. "음, 만나서 정말
반가웠어요." 서둘러 레다를 데리고 나가야 한다며 내 남편을 맞을
수 없어 죄송하다고 또 사과했다. 그리고 의미심장하게 말했다. "잘
됐으면 좋겠네요. 그리고…… 팜비치에서 다시 만날 수 있기를. 거
기 가실 거죠? 우린 '더 브레이커스'에 있을 거예요."

어리둥절했다. "음……." 난 시선을 돌려 파란 투알 벽지를 무척
흥미롭게 눈여겨보는 척하다가 마침내 "네, 가죠……. 그런데 5월이
나 돼야……"라고 대답했다. 늦봄에 남편 일로 컨퍼런스가 열려 그
리로 갔던 것이 기억났다. 도대체 그걸 이 여자가 어떻게 알았을까.

그녀는 조금 당황했는지 말을 더듬었다. "아, 그래요……. 아

마…… 아마 그 무렵에도 거긴 괜찮을 거예요." 그러고는 고개를 갸웃하더니 이내 *끄덕였다*. "그럼, 아스펜에서 만나요!"

아스펜에서는 모두가 모두를 만날 수 있다는 듯 너무나 자신 있는 말투여서, 나도 모르는 내 휴가 계획을 그녀가 알고 있고, 우리는 정말 아스펜에 다녀올 예정인가 하는 생각도 잠깐 들었다. 그렇지만 물론 나는 수년간 스키를 타지 않았으므로 "아뇨, 우리 가족은 크리스마스에도 뉴욕에 있을 거예요"라고 대답했다. 그녀의 눈이 휘둥그레졌다. "아 참, 이사 준비며 뭐며, 아무래도 그렇겠죠?" 난 여지를 남기듯 웃으며 *끄덕였다*. 그래요, 내년에는 추수감사절을 팜비치에서 보내고 겨울엔 아스펜에 다녀올 겁니다. 그렇고말고요.

보아하니 그녀가 날 어리둥절하게 한 만큼 나도 그녀를 헷갈리게 한 것 같았다. 확실히 나는 어퍼이스트사이드 주민들의 이동 양상을 파악해야 했다. 그곳에서 나는 이종異種의 철새였다.

⋮

우리가 사고 싶었던 아파트는 파크애비뉴의 유일한 콘도 건물에 있어서, 코옵의 까다로운 규율과 제약을 상대하고 싶지 않거나 자기가 그곳의 기준에 맞지 않을까 걱정하면서도 주소지를 굉장히 신경 쓰는 사람들에게 특히나 이상적이었다. 이 시점에서 우리는 또 하나의 장벽에 부딪혔다. 이 건물은 기술적으로는 콘도지만 '코옵처럼 운영되는' 하이브리드 괴물, 즉 '콘돕condop'이었다. 잉가가 이 소식을 전했을 때 나는 생각했다. '원, 세상에. 그런 단어가 있었어?'

뭐가 됐든 간에, 구매신청서 항목은 길고 상세했다. 우리의 신용카드 번호와 대학교 평점부터 우리와 우리 부모님과 아이들이 다닌 학교까지 전부 다 써넣어야 했다. "섹스를 얼마나 자주 하는지는 왜 안 물어본대?" 난 남편에 대고 거의 울부짖기도 했다. 뼛속 깊이 중서부인인 나는 일면식도 없는 누군가에게 우리를 낱낱이 드러내야 한다는 점에 분노하고 마음 깊이 상처 받았다.

'아파트 구매신청 과정'이란 상상할 수 있는 가장 괴로운 수모에 속한다는 사실을 차츰 알게 되었다. 모두의 말마따나, 잘 모르는 사람들이 나에 대해 너무 많이 알게 되는 느낌을 떨칠 수 없었다. 실제로 그러하니까. 그리고 각종 서류를 준비하고 다음 단계로 나아가면서, 그것이 맨해튼의 위계를 형성하고 유지하는 방식이라는 것을 깨달았다. 맨해튼의 아파트 건물들은 서로 아는 사이도 아니고 연고도 없는 사람들이 물리적으로 가까이 살고, 쉽게 깨지기는 하지만 준엄한 상호 의존성이 팽배한 곳이다. 울타리 근처에서 수다를 떨거나 강가 바위에 나란히 앉아 빨래하는 여자들처럼, 맨해튼 아파트 주민들은 정보교환을 통해 인간관계를 맺고 책임의식을 도모한다.

그런데 그 정보교환은 불공평하다. 우리는 입주를 희망하는 탄원자(솔직히 신청자보다 이 단어가 더 어울렸다)로서 저자세를 취할 수밖에 없는 불리한 입장이었다. 우리의 운명은 잠재 이웃들의 결정에 달려 있었다. 싸움에 지고 발라당 눕는 개처럼 우리도 경동맥이나 배를 드러내 보임으로써 스스로 권력을 넘기고 복종하겠다는 뜻을 전해야 했다. 그렇게 살인적이고 가혹한 통과의례를 거치고 나면 비로소 파크애비뉴 몇 번지의 주민이라는 산뜻한 신분으로 거듭날 수 있다는 희망을 품고서.

하필 내가 임신합병증 초기 증상으로 누워서 요양하라는 의사의 지시를 받았을 때 운영위원회 인터뷰 날짜가 다가왔다. 위원회 대표단은 걱정 말라며 우리 집으로 오겠다고 했고, 과연 약속된 날에 왔다. 그리하여 생판 모르는 사람 일곱 명과 우리 부부가 한자리에, 우리 집 침실에 모였다. 나는 잠옷에 진주목걸이와 재킷을 걸치고 허리 아래로는 이불을 덮었다. 위원회 대표단에게는 치즈와 크래커, 와인을 대접했다. 일곱 명이 마땅히 앉을 데도 없었다. 그들은 우리 집에 있는 책들에 대해 어색하게 몇 마디 평했고, 우리 아들에 대해 그리고 인테리어 계획에 대해 물었다.

인터뷰 답변과 신청서가 그들 기준에 맞았는지, 우리는 파크애비뉴의 새 집으로 이사했다. 바야흐로 맨해튼은 수입과 투자 포트폴리오와 자부심이 넘쳐나는 경제 호황기였고, 특히 우리가 새로 받은 엘리트 주소지는 더더욱 그러했다. 할 일을 완수했다고, 이 속상하고 수치스러운 통과의례를 무사히 마쳤으니 마침내 경계를 풀고 쉬어도 되겠다고 생각했는데, 그건 착각이었다.

어느 날 오후, 갓난아기를 안고 새 거실의 새 소파에 앉아《신기한 스쿨버스》의 선생님과 학생들 이야기를 읽다가 퍼뜩 생각났다. '어머나, 어린이집에 등록하는 걸 까맣게 잊고 있었네.'

제2장

적응하기:
'서열'의 법칙

지리적으로 어퍼이스트사이드와 웨스트빌리지의 거리는 고작 몇 킬로미터에 불과하다. 그저 이 동네 구석에서 저 동네 구석으로 이사한 것이라고 생각하면 그다지 대수로운 일도 아니었다. 그러나 사회, 정서, 문화로 따지면 두 동네는 완전히 극과 극이었다. 아들을 새 침대에 길들여야 한다거나 욕조에서 소리가 난다거나 하는 크고 작은 변화가 있었다. 그리고 우리 가족 모두가 새 동네에 적응하는 과정도 필요했다. 실제로 살아보니 상상했던 것보다 더 격식을 중시하는 동네로 느껴졌다. 길모퉁이 식료품점에 처음 다녀왔을 때에는 청바지에 편한 나무 굽 신발을 신은 내 모습이 어찌나 초라해 보이던지. 이 동네 여자들은 화요일 오전 10시에도 최대한 차려입고 한

껏 꾸민 모습이었다. 점잖고 비싸 보이는 부츠, 반짝이는 단추가 달린 캐시미어 피코트, 잔뜩 부풀린 매끄러운 머리칼, 멋들어진 가방까지, 그녀들의 겉모습을 이루는 모든 요소가 대단히 사치스러워 보였고 세심하게 연출한 티가 났다. 우리 가족의 새로운 생태적 보금자리에서는 온 세상이 무대인 것 같았다. 매일 매일이 옷을 엄선하여 갈아입고 머리 모양과 화장에도 공을 들여 화려하게 꾸밀 기회였다.

우리가 사는 건물 내부도 더 이상 편안하거나 평범하지 않았다. 친근한 인상도 받을 수 없었다. 우리가 이사했던 딱 그 시기에 입주민들은 유모차에 아이를 태워 나온 사람들이 주로 쓰레기를 버리러 나온 사람이나 배달부가 이용하는 화물용 엘리베이터를 이용해야 하느냐 아니냐를 두고 격렬한 논쟁을 벌였다. 우리의 이웃 중 일부는 승객용 엘리베이터가 아이들은 제외하고 개를 포함한 모두에게 개방돼야 마땅하다고 믿는 모양이었다. 그렇게 주장하는 사람들은 대개 캐시미어를 입고 보석 박힌 개목걸이 끈을 단단히 쥐고 다니며 아주 굵은 다이아몬드로 멋을 내는 돈 많고 완고한 노부인 부류였다. 어느 날 오후, 고상하게 차려입고 엄청나게 큰 보석 장신구를 착용한 어느 노부인을 엘리베이터에서 보았다. 그녀가 내린 뒤 나는 엘리베이터 안에 같이 있었던 다른 사람에게 넌지시 귓속말로 물었다. "아까 그거 진짜일까요?" 그는 화들짝 놀라 양쪽 눈썹을 바짝 올리더니 속삭여 대답했다. "아마 그럴걸요. 뭐, 여러 개 갖고 계시니까요."

나는 주변의 풍요에 매일같이 놀랐다. 이 동네나 동네 주민들이 부자이기 때문만은 아니었다. 인류학적 시각에서 그들은 오직 극도의 생태적 해방이라는 용어만이 어울리는 상태로 살았다. 그 어떤 생물도 주위 환경에서 자유로울 수 없다. 모든 생물종의 하루 일과와 생애주기와 진화가 기후, 동식물상, 천적이라는 환경조건의 영향을 받는다. 인류의 대부분도 사바나나 열대우림이나 브라질 빈민가 같은 열악한 환경에서 사력을 다해 천적과 질병을 피하고, 열심히 일해 자기 자신과 가족을 먹여 살린다.

새삼스러울 것도 없지만, 산업화한 서구세계에 사는 부유한 사람들의 생태는 사뭇 다르다. 미리 포장된 음식을 상점에서 얼마든지 구할 수 있고, 간단히 백신주사를 맞으며, 영장류학자 사라 허디Sarah Hrdy의 표현을 빌면 유치원 밖에서 도사리는 재규어도 없다. 간단히 말해, 우리들 상당수는 전례 없이 환경에 구속받지 않고 살아간다. 뽀송한 프레떼Frette* 침대보나 올클래드All-Clad▲ 주전자와 프라이팬이나 완벽한 스콘을 찾으러 매일 이곳저곳을 거닐며 생각했는데, 맨해튼의 어퍼이스트사이드야말로 지구상에서 가장 완전하고 포괄적인 생태적 해방 환경이었다. 깨끗하고 조용한 거리, 딘앤델루카▪의

---

* 이탈리아 호텔식 침구 브랜드.
▲ 미국 명품 스테인리스 주방용품 브랜드.
▪ 미국의 프리미엄 식료품 브랜드.

크고 맛있는 딸기, 포근하고 단정한 바버Barbour* 재킷, 작고 솜씨 좋은 빵집의 훌륭하고 신선한 빵이 있는 땅. 모든 것이 너무나 달콤하고 부티 나고 정갈해서 때로는 현기증이 일기도 했다.

그렇지만 진정 내 눈길을 잡아끈 것은 이루 말할 수 없이 사랑스러운 아동용품 상점들이었다. 우리 집 주변의 몇 블록 내에만 해도 열 군데가 넘었다. 이들 상점에는 다운타운에서 본 적 없는 고급스럽고 예쁜 아동복이 가득했다. 앙증맞은 모직 바지와 무릎양말, 베이지색 가죽 밑창이 달린 남색 신발, 물결 모양의 빨간 가죽 끈으로 가장자리를 마감하고 둥근 옷깃을 단 흰색 블라우스, 꼬꼬마 소년들을 위한 고전적인 아가일 패턴의 카디건……. 전부 다 이탈리아나 프랑스에서 제작된 옷이었다. 희한하게도 잠옷만은 항상 '메이드인 포르투갈'이었지만. 특히 내 마음에 쏙 들었던 곳은 '프린스앤프린세스'라는 고급 아동복 전문점이었다. 거기서 파는 연하늘색 캐시미어 스웨터를 우리 집 꼬맹이한테 입히고 싶어서, 혹시 나중에 할인하지는 않느냐고 직원에게 물었더니 "아뇨, 저희 매장은 세일을 하지 않습니다. 절대로 안 해요. 대신 사이즈를 완벽하게 맞춰드리지요"라는 대답이 돌아왔다.

생태적 해방 상태에서 사는 것은 확실히 육아에 적잖은 영향을

---

* 영국 명품 의류 브랜드.

미치는 것 같았다. 그러나 명품 아동복 소매점에서 지갑을 여는 것 말고, 찬란하고 이색적으로 풍족하고 여유로운 어퍼이스트사이드에서의 삶이 아이와 엄마에게 딱히 어떤 의미가 있을까? 이런 세계에서의 삶은 엄마들이나 아이들에게 어떤 영향을 미칠까? 덜컥 불안해졌다. 어퍼이스트사이드에 살면서 내 아이는, 또한 나는 어떻게 될까?

이토록 풍요로운 동네도 모두에게 똑같이 에덴동산 같지는 않았다. 에덴동산은 가진 자와 더 가진 자와 가장 많이 가진 자로 나뉜다. 그 차이를 구분하는 것은 어렵지 않으리라. 가장 많이 가진 여성은 가장 공들여 치장하고 가장 아름다운 모습으로 나타나며, 대개 아이도 가장 많이 낳아 기른다. 완벽한 머리 모양과 완벽한 옷차림의 자그마한 여자와 두 보모가 무려 여섯 명의 아이를 데리고 최고급 명품 아동복 매장에 온 것을 처음 목격했을 때, 너무나 비현실적인 광경이어서 내가 잘못 본 줄 알았다. 어림잡아 수천 달러의 가격표가 붙었음직한 옷들을 입었다 벗었다 하며 꼼지락대고 반항하는 꼬맹이들을 멍하니 바라보다가 속으로 생각했다. '쟤들 중 몇 명은 의붓자식인가? 틀림없이 그럴 거야. 그렇잖아?' 하지만 나중에 직원이 귀띔하길, 아니란다. 알고 보니 그녀는 전업주부고, 남편이 사업체와 건물과 골칫거리를 잔뜩 소유한 갑부였다. 심지어 이 동네에서 그녀는 희귀종이 아니었다. 결단코 아니었다.

오래지 않아 나도 대가족에 둔감해졌다. 도처에 있었으니까. 이 동네에서 한 가족의 자녀 수는 둘이 아닌 셋이 기본이었다. 여기에서 아이 넷은 다른 동네의 셋과 같아서, 말문이 막히기보다는 그냥 평범하게 느껴졌다. 아이 다섯을 낳는 것은 부모가 미쳤거나 독실한 종교인이어서가 아니라, 단순히 부자이기 때문이었다. 아이가 여섯 쯤 돼야 비로소 대가족으로 보였다.

우리 아파트 건물의 노인 입주자들(강아지를 키우고, 유모차에 탄 아기는 화물용 엘리베이터를 이용해야 한다고 믿는 은퇴자들)과 유자녀 가족들(어린아이를 키우고, 로비에 놀이방을 설치해야 한다고 주장하는 부모들) 사이에 벌어진 문화전쟁은 이 도시의 전반적인 동향을 보여주는 하나의 본보기였다. 요즘 부모들은 이전 세대처럼 도망치듯 교외로 이사하지 않고 도시에서 아이를 키웠다. 헤지펀드로 벼락부자가 되었건 대대로 부자였건 간에, 도시의 부자들은 타운하우스나 두 채 이상의 아파트를 한꺼번에 구매하고 벽을 터서 예전엔 웨스트체스터나 와이오밍에서만 구할 수 있었던 방 세 개, 네 개 내지 여섯 개의 드넓은 집으로 만들었다. 그래서 도시 경제가 과열 양상을 띠었는지도 모른다.

이러한 변화는 부동산 시장에 압박을 가하고 사교육비 부담을 야기했다. 집을 구하면서 알게 됐는데, 맨해튼의 부동산 시장은 공급이 수요를 따라가지 못했다. 한편 사립 어린이집 등록금은 1년에 약 2만 5천 달러(약 3천만 원), 유치원과 초·중·고등학교*의 1년 등록금은 3만 5천 달러(약 4천만 원) 이상으로 올라서, 자녀를 사립 교육기관에 보내려면 부모가 그 비용을 감당할 수 있어야 했다. 브리얼리 입학 여부가 전적으로 부모의 재력에 달려 있다는 얘기였다. 그런데 이제는 내가 신문을 꾸준히 읽어 정보를 얻거나 공원 벤치에서 커피를 마시며 수군대는 엄마들 얘기에 귀를 기울이고 있었다. 수많은 가족이 이곳을 삶의 터전으로 삼았고, 그들 대부분이 사교육비를 감당할 수 있었다. 이 동네는 내가 알던 세계와 모든 것이 달랐다.

　수많은 아이들. 넘쳐나는 돈. 그리고 도시 유일의 명문 학군. 이 풍요의 땅에 사는 사람들도 굉장히, 몹시 힘들게 얻어야 하는 것이 있었다. 어퍼이스트사이드라는 대안 생태계에서는, 자녀를 명문 학교에 보내지 못하는 것이 다른 모든 위험요소를 능가하는 최고의 공포였다. 그것이 우리의 재규어였다.

⋮

"잊으셨다고요?" 여자가 첫 번째보다 더 높은 비난조로 재차 물었다.

---

* 미국에서는 유치원도 학제에 포함된다.

의심과 반감, 다른 사람이 간절히 갖고 싶어 하는 것을 가진 사람의 오만이 여실히 실린 목소리였다. 아들을 공립학교에 보내겠다는 우리 부부의 결심은 확고했다. 그래서 명문 사립학교를 '배불리는' 산하 프리스쿨*을 알아볼 이유가 없었다. 그러나 이 동네에서는 명문은커녕 어떤 어린이집이든 자리를 구하는 것 자체에 필사적인 노력이 필요했다. 도시에서 아이를 키우며 교육열을 불태우는 부모가 어찌나 많던지, 전에는 속칭 '안전빵'으로 통했던 어린이집 자리마저 이제는 인기가 높아져 비집고 들어가기가 거의 하늘의 별 따기였다. 맨해튼은 아이들과 걱정 많고 야심만만한 부모들로 미어터질 지경이었는데, 그 수요에 비해 어린이집은 턱없이 부족했다. 기존의 어린이집은 대부분 규모를 늘리지 않았고, '신설' 어린이집은 아예 없었다.

그렇다고 아이를 어린이집에 보내지 않는 것으로 해결되는 건 아니었다. 미리 정식으로 준비하고 친구도 사귄 아이가 유치원 생활을 더 잘한다는 공통된 믿음이 널리 퍼져 있었다. 그래서 그 여자의 말에 내가 뜨끔했던 것이다. 어린 아들의 행복을 향한 열망과 불안감이 교차하는 내 심정을 건드렸기 때문에. 심장이 눈 밖으로 튀어나올 듯이 쿵쾅거렸다. 나는 심호흡을 한 뒤, 잘 좀 봐달라고 사정

• 유치원 입학 전 과정이며 주로 만 3~5세 아이들이 다닌다.

했다. 또 한 번 애걸했다. 그날 아침에만 세 번째 통화였다. 예, 의아해하실 줄은 알았어요. 그런데 저희가 다운타운에서 살다가 이사 온 지 얼마 안 됐거든요. 거기서는 어린이집 등록기간이 더 길잖아요. 제가 전화한 보람이 있다고 말씀해주시면 정말 눈물 나게 고맙겠는데요. 만약 그렇다고 하면 나는 당장 서류 봉투를 챙기러 그 어린이집으로 달려갈 작정이었다. (봉투 안에는 등록 신청서, 부모 에세이 양식, 경우에 따라 추천서 양식도 들어 있다.) 집에서 통화했던 여자에게 시간을 내줘서 고맙다고, 번거롭게 해서 죄송하다고 거듭 절이라도 할 용의가 있었다.

하지만 진짜 하고 싶었던 말은 "왜 이렇게 불친절해요?!"였다. 어쨌든 어린이집 아닌가. 그래, 아이가 너무 많고 자리는 너무 적다는 건 알고 있었다. 그래도 그렇지, 어린이집은 과자와 손가락 그림과 놀이 활동이 있는 곳이다. 훈훈하고 아기자기하고 재미있는 곳. 친구를 사귀고 그림책을 읽는 곳. 어린이집 연락 담당자인 그녀의 직무는 전화한 사람이 아무리 멋모르고 덜떨어진 질문을 던져도 친절하게 도움을 주는 것 아니었나? 그러나 이곳 어퍼이스트사이드에서는 아이들의 놀이가 엄청나게 진지한 사안이었다. 어린이집 등록이며 놀이약속 잡기며 할 일도 엄청나게 많았고 전부 다 정석이 있었다. 이 도시의 교육기관에 대해서도 난 배워야 했다.

어퍼이스트사이드에서 10대 아이 넷을 키우는 엄마이자 내 손

윗동서인 형님과 음악교실 엄마들 몇 명이 나의 선생님이 되어 자녀들의 교육기관에 관한 지식을 전수했다. 그들은 특정 어린이집이 특정 유치원 및 초·중·고등학교와 연계되어 있고, 사실상 이런 연계가 학생들의 '좋은 대학' 진학률을 좌우한다고 설명했다. 교육열이 뜨겁고 극도로 경쟁적인 환경에서, 좋은 대학이란 꼭 아이비리그가 아니어도 기본적으로 괜찮은 교수진과 연구시설을 갖춘 미국의 대학교를 의미한다고. 더구나 대다수 어린이집, 유치원, 초·중·고등학교가 재학생이나 졸업생의 형제자매에게 특례입학 자격을 준다고. 어린이집이 대학교로 통하는 길을 닦고 아이가 그 탄탄대로를 걷도록 부모가 전략을 잘 써야 하는데, 그런 점에서 프리스쿨의 역할은 생각보다 훨씬 더 중요하고 프리스쿨 교장의 영향력도 어마어마했다. 그렇다. 우리 부부는 동네의 공립학교가 우리 아들과 우리 가족에게 좋을 거라고 확신했다. 하지만 우리 생각이 바뀔 가능성도 있지 않은가? 만약 공립학교의 한 반 학생 수가 너무 많아서 우리 아들이 제대로 공부하기 어렵다면? 우리 아들이 다니는 동안에 혹은 입학하기도 전에 공립학교의 질이 떨어지면(이런 경우가 있다는 얘기는 들어본 적이 있었다. 이를테면 교장이 바뀔 때)? 요즘 공립학교에서는 교사와 학생과 학부모가 다 같이 지치고 스트레스를 받는 '시험 맞춤형 수업'이 대세인데, 이로 인해 수많은 공립학교 학생들이 그러하듯 우리 아들도 너무 힘들어하면? 그러니까 만약, 어떠한 이유로든 언젠가 우리가 아들을 사립학교에 보내고 싶어지면? 따라서 나중에 연줄이 되어줄 훌륭한 프리스쿨이나 어린이집을 지금 만나야 한다는 것이 이 수업의 핵심이었다.

전화통을 붙든 채 나는 한숨을 내쉬었다. 또다시 탄원자 입장이라니. 게다가 이번에는 집을 구할 때보다 훨씬 더 불리한 입장이었다. '한 수, 열 수, 백 수 앞을 내다봐야 한다'는 교훈을 다른 엄마들처럼 일찍이 알지 못한 탓에. 놀이터나 공원에서 다른 엄마들과 얘기를 나누며 알게 된 진리는, 뭐든 적정기라고 생각되는 때보다 '한참 전'에 실천해야 한다는 것이었다. 예를 들어, 어린이집에 앞서 딜러-퀘일 음악원의 유아반 수업이 있었고, 딜러-퀘일 이전에 영아교실이 있었다. 모든 과정이 다른 모든 과정의 자양분이었다. 이런 정보를 얻고 교환하고 시기적절하게 활용하는 것은 일종의 내부자 정보 거래로서, 어퍼이스트사이드 엄마족의 일원임을 확증하는 행위였다.

또한 그것은 엄마들의 생활, 육아, 존재 방식에 불안감을 일으키는 원인이었다. 각종 정보를 듣다 보면 그 무엇에도 느긋할 수 없기 마련이다. 내 아들이 시시한 짐보리 음악교실에 다닌다는 얘기를 듣고 고개를 절레절레 젓는 주변 엄마들을 보며, 난 제인 구달이 연구한 탄자니아 곰비 침팬지 무리의 우두머리 암컷 플로를 떠올렸다. 약삭빠른 편들기, 순전한 야심, 노련한 연합세력 구축으로 자기 새끼인 피피, 피건, 페이벤을 지배서열 맨 꼭대기에 올려놓아 전대미문의 혈족 우두머리 계승을 이뤄낸 기업가적 군주. 이 윗동네에서는 지배가 아니라 단지 생존만을 위해서도 플로 같은 끈기와 지략, 선견지명, 전략이 필요한 것 같았다.

내게 정보를 전하는 엄마들의 모습이 마치 짙은 깃털과 날카로운 부리와 무자비하게 번뜩이는 눈동자를 지닌 새처럼, 정확히 말해 영국의 조류학자 데이비드 랙David Lack이 묘사한 어미 새처럼 보일 때도 있었다. 제2차 세계대전 이후 랙은 영국의 시골 지방에 서식하는 새들의 양육 행위에 대한 연구로 모성애에 관한 인류의 오랜 가정을 완전히 날려버렸다. 그는 같은 종이라도 일부 어미 새들이 더 많은 새끼를 성체로 키워내며 그러한 현상이 대물림된다는 것을 발견했고, 성공률이 높은 어미 새들의 비결은 무엇인지 파헤쳐보기로 했다. 관찰 결과, 미련한 어미 새들은 번식기가 돌아올 때마다 가능한 한 많은 알을 낳았고, 부화한 새끼들 전부를 극진히 보살폈다. 많은 새끼들을 건사하느라 제 몸을 혹사하다가 죽음에 이를 확률이 높았으며, 그렇게 어미를 잃은 새끼들도 끝까지 살아남기 어려웠다. 결국, '이타적인' 어미 새들보다 냉정한 판단을 거친 후에 알을 까고 새끼를 키우는 어미 새들의 성공률이 높았다. '알들이 시원찮네. 새끼가 나와도 발육이 늦을 것 같아. 벌레도 거의 없을 텐데 말이야. 다음 번식기에는 생태조건이 더 나을지도 몰라. 이런 알들을 군이 품어야 하나? 그냥 포기하고 다음번을 노릴까? 아님 이번엔 실한 알 두 개만 품어볼까?' 새끼들이 알을 깨고 나온 뒤에도 확률게임은 계속되었다. 미련한 어미 새는 모든 새끼를 먹이려 애쓰는 반면, 영리한 어미 새는 환경에 따라 가장 큰 새끼가 작은 새끼들을 둥지 밖으로 밀어내거나 쪼아 죽이게 내버려두기도 했다. 혹은 아예 둥지를 떠날 수도 있었다. 다음 번식기엔 짝짓기 상대가 더 많고 딸기도 풍족하리라는 계산하에. 사실상 성공적인 어미 새가 되는 데는 양육 의지와 희생정신 못지않게 이러한 '모성의 절약'도 중요했다. 영리한 어미 새는 매일 손익을 따져 '모성을 취사선택'했다. 랙의 연구 이후 오래지 않아 사라 허디 같은 영장류학자들과 진화론자들도 인류를 포함한 영장류 역시 어미 새들과 똑같이 행동한다는 사실을 밝혀냈다.

물론 인류는 피임법을 개발했고, 특히 극도의 생태적 해방 상태인 어퍼이스트사이드의 엄마들은 어미 새들과 달리 음식과 관심, 봉쁘앙Bonpoint* 옷으로 자녀들 전부를 풍족하게 키울 수 있었다. 하지만 그녀들의 게임에도 엄연히 전략이 있었다. 이를테면 출산 시기를 들 수 있다. 아이 아빠가 더 쉽게 육아휴직을 쓸 수 있는 여름철에 아이를 낳는 것이 과연 좋은 생각일까? 해마다 야외에 아이 생일상

* 프랑스의 명품 아동복 브랜드.

을 차리고 파티를 열어준다면 정말 근사하지 않겠는가? 아서라, 여자여! 이 윗동네에서 여름 생일은 절대로 좋지 않았다. 아이가 남자인 경우에는 더더욱 그러했다. 통념상 남자아이는 여자아이보다 천방지축에 제멋대로이며 소근육 운동능력의 발달이 늦는 편이어서, '더 성장한' 뒤에 학업을 시작하는 것이 좋다고들 한다. 대학 스포츠 팀에서 신입생 선수들을 경기에 내보내기 전에 일정 기간 적응과 훈련을 거치게 하는 관행을 의미하는 '레드셔팅redshirting'이라는 단어가 이곳 뉴욕에서는 아이들을 학교에 보내기 전에 두뇌와 각종 감각과 승부욕을 발달시킨다는 뜻으로 쓰였다. 미국 학생들은 보통 8월 말에서 9월 초에 새 학년으로 올라간다. 남학생은 생일이 8월 이전이어야 학년 진급에 적합하다고 여겨지는데, 내 아들은 7월생이라 그 기준에 아슬아슬하게 부합했다. 그러나 우리 형님이 귀띔하길, 사실상 학교 측은 생일이 5월 이전인 학생을 원하며 심지어 10월생을 선호한다고 했다. 따라서 1~3월에 임신한 엄마들이 일단 플로와 같은 지위를 확보했고, 모두가 탐내는 학교에 아이를 보내는 데도 유리했다. 반면 나 같은 엄마들의 자녀는 태어날 때부터 불리했다. 6월, 7월, 8월생이라는 단점을 지닌 채 맨해튼의 사립학교 체제를 통과하고 평생을 살아가야 했다. 9월부터 11월까지는 어퍼이스트사이드의 시험관아기 시술 병원에서 '이번 주기는 건너뛰세요'라고 권고하는 게시물을 내걸어야 한다는 농담을 들은 적도 있었다.

그러니 따지고 보면 나는 불리한 성별의 아이를 불리한 시기에 낳았으면서 어린이집 등록 시기까지 놓치는 우를 범한 것이었다. 내가 조언을 구하면 한결같이 "어머나, 아직 등록도 안 했는데 아이 생일이 그 날짜라고요?"라는 반응이 돌아왔다. 심지어 어떤 엄마는 놀이터에서 내 아들 면전에 대고 이런 얘기를 해서 기어이 애를 울렸다. "엄마, 내 생일이 나빠요?" "아냐, 아가." 난 울먹이는 아이를 거짓말로 달래야 했다. 우리는 생일이 정녕 '나쁠' 수 있는 동네에서 살고 있었다. 다시 말해, 더 늦기 전에 나도 어린이집의 빈자리를 찾아내야 한다는 얘기였다. 그래서 부리나케 전화를 걸어 자리를 내달라고 애원하고 있었던 것이다.

"죄송합니다. 자리가 다 찼네요." 상담원은 전혀 미안하지 않은 말투로 간단히 대꾸하고는 변변한 인사도 없이, 내가 고맙다고 말할 새도 없이 전화를 뚝 끊어버렸다. 엄청 바쁘다는 듯이.

부조리한 현실을 개탄하며, 나는 최대한 침착하게 수화기를 내려놓았다. 실속 없는 짓에 스트레스만 받았다. 어느 어린이집에 다니느냐가 그렇게 중요한가? 아니, 아예 안 다니면 또 어때서? 어린이집에 가지 않고도 잘 자라는 아이들이 전 세계에 널리지 않았는가? 나도 안 다녔지만 멀쩡하게 잘 컸잖아? 그러나 어퍼이스트사이드는 서아프리카나 아마존 강 유역이나 그랜드래피즈가 아니었다. 안 된다. 내 아들의 미래가 달린 이 게임에서 간단히 손 털고 나가버릴 수는 없었다. 엄마가 돼서 그러면 쓰겠는가?

그리하여 나는 구경꾼에서 선수로 방향을 틀었다. 두려움 때문이었다. 이 동네의 특수한 문화 안에서 보편화된 불안감이 나를 잠식했다. 자식에게 필요한 것을 다해주지 못하는 부족한 엄마가 될까봐 불안했다.

⋮

영장류는 유독 유년기가 길다. 다른 포유류는 갓 태어난 새끼에서 젖을 뗀 소아기를 거쳐 성체에 이르기까지 (우리 기준에서) 깜짝 놀랄 속도로 성장하는 데 반해, 우리 인간을 포함한 영장류의 성장 속도는 매우 더딘 편이다. 영장류학자이자 세인트루이스 대학교 인류학과 부교수인 캐서린 C. 맥키넌Katherine C. MacKinnon은 '영장류의 대부분 종이 평생의 25~35퍼센트를 유년기로 보낸다'면서, 오랑우탄의 경우 생후 5년 동안 '젖먹이'로, 생후 10~12년까지 소아기로 분류된다고 밝혔다. '모든 유인원과 대부분의 원숭이가 수명과 몸집에 비해 유년기가 길다는 공통된 특징을 갖는다'는 것이다.

그녀는 그 원인으로 구배gradient를 꼽는다. 그러나 모든 영장류를 통틀어 인간이 가장 의존적인 개체로 태어나고 그 상태에 가장 오래 머무른다. 인간은 신경계가 완성되지 않은 태아로 세상에 나와 전적으로 타인에게 의존하는 삶을 시작한다. 인간 이외의 영장류와 달리 우리는 태어나자마자 붙잡는 능력이 없어 타인이 붙들어줘야 한다. 이것은 시작에 불과하다. 의존도가 높은 '미성숙altricial' 상태와 어린 기질이 오래가는 '유형성숙neotany' 현상이 수년간 이어지며 여러모로 부모와 아이에게 지대한 영향을 미친다. 인류학자 메러디스 스몰Meredith Small은 '인간의 유년기 양상은 부모기를 연장하고 더 복잡하게 만든다'고 꼬집는다. 부모와 자녀는 신체·심리적으로 불가분의 관계이며, 그 관계는 종종 평생 지속된다. 부모는 자녀를 먹이고 입히고 가르쳐 성인으로 키운다. 성인이 된 자녀가 살 집을 마련해주고 나아가 손주들이 편히 살 수 있도록 정서적·재정적으로 지원해주기도 한다. 이처럼 자식에게 아낌없이, 또 한없이 투자하는 인간의 행태를 어떻게 설명할 수 있을까?

인류 역사는 수천 년에 이르지만, 지금껏 이것을 설명할 수 없었다. 현재의 우리와 달리 초기 인류는 갓 태어나 독립하기까지 오랜 기간을 지체하지 않고 곧장 성체가 되는 과정에 들어간 것으로 보인다. 그러던 것이 과학 저술가인 칩 월터Chip Walter가 말하듯 '약 100만 년 전, 진화의 영향으로 우리 종의 일생 중 영아기와 소년기 사이에 약 6년의 유년기가 추가'되었다. 그 이유는? 수십 년간 전문가들은 인간이 언어와 도구를 사용하게 되면서 어린 시기에 이런 기술을 익히는 기간이 필요해졌다고 여겼다. 인간다워지는 데 필요한 모든 지식과 기술을 전수하기 위해 유년기가 엿가락처럼 늘어났다는 것이다. 특별한 존재로서 우리 인류는 특별한 요소, 즉 유년기가 필요했다.

그러나 이 이론에는 허점이 있다. 단지 아이들이 불 피우는 법과 유창하게 말하는 법을 배울 수 있게 하려고 일정 기간 부모가 부담을 짊어지고, 부모와 의존적인 신생아와 무리 전체가 위험을 감수해야 했다면 아마 인간은 자연선택 과정에서 도태되고 말았을 것이다. 유년기 발생의 진짜 이유를 밝혀내기 위해 학자들은 인간의 유년기가 항상 현재의 유년기와 같았다는 기존의 가정을 버려야 했다. 원래는 놀면서 배우는 시기가 아니었는지도 모른다. 어쩌면 유년기는 아이가 아닌 어른에게 유익한 진화였는지도 모른다. 실제로 번식기의 성인이 번식에 따르는 부담을 덜고 다시 번식할 수 있게 하기 위해 유년기가 생겼다는 가설이 유일하게 이치에 맞는다. 배리 보긴Barry Bogin, 크리스틴 호크스Kristen Hawkes, 앤 젤러Anne Zeller 등의 인류학자들은 아이들이 도우미이자 애보개였을 것이라고 추측한다. 아이들의 도움으로 어미가 휴식과 영양을 취하여 다시 양육과 출산을 할 수 있었다는 것이다. 인간이 '협력적 양육자'로 진화하여 사람 속屬의 다른 종種들과 달리 번성하는 데 기여한 것은 남성 파트너가 아닌 아이들로, 유년기는 놀이가 아닌 노동의 시기였다.

동시대 인류의 생활상에서도 그 증거를 찾을 수 있다. 대부분의 문화권에서, 자녀는 일곱 살만 되어도 가정에 큰 보탬이 된다. 청소, 요리, 빨래, 불 피우기 같은 집안일에 가축 돌보기와 장사까지 하지만, 주로 하는 일은 친동생과 사촌동생들을 돌보는 것이다. UCLA의 인류학자 토머스 바이스너Thomas Weisner는 전 세계 186개 사회를 조사하여 대부분의 사회에서 어린아이들을 주로 곁에서 돌보는 인물은 엄마가 아니라 손위 형제자매라는 것을 밝혀냈다. 다양한 연령의 아이들로 구성된 무리 안에서 아이들은 서로 돕고 돌보며, 어른의 일을 거들고 관찰하면서 배운 기술을 공유하고 흡수한다.

이러한 질서는 특히 아동이 할 수 있는 수준의 비교적 단순한 기술이 실제로 도움이 되는 환경에서 모두에게 유익하다. 예를 들어, 멕시코의 마야 전통마을에서는 주로 아이들이 집안일을 하고 시장 좌판을 꾸린다. 인류학자 캐런 크레이머Karen Kramer가 조사한 바에 따르면, 이런 아이들은 자신의 역할을 정확히 알고 숙달하기 때문에 자신감과 자존감이 높고, 그 부모들도 서구 산업사회의 부모들 같은 스트레스·우울감·피로를 호소하지 않는다고 한다. 서아프리카의 아이들은 세 살만 되어도 야무지게 제 몫을 해내기 때문에 '자식이 있으면 절대 가난해지지 않는다'는 말도 있다. 자녀는 자산이다. 그만큼 사랑받고 가치를 인정받는다. 이런 문화권에서 아이들은 실질적인 기여를 통해 가정에 진정한 기쁨을 안긴다. 아이들 덕에 부모는 풍요로워진다.

그러나 서구 산업사회는 유년기의 역할을 뒤집어놓았다. 서구 사회의 어른들은 아이들에게 거의 아무것도 기대하지 않는다. 그저 보살피고 아껴줄 뿐이다. 서구사회의 아이들은 형제자매와 사촌들로 이루어진 혼합연령집단 안에서 풍부한 어휘력과 실용적인 기술을 자연스럽게 익히는 게 아니라 전문기관의 교육을 (어떤 아이들은 두 돌 때부터) 받는다. 아이들은 또래 아이들 (저출산 시대에 가장 효율적으로 아이들 무리를 형성하는 방법) 그리고 친족이 아니며 진심으로 아이들을 위할 수도, 그렇지 않을 수도 있는 어른 즉 교사들과 함께 학교라는 울타리 안에 갇히게 된다. 온종일 같이 어울리기만 해도 많은 것을 배울 수 있는 손위 형제자매나 사촌들은 물론 없고, 학교 이외의 사회에서도 격리된 채, 아이들의 학습은 노동 집약적인 양자관계 안에서 이루어진다(그래서 엄마가 "엄마, 엄마, 엄마" 그리고 "아빠, 아빠, 아빠"를 한없이 반복해 말해줘야 아이 말문이 트일까 말까다). 이것도 일례에 불과하다. 현대 서구사회에서는 자녀라는 존재가 곧 부모의 일거리다. 아이가 부모를 돕기보다는 부모의 삶 자체가 아이를 중심으로 돌아간다. 부모는 이를 수시로 체감할 수 있다. 아이 방 침대를 정돈할 때나 아이에게 맞춰 특별 영양식을 먹이고 뒷정리를 할 때, 혹은 그런 일에 돈을 쓸 때마다.

메러디스 스몰은 지질학적 현 시기인 인류세anthropocene의 아이들이 '더없이 소중하지만 쓸모없다'는 유명한 표현을 남겼다. 서구사회 부모들의 자식 사랑은 유별나다. 다른 문화권의 조상숭배처럼 서구사회는 '후손숭배'를 방불케 할 정도로 아이들을 끔찍이 아긴다. 그러나 동시에, 아이를 키우느라 돈이 무지하게 많이 들고 기운도 남아나지 않는다고 불평한다. 사실 괜한 불평은 아니다. 실제로 아이들의 생활은 무위도식에 가까우니까. 이렇게 진화상의 질서가 반전되면서, 엄마들의 생태적·경제적·사회적 환경은 특이한 형태를 띠게 된다. 유년기가 속 편하고 한가한 시기라는 개념이 현대 서구사회의 풍족함에서 발생한 것이라면, 엄마가 유일하진 않더라도 주된 양육자 겸 보호자여야 하며 유년기 내내 아이의 생존뿐 아니라 행복까지, 심지어 아이의 아이까지 평생토록 책임져야 한다는 개념도 마찬가지다. 유년기의 변화와 더불어 모성도 변화하여 이제 과거나 다른 지역과는 사실상 완전히 달라졌다.

이런 유년기와 모성의 변화가 맨해튼의 어퍼이스트사이드보다 더 흔하고 뚜렷하며 강렬하게 나타나는 곳은 없다. 극도의 생태적 해방과 극도로 경쟁적인 문화 안에서, '성공적인' 자녀는 엄마의 지위를 반영하는 거울이다. 아이의 성공을 이끌고 아이를 대신해 부지런히 노력하는 것이 엄마의 소명이다. 어퍼이스트사이드의 엄마란 위험부담이 크고 극심한 스트레스와 불안을 유발하는 직업이다. 엄마로서 성공하느냐 실패하느냐의 문제인 동시에 그것이 아이의 성

패와도 직결되기 때문이다. 이 순환계에는 이음매가 없어 빠져나갈 길도 없다는 사실을 나는 알게 되었다.

그래서 그런 것이었다. 어퍼이스트사이드의 엄마들이 아이 이름을 새긴 작은 메달 목걸이를 차고 다니는 것이나, 아이 수만큼 반지를 끼는 것, 이 동네로 이사 와서 새로 사귄 친구들의 휴대전화나 이메일 계정 연락처 목록에 내 이름이 그냥 '웬즈데이 마틴'이 아니라 '엘리엇 엄마 웬즈데이 마틴'으로 들어간 것도. 아이와 엄마는 하나였다. '나는 이런 학교에 다니는 아무개의 엄마'라고 광고하듯 아이가 다니는 학교 배지를 목에 걸고 다니는 여자들도 많았다. 이메일 서명란은 '피어스 엄마' 혹은 '에이버리 엄마'로 채워졌고, 대화 중에도 "스카일러 엄마한테 물어봤어요?" 하는 식이었다. 엄마와 아이는 이렇듯 서로의 신분을 대변하는 존재였다. 내 친구이자 작가인 에이미 퍼셀만Amy Fusselman은 '마치 아이를 낳기 전에는 내 삶도 신분도 없었던 것처럼, 아이들이 나를 낳은 것 같았다'고 했다.

그나저나, 엄마가 부지런을 떨어 이미 어린이집에 등록한 다른 애들보다 내 아들이 어떤 식으로든 뒤처지는 것인가? 어디에도 아이를 등록하지 못한 채 하루하루 흘러가는 동안 남은 자리는 계속 줄어든다는 생각에 애가 탔고, 의자 뺏기 게임 같은 이 어린이집 자리 경쟁에서 지지 않겠다는 오기가 생겼다. 그 애들이 우리 애보다 더 똑똑하거나 귀여운가? 그 애들의 부모가 우리 부부보다 더 나은 부모인가? 글쎄올시다. 난 죽는 한이 있어도 내 아들을 어린이집에 보내고야 말겠다고 다짐했다. 형님한테 연락해보자. 나의 현지 안내인, 잉가에게도 부탁해보자. 형님이나 잉가에겐 내 아들 또래의 자녀가 없었다. 두 사람의 친구들도 마찬가지. 그러니 기꺼이 아량을 베풀어줄 것이다. 나도 요령이 있다 이거야. 아니면 세상을 보는 관점이 완전히 달라졌거나. 어떻게 보느냐에 달린 문제였다.

⋮

잉가는 적극적이었고 연줄도 있었다. 아파트 매매를 중개하면서 연이 닿은, 고급 어린이집에 아이를 보내는 지인이 열 명도 넘었다. 형님 역시 기꺼이 도와주었다. 하지만 복병이 있었다. 이름 하여 '제1지망 딜레마.' 맨해튼에서는 준비과정 중에 승산을 따져보고 희망사항을 조정하여 선택한 '제1지망'에 연락을 취한다. 제1지망 어린이집에 서류를 보내거나 관계자와 대화할 때에는, 우리는 일편단심이고 다른 곳은 전혀 염두에 두지 않았으니 당신들이 받아주기만 하면 틀림없이 아이를 보내겠다는 뜻을 전달해야 한다. 친구의 추천으로 합격했는데도 아이를 다른 데로 보내면, 추천한 친구의 체면에 해를 끼치게 된다. 그 어린이집은 물론이고 그곳과 연계된 상위학교로 진학할 기회가 영원히 사라지고 친구도 잃을 수 있다는 것까지 고려해야 한다. 형님의 아이 넷이 한 어린이집 출신이어서 그곳에 우리를 추천해주었다. 그런데 시댁 조카들이 다닐 적에는 그저 괜찮은 동네 어린이집이었던 그곳이 하필 우리 때에는 맨해튼에서 가장 훌륭한 프리스쿨로 명망을 떨치고 있었다. 도시에 외부자금이 쏟아져 들어오던 시기였고, 그곳의 명문 학교 진학률이 높다는 평판까지 더해진 탓이었다. 아닌 게 아니라, 얼마 전에는 금융계의 거물이 한 고객의 자녀를 그곳에 입학시키기 위해 100만 달러(약 12억 원)를 기부한 것이 알려져 한바탕 홍역을 치른 일도 있었다. 그러고도 그 아이는 입학 허가를 받지 못했지만 말이다.

아들을 어디로 보내건 간에, 먼저 지원서를 제출하고 부모 인터뷰와 아이의 '놀이면접'을 거쳐야 했다. 지원서 제출은 수월한 편이었다. 지원기간은 지났지만 잉가와 형님이 어린이집과 우리를 연결해줄 수 있는 지인들에게 연락을 돌리자 금세 일이 풀렸다. 나는 부지런히 어퍼이스트사이드를 누비며 서류 봉투를 입수한 다음, 내 새끼가 어째서 특별한지, 녀석의 장단점은 무엇인지, 어떤 학생인지에 관한 에세이를 작성했다. '실은 잘 모릅니다. 애가 이제 두 살인걸요' 라고 쓰고 싶은 마음이 굴뚝같았지만, 그 마음을 꾹 누르고 머리를 벽에 콩콩 찧어가며 마침내 썩 괜찮은 답변이 될 성싶은 에세이를 완성해냈다.

그다음 순서는 내가 솔직히 비꼬는 심정으로 '오디션'이라 일컫는 놀이면접이었다. 놀이면접 일정은 불가해하게도 대개 낮잠 시간에 잡혔다. 되도록 '외동아이'를 받지 않는 것이 어린이집의 기본방침인가 하는 의심이 들 정도였다. 애가 주방놀이를 하다가 잠투정을 부렸나? 아니면 공작 테이블에서 누굴 때렸나? 구연동화 시간에 산만하게 굴었나? 다른 어린이집 오디션에서는 운이 더 좋아야 할 텐데. 특히 어느 어린이집의 놀이면접은 결코 잊을 수 없다. 거기서 장난감이라 할 만한 것은 달랑 하나, 매듭과 조명과 단추가 달린 밝은 색깔의 장난감 오븐뿐이었다. 그 오븐을 몇 명이 에워싸고 있었다. 그것은 심사위원들이 고안한 시험 장치로, 졸린 아이들이 발달단계상 그 시기에는 다루지 못하는 것을 대할 때의 스트레스에 어떻게 반응하는지 알아보기 위한 것이었다. 욕구충족을 미루고 좌절감을 다스리며 자기 차례를 기다려야 하는 특수한 상황에, 이제 막 걸음마를 뗀 아이들을 무작정 던져놓은 것이다. 아무런 보상도 없이.

계속되는 기다림에 지친 아들이 점점 더 짜증을 내는 것이 눈에 보였다. 내 아들뿐 아니라 모든 아이들이 서로 밀치락달치락 실랑이를 벌였다. 아이들의 놀이 공간은 아수라장으로 변했다. 바닥에 앉아(이 터무니없는 놀이면접에서는 부모의 행동도 '심사기준'에 속했고, 따라서 어디에 앉으라고 안내해주는 이도 없었다) 그 광경을 지켜보고 있노라니 속이 뒤집히고 화가 치밀었다. 급기야 아들 녀석이 울음을 터뜨려, 난 벌떡 일어섰다. 이 어린이집 원장이 지옥에 가길 빌었다. 지금도 빈다. 두 살배기 아이들과 간절하기에 약자이며 예민한 엄마들을 아무 이유 없이 괴롭히는 악당을 위한 지옥불로 떨어지기를.

그곳에 있었던 아름답게 입고 꾸민 엄마들 모두 아이가 울면 덩달아 울어버릴 것처럼 바짝 긴장한 모습이었다. 우리는 평가의 대상이었고 우리도 그 사실을 알고 있었다. 어린이집 관계자들은 안절부절못하는 우리의 모습을 즐기는 눈치였다. 자신들 고유의 문화자본, 즉 가족을 선별하여 선택하고 어린아이를 받아들이거나 거부할 수 있는 권한을 이용해 특권 부유층 여성들의 기를 죽이면서 내심 고소해하는 것 같았다. 엄마가 아이를 안고 어린이집을 나와 길거리에서 눈물짓는 모습은 드문 광경이 아니었다. 나도 울었다. 아들 녀석이 모래판의 모래를 한 주먹 입에 넣었을 때 그리고 책을 빼앗으려는 다른 아이에게 "내놔!"라고 소리쳐서 오디션을 '망쳤을' 때. 어느 교회 부속 어린이집에서는 들어가자마자 녀석이 "다 망해라!" 하고 외쳤다. 심사위원들은 대번에 눈살을 찌푸렸고, 나는 내 아들이 그들에게 호감을 심어주는 데 이미 실패했음을 알았다. 이런 식의 잔인한 의례가 몇 주에 걸쳐 계속되었다. 나는 이 놀이면접을 제도화된 가학증이라 느꼈고, 진심으로 분개했다.

그렇다고 내가, 혹은 다른 엄마들이, 뭘 어쩔 수 있었겠는가? 결정권은 어린이집에 있고, 그 어린이집의 상당수는 자기네가 대단히 우수하니까 엄마들이 이렇게 찾아와 우리 애를 받아들여달라고 사정하는 줄로 아는데. 하지만 실제로 그렇게까지 우수한 어린이집은 없었다. 단지 어린이집의 수가 적었을 뿐이다. 시댁 조카들이 다녔던 프리스쿨에는 우리 말고도 연줄 있는 지원자가 수두룩했으므로, 우리는 어디든 찔러봐야 했다. 그래서 그만둘 수 없었다. 계속해서 아들을 끌고 다니며 오디션을 보게 했다. 하루는, 모르는 아이들이 가득한 또 다른 '놀이방'에 들어가는 참이었는데, 녀석이 내 손을 잡더니 날 올려다보며 이렇게 말하는 것이 아닌가. "엄마, 못 하겠어요." 정말이지, 울고 싶었다.

시댁 조카들이 다녔던 최고급 어린이집의 오디션 자리에는 나 대신 침착하고 객관적인 남편이 가기로 했다. 남편은 그곳의 원장이 아마도 뉴욕 시에서, 그러니까 세상에서 가장 영향력이 큰 사람 중 하나일 거라면서 껄껄 웃었다. 물론 나도 함께 웃어넘겼지만, 남편의 말이 그저 실없는 농담만은 아니라는 것을 알고 있었다. 남편과 아들이 오디션을 보러 간 사이, 나는 손끝으로 책상을 톡톡 두드리며 초조하게 기다렸다. 이윽고 전화벨이 울린 순간에는, 허둥대다 하마터면 의자에서 굴러떨어질 뻔했다. 수화기 건너에서 남편이 속삭였다. "창밖으로 뛰어내릴래." 심장이 쿵 내려앉았다. 나는 한껏 곤두선 속내를 들키지 않으려 애쓰며 "왜?" 하고 물었다.

오디션 현장에 원장이 있었다. 우리 아들을 포함한 아이들과 함께 이야기 나누고 고무찰흙을 주무르고 그림을 그렸다. 그런데 아들 녀석이 원장을 여러 차례 불렀는데도 주변이 시끄러운 탓에 대답이 없자 급기야 그녀의 팔을 (그래도 가볍게) 툭 치고는 "선생님, 나랑 얘기하자니까요!" 하고 다그쳤다는 것이다.

거기서 왜 녀석을 합격시켰는지 모르겠다. 구태여 물어보지는 않았다. 형님의 영향력과 그 어린이집의 부족주의 성향 덕분이라고 우리끼리 결론 내렸다. 그냥 학부모도 아니고 그곳에 아이를 넷이나 보내어 상당한 재력과 까다롭지 않은 성품을 증명한 학부모가 우리와 혈연관계라는 점이 매우 유리하게 작용했을 것이다. 따로 심사하지 않아도, 설령 아이가 원장 팔을 때렸다 해도, 그들 입장에서 우리는 비교적 안전한 선택지였다. 그렇게 우리는 도시 '제일'의 어린이집에 다니는 아들을 두게 되었다. 나는 특권층의 혜택을 누리는 법을 익히고 있었다. 이제는 불이익도 있다는 것을 배울 차례였다.

⋮

아들을 '훌륭한' 어린이집에 들여보낸 기쁨을 주체할 수 없었다. 슬램덩크를 해낸 농구선수처럼 벅찬 쾌감과 성취감을 느꼈고, 잘난 척하는 것처럼 보일까 봐 함부로 떠벌리지는 않았지만, 주변 엄마들이 먼저 물어서 대답해줬을 때 그녀들의 부러움 가득한 표정을 보면 절로 어깨가 으쓱거리곤 했다. 타운하우스나 굵직한 다이아몬드, 혹은 햄프턴스의 바닷가 별장처럼, 이 어린이집의 자리는 한 사람의 사회적 연줄과 영향력을 은연중에 반영하고 자녀의 '일류' 인문계 진학 가능성을 높이는, 따라서 모두가 동경하는 맨해튼의 '금수저 코스'였다. 그렇지만 뭐니 뭐니 해도, 내가 엄마 노릇을 '제대로' 한 듯한 기분이 최고였다. 플로가 부럽지 않았다.

우리는 결승선을 통과했으며 '다 됐다'고 느꼈다. 그러나 그건 착각이었다. 갈수록 말라가는 세렝게티의 샘터를 제외하면, 등하원 시간 맨해튼 사립 어린이집의 복도보다 더 필사적이고 공격적이며 위험하고 적대적인 곳은 없기 때문이다. 차라리 골드만삭스의 회의실(어느 투자은행가 지인의 표현을 빌면 '뒤에서 몰래 칼을 꽂을 것도 없이 아무렇지도 않게 앞에서 찌르고는 시체를 밟고 올라서는 사람들이 모인곳')이 시골에서 올라온 노부인과 함께 거닐어도 좋을 만큼 착하고 친절한 곳으로 보일 정도다. 나는 미국에서 가장 부유한 동네의 가장 콧대 높은 주소지에 있는 최고급 어린이집, 모두가 자기 새끼를 위해, 새끼를 통해 살아가는 곳에 발을 들였다. 그러니 당연히 예견했어야 하는지도 모른다. 그러나 그러지 못했다.

내 아들이 어린이집에 다니기 시작할 즈음은 경제호황의 절정기였다. 사람들 혈관 속엔 아드레날린이 흐르고 공기 중엔 희망이 떠다녔다. 거래도 넘쳐났다. 너 나 할 것 없이 두 번째, 세 번째, 네 번째 집을 사들였다. 맨해튼에 사는 사람들 모두가 행복감에 도취된 듯한 분위기였다. 그런데 나는 매일 아들을 어린이집에 데려다주고 나서는, 울었다. 교실로 들어가는 녀석의 모습이 대견하고 귀여워서 가 아니었다. 잠시나마 품에서 놓아줘도 될 만큼 녀석이 자랐다는 사실을 실감해서도 아니었다. 엄마인 것이 때로는 가슴 저미도록 괴로워서도 아니었다.

그래서가 아니라, 다른 엄마들이 너무 야속해서 울었다. 내 남편이나 아랫동네 친구들에게, 나는 그녀들을 '못돼먹은 엄마들'이라고 표현했다. 그녀들은 복도에 삼삼오오 모여서 머리를 맞댄 채 수군대고 낄낄거렸다. 어떻게 된 일인지 다들 '전부터' 서로 잘 아는 사이 같았다. 다 같은 부족민임을 암시하는 유니폼도 있었다. 비 오는 날에는 버버리 레인코트, 추운 날에는 세련된 패딩점퍼가 공식 외투였다. 쪼글쪼글 주름이 잡힌 랑방 플랫슈즈나 "운전사가 모시고 다녀요"라고 외치는 듯한 하이힐이 공식 신발이었다. 아주 드문 일이긴 해도 내가 지나가며 인사를 건네면, 그제야 고개를 들어 나를 돌아봤다. 그녀들이 웬 불청객이 끼어들었냐는 듯한 눈빛으로 나를 뚫어져라 쳐다보는 게 싫어서 나는 되도록 일찌감치 어린이집에 도착했다. 엄마들 무리 옆에 혼자 어색하게 서 있다가, 교실 문이 열리자마자 아들을 들여보내고 인사한 다음 서둘러 어린이집을 빠져나왔다. 거리로 나오면 마음이 허탈했고 특히 심한 날이면 뱃속이 뒤틀렸다. 투명인간인 것이 너무 불안해서. 아무리 해도 이 여자들과 아이들 놀이약속을 잡을 수 없었기 때문에.

다른 엄마들과 다른 어린이집에서 익히 들어 알고 있었다. 아이가 방과 후에 친구와 놀고 싶다고 하면 엄마끼리 문자 메시지나 이메일이나 전화로 약속을 잡는 것이 원칙이었다. 그러나 아들 녀석과 같은 반 아이들의 엄마들은 도통 내 연락에 답을 하지 않았다. 문자 메시지도 이메일도 전화도 다 소용없었다. 심지어 복도에서 엄마들 무리로 직접 다가가 놀이약속 얘기를 꺼내기도 했는데, 그녀들은 대개 딴청을 피우거나 화제를 돌리기 일쑤였다. 때로는 저들끼리 경계 어린 혹은 교활한 눈빛을 쏘기도 했다. '맙소사, 이 여자 진심이야? 어색해서 미치겠네!'라는 내용의 텔레파시를 주고받는 것처럼. 이렇게 엄마들의 뜨악한 시선을 매일 받다 보니 눈치 채지 않을 도리가 없었다. 내 아들과 나는 왕따였다. 엄마들의 놀이약속 세계에서, 나는 존재감 없고 이상한 엄마였다.

암컷 침팬지의 숙명을 머리로 되새기며, 나는 활동영역을 가늠해보았다. 따돌림 당하는 처지가 볼썽사나웠고, 나뿐 아니라 내 아들에게도 좋지 않았다. 나를 무시하는 여자들이 얄밉고 싫었다. 몇 명쯤 눈알을 콕 찔러버리고 싶기도 했다. 물론 그랬지만, 내게는 그녀들이 필요했고 어떻게든 어울려야 했다. 내 아들에게도 같이 놀

아이 한둘은, 그리고 친구 몇 명쯤은 있어야 하지 않겠는가. 녀석을 아랫동네로 데려가는 건 생각하지 않았다. 그곳의 내 친구들에겐 자녀가 없거나, 있어도 내 아들 또래가 아니었다. 동네 공원이나 놀이터에서 만난 아이들과 자연스레 친구가 되는 것이 가장 좋겠지만, 아이들이 잠자리에 들기 직전까지 각종 사교육 일정을 소화해야 하는 이 동네에서는 거의 불가능한 일이었다. 게다가 놀이터의 엄마들은 친근하게 다가가는 나를 이상하게 보는 눈치였다. 좋게 봐야 오지랖 넓은 아줌마, 심하게는 스토커 취급을 했다. 어퍼이스트사이드의 분위기가 그랬다. 아이가 로비즈Robeez*를 신을 무렵부터 엄마와 아이의 서열과 우선순위가 정해지는 것 같았다. 우리는 그 세계에 뒤늦게 끼어든 꼴이었고, 그래서 절망적이었다. 불쌍한 내 아들. 그래, 그리고 불쌍한 나. 아이를 데려다주고 데려올 때마다 속상해지고 싶지 않았다. 어떻게든 어린이집 엄마들과 호감을 나누고 친해질 방법을 찾아내야 했다.

그즈음 몸에 이상을 느꼈다. 정신이 멍하고 현실감각도 흐릿한 날이 많았다. 내 몸과 주변 사람들로부터 분리되어 정신만 붕 뜬 느낌이었다. 어느 날 저녁을 먹으며 남편에게 이 얘기를 하다가, 전에 이런 증상에 관한 글을 읽었던 것이 기억났다. 그러니까 나는, 문화

---

* 영유아가 신는 실내 보행기용 덧신 브랜드.

충격을 겪고 있었다. 인류학자, 해외 교환 학생, 명문대 신입 고학생 들이 낯선 환경에서 흔히 겪는 외톨이 증후군. 이전까지 나는 외국 문화를 꽤 많이 접했고 언제나 그 문화에 적응했다. 짧게나마 유럽연합에서 근무하며 연설문을 작성하고 전 세계 외교관들이 모이는 행사에 참석한 경험으로, 내 사교술이 아주 못쓸 정도는 아니라는 것도 알고 있었다. 비교적 옷도 잘 입고 친화력도 있는 편이었다. 그런데 이 여자들은 도대체 나한테 달리 뭘 바라는 것일까? 내가 뭔가 해야 할 일을 빼먹었나? 해야 할 말을 안 했나? 부적격자로 찍힌 기분이나 적격자가 돼야 한다는 강박관념을 떨쳐내려 안간힘을 쓰면서, 나는 엄마들 사이에 끼어들 방법 찾기를 그만두고 그저 지켜보기로 했다. 나는 불안한 마음으로 고군분투하는 엄마였지만, 또한 사회연구가이기도 했다. 그러니 연구가답게 행동하자.

　가만히 관찰하는 건 쉬웠다. 어차피 아무도 나와 대화하려 들지 않았으니까. 처음 주목한 것은 어린이집 바깥 풍경이었다. 어린이집을 세 겹으로 에워싼, 운전사 딸린 에스컬레이드Escalade* 행렬. 직장에 다니는 사람은 없는 것 같은데 하나같이 중요한 약속이라도 있는 듯 죽여주게 차려입은 엄마들. 개중에서도 가장 멋들어진 차림새에 플랫폼 부츠나 높은 스틸레토를 신어 까치발로 걷는 엄마들은 아

* 캐딜락 사의 최고급 SUV 모델.

이를 교실에 데려다주고 나오면서 "거기에서 봐!"라고 외치곤 했다. '거기'가 어딘지 몰라도 꽤 살벌하겠다는 생각이 절로 들었다. 엘리베이터 안은 대체로 조용했다. 언젠가 오전에 회의 약속이 있어서 평소의 청바지와 티셔츠, 부스스한 포니테일에서 탈피하여 깔끔하게 빗어 넘긴 머리에 화장도 좀 하고 어린이집에 간 적이 있었다. 그날은 완벽하게 꾸민 여자 둘과 엘리베이터를 같이 탔는데, 둘 다 내내 나를 도끼눈으로 쳐다봤다. 심지어 내릴 때에는 "저건 누구야?"라고 속삭이는 소리가 뒤통수로 날아와 머리털이 쭈뼛 섰다. 어린이집은 주객이 전도된 세계였다. 아이들이 아니라 엄마들이 주인공이었다. 볼 키스와 친분과 수다를 나누고 이따금 뒤통수치기도 감행하는 엄마들. 이 뒤집힌 세계에서, 아이들은 기막히게 탄탄한 엄마 팔에 매달려 고급스러운 패션에 일조하는 장신구나 다름없었다. 그리하여 나는 모성애가 패션의 일부임을 알게 되었다. 친목과 수다는 소수로 구성된 무리 안에서만 이루어진다는 사실도.

어쩌다 부득이하게 나와 말을 섞게 되면 열이면 열, 짧고 퉁명스럽게 인사하고선 아주 여봐란듯이 등을 돌리고 다른 엄마와 얘기했다. 나한테 처음 그 짓을 한 엄마는 학부모회 회장이었다. 그녀는 마치 '여왕벌들의 여왕'인 것 같았다. 멋모르던 초기, 내 아들이 다니는 어린이집의 복도 분위기가 이를테면 직장이나 칵테일파티와 비슷한 줄로 착각하고 그녀에게 먼저 다가가 내 소개를 했다. 학부모

대표로서 어린이집과 소통하는 사람이니, 우리에겐 어린이집의 공식 대변인 격이 된다고 생각했기 때문이다. 난 인사를 건네며 악수를 청했을 뿐인데, 그녀는 디너파티에서 손 씻는 물을 마시고 옷까지 홀딱 벗어젖힌 무뢰한을 대하는 눈빛으로 나를 쳐다봤다. '감히 내게 인사를 하다니, 정말 무식하고 뻔뻔한 여자로군'이라는 듯 콧방귀를 날리고 눈썹을 치켜세우더니, 한마디 인사나 대꾸도 없이 간단히 등을 돌려버렸다. 당시에는 큰 충격을 받았지만, 그녀는 그저 극단적인 표본일 뿐 그곳에서는 거의 모든 여자들이 그런 식으로 행동한다는 사실을 나는 차츰 깨달았다. 인사는 엄선된 소수끼리 나누며, 나머지 다수에게로 확장되지 않았다.

내가 말을 붙인 상대가 사교계 명사인 경우, 가령 잡지에 실려 얼굴이 알려진 사람 혹은 신문에서 봤거나 내가 광고계에 몸담았던 시절에 접해서 이름을 아는 부유한 남자의 아내인 경우에 인사를 받지 않고 노골적으로 등 돌리는 일이 가장 잦았다. 하지만 나도 금세 알아차렸다. 이 여자들은 서로 말을 섞지 않는다기보다는 하나 혹은 둘 혹은 세 명의 특정 엄마들과 말을 섞는 위치를 점하기 위해 경쟁하는 것뿐이었다. 그녀들이 집중하는 대상은 명확했다. 내가 최고위급으로 꼽은 부류인 더 부유하거나 더 예쁘거나 더 성공한 듯한 여성, 특히 누구보다도 성공한 남자와 결혼한 여성, 다시 말해 이 세계의 주요 인사로 통하는 엄마들이 아니면 거들떠보지도 않았다.

나는 릴리라는 친한 친구와 자주 통화했다. 내 아들 또래의 딸을 둔 그녀는 내가 아는 가장 침착한 엄마이자 가장 자애로운 안주인이었다. 내가 최근에 겪은 이야기를 전하면, 그녀는 "헉! 설마! 그렇게 고약하게 굴어도 괜찮다고 여기는 게 말이 돼?"라며 기막혀했다. 그녀가 디자이너로 일하는 다운타운의 패션 스튜디오에서 전화통을 붙들고 열 올리는 모습을 상상하기만 해도, 내가 비집고 들어가려 기를 쓰는 세계의 바깥에 내가 잘 아는 세계가 존재한다는 사실이 새삼 떠올랐다. 여성이 일을 하고, 동성애자와 이성애자가 공존하며, 원하는 건 뭐든 가질 수 있을 만큼 돈이 항상 넉넉하지는 않고, 자가용과 운전사가 없는 사람들도 사는 세계. 그 전날에는 캔디스라는 친구를 만나 커피를 마셨는데, "난 그 동네 사람들이 싫어"라면서 도리어 내 쪽에서 그런 여자들을 피해야 한다고 종용했다. 캔디스는 극작가 웬디 와서스타인Wendy Wasserstein도 자녀들을 내 아들이 다니는 어린이집에 보냈었고 그때의 경험을 회상하길 '깡마른 여자와 거대한 가방 천지'로 묘사했다는 점을 내게 상기시켰다. 그녀도 나도 웃었다. 위로가 됐지만, 어차피 다음 날도 나는 그 어린이집에 가야 했다.

남편은 그저 여자들의 하찮은 기 싸움에 내가 과민 반응하는 것이라고 치부했다. 어느 날 아침에 또다시 벌어진 그 촌극을 미주알고주알 일러바치는 내게 "에이, 설마 그 정도로 심할까"라고 가볍게 대꾸하는 게 아닌가. 그래서 바로 그다음 날 내 대신 그를 어린이집으로 보냈다. 내가 매일 겪는 불상사를 처음 겪고 나서야 그도 "그 여자들은 도대체 왜 그런대? '좋은 아침입니다'라는 인사를 왜 들은 척도 안 하냐고!"라며 울분을 토했다. 나는 '그러게 내가 뭐랬어'라는 뜻으로 뻐기는 표정을 지어 보였다. 인사에 응하는 건 인간관계의 가장 기본적이고 흔한 원리인데, 이게 바보들에게나 적용된다고 믿는 그 여자들의 태도에 비로소 부부가 한마음으로 분개했다. 그녀들은 경이로운 존재 그 이상이었다.

남편이 그곳 분위기를 체험하고 돌아온 지 얼마 지나지 않은 어느 날, 아들 녀석이 어린이집에 다녀와서는 테사라는 친구가 자기네 가족 전용 비행기에서 놀자고 초대했다며 흥분을 감추지 못했다. 아이들 놀이장소가 비행기라니 신기하면서도 완전히 호화판이라는 생각이 들었다. 그런데 우리 보모인 사라가 말하길, 그 어린이집에 다니는 아이들치고 집에 전용 비행기 없는 아이가 없었다. 다들 자기네 전용기가 이래서 좋고 저래서 좋다는 식으로 돌아가며 자랑을 하던 중에, 우리 아들이 우리는 전용기가 없다고 하자 테사가 불쌍히 여겨 녀석을 초대했다는 것이었다. 그 얘기를 들으니 속이 뒤집혔지만, 어쨌든 그렇게 출발은 했다. 아들 녀석이 나보다 더 나았다.

⋮

매일 아침 어린이집 복도 벤치에 앉아 주변을 관찰하면서, 제대로 된 놀이약속을 갈망하는 나와 내 아들이 취약한 암컷 침팬지와 새끼 침팬지 같다고 생각했지만, 그것이 전부는 아니었다. 몇 년 전 영장류의 사교행위에 관한 세미나에서 알게 된 올리브개코원숭이(학명: 파피오 아누비스*Papio anubis*)도 떠올랐다. 올리브개코원숭이는 최대 150마리가 집단을 이루어 생활하는데, 수컷이 성적 성숙기에 이르면 무리에서 이탈하기 때문에, 대체로 혈족 관계인 암컷끼리 긴밀한 협력망을 구축하고 실질적으로 무리를 이끈다. 올리브개코원숭이 무리는 위계질서가 엄격하여 최고위 암컷이 더 좋은 먹이, 더 안전한 잠자리, (다른 무리에서 왔지만 통과의례를 거쳐 이 무리의 일원으로 받아들여진) 더 나은 수컷 '친구' 겸 보호자, 더 빈번한 교미 및 높은 출산율, 더 성공적인 양육 및 번식 가능성(즉 더 많은 새끼가 죽지 않고 성체로 자라서 번식할 가능성) 등 온갖 혜택을 누린다.

서열이 낮은 암컷도 물론 최고위 암컷과 같은 삶을 원한다. 올리브개코원숭이 사회의 '신분상승 전략' 중 하나는 우두머리 암컷의 털을 골라주고 새끼를 대신 돌봐주는 것이다. 번번이 퇴짜를 맞고 사나운 공격까지 당하면서도 끈질기게 접근을 시도한 끝에 마침내 한시적이나마 우두머리 암컷의 양육 조력자 즉 '대행어미'의 자격을 얻기도 한다. 서열 낮은 암컷에게는 절호의 기회다. 우두머리 암컷이 홀가분하게 먹이를 찾아다닐 수 있게 하여 어미와 새끼의 건강 증진에 기여하고, 우두머리의 새끼를 보살피는 자신은 그 어미인 우두머리 암컷의 조력자로서 어느 정도 권력을 갖고 안전하게 생활하는 특권을 누릴 수 있다. 막강한 올리브개코원숭이 어미는 덜 강한 암컷에게 권력을 부여할 권한이 있으니 말이다.

사바나에서 아주 멀리 떨어진, 경제 호황기의 어퍼이스트사이드도 엄연한 서열사회였다. 어린이집 복도라는 생태계에서 우리 부부는 서열이 낮은 영장류였다. 자녀는 그들의 부모가 확장된 존재이자 부모의 사회적 상향이동을 위한 연결고리인 것 같았다. '아리 아빠가 헤지펀드 매니저니까, 우리 애가 아리랑 친해지면 엄마끼리도 친해질 테고, 그러면 아리 엄마가 아리 아빠한테 우리 애 아빠가 창업을 준비한다는 얘기를 흘려줄 테고…….' 혹은, 단지 높은 서열에서 누릴 수 있는 어마어마한 부의 후광을 입고 자식에게도 그 온기를 느끼게 해주고 싶은 것뿐인 듯도 했다. 그 세계에 갓 들어온 우리 부부는 미지의 이방인이었고, 그렇다고 내 남편이 남의 신분상승에 딱히 도움을 줄 수 있는 위치도 아니어서, 기존 구성원이 선뜻 환영해줄 이유가 없었다. 어퍼이스트사이드에는 자녀의 친구들이 부모의 서열을 끌어올리거나 끌어내릴 수 있다는 인식이 있었다. 자녀를 위해 잡은 놀이약속의 질과 양이 곧 부모의 능력이었고, 부모가 높이 평가받지 못하면 자녀도 마찬가지 취급을 받았다. 질서가 이렇듯 불안정하고 조마조마하기 때문에 엄마들이 변모한 것이다. 막강한 파수꾼…… 또는 절절한 탄원자로.

무리를 갈아탄 비인간 영장류가 흔히 겪는 것처럼, 나는 좀처럼 밑바닥 신세를 벗어날 수 없었다. 기존 구성원은 나를 수상쩍은 이방인으로 간주하고 무작정 무시하거나 괴롭혔다. 내가 짖는원숭이라면 차라리 낫겠다고 생각한 적도 있었다. 짖는원숭이 사회에서는 다른 무리에서 온 젊은 암컷이 기존 구성원을 아래로 밀어내고 단박에 서열 꼭대기로 올라서기도 하는데. 하지만 이 어린이집은 개코원숭이의 세계였다. 신입 암컷은 무조건 최하위에 자리하고, 중상위 암컷과 연합하는 데 실패하면 자신은 물론이고 새끼의 생존마저 위태로울 수 있는 세계. 이대로 왕따가 돼버리면, 이곳을 떠나지 않는 한 여간해서는 우리 모자의 지위가 움직이지 않을 것은 자명했다. 내 아들이 어린이집 친구를 사귀지 못하게 되는 건 싫었다. 나와 내아들이 배척당하게 두고 싶지 않았다. 그래서 복도에서 늘 미소를 유지했다. 비록 속으론 죽고 싶은 심정이었지만. 게다가 꽤 오랫동안 관찰에 관찰을 거듭했음에도, 여전히 나는 어찌할 바를 몰랐다.

열심히 관찰한 내용을 더 잘 기억했더라면 운명을 되돌릴 계기를 기대하거나 손수 정교하게 계획해보기라도 했을 텐데. 허나 구원은 예기치 않게 찾아왔다. 궁지에 몰린 비인간 영장류 암컷이 궁지에서 벗어나는 계기와 똑같았다. 즉 우두머리 수컷의 관심이 나를 구했다. '반장 엄마'가 주최한 '칵테일파티'에서, 내 아들과 같은 반인 남자애의 아버지와 은근히 짓궂으면서도 유쾌한 대화를 나누었다. 융통성이 없어 도통 적응하기 어려운 전형적인 어퍼이스트사이드 아저씨들과 달리, 그는 예의 바르고 똑똑한 데다 한량 기질도 약간 보였다. 내 남편은 아들과 함께 집에 있었고, 다른 엄마들 대화에 내가 끼는 건 언감생심이었으므로, 그 자리에서는 유일하게 그 사람만 날 상대해줬다. 그때는 그저 편한 대화상대로만 알았는데 나중에 알고 보니 그의 집안이 맨해튼 금융계를 주무르는 일종의 제국이었다. 그는 플로처럼 강력하고 부유한 여황제의 아들로, 그 어린이집의 모든 반을 통틀어 '최고위급' 인사였다. 파티 다음 날 등원 시간, 한 엄마들 무리 앞에서 그가 내게 놀이약속을 제안했다. "이번 주 금요일 어떨까요?" 그는 물었고, 난 끄덕였다.

그가 먼저 자리를 뜨자마자, 내게 그나마 덜 적대적이었던 한 엄마가 귓속말로 물었다. "도대체 어떻게 한 거예요? 그분하고 놀이약속을 잡으려고 몇 주째 별별 수를 다 써봐도 안 되던데! 심지어 우리 친정 부모님이 웨스트체스트에서 살 적에 그분 부모님하고 서로 아는 사이였단 말이에요." 난 어깨를 들썩하고서, 다음번에는 그분과 와인 한잔할 기회를 만들어보라고 조언했다.

그날 이후 놀이약속계의 판세가 뒤집혔다. 내 아들이 우두머리의 아들과 매주 정기적으로 놀게 되면서, 우두머리 가족과 친분이 있는, 마찬가지로 막강한 부와 영향력을 지닌 가족의 아이들과도 놀이약속이 생겼다. 내가 복도에서 우두머리 아빠와 친근하게 대화한 것이 다른 엄마들에게 깊은 인상을 남긴 게 분명했다. 갑자기 다들 내게 상냥하게 굴고 친절한 미소를 보냈다. 나에 대한 평가가 완료됐으며 합격했다는 뜻이었다. 이제는 나와 말을 섞는다고 해서 자신의 서열이 낮아지거나 공연한 시간 낭비를 하는 것이 아님이 증명됐으므로, 그녀들도 마침내 경계를 늦추었다. 그리고 나를 알은척하고 내 인사에 응하는 횟수가 늘어날수록, 놀이약속을 청하는 내 이메일을 무시하기는 어려웠을 것이다.

마음의 여유와 객관적인 시각을 되찾고 나자, 놀이약속의 위계질서가 새삼 불쾌하고 낯설게 다가왔다. 그건 일부 부모와 일부 아이들이 나머지보다 더 가치 있다고 생각하는 속물근성의 결과물이었다. 혐오스러웠지만, 현실적으로 가장 중요한 일이기도 했다. 내 아들이 어린이집 친구들과 놀게 되어 행복하다면 그것으로 나도 만족했다. 그래서 우두머리 아빠가 너무나 고마웠다. 캔디스와 릴리는 그의 공을 인정하는 것이 꺼림칙하다고 입을 모았지만. "어차피 그 인간도 그 못돼먹은 여자들 중 하나랑 결혼한 거 아냐? 그 사람 자신이라고 딱히 더 나을까?" 난 대답할 수 없었다. 다만, 부모의 삶이 자녀를 통해 이루어지는 이 모순덩어리 동네에서, 이번 일은 마치 고등학교 풋볼 팀의 스타 쿼터백이 무명의 어느 여학생에게 관심을 보인 것과 같았다. 그가 별 뜻 없이 가볍게 베푼 친절이 그 무렵 내가 깨닫기로 명백히 불가분의 관계인 내 아들의 사교생활과 나의 서열에 대대적인 변화를 일으켰다. 캔디스와 릴리처럼 나도 이 상황이 오래갈 거라 기대하진 않았고, 그 예상이 들어맞았다. 우두머리가 으레 그러듯 나의 구세주도 딴 데로 관심을 돌린 것이다. 그러나 그 무렵, 내 아들은 물론이고 나 역시 필요한 것을 이미 얻은 뒤였다. 어쩌면 이 생활이 마냥 힘들지만은 않을 수도 있겠다는 희망도 생겼다.

제3장

동화되기:
'버킨 백' 쟁탈전

학부생과 대학원생 시절에 인류학을 공부하면서, 나는 인류학자들의 '동화'에 각별한 흥미를 느꼈다. 학자들이 실험 및 분석의 대상이었던 문화에 스스로 녹아들어 그들의 일원이 되는 과정을 동화라고 한다. 가령 내 박사학위 논문의 소재였던 브로니슬라브 말리노프스키Bronislaw Malinowski는 점진적인 동화의 과정을 겪었다. 그는 트로브리언드 제도에서 연구생활을 했는데, 기대에 못 미치는 정보원들의 활동에 점차 염증을 느끼다가 결국 현지인 여성들과 성관계를 맺기 시작했다. 내 지인이 알려준 또 다른 사례도 있다. 어느 중동문화 교수가 동화했다는 사실이 밝혀진 일화로, 대학원생 제자들과 함께하는 저녁식사 자리에 그가 현지연구를 수행했던 예멘의 전통의

복 차림으로 나타나 그날 저녁 내내 스스로 예멘의 토착부족민 행세를 (검술까지 선보이며) 했다는 것이다. 한편 인류학자 폴 라비노우 Paul Rabinow는《모로코 현지연구에 관한 회고Reflections on Fieldwork in Morocco》라는 저서를 통해 현지연구 중에 객관성을 (그리고 자신의 정체성을) 잃게 된 과정을 상세히 기술했다.

오늘날 인류학계는 동화를 불가피하고 유익한 현상으로 보고 있다. 연구대상과 관계를 맺고 그들 집단이 지지하는 신념의 일부를 이해하고 존중하며 내면화하는 동안 자연히 일어나는 역동적인 과정이라는 것이다. 낯선 환경에서 현장연구가가 대개 처음 느끼는 감정은 망망대해에 홀로 떠 있는 것 같은 고립감과 압박감이다. 하지만 정신을 차리고 조금씩 적응하다 보면, 어느새 저도 모르게 본인을 '사모아인으로' 여기기 시작한다. 혹은 아카족Aka*으로. 혹은 어퍼이스트사이드 주민으로.

그러나 오래전부터 현장에서는 동화를 연구가의 수치로 여겼다. 인류학자의 현지연구란 역사적으로 이 연구방식의 뿌리였던 선교활동, 빅토리아 시대의 '의자과학armchair science' 그리고 단순한 옛 제국주의와 다른 진짜 '과학'이며 더 우월하다는 점을 강조하기 위해 수많은 인류학자들이 오랫동안 분투했기 때문이다. 과학자가 '연

---

* 태국, 미얀마, 라오스 북부에 거주하는 소수민족.

구대상의 일원'으로 변하는 것은 사실상 부주의하고 비과학적인 현상이다. 그래서 아주 오랫동안, 인류학자들은 연구대상인 문화 안에서 생활하면서도 '객관적인 거리'를 유지해 역병 같은 동화를 피한다고 자부했다. 동화의 과정은 언제나 불길한 조짐, 연구자의 정체성이 사라지는 위협적이고 오싹한 예감을 동반했다.

참여 관찰자로서 특권층 엄마들을 연구하기로 마음먹고 어퍼이스트사이드 엄마족으로 침투한 나는 연구대상과의 관계 문제로 자주 갈등했다. 한편으로는 그녀들 사이에 이질감 없이 녹아들기를, 그녀들의 일원이자 동지가 되기를 바랐고, 내 아이(나아가 아이들)를 위해 '그래야만 한다'고 느꼈다. 단 객관적인 분석이 가능한 거리를 유지하려고 무진장 애를 쓰면서, 주변에서 수시로 벌어지는 비정상적인 행동과 현상을 관찰하고 때로는 동참했다. 엄마들의 노골적인 외면. 에스컬레이드의 불법주차 행렬. 언젠가 어린이집 하원 길에 택시를 잡으려고 서 있다가, 하마터면 내 아들이 갑자기 길가로 붙는 에스컬레이드에 들이받힐 뻔한 적도 있었다. 가끔 내가 내게 묻고는 했다. '도대체 어떻게 돼먹은 인간들이 이렇게 이기적이고 제멋대로인 세계의 일부이고 싶어 하지?'

그렇지만 결과만 놓고 보면, 나를 한없이 초라하게 만들고 서럽게 했던 등원 시간의 드라마와 놀이약속계의 왕따 경험이 실제로는 나를 그 어린이집 세계로 더 깊숙이 들어가도록 이끌었다. 그런 경험이 있었기에 그 세계를 속속들이 이해하고 그 안에서 인정받겠다는 결심을 굳히게 된 것이었다. 아무도 나나 내 아들을 거부하지 못하게 만들 테다. 두고 봐라. 그리하여 드디어 놀이약속과 어린이집 기반의 사교생활을 성취하고 나자, 그 소소한 '승리'가 나를 그 세계로 한층 더 세게 끌어당겨 그 안에서 외부인의 시선을 견지하기가 더욱 어려워졌다. 엄격하고 까다로운 분위기에서 낙오하지 않고 나와 아들이 윗동네 친구들과 친분을 유지하는 데 신경을 쓰다 보니, 아랫동네 친구들과 통화하거나 만나는 횟수가 점점 줄어들었다. 스스로 인지하거나 깨닫기도 전에 나는 이미 이 신세계에 굴복해버렸고, 돌아갈 길은 없었다.

그런 내게 최후의 결정타를 날린 것은 마법처럼 사람을 홀리는 힘이 있는 강력하고 신비한 물건, 에르메스의 버킨 백이었다.

⋮

그 현상을 처음 알아차렸던 때는, 길모퉁이 식료품점에 잠깐 들렀다가 집으로 돌아오는 길이었다. 바나나와 우유가 든 비닐봉지를 손에 들고 매디슨애비뉴에서 파크애비뉴로 향하는 이스트 79번가를 걷고 있었는데, 그날따라 기분이 상쾌하고 행복했다. 햇살이 눈부셨고

널찍한 인도는 신기할 정도로 한산했다. 붐비기가 예사인 동네였지만 그때는 오전의 러시아워와 점심때 사이의 잠잠한 시간이여서 길거리에 쏘다니는 사람이 거의 없었다. 잠시나마 약간은, 넓고 조용한 나의 중서부 고향 마을처럼 느껴졌다. (여기에 고풍스러운 전쟁 전 건물들이 늘어서 있고 문지기들이 행인들에게 활기차게 인사를 건네는 풍경이 더해지긴 했지만 말이다.) 내 아들은 훌륭한 어린이집에 다녔다. 녀석은 어린이집 친구들을 사귀었고, 그런 덕에 내게도 어린이집 엄마들 인맥이 생겼다. 물론 아들을 데려다주러 혹은 데리러 갈 때마다 나 혼자 겉도는 기분이 드는 건 대체로 여전했다. 다른 엄마들이 조금만 더 상냥하게 대해주면 참 좋겠는데……. 뭐, 그래도 난 한 아이의 엄마 노릇을 충분히 잘 해내고 있었을 뿐 아니라, 곧 두 아이의 엄마가 될 예정이었다. 마침내 어퍼이스트사이드에서 내 길과 내 자리를 찾아낸 것 같았고, 그래서 일단은 만족스러웠다.

반 블록쯤 앞에서 내 쪽으로 걸어오는 여자가 보였다. 역시나 아주 잘 차려입었고, 동행은 없었다. 맨해튼 사람들은 빠르게 걷는 편이다. 그녀(50대 중반으로 추정)와 나(30대 후반) 사이의 거리도 금세 좁혀졌다. 사실상 교통법규에 가까운 맨해튼 거리의 예절에 따라, 자동차와 뉴요커가 그러듯 나도 우측통행을 했다. 그런데 곱게 단장한 그 아줌마는 좌측통행을 고수하며 곧장 내게로 직진하는 것이 아닌가. 왜 저러지? 여기가 영국인 줄 아시나?

그 아줌마와 부딪히지 않으려다 보니 내가 점점 더 길 오른쪽으로 붙게 됐다. 이대로 몇 발짝 더 가면 인도 가장자리에 있는 주황색 금속 쓰레기통을 들이받을 판이었다. '이게 뭐 하는 짓이람.' 폭이 넓은 인도인 데다 지금은 거의 텅 비었는데. 걷는 속도를 늦추다가, 결국엔 쓰레기통 바로 앞에서 우뚝 멈춰 섰다. 그럴 수밖에 없었다. 고집스레 내 쪽으로 걸어오는 아줌마와 정면으로 부딪힐 수는 없는 노릇이니까. 오른쪽에 널찍한 공간을 두고 어느새 그녀는 내 앞으로, 불과 15센티미터 앞으로 다가와 있었다. 그러고도 걸음을 멈추지 않았다. 난 의아한 눈으로 그녀를 쳐다봤다. 그녀는 내 시선을 정면으로 맞받으며 일부러, 아주 무례하게, 자신의 명품 가방이 내 왼팔을 스치게 했다. 그러더니 돌연 피식 웃었다. 진짜로, 내 면전에 대고, 비웃음을 날렸다! 그러고는 다분히 의도적으로 나를 스치면서 지나쳐 갔다. 난 그녀를 눈으로 좇으며 돌아섰다. 내가 왔던 길로 다시 멀어지는 그녀의 뒷모습을 멍하니 바라봤다. 너무 놀라서 숨 쉬는 것조차 잊었다. 저 아줌마가 그렇게 했다는 게 믿어지지 않았다. 그게 뭐였건 간에. 뭐였을까. 도대체 뭐였지?

기선제압. 어쨌든 내 안의 인류학자는 그렇게 느꼈다. 학부생 시절에 봤던 몇 시간짜리 다큐멘터리 영상에서 침팬지들이 서로 팔을 휘젓거나 이빨을 드러내고 깩깩 괴성을 내지르며 공격태세로 다가가던 모습이 떠올랐다. 장바구니를 풀면서 찬찬히 되짚어봤는데,

아무리 생각해도 불쾌하고 심지어 짜증까지 일었다. 뭐야, 뭐가 어떻게 된 거야? 곰곰이 생각해 보니 다른 여자가 나를 재고 나서 비웃은 일이 이제껏 아예 없었던 것은 아니지만, 이토록 노골적인 경우는 정말로 난생처음이었다. 그 경험이 계기였다. 그때부터 나는 어퍼이스트사이드 영장류의 사회적 행위에 진정으로 관심을 갖게 되었다.

아니나 다를까, 관심을 갖고 보니 그 비슷한 일이 주변에 비일비재했다. 이 윗동네의 횡단보도에서, 최고급 명품 매장에서, 유명 피부과 대기실에서, 완벽하게 꾸민 여자가 다른 여자를 은근하면서도 노골적으로 재고서 '기선을 제압하는' 것을 자주 감지할 수 있었다. 그 다른 여자가 나인 경우도 드물지 않았다. 때로는 상대 여자가 지나갈 수 있게 내가 인도와 도로의 경계나 건물 벽으로 바짝 붙어야 했다. 상대방이 전혀 비켜줄 기미를 보이지 않으니 달리 어쩔 수가 없었다. 나와 맞닥뜨리는 경로에서 1센티미터도 벗어나지 않겠다는 듯 완강하게 다가오는 것이 마치…… 내게 할 말이라도 있는 것 같았다. 궁금하기 짝이 없었다. 도대체 그 여자들은 뭘 원하는 것일까? 기선을 제압해서 뭐하려고? 어쩌라고?

이전에 살았던 웨스트빌리지는 물리적으로는 이곳에서 불과 몇 킬로미터 거리였지만, 복장과 관습과 여자들 간의 기 싸움으로 치면 아예 딴 나라였다. 돌이켜보면 그 아랫동네에서도, 블리커가의 좁은 콘크리트 골목길이 자신의 단독무대인 양 무표정한 얼굴로 경중경중 걷는 슈퍼모델들과 맞닥뜨리곤 했었다. 하지만 그거야 강한 자기애를 표출하는 것이 직업인 사람의 습관적인 행동이었을 뿐이다. 반면에 잠깐 볼일이 있어 어퍼이스트사이드의 길거리로 나서면, 여자들 특유의 놀랍도록 적대적인 치킨게임에 부지불식간에 휘말리고 만다. 기능성과 멋을 동시에 꾀한 대단한 차림새 외에는 남다를 것도 없어 보이는 여자가 '누가 먼저 피하는지 볼까?' 하고 을러메듯 무작정 다가오기 일쑤다.

몇 주에 걸친 목격과 경험으로 그 '기선제압 현상'을 완전히 체화한 내 안의 여성 행인은, 산책할 때나 장소를 옮길 때마다 이 싸움에 대비하고 끊임없이 경계했다. 그러나 내 안의 사회연구가는 더 많은 자료를 원했다. 그래서 하루는 아들 녀석을 일찌감치 어린이집에 데려다주고 돌아오는 길에 커피를 한 잔 사서는 동네의 어느 건물 앞에 서서 본격적인 관찰을 시작했다. 이후 사흘간은 어느 상점 앞에, 그다음엔 엄청나게 붐비는 어느 교차로 근처에 서 있었다. 아무래도 여자들이 많이 찾는 장소의 출입구에서 기선제압 현상이 발생할 가능성이 높을 듯하여, 몇 번은 명품 소매점, 주로 중년 부인들의 점심모임 장소로 알려진 식당, 몇몇 건물 로비 안으로 들어가 출입구 쪽을 주시하기도 했다.

결국, 이스트 79번가에서 겪은 일과 같은 종류의 장면을 100번쯤은 목격했다. 물론 비공식적인 조사였지만, 그럼에도 몇 가지 결론을 도출할 수 있었다. 그녀들 중 으뜸은 어퍼이스트사이드에 사는 여성, 특히 30대와 중년기 여성으로, 기선제압에 능숙하고 권력에 집착하는 부류였다. 전부는 아니어도 많은 경우 연상이 연하를 상대로 '기선을 휘어잡고' 위태로운 지점에 이를 때까지 진로를 바꾸지 않았으며, 대개 마지막 순간에 연하의 여성이 재빨리 비켜 가까스로 충돌을 면했다. 이렇게 극적인 장면을 만들어내고도, 두 여배우는 방금 무슨 일이 있었냐는 듯 시치미를 뚝 떼고 각자의 길로 멀어졌다. 마치 둘 사이에 있었던 일을 없었던 셈 치기로 암암리에 공모한 것처럼.

관찰을 계속하다 보니, 본인의 우월함을 과시하려는 여성에 대한 하나의 가설이 생겼다. 그녀들은 기선제압으로써 자신의 공간을 넓히는 것을 권리로 여겼다. 여자들의 맞대결 장면을 충분히 지켜본 결과, 기선을 잡는 쪽의 메시지는 아주 명확했다. 단순히 '비켜'가 아니라, '앞에 뭐가 있어? 난 안 보이는데'였다. 상대방의 존재 자체를 부정하는 것이었다. 또, 이런 현상은 핸드백과 큰 연관이 있어 보였다. 가방은 여자들의 갑옷이요, 무기요, 깃발이요, 그 이상이었다. 기선을 잡는 여자들은 어김없이 환상적인 가방을 어깨에 메거나 손에 들고 있었다. 뱀가죽이나 양가죽이나 타조가죽을 누비거나 염색한, 맞물린 C 모양 로고나 F 모양 로고나 정교한 버클과 잠금장치가 있는, 심장이 멎도록 아름답고 값비싸 보이는 가방으로 상대방을 쓸고 지나가며 그 순간을 만끽했다. 그것이 최후의 일격이었다.

작가 겸 영화감독이었던 고故 노라 에프런Nora Ephron은 LA 사람들에게는 자동차가 있다고 했다. 같은 맥락에서 우리 맨해튼 여자들에게는 핸드백이 있는데, 내가 관찰한 길거리 대결은 이 비유에 새로운 의미를 부여했다. 에프런이 말하는 자동차가 이 지점에서 저 지점으로 우리 몸과 소지품을 한꺼번에 옮기는 동시에 남에게 자랑스레 내보이고 싶은 물건, 다시 말해 기능성과 상징성을 겸비한 물건이고, 우리의 자동차가 핸드백이라면, 맨해튼 윗동네의 풍요로운 거리는 그야말로 로드 레이지road rage*가 난무하는 곳이었다. 그러니 손에 달랑 식료품 봉지만 들고 거리를 활보한 나는 누구든 와서 기선을 제압해달라고 자청한 것이나 다름없었다.

아울러, 그녀들을 보며 나는 제인 구달이 연구한 곰비 침팬지 무리의 일원이자 영장류 동물학계와 인류학계의 전설인 마이크를 떠올렸다. 마이크는 놀라운 지략을 발휘해 그 세계의 질서, 적어도 그 무리의 위계질서를 송두리째 뒤바꾼 침팬지였다. 구달이 곰비에서 연구를 시작했던 1960년 당시, 마이크는 무리에 들어온 지 그리 오래되지 않은 데다 몸집도 왜소하여 서열상 낮은 위치에 있었다.

---

* 운전자의 난폭 행동.

덩치 큰 다른 수컷들에게 자주 괴롭힘과 구타를 당했고, 무리의 일원으로 인정받지 못한 채 배척당하는 비참한 처지였다.

그랬던 마이크에게 아주 근사한 가방이 생겼다. 실은, 텅 빈 채 버려진 등유 깡통 두 개를 발견한 것이다. 가벼운 금속 소재였고 손잡이도 있었다. 영리한 마이크는 이 도구들을 과시행위에 써먹을 수 있다는 것을 알았다. 수컷 침팬지는 무리 내의 다른 침팬지를 실제로 해치지는 않으면서 위협만으로 강한 인상을 심어주고자 할 때 과시행위를 한다. 그들은 추격전을 벌이거나 몸을 맞부딪혀 지배력을 과시하는데, 더 극적인 효과를 위해 팬트-후트pant-hoot[*]나 괴성을 내지르며 나뭇가지를 흔들거나 땅바닥을 탁탁 치거나 돌멩이를 던지기도 한다.

영장류 동물학자나 야생동물 사진가는 침팬지의 과시행위를 접하는 경우가 많은데, 막상 당하면 소스라치게 놀라고 심지어 공포를 느낀다고 한다. 그러니 양손에 쥔 정체불명의 물체로 풀숲을 휘저으며 달려오는 마이크를 보고 곰비의 침팬지 무리가 얼마나 놀랐겠는가. 내친김에 마이크는 무리 한가운데서 몸을 꼿꼿이 세우고 그 요상한 물체를 힘껏 맞부딪혀 이제껏 아무도 들어보지 못한 요란한 굉음을 울려댔다. 마치 '이제 내가 너희의 주인이다!'라고 선언하듯이.

---

[*] 침팬지 특유의 의사소통 방법으로 알려진 '우후, 우후' 소리.

이 획기적인 연출은 그 당시 우두머리였던 골리앗마저 겁먹고 움츠리게 했다. 곰비 연구단이 영향력이 거의 없게끔 신속히 등유 깡통을 치웠지만, 나머지 침팬지들은 이미 마이크를 경외했고, 골리앗은 이전 우두머리였던 데이비드 그레이비어드의 옹호가 무색하게도 곧 우두머리 자리를 마이크에게 넘겨줘야 했다. 마이크가 무리의 우두머리로 군림한 기간은 무려 5년이었다. 훌륭한 핸드백은 반감기가 지나도 이 정도 위력을 발휘했다.

그녀들을 변화시키거나 때릴 수는 없었다. 물론 어퍼이스트사이드의 그 못돼먹은 엄마들 문화에 동조할 수도, 그럴 마음도 없었다. 아니, 어쩌면 그랬을 수도, 그랬는지도 모르겠다. 내게도 나만의 등유 깡통이 필요했다. 그렇다. 앞에 있는 나를 존중하기는커녕 존재 자체를 무시하고 밀거나 스치며 지나가는 이 오만한 여자들 때문에, 나도 예쁘고 비싼 가방을 갖고 싶어졌다. 명품 가방이 부적처럼 나를 보호해줄 것만 같았다. 내가 귀화한 동네에서 어딜 가나 마주치는 여자들, 입이 아닌 눈빛과 표정과 핸드백으로 말하는 여자들을 물리쳐줄 것만 같았다. 좋은 가방이 그녀들에게 최면을 걸 것이다. 거리에서 함부로 내 기선을 제압하려 들면 안 된다고, 파티장이나 어린이집 복도나 식당에서 나와 마주치면 무시하지 말고 인사해야 한다고 믿게 만들어줄 것이다. 덤으로 그녀들을 골려줄 수도 있다. 근사한 가방은 비단 칼과 방패 역할만 하는 게 아니다. 그녀들이 갖지 못했고 갖기를 원하는 것, 혹은 자기는 이미 가졌지만 남이 갖진 못하길 바라는 그것을 내가 버젓이 가지게 되는 것이다. 여왕벌들의 여왕이 제 가방으로 나를 쓸고 지나가려다 내 손에 들린 네모난 버킨 백을 보고 흠칫하는 장면을 머릿속에 그려봤다. 정말이지, 그 장면을 눈으로 볼 수만 있다면 억만금도 아깝지 않을 것 같았다.

⋮

에르메스 버킨 백이 처음 내 눈길을 사로잡은 때는 1980년대 후반, 파리에서였다. 파리 8구*에서(당연히 8구였다. 뭐든지 프랑스 특유의 빳빳하고 섹시한 멋이 묻어나는 동네 아닌가) 본, 청바지에 몸에 꼭 맞는 맞춤 재킷을 걸친 여자가 움켜쥔 그 가방은 '완벽' 그 자체였다. 색깔은 레드. 그러나 뻔한 진홍도 어정쩡한 담홍도 아니었다. 무심히 자신감을 발산하는 흔치 않은 벽돌색, 단 하나의 완벽한 색을 찾아 몇 년 동안 빨강 립스틱을 무수히 사 모아도 결코 찾아낼 수 없을 법한 '이상적인' 색이었다. 형태도 딱 좋았다. 익숙한 가방 모양을 살짝 비틀어 여느 핸드백이나 메신저백과는 미묘하게 다른 도발적인 자태

---

* 파리를 대표하는 샹젤리제 거리가 8구의 대표적 명소이다.

를 뽐냈다. 가방 안에서 위로 삐죽 솟은 서류철은 가방 주인이 일과 멋을 동시에 추구하는 여성임을 암시했다. 난 홀린 듯이 그녀를, 그녀가 든 가방을 따라갔다. 그 가방의 정체가 궁금해서 몇 블록이나 쫓아갔다.

얼마 후, 한 친구에게 침을 튀겨가며 그 가방에 대해 얘기를 했다. 이모저모를 묘사하다 자물쇠 부분을 설명했더니 느닷없이 친구가 꺅 소리를 질렀다. "그거 버킨 백이야! 에르메스 버킨 백! 암, 누구나 탐내는 가방이지!" 그녀는 버킨 백에 대한 찬사를 늘어놓기 시작했다. 버킨 백에 여행 잡지를 넣거나 바게트를 꽂아서 들고 다니는 프랑스 여자들의 무심한 듯 찬양하는 태도에 대해서도. 그 가방은 굉장히…… 프랑스스러웠다. 그리고 굉장히 비쌌다. 친구가 알려준 프랑스 프랑 단위의 버킨 백 가격을 미국 달러화로 환산해보고, 처음엔 내 계산이 틀린 줄 알았다. 내가 계산한 가격이 틀림없다는 걸 확인하고 나니 마음이 아파 한숨만 나왔다. 당시 대학원생이었던 내 수준에 버킨 백을 원하는 건 프랑스 대통령이 되고 싶다는 것만큼이나 터무니없는 소망이었다.

에르메스 버킨 백은 그 자체로도 대단한데 그 탄생에 얽힌 사연마저 매혹적이다. 그것은 앞부분에 달린 앙증맞은 자물쇠처럼 백의 전체 분위기와 떼려야 뗄 수 없는, 버킨 백을 버킨 백이게 하는 매력 요소다. 전설의 시작은 1981년. 자유로운 영혼의 소유자인 영국 배우 겸 가수이자, 프랑스 예술가 세르주 갱스부르Serge Gainsbourg와의 사랑과 협업으로도 유명한 제인 버킨Jane Birkin이 비행기에서 밀짚 소재의 여행가방을 머리 위 짐칸에 넣다가 내용물을 다 쏟고 말았다. 바로 그때 빛나는 갑옷을 떨쳐입은 기사처럼 멋지게 나타나 그녀를 도와준 사람이 있었으니, 그 당시 최고급 가죽제품 제조사로서 세계적인 명성을 떨치던 에르메스의 대표이사 장 루이 뒤마Jean-Louis Dumas였다. 버킨은 그에게 감사를 표하며 런던과 파리를 오갈 때 마땅히 쓸 만한 가방이 없다고 해명했다. 에르메스의 수장은 버킨의 말에 영감을 얻었고, 그것이 디자인으로 이어졌다.

1984년, 에르메스는 뛰어난 만듦새와 기능성을 겸비한 데다 보헤미안 감성까지 완벽하게 담아낸 검은색 가죽 토트백을 출시했다. 100년 전 에르메스가 독자적으로 개발한 새들백*의 축소판이라는 점에서 에르메스의 역사도 깃들어 있었다. 가방 입구는 덮개가 안으로 접힌 채로 열어두거나 덮개로 윗부분을 덮고 버클 달린 띠로 가방을 가로질러서 잠그게 돼 있었다. 손잡이는 두 개로, 젊고 자유로운 감성을 반영했고(손잡이가 하나인 가방은 왠지 중년 여성의 낮 외출용 가방을 연상시키는 데 반해 손잡이가 두 개이면 자유분방하고 멋있고 젊

---

* 에르메스는 1830대 마구용품 제작에서 출발한 기업으로, 카우보이들이 마구를 편리하게 운반하기 위해 들고 다니던 새들백에서 영감을 얻어 오뜨 아 크루아라는 백을 만들었고, 이것이 버킨 백의 원형이 되었다.

은 전문직 여성을 떠올리게 한다), 팔에 걸치거나 손으로 쥐거나 어깨에 메기에도 적당한 길이였다. 크기와 형태로 보나 여성용 가방의 핵심인 세련된 기능성으로 보나 버킨 백은 핸드백과 여행가방의 중간이었으며, 에르메스를 대표하는 또 하나의 가방인 켈리 백과는 정반대였다. 켈리 백은 영국 배우 그레이스 켈리Grace Kelly가 모나코의 공비가 되기 전 임신으로 불룩해진 배를 가리는 데 활용해 특히 유명해진 가방으로, 모든 면에서 참하고 중후하며 조신하고 단정하다. 반면에 버킨 백은 혼전 임신 사실을 감추려 들지 않는다. 버킨 백과 켈리 백은 자매지만, 버킨 백이 더 젊고 야성적이며 재미있다.

하지만 버킨 백이 동생이라고 해서 더 싸거나 구하기 쉬운 건 아니다. 암, 아니고말고! 애초에 버킨 백은 1년에 2,500개로 한정 제작되었다. 집중력과 꼼꼼함과 정밀성을 요하는 노동 집약적 작업에 약 50시간을 쏟아야 가방 하나를 완성할 수 있기 때문이다. 제작은 거의 수공으로 이루어지는데, 에르메스의 가죽공예 장인 밑에서 2년 이상 수습기간을 거치고 자격을 얻은 사람만이 실제 제품 제작과정에 참여한다. 패션계의 예술작품이라는 명성에 걸맞게, 각각의 버킨 백은 한 사람의 장인이 전 제작과정을 도맡아 진행하며 그 장인이 제작연도와 자신의 이름 머리글자를 새긴 특수 도장을 찍어 작품에 '서명'한다. 버킨 백은 비율도 엄격하다. 25, 30, 35, 40센티미터, 가장 큰 모델인 55센티미터까지 다양한 크기로 제작되는데, 크기와 상관없이 정밀하고 나무랄 데 없는 가로세로 비율을 자랑한다. 오직 프랑스인만이 계몽주의자나 성 혁명가와 결혼할 수 있었듯이, 에르메스는 버킨 백으로 신세계를 열었다. 버킨 백은 이 시대의 리틀 블랙 드레스*다.

요즘은 블루진 버킨 백(아니, 청바지를 연상하지 마라. 청명한 여름날의 하늘을 닮은 독특한 색상이다)도 나온다. 골드 색상도 있다. 버킨 백을 여러 개 소유한 사람들은 골드 버킨 백을 '초보용'으로 간주한다. 명칭은 골드지만 실상 금색이 아니라 군침 고이는 캐러멜 같은 황갈색 바탕에 흰색 스티치가 선명하게 대조를 이룬다. 다른 색상도 수십 가지에 이르고, 하나같이 워낙 선명하고 특이해서 풋내기를 안달하게 만든다. (우중충한 어느 겨울날, 화가인 내 친구가 푸크시아 색상의 타조가죽 버킨 백을 든 사람에게 다짜고짜 다가가 "이거 무슨 색이에요?! 이런 핑크색은 처음 봤어요!"라고 물은 적도 있었다.) 송아지가죽 소재에 금색이나 백금색 팔라듐 장식이 달린 기본 모델의 가격은 8천 달러(약 950만 원)다. 악어가죽이나 타조가죽 소재, 자물쇠와 여밈 띠에 다이아몬드가 박힌 디자인은 좀 더 발전한 응용모델이다. 소재에 따른 명칭은 현기증이 날 만큼 다양하다. 예를 들어 '토코'는 송아지가죽, '클레망스'는 새끼 황소가죽(토리용 클레망스taurillion

---

* 샤넬이 1926년에 출시한 드레스. 단순미와 기능성을 강조한 디자인으로 화려한 의상이 대세였던 당시 패션계에 큰 반향을 일으켰으며 현재까지 그 명성을 이어오고 있다.

clémence, 제일 무겁다)이다. 양가죽이나 염소가죽으로 만든 버킨 백도 있다. 도마뱀, 악어, 타조 등 특수한 종류의 가죽으로 만들었거나 맞춤으로 특수 제작된 모델은 15만 달러(약 1억 8천만 원) 혹은 그 이상을 호가하기도 한다. 그럼에도 구매 대기자 명단에 이름을 올리고 2~3년은 기다려야 살 수 있다. 들끓는 경제 덕에 항상 열띤 분위기인 홍콩과 싱가포르에서는, 에르메스에서 구매한 정품 버킨 백 최신 모델을 버킨 마니아 고객에게 되파는 암거래가 성행한다고 한다. 금장이나 은장 잠금장치의 세 군데 정확한 위치에 'HERMÈS PARIS MADE IN FRANCE'라는 문구가 새겨진 어엿한 정품을 4년씩이나 기다릴 것 없이 바로 입수 가능하다는 장점이 있어, 경우에 따라 50~100퍼센트의 웃돈이 붙기도 한다고.

남자들은 스포츠카를 산다든지, 불륜을 저지른다든지, 와인 15,000병을 갖춘 와인창고를 꾸민다든지, 좌우지간 다양한 데서 애착의 대상을 찾아 중년의 공허함을 달랜다. 그러나 내게는 오로지 버킨 백뿐이었다. 버킨만의 가죽과 금속 장식과 선명한 스티치와 무수한 특징들을 소유하고 싶었다. 손에 넣기 어렵기에 더더욱 탐이 났다. 그동안 내가 잃은 것, 지금도 잃는 것이 얼마나 많은가(맨해튼 여자들은 50대가 될 때까지 20대나 30대의 외모를 유지하려고 갖은 노력을 다하기 때문에 비교적 노화가 느린 편이지만, 아무리 애써도 세월 이길 장사는 없는 법). 탱탱한 허벅지, 주름 없는 피부, 생식력, 최신호 〈보

그〉 기사에 전율하는 경험……. 지나간 세월에 빼앗긴 그 모든 것들을, 네모나고 구조적인, 값비싸고 도도한, 섹시하고 기능적인 가방이 보상해주리라. 명품 브랜드의 중저가 라인을 애용하는 것도 그만두기로 했다. 어퍼이스트사이드로 이사 와서 보니 가령 마크바이마크제이콥스 가방은 20대 아가씨나 10대 소녀용이었다. 나도 이 동네 주민이 된 이상 '진짜'를 갖고 싶었고, 이제는 그럴 만한 자격이 있다고도 느꼈다. 누가 뭐래도 난 중년이었다. 중년인 현실을 실감할 때마다 목이 메고 숨이 막혔다. 그렇지만 아직 늙은이는 아니었다. 나 정도의 외모와 마른 몸매와 금발머리라면 버킨과 함께 빛을 발할 자신이 있었다. 아울러 명품을 살 만큼은 나이를 먹었고, 맨해튼에서 지낸 세월이 있으니만큼 인맥을 통해 그 귀한 가방을 구하는 것이 아예 불가능하지도 않을 터였다. 나는 버킨을 가지기에 딱 좋은 나이였다. 버킨이 나의 위안이자 권리였다.

하지만 당연히, 버킨을 소유하겠다는 꿈을 이루려면 '어떻게 구하느냐'라는 현실적인 문제를 해결해야만 했다. 패션업계에 있는 친구들과 단순히 패션에 목매는 친구들이 얘기해줬는데, 맨해튼의 수많은 '금수저녀'조차 버킨에게는 퇴짜를 맞는 것이 현실이었다. 구매 대기자 명단에 이름을 올리고서 하염없이 기다리거나, 심지어 대기자조차 받지 않는다는 소리를 듣는 경우도 있었다. 에르메스 직원을 지인으로 뒀다면 그나마 더 빠르게, 3년이 아니라 6개월~1년 만에 버킨을 손에 쥘 수 있다고 했다.

　내 친구 제이제이의 어머니가 에르메스 매장에서 목격한 일화를 우리와 칵테일을 마시면서 들려준 적이 있었다. 어느 날 오후, 제이제이와 내 또래로 보이고 예쁘장한 외모에 옷도 잘 차려입은 여자가 매장으로 들어와 거두절미 "버킨 백 주세요"라고 요구했다고 한다. 죄송하지만 매장에는 버킨 백 재고가 없으며 거듭 죄송하지만 현재 대기자 신청도 마감됐다는 직원의 설명에도 그녀는 순순히 물러나지 않았다. "내 얘기 못 들으셨나 봐요. 버킨 백 35센티, 검은색, 금장으로 달라고요." 몇 번을 얘기해도 한결같은 대답만 돌아오자, 결국 그녀는 크게 손사랫짓을 하면서 콧김을 홍 뿜더니 "알았어요! 정말 이러긴 싫었는데 어쩔 수가 없네. 있어봐요, 남편이랑 다시 올 테니까!" 하고는 횡 나가버렸다. 잠시 후 그녀는 초특급 유명 코미디언인 남편을 대동해 돌아왔고, 버킨 특별판매가 이뤄지는 밀실로 즉시 안내되었다. 그 여자의 혁혁한 승리였다.

　하지만 버킨 백을 사러 가서는 무자비하고 냉정하기로 악명 높은 버킨 수호대에게 창피를 당하고 퇴짜를 맞는 경우가 훨씬 더 흔했다. 한 친구의 친구는 대기자 명단이 다 찼다고 딱 잘라 말하는 직원 앞에서 그만 엉엉 울어버렸다고 한다. 그녀가 친구들에게 하소연하길, 버킨 백을 내줘도 되는 손님이라는 인상을 심어주려고 몇 달째 매주 매장에 들러 딱히 필요하지도 않은 벨트나 스카프를 꼬박꼬박 샀는데도 (친구들은 측은한 듯이 "벨트랑 스카프 값만 해도 엄청나게 들었겠네" 하고 소곤거렸다) 그런 수모를 당했다는 것이다. 또 어떤 여자는 독일로 출장 간 남편에게 아시아의 어느 나라 수도에 잠깐 들러 버킨 백을 사오라고 시켰다고 한다. 한편 에르메스 직원이 권하는 각종 형태와 크기와 색상의 켈리 백을 전부 마다하고 일편단심 버킨만을 원했던 여자도 있었는데, 나중에 패션잡지 편집자인 친구로부터 청천벽력 같은 소식을 들어야 했다. 그 직원에게 '까다로운' 손님으로 찍혀서 버킨 백 구매는 거의 물 건너갔다고 봐야 한다는 것이었다.

대기자 명단에도 오를 수 없다는 얘기를 듣는 기분은 당연히 참담하고 창피하기 마련이다. 입장해도 좋을 만큼 중요하거나 멋지지 못해 나이트클럽 입구에서 입장을 거절당할 때와 같은 기분일 것이다. 가방 하나에 최소 1만 달러(약 1천 200만 원)를 턱 내놓는 특권조차 기약 없이 기다려야 누릴 수 있을까 말까 한, 이 어이없는 현실이라니. 나도 이런 현실을 잘 알고 있었다. 그러나 이런 난관은 단순히 장애물이 아니었다. 유독 구하기 어렵다는 점, 구매 자체가 불가능에 가깝다는 점은 탄생에 얽힌 일화, 제작연도 도장과 더불어 버킨 백을 특별하게 만드는 고유한 특징이요, 본질이었다.

어떻게든 나는 난관을 극복할 작정이었다. 그만한 가치가 있다는 걸 알고 있었으니까. 큼지막한 주황색 상자 겉면의 갈색 리본을 풀고 뚜껑을 열면 상자에 꼭 맞도록 접어 넣은 아주 특수한 두께의 박엽지 위 받침 쿠션에 버킨이 누워 있으리라는 사실을 알았던 것처럼 말이다. 하지만 20여 년을 맨해튼에서 살아온 경험으로, 내가 아는 다른 사실도 있었다. 즉 버킨 백을 갖기 위해 분투하는 그 진부하고, 우스워지기 딱 좋은, 천박의 극치인 과정에서 내 동네가 과거 그어느 때보다 더 싫어질 가능성이 농후했다. 버킨 백이나 어린이집 자리나 식당의 좋은 자리나 대상만 다를 뿐 아등바등 구하려 애쓰는 과정은 다 엇비슷했다. (참고로 둘째 출산이 임박한 무렵부터 나는 식당에만 들어서면 가능한 한 신속히 휘둘러보면서 안내 종업원이나 지배인에게 "제발 알아서 좋은 자리로 안내해주세요. 제가 불만을 제기하고 자리를 옮기자면 피차 번거롭잖아요. 부탁합니다"라고 먼저 당부하는 습관이 생겼다. 가학적인 자리 규범뿐 아니라 우리 동네의 모든 면면에 대한 내 인내심이 바닥을 치던 시기였다.) 버킨 백 입수라는 임무는 내게 피로와 분노를 안길 것이 분명했다. 어쩌면 끝내 실패할지도 모를 일이었다. 필연적인 난관을 전부 다 극복하고 그토록 원하던 물건을 마침내 거머쥐려면, 불굴의 의지와 더불어 행운도 따라줘야 했다.

버킨 백을 소유하기로 굳게 작심해놓고선, 생각만으로도 지치고 패배감에 휩싸였다. 그런데 왠지 투지도 함께 불타올랐다. 맨해튼은 참 희한한 도시다. 사람의 욕망을 까뒤집어 속이 겉으로 다 드러나게, 그 민낯이 훤히 보이게 만든다. 이곳 어퍼이스트사이드에서는, 특별하고 희귀한 혹은 '취득 불가능한' 것을 소유할 수 있는지가 한 사람의 욕구와 정체성 형성에 어느 정도 영향을 미친다. 버킨이 내포한 의미는 여러 가지인데, 그중 하나는 과잉의 세계에서조차 마음껏 소유할 수 없는 현실이 주는 서러움이다. 물론 누구나 탐낼 만한 물건이기도 하지만, 유예와 실망과 기다림과 희망을 한 땀 한 땀 박음질해 만든 이 가방은 인간에 내재한 소유욕의 진수이기도 하다.

:

나를 포함해 맨해튼 여자들이 버킨 백을 원하는 이유, 그 물건 자체에 그토록 열광하는 이유를 자문하다 보면 순환논리에 빠지기 쉽다. 답은 너무나 자명하다. 한마디로 '그냥'. 물론 더 구체적인 이론들도 있다. 특권과 성공의 표식에 가치를 두는 (더 정확히는, 집착하는) 동네에서, 버킨 백은 여성이 누릴 수 있는 궁극의 지위, 더불어 그 물건을 여자에게 사줄 능력이 있는 남성의 막강한 지위를 상징한다. 맨해튼의 임상심리학자 스테파니 뉴먼Stephanie Newman에게 의견을 물었더니, 상당히 흥미로워하며 이렇게 대답했다. "버킨을 소유한 아내는 성공한 남성이 자기애를 보기 좋게 확장한 결과죠. 아내에게 그토록 값비싸고 희귀한 물건을 사줄 수 있을 만큼 본인이 특별하고 영향력도 지대하다는 사실을 증명해낸 셈이니까요." 백만분의 일 확률이지만 만약 버킨 백을 극구 사양하는 여자가 나타난다면, 일단 하나를 떠안겨준 다음에 그래도 끝까지 사용하지 않는지 지켜보고 싶다. 아무리 그런 여자라도 막상 선택권이 주어지면 포르쉐를 두고 굳이 현대 차를 택하지는 않을 것이다. 사회생활의 초강력 추진기가 되어줄 포르쉐를 거부할 수는 없겠지. 그런데 내 생각에는 무엇보다 소유욕이란, 확신은 못 해도 왠지 가질 수 있을 듯싶기 때문에 생기는 것이다. 죽을힘을 다해 손을 뻗어야 하지만 어쨌든 닿을 가망이 아예 없는 건 아니라서. 그리고 예쁘니까. 그리고 사실 맨해튼의 다른 여자들 의견을 중시하고 그녀들이 감탄해주길 바라는 여자로서, 가방 하나로 맨해튼 여성들 특유의 뒤틀린 존중을, 다른 말로 '질투'를 한 몸에 받을 수 있으니까.

특수한 환경에서는 질투 유발이 집단 내 경쟁의 한 종목일 수 있다. 남성의 시선을 논하는 글은 차고도 넘친다. 여성을 어떻게 대상화하는지, 남녀 간의 위계를 어떻게 변화시키는지, 어떻게 구경하는 쪽과 구경당하는 쪽으로 나누는지……. 그러나 어퍼이스트사이드에서 사는 동안 나는 '여성의 시선'에 점점 더 민감해졌다. 일 대 일 혹은 일 대 다수 사이에 오가는, 대체로 탐욕스럽고 경쟁적인, 레이저처럼 정확하고 집중적이며 강렬한 시선들이 각자의 의지와 상관없이 우리 모두를 경쟁에 끌어들인다. 여성의 시선은 방패나 버팀

목 역할을 한다. 눈빛만으로도 '그렇게 쳐다보지 마. 무례하잖아!'라
고 얼마든지 쏘아붙일 수 있다. 때로는 우위를 점하기 위해 다른 여
자들을 뜯어보기도 한다. '댁의 문제점은 뭐지?' 하는 눈빛으로 상
대방을 잰다. 벨트, 신발, 옷, 머리 모양 등 상대방이 가진 것에서 어
떻게든 흠을 찾아내어 '흥, 결국 그렇게 대단하지도 않군. 딱히 내가
꿀리는 것도 아니잖아' 하면서 안심하고 싶은 것이다. 욕망의 대상
이자 '희귀품'인 버킨 백은 여자들 사이에서 적의 서린 동경을 이끌
어낸다. 맨해튼의 길거리와 식당, 자선행사장, 이를테면 피에르 호
텔이나 치프리아니 식당에서 여자들은 다른 여자들의 신발과 장신
구 따위를 눈여겨본다. 그런 장소에 난무하는 여자들의 의미심장한
시선, 사치와 탐욕과 시기와 갈망으로 번뜩이는 그 수많은 시선을,
남자와 아이는 보지 못한다. 어린이집 복도와 엘리베이터 앞에서도
여자들은 은밀하고도 노골적인 시선으로 순식간에 서로를 탐색한
다. 보아뱀처럼 한순간에 상대방을 꿀꺽 집어삼키고 천천히 소화하
면서 부분별로 상세히 음미한다. '저 여자는 누구야? 어떻게 저걸 갖
고 있지? 남편이 누구기에? 직업은 뭐고? 왜 내가 아니라 저 여자
지?' 미국 전역은 물론이고 전 세계를 통틀어도 어퍼이스트사이드
만큼 여자들 간의 긴장감이 팽팽한 곳은 없을 것이다. 이곳에서 핸
드백은 자동차처럼 한꺼번에 다양한 기능을 수행한다. 핸드백은 맨
해튼이라는 서열사회에서 한 사람의 위치를 알리는 수단이자, 돈과

144

연줄과 권력이 전부인 도시에서 한 사람의 부와 연줄과 권력 수준을 나타내는 지표다. 상징적 패션이다. 독특하게 스트레스를 안기는 동네에서 마음을 어루만져주는 애착 담요다.

:

내가 버킨 백을 갖겠다고 선언한다 해도 남편은 놀라지 않을 터였다. 버킨 백이 탐난다는 얘기는 이미 오래전부터 입이 닳도록 했으니까. 다른 여자들처럼 대놓고 졸라대지는 않았지만, 그래도. 남편과 함께 있는 자리에서 어쩌다 버킨 백이 눈에 띄면, 한겨울에 센트럴파크에서 남아프리카의 희귀 새를 목격한 조류 전문가처럼 실눈을 뜨고 손가락으로 가리키며 "저거야, 저거!" 하고 흥분해 속삭였다. 운이 좋은 날이면 버킨 백과 그 주인을 자세히 살펴보고 진짜인지 가짜인지 가늠할 기회도 있었다. 아, 가방 말이다.

버킨 백을 향한 내 집착은 차츰 시들해지고 완전히 사라졌다가도, 잠복기의 바이러스처럼 어떤 자극(예: 버킨 목격)을 받고 되살아나는 과정이 약 20년에 걸쳐 주기적으로 반복되었다. 처음 버킨을 알게 된 지 20년이 흐른 지금도, 신분이 달라졌고 재정적으로도 여유로워져 어지간하면 막대한 지출도 감당할 수 있게 되었지만, 버킨 백은 내가 마음먹는다고 해서 저절로 굴러들어 오는 게 아니었다. 수고가 필요했다. 호의를 구해야 했다. 사교성 없는 글쟁이에게는 공포 중의 공포인 아부까지 무릅써야 했다. 그렇지만 그 모든 일의 전제요건은 집착이었다. 그건 자신 있었다. 얼마든지. 어차피 어퍼 이스트사이드 엄마들은 집착 전문가 집단 아닌가. 테러리즘, 여름캠프 물색, 유아 농가진이나 글씨 쓰기 훈련에 관한 정보 검색, 햄프턴스의 별장은 그대로 두고 아스펜에도 별장을 마련할 요량으로 최고급 나인룸에서부터 눈높이를 조금씩 낮춰 알아보기 등등, 어퍼이스트사이드의 엄마들이 집착하는 대상의 범위는 한도 끝도 없다. 우리는 집착을 방조하고 살찌우는 웹사이트를 찾아내어 집요하게 파고든다. 노트북과 아이패드로 완벽한 여름휴가 계획을 수십 가지 짜보거나 옷장과 삶의 질을 높여줄 구두를 스토킹한다. 내 친구 캔디스는 브롱크스빌로 이사할 계획이 전혀 없는데도 그 지역의 부동산 웹사이트를 열일곱 개나 즐겨찾기 해두었다. "기분이 좋아진다"는 게 그녀가 밝힌 이유였다.

한편 내 집착은 백스놉스닷컴bagsnobs.com과 아이원어버킨닷컴 iwantabirkin.com 같은 웹사이트 탐사로 이어졌다. 밤마다 아이를 재우고 나서는 이베이로 들어가 '버킨'을 검색했고 진품과 모조품을 구별할 수 있는 가격, 금속 장식, 디테일의 차이를 조사했다. 그날 밤도 나는 이전 집주인이 가정부의 방으로 사용했던 주방 옆의 내 '작업실'에 몇 시간째 처박혀 검색 삼매경에 빠져 있다가, 남편이 불쑥 들어오는 통에 뜨끔해서 얼른 브라우저를 꺼버렸다. 화면을 가득 메웠던 35센티미터 블루진 버킨 백 사진이 휙 사라지자 남편이 물었다. "뭐였기에 그리 황급히 *끄시나*?" 난 솔직히 대답했다. "미안. 포르노였어." 남편은 괜히 물어봤다는 표정을 지었지만 이내 눈치를 챘다. 내가 본 것은 '핸드백 포르노' 사진이었음을.

어느 맑은 날, 공원에 아이들을 풀어놓고 놀게 하면서 릴리와 수다를 떨던 중에 여지없이 버킨 백 얘기가 나왔다. "뭐 어때? 튼튼하기로 치면 탱크에도 뒤지지 않을걸? 그렇게 제대로 잘 만든 핸드백은 진짜로 귀하다고." 패션계에 종사하는 그녀는 버킨 구매가 지극히 합리적이라고 강조했다.

점심 약속에서 만난 캔디스하고도 얘기해봤다. 머릿속 계산기를 두드려보면서 우리 둘 다 고개를 절레절레 저었다. 버킨 백 가격은 사립 어린이집 1년 등록비의 4분의 1이었다. 겨울철 휴가비 전체와 맞먹었다. 두세 달치 아파트 관리비였다. 너트크래커 베네피트Nutcracker benefit˙ 테이블 좌석 값의 두 배였다. 캔디스는 샐러드를 접시 가장자리로 느릿느릿 밀면서 생각에 잠겼다. 그러더니 슬그머니 표정이 달라졌다. "음, 그런데 말이야, 그리 나쁘지도 않은 것

˙ 뉴욕 시 발레 교육 프로그램과 미국 발레 장학금 재단을 지원하기 위한 연례 모금행사.

같아. 그러니까…… 평생 들고 다닐 거라면. 너, 그럴 거잖아. 평생 가지고 있을 거고. 허구한 날 들고 다닐 거고. 만에 하나 현금화해도……."

유명 연예인의 아내 일화를 들려준 제이제이의 어머니는 버킨백 다섯 개, 켈리 백도 최소 다섯 개를 소유한 에르메스 마니아였다. 제이제이는 엄마가 내게 에르메스 직원을 소개해줄 수 있다면서 하나 사라고 꼬드겼다. 그냥 질러. 우리가 하는 일에 비해 버는 돈은 적어도. 열대우림지에서 스팽글 달린 부츠가 필요하다고 우기는 것과 같다고 해도. 제정신으로는 저지를 수 없는 어리석고 비현실적인 생각이라 해도. 릴리와 캔디스와 제이제이의 의견이 일치했다. 멀거니 서서 입맛만 다시지 말고 과감히 '질러야' 한다는 것이었다. 어쩌면 이것이 내 평생에 가장 생경하고 가장 이기적인 욕망을 선동했는지도 모른다.

⋮

남편은 작게 끙, 신음했을 뿐이다. 내가 남편에게 비싼 물건을 사달라고 하는 경우는 몹시 드물었다. 자기가 잘 먹고 잘 사는 것은 남편의 재무사정과 하등 관계가 없고 자신의 지출은 가정경제와 무관하다는 듯 남편의 돈을 펑펑 써대는 여자들이 늘 한심해 보였다. 남편도 내가 기본적으로 '가계는 부부 공동 책임'이라 여기며 이를 굉장히 중요시한다는 것을 알고 있었다. 맏아들이 태어났을 때에도, "뭘 사다줄까?" 하고 묻는 남편에게 나는 내 연금계좌에 일정 금액을 넣어달라고 청했고, 출산 선물로 다이아몬드를 요구했던 내 친구는 이 얘기를 듣고 경악을 금치 못했다. 아무튼, 남편에게 "버킨 백이 하나 있어야겠어. 진짜 너무너무 갖고 싶어서 그래"라고 하자, 그는 선뜻 알았다면서 "무슨 색? 내가 내일 사 오지 뭐"라고 말했다. 난 웃었다. 새되게, 심하게, 매정하게 웃었다. 남편은 당황하는 눈치였다. 난 한숨을 짓고 "못 사"라고 설명했다. 그리고 미리 적어둔, 제이제이의 어머니 이름과 전화번호부터 시작하는 연락처 목록을 건넸다. 그가 눈살을 찌푸리고 "이건 뭐야?"라고 물었다. 난 대답했다. "중개인. 장애물. 뭐, 대충 그런 거야. 잘 대해줘야 해. 진짜 이 가방 꼭 갖고 싶단 말이야."

남편이 제이제이의 어머니인 마이라 아주머니에게 연락하면 마이라 아주머니가 에르메스 직원(편의상 '디어드리'라고 하자)에게 연락하고, 그러면 디어드리가 매장을 방문한 내 남편을 응대하는 것이 예정된 순서였다. 하지만 그러기 전에, 고맙게도 마이라 아주머니가 먼저 디어드리와 터놓고 이야기했다. 제이제이가 전화로 반가운 소식을 전했다. 마이라 아주머니가 디어드리에게 나를 유명한 작가로

소개했더니 디어드리가 내 이름을 들어본 적이 있다고 대답했고 (이 지점에서 제이제이와 나는 동시에 꺅 비명을 질렀다. 나 같은 무명인을 안다고 둘러댈 정도로 예의가 넘치는 사람이라니!) 내친김에 아주머니는 내가 매우 훌륭한 고객이고 버킨의 주인이 될 자격도 충분하며 검은색 가죽에 금장 버킨 35센티미터 모델을 구한다고 귀띔했다는 것이었다. 제이제이는 아주머니의 조언까지 내게 충실히 전했다. "그런데 얘, 엄마 말로는 네 선택이 단단히 잘못됐다는데? 금장이 아니라 팔라듐이 계절이나 유행을 타지 않는대."

마이라 아주머니가 미리 얘기를 잘해준 덕에 기초공사가 탄탄하게 이뤄졌다. 남편은 마이라 아주머니가 시키는 대로 매장에 가서 디어드리를 만났다. 디어드리는 매우 친절하게 내 남편을 응대했다. 제가 최선을 다해보겠습니다. 파리 쪽과 연락 중이에요. 어떻게든 제품을 구해봐야죠. 그런데 사모님 생신에 맞추기는 어려울 수도 있어요. 얼마 남지 않았다고 들었거든요. 일단 대기자 명단을 우회하는 쪽으로 알아보고 있는데요. 대기자 명단에 이름을 올리자면 어느 선을 타느냐에 따라 3년을 기다려야 될 수도 있고 기약이 없을 수도 있고 아예 거절당할 수도 있거든요…….

그날 밤 남편은 이 모든 얘기를 내게 전해주었다. 그리고 새벽 2시, 나는 뜬눈으로 침대에 누워 있었다. 이 가방의 가격이 정확히 얼마인지조차 모른다는 사실이 퍼뜩 생각나 잠이 오지 않았다. 마이라 아주머니와 통화하면서도 한참을 망설이다 조심스레 가격을 물어본 적이 있었다. 그때 아주머니의 대답은 이러했다. "그게, 난 파리랑 로마에서 샀거든. 환율도 왔다 갔다 하니까, 나도 정확히는 모르겠다. 뉴욕에서는 정가가 얼마인지도 모르고. 여기서는 켈리만 샀어."

:

내 친구 제프 누노카와Jeff Nunokawa는 영문학 교수다. 전공은 빅토리아 시대 소설로, 디킨스와 엘리엇의 작품을 비롯해 빅토리아 시대의 소설에 나타난, 사치 상품의 열성적인 소비자이면서 자기 스스로도 사치 상품인 특이한 여성상을 자주 글이나 강의의 주제로 삼는다. 나는 동시대 여성의 사치품 소비, 예컨대 버킨 대란 현상이나, 보들레르 이후 시대의 길거리에 횡행하는 여성 간의 적대와 경쟁에 대해 그가 뭐라고 할지 궁금했다. 하지만 먼저 그에게 용어를 깨우쳐줘야 했다. 누노카와는 내가 말한 '버킨 대란'을 '버켄스탁'*으로 오인할 정도로 패션에 무관심한 친구였다. "샌들이 아니라 가방 얘기야"를 시작으로, 나는 버킨 백이며 에르메스가 뭔지 알려주고 2010년

• 독일의 캐주얼 슈즈 브랜드.

경 맨해튼의 광적인 버킨 열기를 간략히 설명했다. 그는 "거 참 대단한 가방이로군"이라며 비꼬듯 중얼거리더니 눈치껏 "나도 사람들이 왜 그렇게 좋아하는지 이해가 안 되는 건 아니야"라고 덧붙였다. 그러고는 잠자코 머릿속으로 여러 가지 실마리를 한데 엮은 끝에, 학자의 권위와 친구의 장난기가 섞인 말투로 내게 물었다. "그런데 어째서 여성이지?"

'명품'을 좋아하고 탐하여 구매를 위해 줄을 서거나 대기자 명단에 이름을 올리고 별의별 수모까지 기꺼이 감수하며 '가물에 콩 나듯' 희귀하면 할수록 더더욱 갈구하는 여성을, 우리는 허위의식에 빠진 우매한 존재 즉 '패션 호구'로 속단한다고 누노카와는 깔끔하게 정리했다. 하지만 그는 우리가 틀렸다고도 했다. 물론 정상은 아니라고. 그런데 뉴욕에서 살다 보면 미쳐 돌아가는 분위기에 이성이 흐려지고 정상과 비정상을 구분하기도 어려워지는 게 당연하다고, 그래서 '여자는 버킨 백을 갖고 싶어 한다'는 명제가 참인 줄 알게 되는 거라고 그는 설명했다. 그렇다면 명품에 집착하는, 명품을 사기 위해 연줄을 동원하고 판매원에게 설설 기는, 한심하고 부질없을지라도 희망을 품고 기다리는 이 우스꽝스러운 과정("이건 한마디로 '호 갱 줄*'이지. 어때?" 누노카와는 본인이 만든 용어가 아주 흡족한 모양이었

---

* 원문에서는 사람들이 케이크를 사기 위해 줄을 서서 기다리는 모습을 뜻하는 'cake line'으로 되어 있지만 국내 사정에 맞게 의역했다.

다. 요새 젊은 애들이 호구 손님을 '호갱님'이라 칭한다나 뭐라나)에 자진해 뛰어드는 건…… 어째서일까? 그리고 왜 여성일까? 누노카와는 이디스 위튼의 《환락의 집》주인공인 릴리 바트를 예시하면서, 시대적 배경이 다르고 가상인물임에도 "어떤 면(아름답고 값비싼 물건과의 관계)에서는 오늘날의 현실에 있을 법한 인물"이라고 했다. 릴리의 결혼 작전이 점점 시급해지고 전개가 빨라지면서 독자는 각자의 이유로 마음을 졸이다가, 릴리가 그토록 필사적으로 과도하게 재물을 탐내는 것은 단순히 욕심이 많아서가 아니라 그녀 자신도 탐나는 재물이 되고 싶기(되어야만 하기) 때문임을 깨닫게 된다.

　맨해튼 여성과 버킨 대란도 같은 맥락에서 해석할 수 있지 않겠느냐고 누노카와는 말했다. "단순히 여성(특정 계층이나 특정 환경에 놓인 동시대의 릴리 바트)이 멋들어진 상품을 사랑하기 때문이 아니라, 그녀들 자신이 상품이기 때문"이라고 말이다. 그저 현혹 당했거나 멍청해서 버킨에 목매는 게 아니다. 가방 호갱 줄의 자리다툼을 넘어서는 무언가에 목을 매는 것이다. 버킨 추종은 단순히 그 주체를 버킨 추종자로만 만드는 게 아니라 "그 가방에 소수 특권층의 신분증과 동일한 효력이 있다는 사실을 남성에게, 사회에, 그녀들 자신에게 일깨우는 하나의 현상"이다. 대단히 귀하고 비싼 물건을 힘들여 구함으로써 자신의 희소가치를 되찾고 그것을 자신이 속한 사회의 구성원 모두에게 알리려는 것이다. 버킨 같은 초호화 명품을 가까이하는 것은 분별없고 이기적이며…… 효과적이라고, 누노카와는 결론지었다.

뭐가 어쨌건 간에, 나는 호갱 줄에 합류할 셈이었다.

⋮

결국엔 이렇게 됐다. 남편이 아시아로 갔고, 디어드리는 거기서 버킨을 입수하기가 한결 수월할 거라면서 몇 군데 연락을 넣겠다고 했다. 그러나 홍콩 매장에서는 3년치 대기자 명단이 다 찼다는 판에 박힌 핑계를 댔고, 베이징 매장 직원도 마치 짠 듯이 똑같은 얘기를 했다(중국이 일본을 뛰어넘고 세계 제2의 경제대국이 됐다는 사실을 나는 이렇게 세계경제 전문가들보다도 먼저 알게 되었다). 마지막으로 들른 일본에서 그는 야밤에 걸려온 전화를 용케 받은 내게 "골드도 괜찮아?"라고 물었다. 자초지종인즉, 그가 도쿄 에르메스 매장의 직원을 닦달해 하나도 아닌 무려 세 종류의 버킨을 내놓게 했다는 것이었다. 나는 마이라 아주머니의 조언을 떠올리고 팔라듐 장식의 골드 버킨을 선택했다.

됐다, 끝났다. 그러나 그날 밤 나는 침대에 누워 계속 뒤척였다. 마이라 아주머니라는 연줄을 이용하지 않은 것이 켕겨서 잠을 이룰 수 없었다. 아주머니가 불쾌해하면 어쩌나, 아주머니와 디어드리의 관계에 누를 끼친 것은 아닐까……. 머릿속엔 무시무시한 상상이 생생하게, 끝없이 펼쳐졌다. 제이제이가 길길이 화를 낼 거야. 자기가 중간에 끼었는데 이게 무슨 짓이냐고. 엄마는 네가 버킨 세계의 구매 불문율을 무시했다고 여길 텐데 이제 어쩔 거냐고. 걱정하다 지쳐 잠든 탓에 다음 날은 깨면서 이미 피곤했다. 그러고도 온종일 그 걱정만 머릿속에 맴돌아 다른 생각은 할 틈이 없었다. 그날 저녁, 남편이 시차증과 빨랫감과 커다란 주황색 상자를 가지고 돌아왔다. 신기한지 상자로 다가가는 아들 녀석에게 난 버럭 고함을 질렀다. "건드리지 마!" 리본 밑, 상자 안, 박엽지 덮개 아래, 받침 쿠션 위, 베이지색 더스트백[•] 안에, 버킨이 있었다. 금속 장식이 긁히거나 긁지 않게끔 덮개와 여밈 띠에 흰색 펠트지가 덧대어져 있었다. 수술을 집도하는 마음가짐으로 아주 조심스럽게 펠트지를 벗겨내자, 매끈하고 빛나는 은색 버클과 잠금단추가 드러났다. 이미 사랑스러운 가방 내부에 더욱 사랑스러운 부속품이 있었다. 가방의 형태를 잡아주는, 아코디언 주름처럼 구겨진 비닐 충전재. 가죽 주머니 안의 작은 자물쇠와 열쇠. 그리고 방수 주머니. 그렇다. 버킨은 전용 우의도 있다. 가방 자체는 생각보다 가벼웠다. 아름답고 간소한 디자인이며

• 보관 중에 먼지가 쌓이지 않게 가방을 넣어두는 주머니.

가죽과 스티치 색의 대조에서도 장인의 혼이 느껴졌다. 35센티미터 모델의 비율을 정확히 준수한 예술작품이었다. 손전등까지 동원해 내부와 솔기 등을 샅샅이 살피는 나를 보고 남편은 웃음을 터뜨렸다. 난 전화로 꽃과 감사카드를 주문했다. 수령인은 마이라 아주머니. 도와주셔서, 애써주셔서 정말 감사합니다.

이 패션계의 성배를 손에 넣으면 마냥 행복할 줄 알았다. 하지만 행복은 이내 불안감에 쓸려가고 말았다. 내가 자기들을 통하지 않고 버킨을 구입한 걸 알면 마이라 아주머니와 제이제이와 디어드리가 기분 상할 텐데. 그리고 이건 진짜가 확실한가? 엄연히 에르메스 매장에서 정식으로 구입한 물건인데도 혹시나 싶어 며칠을 마음 졸였다. 제작자 도장의 위치, 스티치 기술, 구조상의 모든 면면을 강박적으로 살피고 조사했다. '진짜가 아니면 어쩌지?' 오, 신의 은총이 내렸다. 확실히 진짜였다! 버킨의 마력을 잘 아는 마니아답게, 마이라 아주머니는 전혀 언짢아하지 않았다. 버킨에 집착하는 엄마를 둔 딸답게, 제이제이도 길길이 화를 내기는커녕 진심으로 기뻐해줬다. 그녀는 전화기에 대고 환호했다. "험난한 과정을 통쾌하게 마무리했다는 걸 쉽게 인정할 수 없을 거야. 미치도록 갖고 싶었던 게 손에 들어왔으니 이제 공허함이 밀려올까 봐 겁이 나겠지! 왠지 자신이 없을 거야. 어쩌면 자격이 없을지도 모른다는 느낌이 들 수도 있어. 하지만 천만에, 넌 자격이 충분하다고!"

독자여, 어퍼이스트사이드에서 살 계획이라면 감히 조언을 하나 하겠다. 심리분석가 친구가 있으면 참으로 도움이 된다.

:

비 오는 날만 빼고 어딜 가나 버킨을 들고 다녔다. 음, 닳을까 봐 무서워서 집에 고이 모시게 되기 전까지는. 하루는 아들을 데리러 어린이집에 가는 길에 시간이 좀 떠서 길 건너 옷가게에 들렀다. 일을 하거나 일 때문에 조바심치는 게 아니라 쇼핑을, 그것도 새끼가 아니라 나 자신을 위해 쇼핑을 하는 드문 호사였다. 판매원 아가씨가 나를 맞이했고, 몇 분 후 내가 고른 옷가지를 탈의실에서 입어보라고 권했다. "가방은 저 의자에 놓으시면 돼요. 제가 잘 봐드릴게요." 그녀는 빙긋 웃으며 이어 말했다. "절대 갖고 도망가지 않겠다고 약속할게요. 아무리 저 가방이 탐나도 꾹 참겠어요." 나도 그녀도 유쾌하게 웃었다. 과연 그녀는 내 가방에서 눈을 떼지 못했다. 난 가방을 건네며 그렇게 마음에 들면 한번 들어보라고 했다. 그녀는 가방을 받아 들고서 매장 내의 수많은 거울로 가능한 모든 각도에서 비춰보며 감상했다. 기분이 이상했다. 누군가 탐내는 가방이 내 것이라는 사실이 왠지 어색했고 적잖이 불편했다. 다행히, 버킨을 많이 아끼느냐는 그녀의 질문이 어색함을 약간이나마 덜어주었다. 난 그렇다고, 아주 근면 성실한 가방이라고, 참 좋은 가방이라고, 그래도 결국 그냥 가방일 뿐이라고 대답했다. 사실 버킨을 두고 그 난리가 나는 것이 도리어 대란을 더 부추기는 것 같다고도 덧붙였다. 거울 속에서 나와 눈이 마주친 그녀가 미소를 짓고 고개를 갸웃했다. "며칠 전에 두 가지 색조의 악어가죽 버킨을 들고 오신 손님이 있었어요. 저는요, 그렇게 멋있는 건 태어나서 처음 봤어요." 그녀는 꿈꾸듯 잠시 말을 끊었다가 이었다. "그걸 보고 나니 손님 것 같은 가방에는 쉽사리 감동하기가 어려운 거 있죠." 그녀는 팔을 뻗어 가방을 돌려주었다.

난 생각했다. '차라리 잘됐네요. 그쪽이 버킨을, 심지어 내 것 같은 버킨이라도 하나 장만하려면 캐시미어 스웨터를 무진장 많이 팔아야 될 테니까요. 그것도 그쪽한테 버킨을 팔아줄 에르메스 직원이 있다는 전제하의 얘기고요. 그런데 없을 것 같네요.' 하지만 입 밖으로는 한마디도 내지 않았다. 나는 감당할 수 있고 그녀는 감당할 수 없는 옷값을 지불하면서 말할까 말까 갈등만 했다. 결국 아무 말 않고 또 생각했다. 어퍼이스트사이드에서는 여자를 길거리로 쫓아내는 방법도 참 무궁무진하다고.

제4장

통과의례:
고강도 피트니스

현.장.기.록.

많은 동물종의 수컷이 암컷과 짝짓기 할 기회를 잡기 위해 싸우고 과시하고 소리를 내는 등 다방면으로 경쟁한다. 이는 암수 중 어느 한쪽이 출산과 양육에 대부분의 시간과 에너지를 투자하면서 희소자원이 되어 다른 한쪽의 경쟁을 유발한다는 베이트먼의 원리Bateman's principle로 설명할 수 있다. 거의 모든 동물의 성비는 대략 균등하다. 그러나 암컷 중에는 출산과 집중적인 양육으로 짝짓기를 하지 않는 개체가 늘 있기 마련이어서, 많은 동물종의 암수 중 '희소한 쪽'은 대개 암컷이다.

그런데 인구조사 자료를 보면, 어퍼이스트사이드에 거주하는 상류층 영장류의 성비는 극도로 불균형한 양상을 띤다. 고향과 친족을 떠나온 이주민이 많은 것이 주원인으로, 가임기 여성의 수가 남성의 두 배에 이른다. 이렇듯 독특한 생태환경은 이성 간 관계와 여성 간 관계를 특이하고 주목할 만한 형태로 변화시켰다.

어퍼이스트사이드에서는 다른 환경에서 흔히 보이는 남녀의 입장이 뒤바뀐 것 같다. 즉 남성이 자신에게 유리한 상대를 고르는 까다롭고 신중한 관찰자가 되었다. 한편 치장과 미용은 가임기 여성은 물론이고 후생식기 여성의 생활에서도 매우 큰 비중을 차지한다. 여러 분야의 '미용 주술사'가 이들 여성의 얼굴과 신체를 절제 및 조립하여 '호감 가는' 형태로 매만지는 일도 드물지 않다.

아울러 이들 여성은 정교하게 짜인 격렬한 의식을 매일 집단적으로 또 심히 경쟁적으로 치른다. 여성의 외적 매력을 강화할 뿐 아니라 세월에 따른 신체 노화를 마법처럼 막아내고 심지어 죽음도 미룬다는 믿음에서 기인했기에, 여성들은 몸을 혹사하는 고통도 기꺼이 감내하며 의식에 몰두한다. 주 거주지인 어퍼이스트사이드에서도 매일 기본으로 행하지만, 동쪽으로 약 160킬로미터 떨어진 여름철 서식지에서는 이런 의식에 임하는 여성들의 적극성이 극에 달한다.

맏아들이 어린이집에 다니기 시작한 지 오래지 않아 둘째를 임신했다. 이 시기에 나는 맨해튼, 특히 어퍼이스트사이드의 임신부 수준이 얼마나 경탄스러운지 확실히 체감했다. 임신이 9개월간의 위험천만한 마라톤 경주라는 점에서는 윗동네와 아랫동네를 가를 일이 아니다. 그러나 임신 중의 자기관리에 극한 스포츠 급으로 총력을 기울인다는 점에서 어퍼이스트사이드의 여자들이 우승컵을 거머쥘 자격이 있다는 데는 누구도 이의를 제기할 수 없을 것이다. 이 동네의 여자들은 임신 후기에 아슬아슬한 스틸레토를 신고도 만찬연회장과 한창 뜨는 식당과 자선행사장에서 한밤중까지 버텼다. 체형에 멋지게 어울리는 디자이너 임부복을 입었고 깜짝 놀랄 만큼 바지런하게 꾸미고 관리했다. 임신하지 않았을 때와 다름없이 아름답게 차려입고 사교활동에 임하는 데다, 저수지 주변을 전력질주하고 헬스 트레이너 수준의 복부운동도 게을리하지 않았다. 어퍼이스트사이드 임신부에게는 가능한 한 최고로 매력적이고 세련된 임신부가 되는 것, 다시 말해 임신한 티가 나지 않는 임신부가 되는 것이 지상 최대의 목표인 듯했다. 특히 화려하고 멋져 보여야 한다는 겉모습에 관한 기준은 무조건적이고 엄격하며 무한했다.

　주변의 임신부들에 비하면 나는 한심할 지경으로 게으름뱅이였다. 도무지 따라갈 수가 없었다. 자꾸 방귀가 나오고 여기저기 가려웠다. 뾰루지도 났다. 침대에서 기어 나오기도 전에 이미 녹초였다. 자기관리가 일종의 경기라면 난 실격이었다. 어퍼이스트사이드라는 사회의 임신 규정을 전혀 지키지 못했으니까. 맏이 때에는 태아 요가며 태아 필라테스며 별의별 태아 운동을 섭렵한 데 반해, 둘째 임신 중에는 집 근처에 잠깐 볼일이 있을 때 '달려서(라기보다는 뒤뚱거리면서)' 다녀오거나 공동 작업실로 걸어가(서는 의도했던 집필 작업은 커녕 잠만 자다 돌아오)는 것이 가장 격렬한 운동이었다. 식이요법은 생각지도 않았다. 입덧 때문에 체중이 너무 줄어서, 의사가 권고한 대로 인슈어Ensure*를 열심히 마셨을 뿐이다. 하루에도 몇 번씩 구토

---

* 미국의 제약 기업 애보트 사가 제조·판매하는 환자용 영양 음료.

를 하는 통에 눈알의 핏줄이 다 터져 흰자위가 늘 벌겠다. 농구공을 삼킨 막대기 꼴이라는 남편의 표현이 틀리지 않았다. 그런데 어쩐 일인지 그런 내 몰골이 주변 여자들의 열띤 관심을 끌어당겼다. 그녀들은 내 모습에 그녀들 자신의 몸매와 다이어트를 향한 심리를 투사했다. "자기 정말 이러기야? 다음번엔 나도 입덧이 심했으면 좋겠다!"라며 부러워한 이가 있는가 하면, 잡티투성이의 칙칙한 피부는 안중에도 없고 허수아비처럼 앙상한 팔다리만 보이는지 "어머나 세상에, 어쩜 이렇게 말랐어! 환상적이네!"라며 열렬히 추켜세운 이도 있었다.

당시 미취학 아동이었던 내 아들도 그녀들 앞에서는 로르샤흐 Rorschach* 검사지였다. 아이들 놀이터에서 자주 만나는 엄마들은 뛰노는 내 아들을 보고 "와, 애가 정말 늘씬하고 다리도 길단 말이야" 하면서 연방 감탄했다. 녀석의 신체 조건이 내가 이룬 성과 혹은 녀석의 능력이라는 듯이 말이다. 성인여성이 어린아이의 몸을 그토록 유심히 뜯어보고 거기에서 그토록 깊은 의미를 뽑아내기도 한다는 것을 나는 그제야 처음 알았다. 솔직히 나는 녀석의 통통한 팔과 뺨, 녀석을 너무나 귀여워 보이게 했던 유아기의 특징들이 그리웠다. 하지만 장담컨대, 주변 엄마들은 내 애가 **빼빼** 말랐다는 이유로 나를

---

* 좌우대칭의 무정형 문양을 보고 무엇을 연상하느냐에 따라 심리나 성격을 분석하는 심리 검사법.

부러워했다.

　이렇게 그녀들의 신념과 문화적 코드를 생경하게 여겼다고는 하나, 사실 나도 많은 면에서 어퍼이스트사이드 엄마족과 다르지 않았다. 버킨 백 상사병이 단적인 예로, 그녀들의 집착과 기준이 어느 결에 내게로 전염되었다. 내가 겪은 무의식적 적응 과정은 '둔감화 habituation'라는 가장 단순한 형태의 학습이었다. 둔감화를 겪은 동물은 어떤 자극에 지속적으로 노출되면 초기처럼 일일이 반응하지 않고 수용하기 시작한다. 과잉 각성의 본능을 지닌 겁 많은 프레리도 그prairie dog*가 인간을 자주 접하는 환경에서 살면 점차 경계심이 흐려져 결국엔 인간이 주위를 걸어 다녀도 그저 백색소음인 양 전혀 신경 쓰지 않게 된다. 인간의 체취에 익숙해진 사슴은(내 고향인 미시건 주에 사슴이 흔했는데, 사슴이 근처에 있으면 보이지 않아도 소리로 먼저 알 수 있었다. 인간 냄새가 역한 듯 세차게 콧바람을 뿜는 소리가 우렁차게 들려왔기 때문이다) 인간이 가꾸는 텃밭으로 버젓이 들어가 작물을 뜯어 먹는다. 나도 그랬다. 몇 달 전만 해도 이 동네 사람들의 옷차림을 당혹스럽고 낯설게 느꼈으면서, 이제는 조금 더 보수적이고 조금 더 비싼 옷을 조금 더 신중하게 차려입었다. 결국 그렇게 항복했구나 싶었다. 과거의 나를 포기하는 기분이었다. 그런데 막상 포기

---

* 풀밭에 굴을 파서 무리 생활을 하는 쥐목 다람쥐과의 초식성 포유류 동물로, 인간이 애완용으로 키우기도 한다.

하고 나니, 이 둔감화가 그리 불쾌하지 않았다. 더 이상 과민하게 경계하지 않게 된 프레리도그나 위험을 경고하는 냄새가 전혀 위험하지 않다고 판단한 사슴처럼, 오히려 삶이 더 편해졌다. 낯선 자극에 민감하게 반응했던 이전의 나, 푸석푸석한 머릿결과 원대한 계획을 지닌 다운타운의 젊은 엄마는 사라졌다. 그렇다. 어느새 나는 매끄럽고 윤기 나는 금발머리를, 버킨 백을, 바버 재킷을, 기발하게도 고양이 얼굴이 수놓인 에메랄드그린 색상의 샬롯 올림피아 플랫슈즈를 원하는 여자가 돼 있었다. 그렇게 항복했다. 하여 어느 청명한 가을날, 진통을 느끼자마자, 분연히 외출해 나를 꾸미는 데 투자하기로 했다.

우선 릴리와 통화를 했다. 그녀도 얼마 전에 예쁜 여자아기를 낳았다. 아기 이름은 플로라였는데, 마구 칭얼대다가도 내 남편의 가슴팍 위에 눕기만 하면 신기하게 뚝 그쳤다. 아무튼 임신 막달에는 가진통이 잦아지고 나도 약 일주일 전부터 가진통을 느낀 터라 이번에도 가진통이 아닐까 하고 물었더니, 릴리는 이번에는 아닌 것 같다고 했다. 그렇다면 정말 때가 됐다는 얘기인데도, 네 아이의 엄마인 그녀는 늘 그렇듯 침착하고 느긋했다. "셋째도 아닌데 뭐. 진짜 급한 진통은 보통 바짓가랑이 안이나 택시 안에서 느끼기 마련이잖아. 근데 이번은 둘째니까. 살살 걸어 다니면서 상태를 보라고."

나는 곧장 미용실로 걸어갔다. 미용사가 내 머리를 감기고 말려

쳤다. 아직 여유가 있는 듯해서 손발톱 손질도 받았다. 매니큐어와 페디큐어까지 바르고 나서 허리 아래쪽도 관리를 받을 생각이었는데, 그때는 1분 간격으로 진통이 와서 아래쪽은 포기하고 남편에게 전화했다.

"뭐?! 당장 가야지!" 그는 울부짖더니, 서둘러 SUV와 운전사를 불렀다. 너무 크고 너무 비싼 차에 나와 남편을 싣고 병원으로 향하는 동안 운전사는 내게 거듭 신신당부했다. "제발요, 사모님, 차 안에서 낳으시면 안 돼요! 조금만 참아보십쇼!" 몇 분 후 분만대의 발받침에 두 발을 얹은 자세로, 나는 미처 아래쪽 정리를 못해 미안하다고 의사에게 사과했다. 아기 머리가 나오기 시작할 무렵, 의사는 출산 직전에 비키니 제모를 하는 산모들이 많은데 자기는 통 이해가 안 된다고 했다. 자연분만이 가능한데도 '아래쪽이 늘어나지 않게' 제왕절개를 요구하는 산모가 급증했다면서, 제왕절개 후 곧바로 복부를 납작하게 만드는 성형수술을 더불어 예약한다고도 했다. '미쳤군' 하고 생각하며 난 마지막으로 힘을 빡 주었다. 하지만 신생아를 처음 품에 안는 순간에도 (금발에 건강한 사내아기! 너무너무 예뻤다!) 나는 허벅지를 제모하지 않은 상태로 녀석을 낳은 것이 못내 아쉬웠다. 하마터면 에스컬레이드 안에서 애를 낳을 뻔했지만, 병원보다 미용실에 먼저 간 것은 지금 생각해도 참 잘한 일이었다. 출산 직후에 갓난아기를 안고서 찍은 내 사진을 보면 마냥 흐뭇하다.

⋮

거의 예외 없이, 서구사회의 부유한 산모들은 임신 전 몸매를 되찾기 위해 자신의 몸과 마음을 엄격하게 대상화한다. 그러나 마치 그런 환상이 기술적으로 실현 가능하다는 듯 산모들 세계에 떠도는 '예전 몸매를 되찾는다'는 고무적인 표현은, 기만적이고 잔인하다. 초산부와 경산부(출산 경험이 있는 임부)는 미산부(출산 경험이 없는 여자)가 아니다. 임신 전 몸매를 되찾는 것은 영영 불가능하다. 아이를 낳은 적 없던 시절로 돌아갈 수는 없다. 아이를 낳은 사실은 변하지 않는단 말이다. 하지만 임신의 영향을 무효화해야 한다는 강박에 사로잡혀, 산모는 임신과 출산, 이를테면 복부와 성기와 가슴과 갈비뼈가 생각하기도 싫을 만큼 혹사당해 흉하게 망가진 일이 일체 없었던 것 같기를 바란다. 이 정도 비현실적인 바람으로는 부족하다는 듯 심지어 터무니없이 빠른 시일 내에 '정상으로 회복되기'를 기대한다.

아이를 낳을 때마다 나는 중국의 산후조리 풍습이 너무나 부러웠다. 중국에서는 출산 후 꼬박 한 달간을 침대에 누워 지내고 그 후로도 몇 달을 더 쉬다가 일상생활과 직장으로 복귀한다. 여성 친족이 곁에서 시중을 들고, 산모 본인은 회복과 수유에만 전념한다. 그러나 내가 사는 이곳에서는 아이를 낳고 24시간 내지 48시간 만에 병원에서 쫓겨난다(내 어머니 세대는 그나마 일주일간 입원할 수 있었다

던데). 비서구권 사람들에게는 아마 미개한 문화로 보일 것이다.

어쨌든 나는 이곳의 사회적 규범에 따라 갓난아기와 함께 금방 집으로 돌아왔다. 나와 비슷한 시기에 아이를 낳은 엄마들 중 일부는 젖이 새거나 젖꼭지가 허는 게 싫다면서 분유 수유를 했지만, 나는 첫째에 이어 둘째 아들에게도 모유를 먹였다. 다행히 젖이 잘 돌았고 아이들도 잘 빨았다. 장기적으로 아이에게 좋다는 것도 알고는 있었지만, 대부분의 맨해튼 엄마들처럼 나도 더 빠르게 '임신 전 몸매로 돌아가는' 데 도움이 된다는 정보를 듣고 모유 수유를 고집한 것이었다. 친구들 얘기로는 모유 수유가 하루에 600~700칼로리를 태운다고 했다. 입덧이 좀 가라앉고부터 권장 체중으로 살을 찌워놓았기 때문에 출산 후에는 내 아들만이 아니라 내 허리 라인을 위해서도 열심히 모유 수유를 했다. 그리고 둘째가 생후 5개월쯤 되었을 무렵, 난 운동을 재개하기로 마음먹었다.

물론 의사는 '9개월간 찌운 살이니 9개월간 빼라'고 조언했지만, 여느 산모들처럼 나도 9개월은 너무 길다고 느꼈다. 마음이 급했다. 하루속히 예전의 팽팽한 나로 돌아가고 싶은데 영영 그럴 수 없을 것 같아 괜히 불안하고 초조했다. 온 나라의 산모가 이런 공포를 느낀다. 〈피트 프레그넌시Fit Pregnancy〉, 〈뉴 마미 워크아웃New Mommy Workout〉 같은 여성잡지나 엄격한 산후 운동 DVD, 온라인 강습 등이 그래서 성행하는 것이다. 더구나 이곳 어퍼이스트사이드의 산모가 느끼는 불안과 부담은 유난히 크다. 네브라스카와 미시건 주의 산모들은 던킨도너츠를 끊고 틈틈이 자기 집 지하실에서 러닝 머신을 뛰면서 마지막 5킬로그램은 반쯤 체념한 마음가짐으로 천천히 살을 빼도 될지 모르지만, 어퍼이스트사이드의 산모들은 절대 그럴 수 없다. 임신부로서 미모를 유지하는 데 탁월해야 했듯이, 갓난아기·젖먹이·유아·소아의 엄마로서도 가장 멋진 외모를 뽐내야만 했다.

어퍼이스트사이드가 그런 곳이었으므로, 운동을 결심하고 나서 가장 먼저 할 일은 바로 쇼핑이었다. 딴 브랜드는 볼 것도 없이 무조건 룰루레몬을 사야 했다. 룰루레몬이 어퍼이스트사이드 엄마족 고유의 운동용 유니폼이었다. 그 무렵 중저가 전략으로 선풍적인 인기를 누리던 애슬레타도 어퍼이스트사이드에서는 빛을 보지 못했다. 스타킹처럼 몸에 편하게 착 붙되 일반 스판덱스보다 두꺼운 소재, 재치 있는 디테일(재미난 무늬가 많다), 여성의 실생활과 요구와 바람을 영리하게 반영한 디자인(예컨대 주머니 부위가 보기 싫게 튀어나오지 않는다)……. 룰루레몬은 이 동네 여자들과 떼려야 뗄 수 없는 생활의 일부요, '난 이렇게 운동하러 다닐 여유가 있다'는 표식이었다. 처음 룰루레몬 바지와 재킷을 입자마자 알았다. 룰루레몬은 그냥 딱 붙는 옷이 아니었다. 그저 무자비하게 몸매를 드러내는 게 아니라, 불룩불룩한 살을 판판하게 펴주고 처진 살은 올려주면서도 속옷조차 입지 않은 것처럼 보이게 하는 거들 혹은 외골격의 기능을 갖춘 옷이었다. 룰루레몬이 유행하기 시작한 첫 한두 해, 여자들은 룰루 바지에 기장이 긴 룰루 상의를 입거나 긴팔 상의를 허리에 둘러 엉덩이와 사타구니 부위를 가렸다. 그러다 여자들이 '사타구니도 엉덩이도 내 몸의 일부야. 누가 보거나 말거나'라고 선언하기 시작했다. 공동의 둔감화가 빠르게 길거리를 휩쓸었다. 암컷 호모 사피엔스가 허리와 치골 사이를 앞뒤로 다 노출한 모습이, 처음엔 충격적인 노출증으로 보였지만 금세 대수롭지 않은 광경이 되었다. 남자들도 적응하는 수밖에 없었다. 룰루레몬족의 아랫도리 공세가 거의 끊이지 않고 딱히 피할 방법도 없는데 둔감해지지 않고서야 배기겠는가.

어느새 내 옷장에는 룰루레몬이 잔뜩 쟁여졌다. 룰루 재킷과 룰루 바지가 여러 벌이었다. 목선이 깊이 파인 룰루 후드 티셔츠와 강렬한 색조의 룰루 탱크톱도 여러 벌이었다. 룰루 티셔츠나 탱크톱과 세트로 입는 편한 룰루 브래지어에, 초극세사 소재로 팬티라인이 드러나지 않게 가장자리를 깔끔하게 마감한 룰루 끈 팬티와 룰루 일반 팬티까지 갖췄다. 룰루레몬 매장에는 맞춤옷 전문점처럼 재단사가 있었다. 고객을 삼면 전신거울 앞의 단상에 올려놓고, 브룩스 브라더스⋅를 찾은 비즈니스맨을 대하듯 알맞은 바지 길이며 통 크기며

⋅ 대통령들이 즐겨 입기로 유명한 미국 남성복 브랜드.

어울리는 신발 등을 조언했다. 하긴, 몸매 가꾸기도 엄연히 '비즈니스'였다. 나도 곧 알게 됐지만, 어퍼이스트사이드 엄마족의 운동은 정말 중대한 일이었다.

복장도 완벽히 갖췄겠다, 이제 종목을 고를 차례였다. 첫째와 둘째를 낳는 사이 운동복뿐 아니라 유행하는 종목도 크게 변했다. 내가 아무것도 모르고 필라테스와 요가를 하고 틈나는 대로 공원에서 달리기를 하는 동안, 어퍼이스트사이드 엄마족은 피지크 57의 발레파와 소울사이클의 스피닝파로 나뉘었다. 에이미라는 친구가 보내준 소울사이클 회원의 유튜브 동영상을 봤는데, 여자들이 단체로 고정 자전거에 올라타서는 미친 듯이 페달을 돌리면서 상체로는 다양한 요가 자세를 취하는 게 아닌가. 어찌나 우스꽝스럽던지, 미래의 고고학자들이 이런 유물을 발견하면 얼마나 당황할까 싶었다("바퀴는 씽씽 돌아가는데 제자리를 벗어나지 않잖아!"). 또 다른 친구가 카페에서 피지크 57의 발레 강습 얘기를 시작했을 때에는, '아이고, 또 그놈의 운동 얘기. 진짜 징글징글하구먼' 하고 생각하며 속으로 한숨지었다. 그 친구는 사뭇 진지하게, 단 6회 만에 체형이 달라졌다고 털어놓았다. 그러더니 셔츠를 살짝 들어 복부를 보여줬는데, 난 하마터면 입에 머금었던 녹차를 뿜을 뻔했다. 군살이 하나도 없었다! 회당 57분 프로그램이라고 하니 여섯 시간도 안 걸려서 그렇게 살을 뺐다고? 갑자기 의욕이 불끈 솟았다.

우선 피지크 57의 웹사이트를 쭉 훑어봤다. 다양한 높이의 발레 봉, 스퀴징 및 토닝용 공, 스트레칭 및 복부 운동용 고무 띠, 매트와 베개, 바닥운동 시 충격을 흡수하는 카펫 등 특수한 설비를 갖춘 최고급 스튜디오였다. 발레와 피트니스를 결합한 운동법으로 엄청나게 유명한 로떼 버크Lotte Berk가 햄프턴스 스튜디오에서 철수한 뒤 그곳의 기존 회원과 유명 강사가 의기투합해 피지크 57을 설립했다는 '창업 스토리'도 읽었다. 형편없는 몸매에서 탄탄한 근육질 몸매로 거듭나며 피지크 57을 숭배하게 된 신도들의 간증 영상도 보았다. 대다수가 몸매의 변화를 고백하며 눈물까지 글썽였다. 피지크 57은 단 8회 만에 체형의 변화를 확인할 수 있다고 장담했다. 매회 한 시간에서 180초 뺀 시간만 투자하면 된다고 말이다.

어느 봄날 아침, 나는 룰루레몬을 떨쳐입고 집에서 멀지 않은 피지크 57 스튜디오에 도착했다. 답답하지 않고 청결한 공간이었다. 높은 천장과 하얀 벽에, 일부 강습실은 마룻바닥, 나머지는 파란 카펫바닥이었다. 안내 데스크의 예쁜 아가씨가 내게 등록 신청서를 건네고는 명랑하게 말했다. "양말은 챙겨 오셨나요?" 엥? 무슨 소리인가 했더니, 뒤꿈치 위쪽에 '57'이 작게 수놓여 있고 바닥에 미끄럼방지용 연파랑 고무가 점점이 박힌 검은색 또는 회색의 발목양말을 말한 것이었다. 난 즉시 한 켤레 구매해 신으면서, 1990년대에 똑같은 나이키 운동화를 신고 집단 자살한 사이비 종교단체의 신도들을 떠올렸다. 안내원은 "생수도 한 병 필요할 거예요"라며 알아서 생수병을 건네더니 이 비용은 청구서에 올리겠다고 했다. 회원제 클럽처럼 내게 따로 붙는 전표가 있었다.

다행히도, 아는 얼굴이 보였다. 몸매도 추진력도 끝내주는 헤지펀드 매니저이자 세 아이의 엄마인 모니카가 거울 앞에서 스트레칭을 하고 있었다. "어머, 자기도 여기 다녔어?" 그녀도 나를 반기며 가볍게 인사용 볼 키스를 주고받았다. "그거 줘봐." 그녀는 내 생수병을 거울 벽 앞에 설치된 발레 봉의 폭 90센티미터 '자리'에 두고 2.5킬로그램 아령 한 쌍을 가져와 자기 자리 바로 옆에 내려놓았다. "딴 사람들 오기 전에 부동산을 확보해놔야 돼." 그녀가 내 대신 자리를 잡아준 것이다. 정말 잘됐다. 이렇게 훌륭한 안내인이 있으니. 그녀와 수다를 떠는 사이 실내가 가득 찼다. 비좁다 싶을 정도로 여자들이 꽉 들어찼는데, 이상하리만치 다들 심각한 표정으로 묵묵히 거울만 응시하며 스트레칭을 했다. 옷차림은 맞춤한 듯 똑같았다. 하나같이 검은색 룰루레몬 9부 아니면 7부 바지에 룰루레몬 탱크톱을 입고 검은색 피지크 57 미끄럼방지 양말을 신었다. 그리고 대부분이 놀랍도록 몸매가 좋았다. 군살 없는 팔뚝과 납작한 복부, 중력 따위는 가뿐히 무시한 듯 탄력 있게 올라붙은 엉덩이. 남자 수강생은 한 명도 없었지만 강사가 훤칠한 키에 날렵한 근육질 몸매와 구릿빛 피부를 지닌 남자였다. 헤드셋을 착용한 그가 넉살 좋게 인사했다. "좋은 아침입니다, 여러분. 자, 심박수를 높여봅시다!" 강습실 모서리마다 전략적으로 배치된 스피커에서 그의 음성이 왕왕 울려 나오자, 수강생 모두가 재깍 그에게 집중했다.

비욘세 노래가 쿵쿵 울리기 시작했다. 음악에 맞춰 우리는 양쪽 발을 번갈아 쳐들었다 내리고, 양쪽 무릎을 각각 반대쪽 팔로 올렸다 내리고, 몸을 이리 비틀고 저리 비틀었다. 시작하자마자 힘들었다. 너무 격렬하고 너무 어렵고 너무 복잡하고 너무 아파서 이러다 토하겠다 싶었던 순간도 여러 번이었다. 아령을 든 팔이 상상 가능한 모든 근육을 써서 운동하는 동안 다리는 부지런히 스쿼트와 런지와 딥을 했다. 푸시업도 연달아 했다. 강사는 마치 시민운동이라도 선동하듯 "한계를 느껴도 굴하지 마세요. 극복합시다"라고 격려했다. 여기까지가 겨우 10분, 준비운동이었다. 모두들 강습실 한구석 선반으로 몰려가 철제 바구니에 아령을 도로 넣었다. 대부분 30~40대인 수강생들이 화풀이하듯 아령을 거칠게 내팽개치는 통에 내가 무르춤하는 사이, 그녀들은 바람처럼 재빠르게 각자 자리로 돌아갔다. 작고 흰 수건이며 생수병이며 다 똑같이 생겼는데도 자리를 헷갈리는 사람은 단 한 명도 없었다. 도대체 어떻게……? 그런데 내 자리는……? "여기야." 모니카가 조용하게 불러줘서, 냉큼 그리로 갔다.

곧이어 강사의 구령이 이어졌다. "봉을 잡고 작은 직립 V 자세,

단순 상하이동 시작합니다." 알쏭달쏭했지만, 약식 플리에 동작이려니 어림짐작하고 친구를 따라 했다. 까짓 거, 소싯적에 기본적인 발레 동작은 다 배운 몸이었다. 하지만 같은 동작을 백 번쯤 반복하자 다리가 끊어질 것만 같았다. 그런데 그것도 시작에 불과했다. 한쪽 다리를 허공에 띄운 채, 그다음엔 다른 쪽 다리를 띄운 채, 정밀한 연속동작을 따라 하는 동안 온 근육이 형언할 수 없이 뜨거운 통증에 아우성쳤다. 슬며시 주위를 둘러봤다. 무척 진지하지만 또한 굉장히 웃기는 상황인데, 이럴 때 누구든 눈이 마주치면 '당신은 혼자가 아니에요!'라고 위로하듯 한쪽 눈썹을 들썩하거나 미소를 보내주지 않을까.

위로는 개뿔. 이곳엔 미소가 없었다. 말 한마디 오가지 않았다. 서로서로 외면하고 각자의 성취와 고통 속에 틀어박혀 있을 뿐이었다. 지하철도 아니고, 뭐 이런 데가 다 있지? 실내운동이 이토록 혹독할 수가 있나. 게다가 이렇게 웃음기도 동지애도 없는 삭막한 분위기라니. 하다못해 기합이든 신음이든 욕이든 어떤 소리든 나와야 되는 것 아닌가. 천만에, 여기선 강사 외에 누구도 입을 열지 않았다. 뭔가, 내 아들이 다니는 사립 어린이집 복도와 많이 비슷했다. 사람은 많은데 서로 소통하지 않고 단절된 분위기. 나는 여기 있어도 그만 없어도 그만인 기분. 강사 혼자만 구령을 넣고 격려하고 틀린 동작을 고쳐주고 간간이 실없는 우스갯말을 던져 삭막한 분위기를 약간이나마 누그러뜨렸다. 그는 모두와 소통하는 듯했고, 이곳에서 유일하게 인간적인 인간으로 보였다.

난 수시로 동작을 멈췄지만, 모니카는 단 한 번도 쉬지 않았다. 박자 하나, 플리에 하나, 스쿼트 하나도 놓치지 않고 모든 동작을 소화했다. 이건 과잉 성취자를 위한 운동이었다. 내가 곁눈질로 힐끔힐끔 살펴볼 때마다, 어김없이 그녀는 업무상 거래를 체결하거나 자녀를 좋은 학교에 들여보내는 절차를 밟을 때처럼 맹렬히 집중하는 모습이었다. 기계처럼 꼼꼼하고 정확하며 꾸준했다. 그녀뿐 아니라 수강생 전원의 동작이 매순간 완벽하게 일치했다. 복장까지 똑같아서 마치 수중발레 선수단을 보는 것 같았다. 팔 들기, 팔 내리기, 주먹 지르기, 당기기. 그러다 한층 더 아리송한 구령이, 나만 빼고 주위 모두가 아는 암호가 나왔다.

"회전! 키튼힐kitten heel* 높이로!"에 이어 "이제 제일 높은 스틸레토로 갈아 신습니다! 펜슬스커트를 입고 책상 앞 회전의자에 앉아요!"라는 말이 강사 입에서 흘러나왔다. 이건 봉을 비스듬히 마주 보고 무릎을 구부린 상태에서 한 발을 중심축으로 두고 회전하는 동작이었다. 그다음 지시어는 "수상스키"였고, 보아하니 '힘이 다 빠져 마구 쑤시는 팔을 쭉 뻗어 봉을 잡고 버티면서 등에 온 체중을 실어

---

* 굽 높이가 3~5센티미터인 신발.

한껏 젖히고 골반을 천장에 붙이겠다는 심정으로 번쩍번쩍 들어 올리라'는 뜻이었다. 이런 걸 수없이 반복했다. 다리가 후들거리다 못해 이 동작은 왜 이토록 야하고 왜 이토록 고통스럽냐는 생각마저 아득해질 때까지. 이렇게 허벅지 단련 및 앉기 운동이 끝났⋯⋯나? 끝났다! 그야말로 불덩이를 깔고 앉은 듯이 엉덩이가 홧홧한 게, 이런 고통은 내 평생에 처음이었다. 하지만 이제 복부 운동이 시작이었는데, 이건 차라리 '성기 자랑'이라 칭하는 게 더 적절하지 싶었다. 벽에 등을 대고 앉아 다리를 머리 위로 쭉쭉 뻗으면서 두 손은 머리 위 봉을 올려 밀기, 무릎을 벌리고 다리를 굽혀 다이아몬드 모양으로 만들고 버티다가 다시 뻗어 봉을 올려 밀기, 이런 걸 반복하고 또 반복했다. 남자 수강생이 없어 정말 다행이었다. 룰루레몬에 딱 붙어 여실히 드러나는, 시야 내에 있는 열 명 남짓한 여자들의 외음부 윤곽을 흘깃거리지 않으려 나부터도 무던히 애써야 했으니 말이다. 분명 그녀들도 이 동작이 보기 좀 그렇다는 걸 알 텐데, 역시나 미소와 눈짓을 비롯해 그 어떤 교류도 없었다. 아무튼 복부 운동도 존재하는 모든 근육을 하나도 빠짐없이 괴롭히는 수준으로 철저했다. 팔다리로 허공을 비스듬히 가르고, 다리를 위로 쭉쭉 뻗어 올리고, 몸통을 비틀면서 서로 반대쪽 무릎과 팔꿈치를 동시에 돌렸다. 고통에 겨워 바락바락 악을 쓰고 싶어질 때까지.

그다음으로는 매트에 등만 대고 누워 헉헉대면서 골반을 들썩

들썩했다. '렛츠 겟 잇 온Let's Get It On'을 부르는 마빈 게이Marvin Gaye*처럼 처절하게 쥐어짜는 신음이 절로 나올 지경이었다. 정말 기절하는 줄 알았다. 너무 고통스러워서. 이 개개인 단위로 분열된 집단 성교의 경험이 말할 수 없이 낯설고 괴이해서. 마침내 전부 다 끝났다. 난 다 죽어가는 목소리로 모니카에게 인사를 하고 절뚝대며 집으로 돌아왔다. 욕조에 뜨거운 물을 받고 엡솜염Epsom salts▲을 풀어 전신욕을 했다. 그러고는 침대에서 아이에게 젖을 먹이다가 녀석을 안은 채 잠들어버렸다. 그 후 사흘 동안, 온몸이 죽도록 땅겨서 계단을 오르내리거나 걷기조차 힘겨웠다. 그럼에도 회복하자마자 피지크 57을 다시 찾았다. 가지 않으면 안 될 것 같았다. 모든 동작을 통달하고, 57분간 바깥세상을 차단하고 생각도 싹 지운 채 완벽한 몸매 가꾸기에만 몰입해야 할 것 같았다. 난 이미 피지크 57의 마력에 걸려들었다. 계속해볼 셈이었다.

한동안 이틀에 한 번 꼴로 가다가 매일 가기 시작했는데, 하루는 두 여자가 "바로 이어서 한 차례 더 뛸 거지?" 하고 서로 확인하는 것을 우연히 들었다. 맙소사, 이 운동을 하루에 두 번씩 하는 사람도 있다니! 그 순간 생각했다. 이처럼 완벽한 몸매에 전력투구하는 것

---

* 미국의 소울 가수.
▲ 영국 엡솜 지역의 폐광산에서 생산되는 소금으로, 황산마그네슘 함유량이 높아 약용으로 많이 쓰인다.

이야말로 이곳 여성들이 치르는 인고의 의식이라고. 짧게 매일 치른다는 점은 달라도, 아파치족 소녀들이 평생 단 한 번 치르는 '갓밝이 춤Sunrise Dance'에 비견할 만했다. 아파치족Apache* 소녀들은 첫 생리를 시작하면 해가 뜰 무렵부터 나흘 내내 쉬지 않고 특별한 춤을 춘다. 일생일대의 특별하고 성스러운 의식인 만큼 특별한 옷과 장신구와 안료로 치장한다. 이 춤 의식을 통해 소녀는 자신의 가족과 부족과 여성성에 헌신하겠다는 의지를 보여준다. 의식이 막바지에 이르면 기력을 다 소진하고, 성인으로서의 삶을 시작한다. 더 이상 어린이가 아닌 어엿한 아파치족 여성 구성원으로 인정을 받는다. 그렇다면 피지크 57의 여자들은? 고문 같은 운동을 연달아 행함으로써, 변신에 그만큼 쏟아부을 의지, 시간, 자원, 에너지가 있음을 입증했다.

그녀들은 사실 눈에 띄는 부족이었다. 굳게 단련된 신체에 무용수처럼 꼿꼿한 자세, 신중하고 정확한 걸음걸이와 발레리나를 떠올리게 하는 예쁜 체형으로 (내부자라면 누구나) 쉽게 알아볼 수 있었다. 맨해튼이라는 도시의 특성상, 피지크 57 강습실에서 ABT▲나 뉴욕 시립 발레단이나 로켓츠Rocketts■ 무용수와 함께 운동한 적도 많았다. 때로는 나도 모르게, 날씬하면서도 놀랍도록 유연한 그녀들을

---

* 미국 남서부 아메리카 인디언의 한 종족.
▲ 아메리칸 발레 시어터. 세계 최정상급 발레단 중 하나로 꼽힌다.
■ 맨해튼 록펠러센터에 있는 세계 최대의 극장 라디오시티 뮤직홀의 전속 무용단.

따라가려 애쓰고 있었다. 발레리나처럼 발을 높이 차올리고, 발레리나처럼 팔을 멀리 뻗고, 발레리나처럼 우아하고 아름답게 움직이려 안간힘을 썼다. 강습실의 발레 봉은 살인적으로 높았다. 우리는 엄마로서 그러했듯이 몸매 관리에도 완벽을 기하는 전문가여야 했다. 그것은 비단 정체성을 넘어 하나의 사명이었으며, 탁월하게 수행돼야 했다.

내 몸은 실로 빠르게 확 변했다. 물론 기침을 하면 여전히 오줌이 찔끔 나오긴 했지만, 겉모습은 완전히 달라졌으며 맨해튼 기준으로 '향상'되었다. 팔뚝 근육이 보기 좋게 정돈돼서, 어느 날 점심 약속 자리에 민소매 블라우스를 입고 나타난 나를 보고 게이 친구가 "오, 잘 빠졌는데!"라며 감탄할 정도였다. 복부는 그냥 납작해지기만 한 게 아니라 복근 윤곽이 뚜렷이 드러날 만큼 탄탄해졌다. 또한 내 평생 처음으로 허벅지를 의식하지 않게 됐다. 엉덩이는, 나 혼자만의 생각인지 몰라도, 앙증맞게 올라붙었다.

남편도 놀라면서 좋아했다. 나는 신진대사가 활발한 체질을 타고난 덕에 늘 마른 편이었고 딱히 몸매를 신경 쓸 일도 없었다. 그렇지만 이제는 낮이면 활기가 넘쳤고 밤에도 잘 잤다. 그래서 기분이 항상 좋았고, 몸도 마음도 다소 처졌던 출산 직후에 비해 훨씬 더 유쾌한 사람이 되었다. 이렇듯 긍정적인 효과를 체험했기에, 나는 자발적으로 피지크 57 전도사가 되었다. 생생한 증언에다 내 몸이 확실한 물증이니만큼 많은 친구들을 개종시킬 수 있었다. 모두가 운동에만 열중하던 강습실에 기분 좋게 미소 나눌 친구 몇 명을 데려왔더니 삭막한 분위기도 어느 정도 씻겨나갔고, 회당 35달러(약 4만 원)인 내 운동은 완벽 그 자체였다.

⋮

햄프턴스에 여름용 별장을 임대했다. 난 아이들과 함께 여름내 별장에 머무르며 글을 쓸 셈이었다. 고맙게도 보모가 매일 와서 도와주기로 했고, 남편은 주중에는 일하고 주말마다 와서 우리와 함께 지낼 예정이었다. '햄프턴스'는 롱아일랜드 동부의 해안 휴양지를 통칭한다. 물론 그곳에도 아주 평범하게 생활하는 거주민과 아주 평범한 방문객이 있지만, 많은 이에게 신비로운 꿈의 장소로 여겨지며 특히 동쪽 끝자락을 가리키는 '이스트엔드' 지역은 부의 기준이 심히 왜곡돼 있을 정도로 풍요가 넘친다. 개인 영화관과 개인 필라테스 스튜디오, 차량 여섯 대를 수용하는 차고, 심지어 유대교 회당까지 갖춘 2천만 달러(약 237억 원) 이상의 해안저택조차 특별한 축에 들지 않을 정도다. 내 맏아들의 어린이집 친구들 가족 중에도 그런 '주말용 겸 여름용' 별장을 소유한 가족이 적지 않았다. 그런 저택들에 비하면 우리가 임대한 곳은 누추해 보일 만큼 소박했다. 수영장과 시원하게 그늘진 뒷마당이 있는 방 세 개짜리 전원주택으로, 공용 해변을 낀 한갓진 녹지에 위치해 있었다. 햄프턴스에 도착한 첫날, 나와 두 아들은 더할 나위 없이 행복한 산책을 했다. 조용한 길을 따라 큰애가 자전거를 타는 동안 나는 작은애를 태운 유모차를 밀며 뒤따라갔는데, 작은애는 난생처음 들어보는 새소리가 신기한지 유모차 밖으로 고개를 빼고 입을 헤벌린 채 연신 두리번거렸다. 눈앞에 펼쳐진 짙은 녹음과 더불어 이 여름철 전원생활에 대한 내 기대감을 높인 또 하나의 요소가 있었으니, 피지크 57 스튜디오가 알맞은 거리에 있다는 점이었다. 걷기에는 좀 멀고 드라이브를 하기에 딱 좋았다. 이틀에 한 번 꼴로 즐거운 나들이가 될 것 같았다.

당장 다음날 차를 몰고 나섰는데, 뜻밖의 상황에 맞닥뜨렸다. 평소보다 15분은 일찍 도착했는데도 주차장이 만원이었다. 스튜디오로 통하는 자갈길을 오르며 차 댈 곳을 찾는데, 검은색 마세라티 한 대가 모퉁이를 크게 돌며 중앙선을 반쯤 넘어 다가오는 통에 자칫하면 내 차 옆구리를 긁을 판이었다. 둘 다 급정거를 했고, 마세라티 운전석의 여자는 내게 가운뎃손가락을 들어 보인 뒤 가속페달을 콱 지르밟아 요란하게 부웅 소리를 내며 가버렸다. 정차한 시간은 1초도 안 됐다. 그러나 바로 뒤따라오던 검은색 레인지로버의 금발 여자는 황당하게도 경적을 빽 울리고 "이봐요, 좀 갑시다!"라며 소리쳤다. 마침내 빈 곳을 찾아 주차하던 도중에는, 빨간색 포르쉐 911 컨 버터블 안에서 보라색 탱크톱 차림의 여자가 분해 죽겠다는 얼굴로 두 손을 쳐들고 마구 흔들어댔다. 무엇 때문에 그리도 분개하는지 나로선 통 알 길이 없었다.

우여곡절 끝에 강습실로 들어가 자리를 잡고 나니 금세 수강생 이 몰려들었다. 검은색 마세라티를 몰던 여자, 검은색 레인지로버 를 몰던 여자, 빨간색 포르쉐를 몰던 여자까지 다 있었다. 도대체가, 약 한 시간 동안 지척에서 같이 운동할 걸 알면서 왜 그렇게들 화를 냈을까? 스튜디오에 도착한 순간 몰입 상태가 되어서 몸매 가꾸기 에 너무 집중한 나머지 타인의 존재를 인식할 수 없었던 것이라고 내 나름으로 추측하고 넘겼다. 잠시 후 모두가 주위를 의식하지 않 고 헉헉대며 몸 만들기에 몰두한 가운데, 이상한 점을 발견했다. 나 는 굉장히 풍만한 가슴들에, 엄청나게 깎아낸 광대뼈들에, 필러 주 사로 둥그렇고 팽팽하게 부푼 얼굴들에 둘러싸여 있었다. 햄프턴스 는 마르고 탄탄한 몸매와 세월을 비껴간 얼굴이 자랑거리인, 극도로 야심차고 경쟁적인 문화의 온상지였다. 어퍼이스트사이드의 여자들 이 매력적인 옷맵시를 원했다면, 햄프턴스의 여자들은 매력적인 비 키니 맵시를 원했다. 매해 여름마다 파티와 부자 애인을 찾아 햄프 턴스로 모여드는 스무 몇 살 모델이며 피트니스 강사들과 경쟁 아닌 경쟁을 해야 했기 때문이다. 연이은 고강도 운동에 슬슬 체력의 한계를 느꼈다. 발레 봉도 어찌나 높던지, 닿기를 바라기는커녕 눈에서도 가물가물했다. 그러나 동료 수강생들은 그렇게 쉬이 포기하지 않았다. 그녀들에게 노화란 나쁜 출생일자처럼 불행한 걸림돌, 따라서 열성으로 노력하고 헌신하여 극복해야 하는 것이었다.

흥미롭게도 피지크 57 햄프턴스 지점은 소울사이클과 공간을 공유했다. 브리지햄프턴의 버터레인에 있는 헛간 하나가 두 개의 스튜디오로 개조돼 있었다. 불가피하게 주차공간을 두고 경쟁하는 관계였던 만큼, 소울사이클파에도 관심이 생겼다. 내가 알기로 소울사이클의 운동 강도와 몰입도와 강한 동족의식은 피지크 57과 동일했다. 그리고 당연한 얘기지만, 두 부족 모두 둔부에 열십자 선이 찍히도록 딱 붙는 운동용 바지를 입었다. 비인간 영장류 암컷이 발정기에 엉덩이가 발갛게 부풀듯이, 스판덱스에 감싸인 채 도드라진 우리의 엉덩이도 마치 "나 좀 봐! 제대로 물올랐어!"라고 외치는 것 같았다. 그러나 이외에는 두 파가 전혀 달랐다. 예를 들어 소울사이클파는 친목모임이라도 되는 것처럼 사이가 좋았다. 단 저들끼리만 친했고, 외부인은 냉대했다. 이는 오다가다 마주쳐 낯이 익은 일군의 소울사이클파 엄마들에게 인사를 건넸다가 대차게 무시당한 쓰라린 경험으로 알게 된 사실이었다.

소울사이클파의 돈독한 유대는 유니폼으로도 확장되어, 동족 간의 연대감을 형성하면서 피지크파와는 구별되는 역할을 했다. 나를 포함한 피지크파가 짝퉁 발레리나 무리라면 그녀들은 짝퉁 폭주족이었다. 소울사이클파의 복장은 놀랍다 못해 무서울 정도로 조직 폭력배와 비슷했다. 빨간 손수건을 접어 LA 암흑가 식으로 머리에 두르고 다리가 조직원의 표식인 양 꽉 끼는 운동복 바지를 입은 소울사이클파 여자를 처음 봤을 때, 나는 슬그머니 다가가 "지난달에 마지 레빈네 딸아이가 이매뉴-엘 사원에서 유대교 성인식을 치렀지요. 거기서 그쪽을 봤어요. 당신은 조직원이 아니야. 블러드파도 크립파˚도 아니라고!" 하면서 넌지시 찔러보고픈 충동을 느꼈다.

소울사이클파와 피지크파는 복장과 태도만 다른 게 아니었다. 스튜디오 운영방식과 강습실 분위기도 판이했다. 소울사이클파는 스튜디오에 자전거 자리를 구매하는데, 맨 앞줄 한 자리의 연회비가 최고 8천 달러(약 950만 원)였다. 음악이 귀청을 찢을 듯이 쿵쿵 울려대는 가운데, 수강생들은 미친 듯이 페달을 밟으며 마음껏 고함치고 신음하고 악을 썼다. 땀을 흠뻑 흘렸다. 욕도 뱉었다. 듣기로는 방귀도 뀐다고 했다. 고정 자전거를 사랑하는 무아경의 멋진 동료들과 자유롭게 교감하며 뭐든 거침없이 표출했다. 두 가지 운동을 다 하는 친구한테서 들었는데, 소울사이클은 전기조명 대신 촛불을 밝히고 땀 흘리며 운동하는 것이 나이트클럽 겸 핫요가 강습실 같은 분

˚ LA 서부의 대표적인 두 갱단.

186

위기인 반면에 피지크 57은 엄격한 여학교 같은 분위기였다.

가장 널리 회자되는 어느 소울사이클 회원의 사연만 봐도, 켈리처럼 조신한 우리 피지크파에 비해 확실히 소울사이클파는 더 야성적이고 재미있고 시원시원한 버킨이라 할 만했다. 그 사연의 주인공은 공교롭게도 내 아들이 다니는 어린이집의 한 엄마였다. 백만장자 금융가이자 소문난 바람둥이 남편을 두었던 그녀가 소울사이클을 통해 진정한 자아를 발견했다는 입소문이 자자했다. 불행한 결혼생활을 이어가던 그녀가 소울사이클에 다니면서 여자 강사한테 푹 빠졌고, 결국 남편을 떠나 '영혼의 동반자'와 살림을 합치고 어퍼이스트사이드 스튜디오의 맨 앞줄에서 고정 자전거 페달을 돌리며 행복하게 살고 있다는 이야기. 이 사연 하나가 모든 것을 설명한다. 소울사이클은 야성적이고 요란하며 실험적이었고, 피지크는 고지식하고 얌전하며 위험을 싫어했다. 소울사이클파가 위험을 마다 않고 특이성을 유감없이 드러냈다면, 피지크파는 비스페놀A 무검출 물병에 든 생수를 새침하게 홀짝이는 식이었다. 그녀들은 동성애자, 우리는 이성애자였다. 그녀들은 붙박이 할리데이비슨에 올라탄 거친 말괄량이, 우리는 키튼힐을 신은 요조숙녀였다.

거짓말은 않겠다. 솔직히 난 소울사이클파가 좀 과하다고 생각했다. 여왕벌들의 여왕이 소울사이클파라는 사실만으로도 내 편견에 쐐기를 박기에 충분했지만, 꽤 오랫동안 다운타운에 살면서 쌓인 냉소적인 태도도 한몫했음을 인정하지 않을 수 없다. 그래, 나는 소울사이클파 엄마들 상당수가 그 운동으로 예쁜 몸매뿐 아니라 세련미까지 얻을 수 있다고 믿는 것 같아 (이런 생각이 대단한 오해일 가능성은 생각지도 않고) 내심 비웃었다. 반항기 가득한 래퍼처럼 말끝마다 이상한 추임새를 넣고 서로를 "여어!" 하고 부르는 그녀들이 그저 가소로웠다. 실제 자신보다 더 거칠고 더 반체제적인 사람인 척 검은 가죽옷 차림으로 메트로노스나 롱아일랜드 철도나 PATH를 타고 시내로 향하는 교외의 10대 소녀들 같았다고나 할까. 스튜디오 밖에서 처음 그녀들과 마주쳤을 때 들었던 생각은 '저렇게 애쓰느니 차라리 새침데기로 오해받는 게 낫지. 마음대로 해, 날 오해하고 얕잡아보든지 말든지'였다. 정말 그랬다. 그만큼 피지크 57을 향한 나의 충성심은 거의 광신도 수준이었다.

피지크 57과 소울사이클은 내가 연구한 부족이 이용할 수 있는 극과 극의 운동 종목이자 '여성으로서의 활동'이었지만, 누가 뭐래도 두 가지 모두 엄청난 수고가 필요한 일이었다. 두 가지 모두, 행위 주체에게 하나의 정체성을 부여했다. 운동을 하면 심박수가 올라가고 몸매가 예뻐질 뿐 아니라 실질적으로 신분의 변화까지 이룰 수 있다는 환상을 안겼다. 그해 여름, 나는 제2차 세계대전 이전 일본의 수습 게이샤를 자주 떠올렸다. 게이샤 양성소인 오키야는 독자적인 규율과 신념과 미적 기준과 행동규범이 있는, 철저히 고립된 세계였다. 그곳의 위계질서는 엄격했고 훈련도 가혹했다. 수습생은 몇 년에 걸쳐 혹독한 훈련을 받고 부단히 연습하여 '게이샤다운' 외모와 자태와 기예를 자연스럽게 선보이는 법을 익혔다. 그렇게 고된 과정을 거치고 나면, 평범한 여자에서 '꽃'으로 거듭났다. 게이샤는 남자들이 가장 탐내는 존재였다. 완벽한 접대부이자 이상적인 친구, 가장 칭송받는 여성상의 화신이었다. 그래서 사회적으로도 존중받는 지위를 누렸다.

멋있고 날씬하며 세련돼 보이기 위해 모든 고통을 감내하고 전력을 다하는 데다 한갓 운동에 야망과 정체성까지 부여하는 맨해튼의 수습 게이샤들을, 내 어머니 세대는 결코 이해하지 못할 것이다. 우리 윗대는 식이요법에 의존했다. 출산 후 몇 주에서 몇 달간은 탈지우유에 만 스페셜K와 블랙커피, 멜론, 쨈도 버터도 바르지 않은 얇은 토스트, 저지방 코티지치즈 따위로 연명했다. 나중에는 빠르게 걷기를 했고 조깅쯤은 시도해보기도 했지만, 주로 음식으로 체중을 조절했다. 30대가 넘어서도 유행에 민감한 여자는 거의 없었다. 어떤 시기에 이르면 외모에 좀 소홀해도 된다는 자타의 승인이 떨어졌다. 물론 그녀들도 외출을 했고 즐길 줄도 알았지만, 경제나 사상의 이유로 대개는 종일제 보모 또는 시간제 보모조차 두지 못하고 육아를 전담했기 때문에 늘 피곤했고 피곤해 보였다. 심지어 30대 중반에 머리가 희끗희끗한 여자도 많았다.

그러나 내가 함께 어울리며 연구한 부족민의 관점으로 보면 오히려 윗대 여성들의 다이어트가 더없이 이상했다. 외모를 포기한다니, 말도 안 된다. 절대로. 무기력하고 수동적인 식이요법은 이 부족 여자들 성미에 맞지 않았다. 그녀들은 능동적이며 적극적인 방식으로 쉬지 않고 날씬함을 실천했다. 까다로운 다도茶道나 세련된 화법을 익히는 게이샤처럼, 내 주변의 여자들은 20대 아가씨의 축복받은 몸매를 타고난 것처럼 보이기 위해 그야말로 목숨을 걸었다. 식이요법도, 무지방과 저칼로리는 처량하도록 구닥다리 방식이었다. 식품이란 모름지기 유기농에 생명역동biodynamic농법으로 재배돼야 했고, 해독 및 항산화 효과가 뛰어나야 했다. 운동 못지않게 식이도 중요하므로, 다이어트에 도움이 되지 않는 음식은 입에 대지 않았다. 어퍼이스트사이드나 이스트엔드의 칵테일파티에서 카나페를 권하는 종업원만큼 거절을 많이 당하는 사람이 또 있을까. '아뇨, 됐습니다, 사양할게요, 싫어요, 안 돼요'를 귀에 딱지가 앉도록 듣는다.

왜일까? 이 모든 노력, 이 끝없는 분투와 시도와 지독한 자기절제, 특히 이토록 고된 운동과 몸매 관리가 다 무슨 소용인가? 어차피 어퍼이스트사이드와 이스트엔드의 남자들은 로마나 파리나 다른 어느 곳의 남자들처럼 여자를 대하지 않는데. 구태여 추파를 던지지도, 문을 잡아주지도, 눈여겨 봐주지도 않는데. 사실, 어퍼이스트사이드와 햄프턴스의 대단히 성공한 남자들은 언제나 조금 무심하고 지루해 보였다. 하기야 질릴 만도 했다. 그들에게 잘 보이고 싶어 한 껏 치장하고 꾸민 미녀들이 스모가스보드˚처럼 끊임없이 다가오니 말이다. 유럽에서 온 친구들 얘기로는, 이곳 남자들은 파티장이나 실내에서 상대 여자와 좀처럼 시선을 맞추지 않는다고 했다. 그들의 눈길은 더 낫거나 더 예쁘거나 더 중요한 여자를 찾아 헤맨다는 것 이었다. 그래서 우리가 그토록 기를 쓰고 노력하는 것인지도 모른 다. 심각하게 불균형한 성비와 젊거나 젊어 보이는 미녀들의 범람으 로 내 세계의 남녀 관계는 완전히 뒤바뀌었다. 여자들이 일방적으로 몸매를 과시하고, 새삼스레 남편에게 잘 보이려 애쓰고, 남자들의 시선을 끌고자 한 것은 이미 외적인 아름다움에 익숙한 남자들에게 돋보이는 미모로써 각인되려는 시도가 아니었을까.

하지만 그렇게 단정하기에는 여름철 이스트엔드라는 사회의 가 장 두드러지는 현실적 요소가 걸렸다. 비단 피지크 57과 소울사이클 스튜디오만이 아니라, 그 지역 전체가 놀랍도록 철저하게 성별로 분 리돼 있었다. 한 학년이 끝나는 6월이면, 여자들은 아이와 보모를 데 려와 이곳에서 생활하며 여름을 났다. 주말마다 남편들이 오갔지만, 주중에는 아내들이 가장이었다. 햄프턴스에서는 어느 쪽으로 고개 를 돌리든 시야에 잡히는 사람이라곤 온통 여자, 여자, 여자였다. 남

˚ 여러 가지 전채가 나오는 스웨덴식 식사로, 뷔페와 흡사하다.

편이 와 있는 동안에도, 내가 연구한 부족 여성들은 남편과 따로 행동했다. 여자끼리 밤의 유흥을 즐기거나, 여성 관객이 100퍼센트인 저녁시간대의 VVIP 패션쇼를 관람하거나, 특정 학교 또는 피학대 여성 쉼터를 돕는 자선경매행사에 참석했다. 부부동반 디너파티에서도 대개는 남녀가 각각 다른 자리에, 심지어 다른 방에 앉았다. 멋진 몸매를 강조하는 옷차림으로 돌아다니는 여자가 그렇게 많은데도 남녀 간의 야릇한 기류는 별로 느껴지지 않았다. 오히려, 성적 긴장감이 놀랍도록 부재했다. 맨해튼이나 햄프턴스에서 남편과 밤에 외출할 때마다, 나는 "외간 남자가 나랑 시시덕거려주면 좋겠다"고 입버릇처럼 말하곤 했다. 남녀가 한자리에 있는데 장난스런 희롱이 없다니 너무 이상하지 않은가. 내게 관심을 보이는 이성과 시시덕대는 재미도 없이 죽도록 노력해서 멋진 몸매를 갖는 게 다 무슨 소용이란 말인가? 게이샤와는 달라도 너무 다르게, 내가 연구한 여성들은 어쩐지 실없는 희롱 따위에 초연한 듯한 인상을 풍겼다. 단, 게이샤처럼, 성관계도 맺지 않았다. 물론 아이 엄마이니만큼 성관계를 했었다는 사실은 명백했다. 그러나 혹독하게 단련하고 깐깐하게 관리하며 세심하게 다듬어 내보이는 그녀들의 몸은, 세속적인 욕망을 초월할 만큼 정결한 것이었다.

실은 운동과 치장이 근본적인 차원에서 성욕을 대체한 것 같았다. 저녁 모임이나 술자리에서 얘기해보면 대체로 의견이 일치했다.

맨해튼에서는 늘 중압감에 시달리며 피곤하고 예민한 상태이기 때문에 성욕이 일지 않는다고 했다. 그러다 도시를 벗어나 휴양지에 오면 아이들은 온종일 야외활동을 하고 심지어 몇 주간 단체 야영을 떠나기도 하니, 근사한 해변과 화창한 날씨를 만끽하며 여유롭게 쉴 수 있고 비교적 행복하므로 역시 남자가 굳이 필요하지 않다고 했다. 햄프턴스의 전반적인 분위기가 마치 일부 문화권의 생리 여성 격리 수용소 같았다. 여름내 긴 시간을 여자들끼리 어울리다 보니 생리주기가 얼추 비슷해진 것도 사실이었다. 운동을 마치고 동료 수강생들과 주스가게로 이동해 수다를 떨 때마다, 엄마들의 점심모임과 저녁행사에 다녀올 때마다, 나의 동족의식은 점점 깊어졌다. 여름의 끝자락에 이르러서는 남편보다도 그녀들이 더 편하고 친숙했다.

바로 이것이 그녀들의 규범이었다. 그녀들이 아름다워지는 데 정성을 쏟은 까닭은 곁에 없는 남자들만이 아니라 곁에 있는 여자들 때문이기도 했다. 같은 목표를 추구하며 동족으로서 유대를 다졌지만, 동시에 서로 비교하고 서로 지지 않으려 애썼다. 날이면 날마다, 밤이면 밤마다, 모임장소며 행사장이며 운동 강습실이며, 여자들이 모이면 항상 같은 식이었다. 눈부시게 새빨간 수컷 홍관조처럼, 숨막히게 화려한 수컷 공작처럼, 언제 누가 봐도 감탄하게끔 늘 깃털을 활짝 펼친 채 다녔다. 체지방율 제로에 육박하는 아름다운 몸매와 영원히 늙지 않는 얼굴은 분명 개개인의 귀중한 '자산'이었지만, 부족의 필수 유니폼이기도 했다. 눈길을 사로잡는 운동용 양말, 헤어밴드 대용으로 머리에 두른 손수건, 레인지로버 뒤에 매단 서핑보드처럼 정체성을 드러내는 표식이었다. 여름이 저물어갈 무렵, 내 몸은 엄밀히 나만의 것이 아니라는 생각이 들었다. 내 것인 동시에 이 부족의 것이었다. 그러므로 할 수 있는 한 열심히, 부단히, 끝없이 노력해 향상시켜야 했고, 가능한 한 오래도록 버티고 지켜내야 했다.

제5장

특이습성:
자유를 잃은 여자들

현.장.기.록.

토착민들이 나를 받아들인 듯하다. 수개월에 걸쳐 그들을 관찰하고 그들의 관습과 의례를 모방하며 내 쪽에서 수없이 참여와 친교를 제의하는 식으로 호된 신고식을 치른 끝에, 마침내 부유한 족장 부부의 거처에서 열리는 상류층 여성 모임에 초대를 받았다.

대부분의 부족 행사는 철저히 성 분리주의 원칙을 따른다. 부족민의 거처 안팎에서 치러지는 행사는 여성이 연대하는 기회, 즉 사회적 수용·배척·소문을 통해 연합을 꾀하며 지배서열 내 각자의 위치를 재확인하는 기회인 것으로 보인다.

그런 자리에서는 자기 표현self-presentation이 더없이 중요하다. 따라서 몸에 특정 직물을 두르고 얼굴에 특수 안료를 바르거나 강화물을 주입하는 등 치장에 공을 들여야 한다.

이메일이 왔다. 내 아들과 한반인 아이의 엄마가 보낸 것이었다. '휴대전화에 음성 메시지 남겼는데 답이 없는 걸 보니 아직 확인 안 했나 봐. 다음 주 목요일에 우리 집에서 다 같이 저녁 먹기로 했거든. 자기도 와라. 여자끼리 뭉쳐보자고. LMK. 레베카.'

　이런. 음성 메시지가 온 줄도 몰랐다. 내가 통화, 문자 메시지, 이메일 이외의 휴대전화기 기능은 거의 사용하지 않는다는 걸 친구들은 다 알고 있었지만 그래도 걱정스러웠다. 이미 불성실한 손님으로 찍혀버렸으면 어쩌지? 그나저나 LMK는 무슨 암호람? (나중에 친구가 말해줘서 알았다. "Let me know〔알려줘〕'잖아! 여태 그것도 K〔알지〕 못했단 말이야?") 아무튼 부리나케 레베카의 휴대전화 번호를 눌렀다. 이제야 답해서 미안하며 기꺼이 참석하겠다는 음성 메시지를 남기고, 혹시나 해서 이메일도 썼다. 끝맺음을 어떻게 하면 좋을까? 친근하게 '쪽쪽!'으로? 아냐, 레베카가 담백하게 이름만 썼으니 나도 그렇게 하자.

혹발의 미녀인 레베카는 뉴욕에서 가장 성공한 축에 드는 금융가의 아내이자 네 아이의 엄마였다. 그녀에게 이메일을 보낸 게 처음은 아니었지만, 그녀로부터 이메일을 받기는 처음이었다. 이전까지는 나만 일방적으로 보냈었다. 작은애가 하도 졸라서 놀이약속을 청하는 이메일을 정성껏 써서 보냈지만 답신이 온 적은 한 번도 없었다. 다만 우두머리 아빠와 대화하는 모습을 보여주고 그의 관심으로 서열을 올린 뒤에는 간혹 어린이집 복도에서 레베카를 불러 세워 아이들 놀이약속을 잡을 수 있었다. 동네의 운동 강습실과 마이클스(내가 연구한 부족의 모닥불 격이었던 미드타운의 식당) 등 서로 공통점이 있음을 암시하는 장소에서 마주칠 때면 그녀도 나를 좀 더 친근하게 대해주었다. (하루는 버그도프굿맨에서 우연히 만났는데 알고 보니 둘 다 같은 행사에 들고 갈 클러치를 사러 온 것이었고, 이런저런 모금행사장에서도 몇 번 마주쳤다.)

내가 책을 쓰고 있다는 소문이 퍼지자(어떤 엄마가 묻기에 "어퍼이스트사이드의 엄마들을 연구하고 있어요"라고 답했다), 레베카를 비롯한 몇몇 엄마들이 내게 곁을 주기로 했는지 인사도 하고 말도 섞어주었다. 이 동네에서 아이를 키우고 살면서 느낀 점을 공유하고 그 의미를 논해보자며 먼저 점심식사나 커피 약속을 제안한 엄마들도 있었다. 모두가 정답거나 상냥하지는 않았다. 폭로나 풍자가 아니라 나 자신의 경험을 사회학과 인류학의 관점에서 해석하고 해학적으로 기록하려 한다고 강조했지만 아무래도 미심쩍은 모양이었다. 하지만 대다수가 우호적이었고, 평소에 어린이집 복도에서 오가는 패션이나 휴가 계획에 관한 잡담보다 더 깊은 이야기를 나누고 싶어 했다. 결혼생활의 위기, 가난했던 어린 시절, 외지인을 보는 시선("난 샌프란시스코 출신이야. 그런데 여기 사람들은 날 화성인 취급하지. 절대로 자기들 일원으로 받아들이지 않을걸?") 등 여러 가지 속사정을 들을 수 있었다. 예상 외로 우리는 공통점이 많았다. 어린이집 복도와 점심식사 자리와 행사장을 벗어나니 의외로 쉽게 다가가 편하게 어울릴 수 있었다. 누구는 이렇게 말했다. "이 동네 사람들은 다 잘나가는 부자에 진취적이고 경쟁심도 대단하잖아? 그런데 일 대 일로 만나보면 다들 참 좋은 사람이야. 단지 집단역학이란 게 개중 일부를 끔찍한 인간으로 만드는 거지."

어린이집에서도 전에 없이 상냥한 표정을 지어주는 엄마들이 한두 명은 생겨 기분이 좋았다. 우두머리 아빠 덕에 나와 내 아들의 서열도 훌쩍 높아졌지만, 어린이집 복도는 하이힐을 신고 싸늘한 눈빛을 쏘아대는 고위급 엄마들이 우글우글해서 여전히 살벌한 분위기였다. 육아와 집필에 주력하느라 아랫동네 나들이는 점차 뜸해지고 그쪽 인맥도 하나둘 떨어져나갔다. 사정이 이러하니 아이들과 내 사교활동을 병행하는 것, 즉 큰아이 어린이집의 엄마들이며 작은애 놀이모임의 엄마들과 친분을 쌓는 것이 효율적이면서 유용한 방법인 듯했다.

게다가 레베카가 자기 집에 나를 초대하지 않았는가. 이는 지위와 서열에 집착하는 부족 내에서 내가 명실공히 고위급의 측근이 되었다는 뜻이었다. 학교로 치면 잘나가는 패거리가 점심시간에 동석하자고 권한 것과 같았다. 내 일부는 이런 식의 의미부여가 우스꽝스럽다는 걸 알고 있었지만, 나의 다른 일부, 이를테면 이 집단을 이해하려 애쓰는 나, 아이들에게 친구 사귈 기회를 마련해주고 나 자신도 친구 한둘쯤은 사귀고 싶어 애면글면하는 나는 레베카처럼 영향력 있는 중요 인물의 초대를 받은 것이 너무나 기뻤다. 거기 모인 엄마들이 자기네 세계를 내게 알려주고자 한다면 그야말로 금상첨화일 것이다. 그저 여왕벌들의 여왕이 그 자리에 없기를 바랄 뿐이었다. 내게도 한계란 게 있으니까.

며칠 후 캔디스를 만나 점심을 먹었다. 그녀는 탱글탱글하게 손질한 머리에 샤넬 재킷을 걸친 모습으로 나타났다. 식당에서 자리를 잡는 동안 내가 눈여겨보는 것을 알아챈 그녀는 "이따가 이스트사이드의 병원에 갈 일이 있거든. 그래서 힘 좀 줬지"라고 해명했다. 내가 엄마들 모임에 초대받았다는 얘기를 꺼내자, 그녀는 대뜸 "뭘 입고 갈 거야?"라고 물었다. 역시 그녀는 우리 동네의 문화적 코드를 해석하는 데 능통했다.

"모르겠어. 어린이집이나 놀이모임 엄마들한테는 못 물어보겠더라고. 누가 초대받았는지 몰라서." 내 대답을 듣고, 캔디스는 민감한 사안임을 이해한다는 듯 고개를 주억이며 아이스티를 홀짝였다. "튀지 않게, 무난하게 입어. 모임 주최자가 빛나야 하잖아, 그렇지? 결혼식처럼 말이야."

"집에서 모이는 건데? 남편들 없이. 격의 없이 편한 분위기 아닐까?"

캔디스는 '글쎄올시다' 하는 표정이었다. 어퍼이스트사이드 엄마족의 최고급 패션과 고압적인 태도를 묘사하는 내 얘기를 몇 달째 충실하게 공감하며 들어줬던 그녀였다. 그녀 자신도 (본인 말마따나 어느 정도까지는) 사교계 인사여서, 자선행사장이나 식사 모임에서 그런 여자들을 직접 만나 사귀었고 그녀들의 방식도 잘 알고 있었다. 캔디스는 캘리포니아 출신이었고, 남편은 뉴욕 토박이, 시부모님은 우리 윗대의 사교계에서 알아주는 명사였다. 내 심정을 절절이 이해하는 외부인 겸 내부인이자 천부적인 인류학자로서, 그녀는 내가 연구하는 세계의 부조리를 해학적인 시각으로 꿰뚫어봤다. 결국 그녀는 담담하게 선언했다. "편하지는 않을 거야."

그녀가 옳았다. 이 세계에서 '겸손'이란 개념은 어색했다. 피지크 57이나 소울사이클에서 꾸준히 가꾼 멋진 몸매와 사진 수정하듯 다듬은 얼굴, 완벽하되 요란하지 않은 헤어스타일과 명품 패션이 조화를 이루어야 했다. 남자가 있건 없건 간에 여자들은 늘 준비된 상태였다. 느닷없이 누군가 사진기를 가까이 들이밀고 셔터를 누른다 해도, 옷 주름 한 줄 어긋난 데 없고 실밥 한 올 튀어나오지 않은 모습일 터였다. 그녀들의 '항상 아름다운 모습'은 결코 자연스럽지 않았다. 꾸밈없는 자연미와는 아예 정반대였다. 내가 아는 어퍼이스트 사이드 엄마들은 '놀이터 연맹 오찬회' 때만이 아니라 평소 놀이터에도 완전무결하게 꾸미고 나왔으며, 치장에 공들였다는 사실을 굳이 숨기지도 않았다. 외모와 패션에 관한 한 절대 흠 잡히지 않겠다는 불굴의 의지와 노력, 이 세심한 계획성은 값비싼 플랫슈즈와 크로스백처럼 그녀들의 평소 유니폼을 이루는 필수요소였다. 이 부족민은 언제나 마치 특별한 행사장을 찾은 연예인 같은 모습이어서, 간혹 나는 놀이터, 어린이집, 커피숍, 다섯 살 아이의 5천 달러(약 600만 원)짜리 생일파티 등 그녀들이 모이는 장소라면 어딘가에 정말 '포토 존'이 있을 것 같아 두리번거리기도 했다.

촬영 준비를 마친 모델 같은 상태를 항상 유지하려면 적잖은 시간과 상당한 의지가 필요하다. 머리는 헤어밴드로 대충 넘기고 얼굴엔 베개 자국이 찍힌 채로 어린이집에 아이를 데려다주러 가는 엄마가 나밖에 없는 것을 깨닫고 나도 아침마다 번듯한 모습으로 준비하고 나서는 생활을 시작했다. 매주 한 번씩 미용실에 가서 머리 손질을 받았고, 원래 자외선차단제만 발랐던 얼굴에 틴티드 모이스처라이저와 분홍색조의 립밤을 덧발랐다. 운동복을 입을지언정 근사하고 멋있게, 패션의 최첨단을 걷는 모습이어야 했다. 어쩌다 오전에 회의가 잡혀 운동복 차림으로 나갈 수 없는 날이면, 아들 등원 준비를 도맡을 시간이 없다고 (실은 내 몸 단장하기 바빠서) 공연히 남편을 들볶곤 했다. 내 입에서 나오는 잔소리가 얼마나 황당한지 알면서도 어쩔 수 없이 분위기에 휩쓸렸다. 기대치 높은 문화가, 멋들어진 프라다가, 무결점 얼굴들이, 화려한 일상 패션이 매일같이 내 주변에 넘실댔기 때문에. 그것도 오전 9시 이전에 말이다.

그래도 이들 부족민에게는 몇 가지 '유니폼'이 있어서 매일 옷 고르기가 아주 곤욕은 아니었다. 어린이집 등하원 및 놀이약속 유니폼인 룰루레몬 외에도, 어퍼이스트사이드 엄마족의 복장 규칙은 최소한의 미묘한 변형이 있거나 없는 수준으로 놀랍도록 일관적이었다. 일단, 가방. 각광받는 브랜드와 모델은 셀린느(러기지 백, 나노 러기지 백, 트라페제 백), 샤넬(라지 사이즈의 보이 백), 에르메스(에블린, 스몰 사이즈 집시에르, 사선으로 메는 켈리, 여름과 초가을용 가든파티 토트 백, 블랙·블루진·골드 색상 30센티미터 또는 35센티미터 버킨)였다. 발렌티노의 락스터드 백도 패션계가 사랑하는 예쁜 가방이었지만,

내가 연구하고 어울렸던 부족민 중 그 가방을 가진 사람은 한 명도 없었다. 네모난 장식용 징이 줄지어 박힌 락스터드는 고상한 그녀들의 품격에 맞지 않았다.

기후가 건조한 시기에는 발레슈즈를 본뜬 플랫슈즈가 대세였다. 특히 키 큰 여성들이 즐겨 신었으며, 인기 브랜드는 랑방, 샤넬, 클로에였다. 아이를 등원시키고서 급히 갈 데가 있지 않은 경우에는 주로 랑방 웨지힐과 이자벨 마랑 웨지스니커즈가 선택을 받았다. 키가 훌쩍 커져서 말 그대로 남들보다 우위에 설 수 있기 때문이었다. 한편 엄청나게 높은 플랫폼 구두와 새빨간 굽이 돋보이는 스틸레토는 "난 갈 데가 있는데, 지하철은 타지 않아"라는 말을 대신했다. 가을과 겨울, 초봄까지는 물론 부츠였다. 아찔하게 높은 굽과 부드러운 가죽이 일품인 마놀로 블라닉, 크리스찬 루부탱, 지미 추의 검은색 부츠가 주를 이루었다. 앞코가 트여 있고 털로 테두리를 장식한 브루넬로 쿠치넬리의 바이커 부츠도 심심찮게 눈에 띄었다.

별다른 일 없이 평범한 날에는 대개 스키니 진이나 가죽 레깅스를 입었다. 비가 오면 여기에 트렌치코트(물론 신상품이 나오는 족족 구매하기 때문에, 그때그때 유행에 따라 소매가 가죽이라든가 밑단이 레이스로 마감됐다든가 하는 식으로 바뀌었다)를 걸치고 색상과 무늬가 현란한 푸치 레인부츠나 특유의 동백꽃 모티브 코사주가 달린 샤넬 레인부츠를 코디했다. 한겨울에는 검은색에 반질반질한 몽클레르 다운점퍼를 챙겨 입었다. 모피 조끼도 상류층 엄마들에게 워낙 인기여서, 한 친구는 어퍼이스트사이드의 모든 어린이집과 학교 소식지에 관련 사진과 기사를 실어야 한다고 농담조로 얘기한 적도 있었다. 혹한기에는 모피의 활약이 더욱 두드러졌다. 호화로운 비버 모피며 윤기 나는 흑담비 모피며 (붐비는 엘리베이터 안에서 맨손에 닿은 촉감으로 알게 된) 놀랍도록 부드러운 친칠라 모피며 한눈에도 내 첫 책 선인세보다 비싸 보이는 그 모피 코트들을, 이 동네 엄마들은 아무렇지도 않게 청재킷 위에 척 걸쳐 입고 다녔다.

아이를 등원시키고 나서나 요가학원 강습을 마치고 나서 엄마들끼리 자발적으로 또는 의무적으로 모여 아침식사를 하는 자리는 가히 패션의 총력전 현장이었다. 더 로우The Row*의 단순하지만 환상적인 긴팔 가죽 원피스, 가두리 술 장식으로 발랄함을 더한 샤넬 스커트와 샤넬 재킷, 지방시의 꽃무늬 투피스와 정교한 레이스업 앵클부츠, 늘씬한 각선미와 홀쭉한 배를 강조하는 알렉산더 맥퀸의 '피트 앤드 플레어fit-and-flare'▲ 원피스……. 자칫 단조로워 보일 수 있는 섬세하고 얌전한 크림색 실크 블라우스는 뱀가죽 레깅스와 종잇장처럼 얇은 가죽 재킷으로 재치 있게 보완되었다. 모든 엄마가 머리끝부터 발끝까지 고급 의류와 장신구로 치장하고 세련미를 뽐

* 할리우드 스타 올슨 자매가 런칭한 패션 브랜드.
▲ 허리를 조이고 치맛단을 부풀린 디자인.

냈다. 내 아들이 다니는 어린이집에서 키 큰 금발 미녀로 3위 안에 꼽히던 한 엄마가 하루는 보석 박힌 꽃분홍색 재킷을 걸치고 왔다. 그 화사한 재킷에 홀딱 반한 나는 집에 오자마자 인터넷으로 검색해 봤다. 재킷의 가격은 무려 7천 달러(약 800만 원)가 넘었다.

하지만 비싼 옷값은 문제가 아니었다. 어퍼이스트사이드라는 희귀한 환경 안에서도 희귀종인 엄마들에게는 '최초'인 것에 가격 이상의 특수한 가치가 있었다. 늘 유행을 한발 앞서던 두 엄마 중 한 명이 2월의 어느 날 아침, 앞면에 금박 무늬가 있는 흰색 면 원피스를 입고 징 장식이 박힌 형광연두색 슬링백slingbacks*을 신고 왔다. 추위에 바들바들 떨어야 했지만, 그녀는 누구보다도 먼저 결승선을 통과한 셈이었다. 이제 누가 그 특별한 원피스를 입고 나타난들 그저 그녀를 모방한 것에 지나지 않을 것이었다. 이런 현상은 초가을에도 벌어졌다. 가벼운 모직 옷에 신상품 부츠, 최신 샤넬 재킷까지, 아직 무더위가 채 가시지 않았어도 엄마들 옷차림은 이미 완연한 가을이었다. 맨해튼의 수많은 여성이 패션을 사랑한다. 그러나 어퍼이스트사이드 여성들의 패션은 성격이 달랐다. 그녀들은 유행을 앞서야 했고, 신상품을 최초로 입고 걸친 사람이어야 했다. 그녀들에게 패션이란 누가 가장 먼저 입수하고 가장 근사하게 소화해 보이느냐를 가리는, 기쁨이 결여된 경쟁이었다.

---

* 뒤축이 끈으로 된 신발.

:

　같은 종의 동성 간 경쟁을 말하는 성내 경쟁intrasexual competition
은 진화적 선택에 따라 보편화한 현상이다. 오랫동안 영장류학계와
생물학계는 상대적으로 뚜렷이 드러나는 수컷의 성내 경쟁을 주로
다뤘다. 몸집 부풀리기, 신체의 무기화, 의례적 과시행위 등 경쟁 및
공격을 위한 연출과 인상적인 치장, 극적인 행동 같은 구애행위는 상
당히 가시적이며 해석하기도 쉽다. 이러한 연출의 목적은 하나 이상
의 번식기 암컷을 유혹하고 짝짓기를 하는 데 유리한 위치를 점하는
것이다. 줄무늬 종류나 깃털 색깔이나 발 크기가 어떠하건 간에 모
든 종의 수컷에게 진화의 최종 단계는 짝짓기와 번식이다.

　그러나 비교적 최근에 이르러, 학계의 관심은 더 미묘한 특성을
지닌 암컷의 성내 경쟁으로 옮겨갔다. 쥐, 침팬지, 호모 사피엔스 등
포유류 암컷은 대체로 수컷과 똑같이 번식의 기회를 잡기 위해, 선
호하는 이성과 맺어지기 위해 경쟁한다. 그러나 암컷의 공격성 표출
은 상황에 따라 달라진다. 많은 동물종이 MUPsmajor urinary proteins
라는 특수 단백질로 영역 표시를 한다. MUPs는 강한 냄새로써 적의
접근을 막는 물질로, 체내에서 분비되고 소변에 섞여 배출된다. 생
쥐(학명: 무스 무스쿨러스 도메스티쿠스*Mus musculus domesticus*)도 MUPs를
분비하는데, 주변에 얼쩡거리는 암컷이 적고 수컷이 많은 환경에서

암컷은 MUPs를 분비하지 않지만, 다수의 암컷에 둘러싸이게 되면 지독한 냄새를 풍기는 소변을 갈겨 '여긴 내 구역이니 다들 꺼져!'라고 다른 암컷들에게 경고한다. 이렇듯 암컷이 공격성 표출 여부를 상황에 따라 선택하는 방향으로 진화한 이유는, 이러한 '경쟁 신호 competitive signaling'에 대가가 따르기 때문이다. 경쟁 신호용 단백질을 생성하는 데는 시간과 에너지가 필요하다. 평상시에 경쟁 신호를 보류하면, 그 시간과 에너지를 양질의 영양상태 유지, 생식력 증진, 보금자리 재료 채집, 임신, 젖 분비, 육아 등에 쏟을 수 있다.

공격성 표출은 위험성이 있고 경쟁 신호에는 대가가 따르기 때문에 영장류를 포함한 포유류 암컷이 영겁에 걸쳐 '암투'를 익혔다는 것이 현재 학계의 정설이다. 포유류 암컷은 물리적 폭력보다는 연합, 미묘한 신호, 비물리적 공격 같은 사회적 폭력을 행사한다. 암컷 침팬지는 무리에 새로 암컷이 들어오면 자신과 새끼들이 다칠지 모를 몸싸움을 지양하는 대신 배척하고 무시하고 괴롭힘으로써 '넌 우리 아래야'라는 뜻을 분명히 전한다. 인간 여성이 잠재 경쟁자를 꺾기 위해 사용하는 방법도 다양하다. 잠재 경쟁자와 상종하길 거부하고, 그녀를 험담하고 깎아내림으로써 다른 사람들도 그녀와 상종하지 않도록 유도하며, 사회적으로 고립시킨다. 잠재 경쟁자로 찍힌 여성은 자신을 '방어'할 방법이 없다. 집단 구성원들의 우회적이며 동시다발적인 적대를 받기 때문이다. 어린이집 복도나 놀이모임에서 여왕벌들의 여왕과 그녀의 수하들이 심술궂은 눈초리와 고고한 태도로 일관해도, 사실상 물리적 폭력은 아니기에 섣불리 반격하거나 따지고 들기가 어려웠다. 당하는 사람 입장에서는 명치를 얻어맞은 것과 비슷한 충격을 받지만 말이다.

영장류 암컷은 수컷이 새로운 상대에게 끌린다는 점을 정확히 알고 있기 때문에 무리에 새로 들어온 암컷을 바짝 경계하고 적대한다. 남성 한 명에 가임기 여성 둘의 비율인 어퍼이스트사이드처럼 성비가 수컷에 유리하게 기울어 있는 환경에서는 기존 암컷의 텃세가 특히 심하기 마련이다. 암컷의 성내 경쟁을 연구하는 학자들은 번식이라는 보상이 뒤따르는 경우 또는 배우자의 지위나 새끼를 보호하는 (혹은 보호의 필요성을 지각한) 경우처럼 극심한 경쟁적 상황에서만 암컷 간의 적대 현상이 고조된다고 밝힌다. 앞서 암컷 생쥐의 예에서 보았듯이, 암컷의 공격성은 환경, 생태조건, 자원에 따라 '탄력적'으로 사용된다. 그래서 아이들 축구연습을 참관하는 자리에서 내가 앞자리의 엄마에게 '당신이 조직 중인 여름 놀이모임에 내 아들을 참여시키고 싶다'는 취지로 세 번이나 말을 붙였는데도 그 여자는 뒤돌아보기는커녕 들은 체도 하지 않았던 것이다. 그래서 내 대신 다른 엄마가 "웬즈데이네 아들도 끼워주자"라고 하자 그 잘난 여자가 여전히 내게서는 등 돌린 채 "알았어. 그럼 캐롤라인, 낸시, 사라, 파멜라, 다니엘라, 줄리아, 그리고 '마틴 씨'"라고 선심을 쓴 것이다. 그래서 패션의 선두주자인 그 엄마가 아직 내 옷장에 걸린 것과 똑같은 흰색 면 원피스를 2월에 떨쳐입고 나타났을 때 나는 그녀가 내 옷에 오줌을 갈긴 것 같은 기분이었던 것이다.

:

여성 간의 은밀한 경쟁과 적대에 따르는 대가를 생체적으로 아낄 수 있다손 쳐도, 실질적인 비용으로 따지면 나는 대단히 비싸리라고 보았다. 주문한 코브 샐러드가 우리 식탁에 놓이는 장면을 물끄러미 지켜보며, 캔디스에게 물었다. "이쪽 세계에서 애 엄마가 경쟁력 있는 미모를 갖추기 위해 하는 일이 뭐뭐 있지? 실제 돈으로 환산하면 얼마나 들까?" 양질의 유전자와 양질의 다이어트와 전략적으로 최근에 시술받은 양질의 보톡스 덕에 눈가 주름 걱정 없는 그녀의 밤색 눈동자가 반짝 빛났다. "계산해보자!" 왜 진작 이 생각을 못 했을까? 샐러드는 순식간에 관심 밖으로 밀렸다. 먹는 것보다 이게 더 재미있었다. 둘이서 머리를 맞대고 그간의 대화와 관찰을 토대로 우리 자신의 실상에 살을 잔뜩 붙여 정리한 결과, 내가 연구하는 어퍼이스트사이드의 맨해튼 게이샤 한 명이 경쟁력 유지에 들이는 비용은 다음과 같았다.

사립 어린이집에 다니는 아이를 둔 어퍼이스트사이드 중상류층 여성의 연간 품위유지 비용 상세분석

헤어와 두피

커트 및 염색(회당 500달러×연 5회)   **2,500달러**

드라이(매주 70달러, 팁 포함)   **3,500달러**

특별한 날 전문가의 헤어 스타일링 및 메이크업(회당 150달러×연 10회)

1,500달러

염색·스트레스·호르몬으로 인한 탈모, 스트레스·호르몬으로 인한 자가
면역 문제에 관한 전문가 상담 및 후속조치(보험 비적용)   **2,000달러**

얼굴

분기별 보톡스, 레스틸렌, 필러(1,000달러×4)   **4,000달러**

매월 필링(300달러×12)   **3,600달러**

매월 피부 관리(250달러 ×12)   **3,000달러**

매월 눈썹 관리: 왁싱, 족집게 제모, 슈거링sugaring[*], 실 제모(500달러×12)

600달러

레이저 시술(자외선에 의한 손상 후 관리, 콜라겐 자극 시술 등)   **2,500달러**

기초 화장품(클렌저, 보습제, 세럼, 자외선차단제, 아이크림)   **1,500달러**

색조 화장품   **1,000달러**

• 특수한 설탕 혼합물을 이용하는 제모법으로 왁싱보다 자극이 적다.

몸

운동 강습	**3,500달러**
개인 트레이너	**7,500달러**
영양사	**1,500달러**
해독주스(주 1회 기준)	**3,500달러**
마사지(주 4회 기준)	**9,000달러**
(주 2회 기준)	**4,500달러**
인공 태닝	**500달러**
스파 여행(연 2회 기준)	**8,000달러**
가슴확대, 지방흡입 포함 성형수술	미지수

패션

의류

가을·겨울용	**3,000~20,000달러**
봄·여름용	**3,000~20,000달러**
행사용	**5,000~20,000달러**

휴양/여행용

햄프턴스	**5,000달러**
팜비치	**5,000달러**
아스펜(스키 재킷, 바지, 모자, 장갑 등)	**2,500달러**

잡화

구두/ 부츠	**5,000~ 8,000달러**
가방	**5,000~10,000달러**

"기가 막힌다." 총계를 내고 신용카드를 꺼내 놓으며 캔디스가 말했다. 그저 남한테 꿀리지 않는 외모를 갖추고 남한테 꿀리지 않을 만큼 잘 입고 잘 신어 경쟁력을 유지하는 데 드는 비용이, 그것도 최저선이 약 9만 5천 달러(약 1억 1천만 원)였다. 헤어지면서 그녀는 "우리, 남편들한테는 말하지 말자"며 진지하게 다짐했다. 상대적으로 우리는 저렴한 배우자이니만큼 남편에게 알리는 편이 어쩌면 이득일 수도 있었지만. 택시를 잡아탄 그녀가 몇 초 만에 차창 밖에 대고 외쳤다. "야야! 심지어 교통비를 제한 금액이었어! 쇼핑이나 모임에 다닐 때 쓰는 운전사 월급이랑 택시비는 계산에 넣지도 않았잖아!" 맞는 말이었다. 그래도 계산을 다시 하고 싶지는 않았다. 생각만 해도 어지러웠다. 그럼에도 불구하고, 난 옷차림을 계획하고 쇼핑을 해야 했다.

⋮

레베카가 초대한 모임에 뭘 입고 갈지 여전히 고민스러웠다. 주변 엄마들 상당수가 모임에 앞서, 때로는 로티세리 조르제트*에서 친

---

* 어퍼사이드에 위치한 프랑스식 닭요리 전문점.

구들끼리 모이는 점심약속을 앞두고도 전문 미용사에게 머리손질과 화장을 받았고, 개인 스타일리스트를 고용해 파티나 행사장뿐 아니라 놀랍게도 어린이집 등하원길에 입을 옷까지 완벽하게 코디했다.

맨해튼의 소매업계는 특수하고 복잡한 이원 체제여서, 도시 유일의 사이즈 0˚을 구하려면 내부사정에 훤한 누군가가 특별히 편의를 봐줘야 한다. 그래서 어퍼이스트사이드의 여성들이 스타일리스트 외에도 즐겨 찾는 매장마다 '전담' 판매원을 두는 것이다. 전담 판매원이 있으면, 취향에 맞는 신상품이 나올 때마다 휴대전화 메시지로 사진을 받아볼 수 있고, 매장을 방문하면 가장 넓은 탈의실에서 공짜 샴페인과 생수를 마시며 여유롭게 이것저것 착용해볼 수 있다. 직접 매장에 갈 시간이 없다고? 전담 판매원이 상품을 보내주니, 집에서 입어보고 마음에 들면 사고 아니면 배달원 편에 돌려보내면 그만이다. 환절기가 다가오면 전담 판매원이 전화해 "사전할인은 언제쯤 받으시겠어요?"라고 묻는다. 해석하면 '조만간 매장을 방문하시면, 한 달 후 출시 예정인 상품을 미리 보시고 특별히 할인가로 지금 구매하실 수 있다'는 뜻이다.

이 동네 여성 부족민은 물론 쇼핑 하나에도 특혜와 배타성을 요구했다. 최상류층 고객만 상대하는 부티크 매장이 종종 영업시간 이

• 한국 여성복 사이즈 44에 해당한다.

후에 비공개 자선행사를 열었다. 소수의 VVIP가 친구들과 함께 술 잔을 손에 들고서 행사장을 둘러보며 쇼핑을 했고, 행사의 수익금 일부는 좋은 일에 쓰였다. 샤넬이나 랑방, 돌체&가바나, 디올 같은 명품 브랜드의 '자선의 밤' 행사장에서 쇼핑을 하면 자동으로 구겐하임 미술관, 아동원조협회Children's Aid Society, 이스트엔드 어린이박물관 같은 특정 단체를 후원하는 셈이었다.

내 옷장엔 티셔츠와 바지가 대부분이었지만 다행히 '뜻 깊은 행사'를 통해 구입한 옷가지도 몇 벌쯤은 있었다. 옷장을 열심히 뒤진 끝에 마침내 의상을 결정했다. 꽃분홍색 뱀가죽 무늬 스키니진, 단순하고 헐렁한 디자인에 앞면 중앙의 빨갛고 까만 꽃 모양 자수가 포인트인 흰색 티셔츠, 손목 끝단과 앞섶을 올 풀림으로 처리한 샤넬풍 재킷. 믿기 어렵겠지만, 이 정도면 레베카의 모임에서 절대 튀지 않을 무난한 의상이었다.

이제 신발을 고르는 일만 남았다. 그즈음 내가 가본 집들은 대부분 실내에 신발을 '벗고' 들어갔다. 신발 밑창에 묻은 길거리 오물을 집 안에 들이지 않는 풍조가 맨해튼 전역에 퍼지는 추세였다. 하지만 이번에도 그럴까? 나는 아니라고 봤다. 하이힐 착용으로 늘씬해 보일 권리를 박탈당하면 이 엄마들이 얼마나 당황하겠는가. 신발이 없으면 패션을 완성할 수도 없다. 맨발을, 미완성된 모습을 남에게 내보이는 건 치부가 다 드러난 듯한 느낌일 것이다. 레베카도 이 사실을 모르지 않을 터, 아무리 실내 모임이라 해도 여자들에게 신발을 벗으라고 요구하지는 않을 것이었다.

내 '외출용' 슬링백 부티를 꺼내어 살펴보니 한쪽 굽에 실금이 나 있었다. 수선을 맡기기엔 시간이 촉박했고, 신발장 안에는 달리 마땅한 신발이 없었다. 그리하여 나는 이 부족민의 2대 패션 성지 중 한 곳인 바니스로 향했다. 물론 매디슨애비뉴의 본점으로.

⋮

"구두는 전부 600달러(약 70만 원)입니다."

판매원이 고개를 가로저으며 알렸다. 저녁 모임에 신을 신발을 구한다는 내 말에, 그는 각양각색의 구두를 권해주었다. 도르세이 펌프스D'orsay pumps˙, 스틸레토, 스택 힐stacked heels▲ 등등, 굽 높이며 형상은 제각각이어도 하나같이 기막히게 아름다웠다. 일일이 신어보고는 가격표를 확인하면서 매번 흠칫하는 나를 보다 못해 그가 한마디 한 것이었다. 내가 말랑말랑한 남색 스웨이드 부츠를 뒤집어 굽에 붙은 가격표를 살피자 그는 "부츠는 전부 1천 200달러(약 140

˙ 측면을 깊이 파서 앞코와 뒤꿈치만 감싸게 돼 있는 구두 디자인.
▲ 색상이 다른 재료를 층층이 쌓아 만든 굽, 또는 그런 굽이 있는 구두.

만 원)고요"라고 덧붙여 설명했다. 마지막으로 그는 크리스찬 루부탱 상자를 가져와 그 안의 박엽지를 헤쳐 보였다. 플랫폼 굽에 앞코가 뚫린, 빨강과 분홍의 줄무늬가 있는 검은색 스웨이드 소재의 슬링백 뮬이 곱게 누워 있었다. "이게 진짜 끝판왕이죠."

과연 그랬다. 이 구두는 발을 위한 사탕이었다. 너무너무 예쁜 데다, 신고 걸어 다녀도 삐끗거리지 않을 만큼 안정적이고 튼튼했다. 게다가 할인가였다. 하지만 굽이 높아도 너무 높았고, 왼쪽 엄지발가락을 너무 짓눌렀다. 정녕 현명한 투자일지 확신할 수 없었다. 내 망설임을 눈치 챈 판매원이 조언했다. "이런 구두는 잠깐씩만 신는 거예요. 말씀하신 모임이 장시간 이어지는 행사라면 미리 '주사'를 맞는 것도 하나의 방법이죠."

뭐라고요?

그가 웃으며, 밤새도록 킬힐을 신을 수 있게 발을 마취하는 주사에 관해 들어본 적 없느냐고 되물었다. 듣자 하니 이곳과 할리우드에는 여성이 하이힐을 원 없이 신을 수 있게 해주는 족부 전문의들이 있으며, 나도 돈만 내면 주사를 맞고 하이힐 위에서 얼마든지 버틸 수 있다는 얘기였다. 도무지 믿기지 않았다. 결국 끝판왕의 위엄에 굴복해 아멕스 카드를 내밀면서도, 판매원이 나를 놀리나 싶어 눈썹을 바짝 세웠다. 그는 빙긋 미소를 짓고 "진짜예요"라고 강조했다. 손가락을 귓가에 대고 '미쳤다'는 보편적인 시늉을 더하면서.

:

미모는 비싸다. 그리고 미모에 값비싼 대가를 치르는 쪽은 대개 여성이다. 시간과 에너지뿐 아니라 때로는 일찍이 우리의 할머니 세대가 '예뻐지려다 사람 잡는다'고 평했던 극심한 신체적 고통까지 불굴의 의지로 감내해야 한다. 이 진리는 국가와 문화를 가리지 않는다. 중국에는 전족 풍습이 있어서 대대로 귀족 여성이 한평생 발 기형의 불구로 살아야 했다. 태국의 카얀족Kayan 여성은 목을 최대한 길게 늘이기 위해 빗장뼈와 어깨뼈를 짓누르도록 금속 고리를 층층이 끼우고, 아프리카와 아마존 원주민 부족들은 입술을 찢고 원반을 끼워 일부 경우 CD만 해질 때까지 점차 크기를 늘린다. 내가 연구한 부족 여성들 사이에서 미인의 조건은 '빵빵한' 가슴 또는 얼굴인 듯했다. 우선 촉감을 희생하면서까지 가슴을 인공적으로 확대해 말 그대로 여성 자신이 즐기는 주체이기보다 타인에게 쾌감을 제공하는 존재로 스스로를 대상화했다. 한편 얼굴에는 전략적으로 주사를 놓아 더 뻣뻣하게, 더 빵빵하게, 더 팽팽하게, 더 통통하게, 그래서 주름을 방지하고 젊어 보이게 만들었다. 단 두 가지 모두 상당한 비용을 들여야 했다.

남의 얘기를 들으며 공감하는 표정을 짓지 못하면 유대감이 감소한다는 연구 결과가 있다. 보톡스를 맞은 사람은 그렇지 않은 사람에 비해 주요 감정을 담당하는 두뇌영역 활동이 적다고 한다. 본질적으로, 얼굴 근육 마비가 감정의 마비로 이어질 가능성이 높다는 것이다. 얼굴 근육을 마비시키는 목적은 팽팽한 젊은 얼굴로 남의 시선을 사로잡고자 함이다. 그런데 결과는? 대화 상대가 무표정으로 일관할 때, 우리 인간은 당혹감과 소외감과 불편함을 느낀다. 어쨌든 나는 그랬다. 길거리에서 우연히 만난 친구와 5분 정도 이야기를 나누면서 애들과 관련된 재미있는 일화를 들려줬는데 그녀는 무표정한 얼굴로 어색하게 웃을 뿐이었다. 나한테 화가 났나? 지난번에 만났을 때 내가 뭔가 기분 나쁘게 했나? 그렇진 않은 것 같은데. 그러다 문득 기억이 났다. 얼마 전 마주쳤을 때 그녀는 피부과에 가는 길이라고 했었다.

　얼굴 근육 마비는 미관상의 부작용도 있었다. 언젠가 둘째 녀석 놀이모임에 다녀온 남편이 "그 집 아줌마 말이야, 왠지 얼굴이 이상하던데? 무슨 일 있었대?"라고 물었다. 몇 주 만에 폭삭 늙었다면서, 최근에 이혼을 했거나 부모를 여읜 것 아니냐고 했다. 무슨 얘기인지 알 만했다. 안 그래도 요즘 '운동' 후 커피숍 모임에서 그녀가 화제였다. 엄마들은 30대 초반인 그녀가 보톡스를 맞은 건 시기상조였다고 입을 모았다. 눈빛도 초롱초롱하고 미소도 예쁜 미인이었는데 너무 일찍 보톡스를 맞는 바람에 원래도 주름 없이 팽팽했던 얼굴이 이제는 스핑크스처럼 무표정한 얼굴로 변해버렸다. 표정이 없으니

불행해 보였다. 나이보다 늙어 보였다.

어퍼이스트사이드 엄마들 상당수가 결혼 전에 코를 높였고 이제는 보톡스를 맞았다. 그녀들은 마치 예쁘장한 좀비 같았다. 아름답지만 감정이 없어 보였다. 얼굴은 웃거나 미소를 지어도 주름 방지용으로 보톡스를 맞은 눈가는 생기가 거의 느껴지지 않았다. 가끔 그녀들에게 쫓기는 상상을 하기도 했다. 그녀들이 어린이집 복도나 매디슨애비뉴의 산트 암브뢰우스*로 쫓아와, 엘리베이터 안이나 식당 벽에 붙은 의자로 나를 몰아세우고 뇌를 먹어치우려 달려드는 상상……. 처음 보톡스 시술을 받았을 때 눈자위에 커다랗게 멍이 들었던 경험 때문에 사실 나는 주사보다 침을 맞는 편이 훨씬 더 좋았다. 그렇지만 나 혼자 무작정 주사를 피할 수는 없었다. 결국엔 나도 무표정한 보톡스 좀비 무리에 합류해야 했다. 그다음 단계는 필러였다. 레스틸렌과 쥬비덤을 줄기차게 주입해 얼굴이 농구공만 하게 부푼 여자들이 내 주변에도 한둘이 아니었다. 앙상한 몸에 보름달처럼 빵빵한 얼굴은 〈내셔널 지오그래픽〉용 기삿거리로 완벽했다. 표제는 '이색적인 크로이웬Kroywen▲ 10021▪ 부족민의 기이한 미적 기준.'

---

* 이탈리안 커피 전문점으로 밀라노에 본점이 있다. 뉴욕 지점은 많은 스타들이 애용하는 것으로 유명하며 국내에서는 미국 드라마 〈가십걸〉 주인공이 자주 마시는 커피로 알려져 있다.
▲ 뉴욕의 철자(New York)를 거꾸로 쓴 것.
▪ 어퍼이스트사이드 지역의 우편번호.

미를 추구하는 데에는 한계가 없는 여성의 의지를 다른 시각에서 바라보고자, 예일 대학의 조류학·생태학·진화생물학 교수인 리처드 프럼Richard Prum을 만났다. 그는 조류의 배우자 선택, 자웅 선택, 미적 진화에 관한 전문가로서 인간 진화에도 깊은 관심을 갖고 있었다. 그의 연구실에는 첩첩이 쌓인 책 더미며 몇 년이나 모았는지 모를 녹찻잎 깡통도 수두룩했다. 프럼은 모든 동물종이 탐미적 광기를 지녔다는 말로 운을 뗐다. "조류와 인류의 아름다움은 상당 부분 성적인 아름다움, 즉 짝짓기 상대로서의 장점과 매력을 보여주기 위한 것이에요." 조류의 경우, 보기 좋을 뿐 아니라 듣기도 좋은 상대를 선택한다. 에콰도르 북서부 안데스 산맥에 서식하는 수컷 곤봉날개마나킨(학명: 마카이롭테루스 델리키오수스*machaeropterus deliciosus*)의 겉모습은 다 고만고만하다. 날개는 까만색에 갈색과 흰색이 섞였고 정수리는 빨간 베레모를 쓴 듯한 모습이다. 수컷 곤봉날개마나킨의 짝짓기 성공 비법, 즉 수많은 경쟁자와 자신을 차별화하는 특징은 바로 소리다.

수컷 곤봉날개마나킨은 구애를 할 때 바이올린 연주하듯 날개를 켠다. 귀뚜라미와 같은 원리로 날개깃을 빠르게 비벼 '삑-' 소리를 낸다. 프럼은 나를 상대로 열강을 펼쳤다. "그런데 이게 참 웃기는 일이에요. 이 녀석들은 목청으로 지저귀기만 해도 충분히 의사소통이 가능하거든요. 그러니 의문이 생길 수밖에요. 왜냐, 왜 굳이 날개를 비비느냐, 이거예요." 정답은 '여자를 꼬시려고'다. 암컷 곤봉날개마나킨은 그 소리를 좋아한다. 그 소리가 아름답다고 여긴다. 그 소리에 매혹되어 그 소리를 내는 수컷을 선택한다. 암컷이 좋아하기 때문에 수컷의 구애 방식도 대를 이어 그렇게 진화한 것이다. 프럼과 그의 대학원생 조교인 킴 보스트윅Kim Bostwick이 발견한 더욱 충격적인 사실이 있었다. 즉 암컷 곤봉날개마나킨의 취향은 수컷의 행위(음악 연주)뿐 아니라 형태(신체 구조)까지 변화시켰다. 수컷 곤봉날개마나킨을 제외하고 지구상에 존재하는 모든 조류의 날개 뼈는 속이 비어 있다. 그러나 수컷 곤봉날개마나킨의 날개 뼈는 단단하게 속이 꽉 찼으며 독특하게 휘어 있고 납작하다. 이처럼 목청보다 날개로 내는 소리에 더 이끌리는 암컷의 취향은 예기치 않은, 희한한 결과를 낳았다. 속이 꽉 찬 날개 뼈는 암컷에게 아름답게 들리는 소리를 내는 데 유리하지만, 날쌔게 날아다니며 천적을 피하는 데는 불리하다. 다시 말해 수컷 곤봉날개마나킨은…… 목숨을 걸고 아름다워진 것이다. "번식 적합성을 저하시킴에도 불구하고 미적 특성이 진화한 거예요"라며 프럼은 혀를 내둘렀다.

오랫동안 진화생태학과 진화심리학은 '아름다움'이 유용성 및 적합성과 연관이 있다고 보았다. 프럼은 "아름다움은 한마디로 정보 덩어리라고 볼 수 있어요. 난 건강해! 너도 날 원하지! 라는 외침을 대신하죠"라고 간단히 정리했다. 이는 아름다움을 기능적으로 해석한 경우다. 아름다움은 건강의 척도이며, 아름다운 얼굴과 몸은 '건강한' 유전자가 집약적으로 발현된 일종의 알림판이라는 것이다. 이 이론에 따르면 가지런한 치아와 균형 잡힌 얼굴은 잠재 짝짓기 상대에게 기생충이나 심장병이 없음을 '의미'한다.

그러나 암컷의 환심을 사는 것 말고는 거의 아무 짝에도 쓸모가 없는 수컷 곤봉날개마나킨의 비합리적이고 화려하며 탐미적인 날개 깃 연주를 근거로, 프럼은 아름다움이 단지 정보에 지나지 않는다는 통념에 동의할 수 없다고 했다. 그가 생각하는 아름다움이란, 이를테면 각각의 새가 다른 새를 유혹하도록 돕는 일종의 '현상'이다. 부리로 견과류 껍데기를 깰 수 있게 진화하는 것은 복잡한 설명이 필요치 않다. 하지만 프럼이 역시 의문이라는 듯 눈을 휘둥그레 뜨며 말했듯이 '누군가의 호감을 사는 것은 영원히 풀기 어려운 문제'다. 자연선택만으로는 마나킨의 바이올린 독주곡 선호 같은 탐미적 성향을 설명할 수 없다. 수컷이 자아내는 아름다운 음악은 짝짓기와 번식의 기회를 안겨줄지언정 그보다 먼저 생존 자체를 위협하는 요소가 아닌가.

프럼은 비단 마나킨만이 아니라 내가 연구하는 희귀종 여성 영장류의 세계에서도 아름다움은 종종 향락적이고 비합리적이며 부조리하다고 평했다. 탐미주의는 대단히 왕성하고 놀라운 수준에 이를 수 있고, 파괴적이며 어쩌면 치명적일 수도 있다. 그 자체로 하나의

체제가 되어, 관습과 기능에 얽매이지 않는 별개의 세계를 이루기도
한다.

⋮

　　레베카의 집은 서튼플레이스의 '훌륭한 건물'에 있는 3층짜리
펜트하우스였다. 어퍼이스트사이드가 서튼플레이스에서부터 '명백
한 운명Manifest Destiny'* 식으로 북진하여 90번대▲ 가까이 넓어졌
기 때문에, 서튼플레이스는 어퍼이스트사이드의 다른 지역보다 조
금 더 고풍스러운 분위기를 풍겼다. 듣기로는 레베카의 남편이 처부
모로부터 아파트를 샀고 그 후에 건물 전체를 사들였다고 한다. 그
는 부동산 개발이 아니라 헤지펀드 일을 했는데, 어쩐 일인지 자기
가 사는 건물을 매입해야 마땅하다고 생각한 모양이었다. 엘리베이
터 문이 열리자 곧장 레베카의 집이었다. 직원에게 외투를 맡기면서
나는 눈앞에 펼쳐진 비현실적인 경치를 감상했다. 이런 높이와 거리
에서 이스트 강을 바라보기는 처음이었다. 여기는 건물 꼭대기, 길
건너에 바로 이스트 강이 유유히 흘렀고 온 동네가 박물관의 축소모

---

* 19세기 중후반 미국이 영토 확장을 합리화하기 위해 내세운 정치적 이념.
▲ 어퍼사이드는 56번가에서 96번가까지다.

형 내지는 극장의 연극무대처럼 한눈에 내다보였다. 다른 엘리베이터를 타고 이 아파트의 3층이자 건물의 최상층으로 올라갔다. 보아하니 이곳이 레베카의 개인적인 공간인 듯했다. 밝은 색깔 꽃 장식이 곳곳에 있었다. 가구는 베이지색으로 통일했고 탁 트인 창가에도 베이지색의 아름다운 긴 탁자가 놓여 있었다. 역시 베이지색 유니폼을 입은 직원들이 보드카, 데킬라, 화이트와인 같은 투명한 음료와 간단하고 가벼운 카나페를 권했다. 영국 화가 데이비드 호크니David Hockney가 그린 레베카의 초상화인 듯한 그림과 세실리 브라운Cecily Brown, 토바 오어바흐Tauba Auerbach의 대형 작품이 눈에 띄었다. 부부가 인테리어에 들인 '미술품 비용'이 2억 달러(약 2천 400억 원)에 이른다는 소문을 들은 적이 있었는데, 벽에 걸린 작품들을 보니 과연 뜬소문이 아니었구나 싶었다. 한구석의 미백색 임스 탁자엔 초대 답례용 선물인 티파니, 라뒤레Ladurée*, 딥티크Diptyque▲ 쇼핑백이 잔뜩 쌓여 있었다. 내가 선물로 준비한, 아들과 함께 직접 구운 쿠키는 진즉 현관에서 레베카의 사랑스런 쌍둥이 아들들이 열렬히 반기며 감사히 받아 갔다. 가만 보니 탁자 위에 답례품만 있는 게 아니었다. 보석처럼 반짝이는 물건들도 섞여 있었다. 가까이 가서 봤더니, 손님들이 가져온 손가방들이었다. 선홍색 악어가죽에 광택을 더

---

* 마카롱이 특히 유명한 프랑스의 디저트 전문점.
▲ 프랑스의 고급 향초, 향수 브랜드.

한 에르메스 미니 켈리 백, 특유의 퀼팅 소재로 만들어졌거나 그래피티 무늬가 있거나 표면을 광택 처리한 샤넬 백, D 모양 로고와 하트 모양 참charm 장식이 달린 아주 작은 디올 백……. 내가 들고 온 가방은 빨간 장미 장식이 있는 까만색 클러치였는데 다른 가방들 틈에 놓고 보니 상대적으로 초라해 보였다. 난 각오를 다지며 심호흡을 했다. 누가 뭐래도 오늘 이 자리는 엄마들이 떼로 모여 배달시킨 피자를 우적거리고 허물없이 노닥거리는 자리가 결단코 아니었다.

레베카가 환한 얼굴로 다가와 나를 방 가운데로 이끌며 오늘 처음 본 여자들을 소개해줬다. 다수가 TV 방송국 또는 〈포춘〉 500대 기업을 소유했거나 부동산 제국 또는 헤지펀드를 운영하는 백만장자의 아내였다. 몇 명은 어린이집 엄마였고 나머지는 아니었다. 전직 패션잡지 편집자로 현재는 비범한 패셔니스타이자 세 아이의 엄마이면서 뱃속에 또 한 명을 임신한 여자가 있었다. 전직 뉴스 앵커로 세 아이와 더 많은 시간을 함께 보내고자 얼마 전에 일을 그만둔 여자도 있었는데, 그녀는 현재 쌍둥이를 임신 중이었다. 물론 놀랍도록 아름답고 굉장히 똑똑한 '아트 컨설턴트' 두 명도 초대되었다. 아트 컨설턴트는 '상위 1퍼센트'의 재력에 따라 신장과 위축을 오가는 틈새 직종이었다. 좌우지간 뚱뚱한 여자는 없었다. 못생긴 여자도 없었다. 아무도 가난하지 않았다. 모두가 목을 축이고 있었다. 그리고 모두가 편하고 살갑게 굴었다. 어린이집이나 길거리나 행사장에서 흔히 내비치던 경계심을 여기에서만큼은 내려놓은 것 같았다. 평소와 달리 다들 여유로워 보였다. 나도 조금은 안심했다. 여왕벌들의 여왕이 없었고 이만하면 내 복장도 아주 무난했다. 말하자면, 대폭 할인된 가격이기는 해도 틀림없는 정품 유니폼이었다.

대화의 주제도 평소와 달랐다. 육아나 휴가 얘기에서 벗어나 정치 얘기를 나눴고, 어떤 친구가 최근에 남편과 헤어져 이번 모임에 빠지게 됐다는 이야기, 이 무리의 여러 명과 친분이 있는 한 여자가 자꾸 밖으로 나도는 남편의 관심을 가정으로 되돌릴 수 있을까 싶어 수차례 시험관아기 시술을 받았지만 번번이 유산하고 말았다는 이야기, 또 다른 한 친구의 아미노 검사 결과가 몹시 안 좋다는 이야기도 나왔다. 나직한 대화와 내리깐 시선, 슬픔과 연민이 역력한 그녀들의 모습을 보고 있노라니 왠지 마음이 찡했다. 내 주변 여자들의 삶은 모든 면에서 마냥 행복하기만 한 줄 알았는데 실은 그렇지 않다는 것을 깨달았고, 이제껏 어리석게 멋대로 오해해버린 나 자신이 부끄러웠다. 잠시 후 자연스레 화제가, 늘 그렇듯 서로의 옷차림에 대한 품평으로 흘러갔다.

완벽하게 차려입고 화장한 모습으로 화려하고 사치스러운 공간에 모인 이 여자들은 콩고민주공화국 이투리 열대우림지의 에페Efe족이나 아카족, 칼라하리 사막의 !꿍산족과 대척점에 있다 해도 과언이 아니었다. 아프리카의 수렵채집 부족민은 철저한 평등주의자들로, 선사시대의 인류가 대개 그랬듯이 위계나 사회경제적 계층화 없이 집단을 이루어 살아간다. 모두가 아무것도 소유하지 않고 누가 누구의 위나 아래에 있지도 않다. 그들은 재산이라는 개념을 모른다. 이러한 생활상을 강화하는 몇 가지 기제가 있다. 그중 하나는 물건 요구object demands다. 한 여자가 다른 여자에게 걸어가 이를테면 구슬을 달라고 한다거나, 한 아이가 연고 없는 어른에게 다가가 음식을 나눠달라고 한다거나, 한 남자가 다른 남자에게 사냥용 창촉을 달라고 해서 받는 것은 그들 사이에 흔하디흔한 일이다. 누구도 거절하는 법이 없다. 이렇듯 선물 요구를 당연시하는 풍습은 무소유의 개념을 강화한다. 한편 자타의 공을 내세우지 않는 겸손함은 위계가 없는 문화를 발달시킨다. 사냥에 성공했고 누가 결정적인 공을 세웠는지 정확히 알면서도 사냥꾼 무리는 마을에 돌아와 이렇게 선언한다. "누가 죽였는지 몰라도 아카시아 나무 밑에 영양이 있더라고. 다른 부족 사냥꾼이 죽었는데 그냥 두고 갔나 봐. 뭐, 이왕 가져왔으니 다 같이 나누자고." 고기를 제공하는 사냥꾼은 공치사를 하지 않으며 부족민들도 딱히 치하해주지 않는다. 모두의 공이자 누구의 공도 아니므로, 결국엔 모두가 평등하다.

물론 까다롭게 선별되어 레베카네로 온 고상하고 세련된, 예의 바르고 부자인 여자들은 내가 다가가 "제인, 손에 낀 포멜라토 반지 세 개랑 랑방 해피 백을 나한테 넘겨, 당장!" 하고 요구하면 아마 기절초풍할 것이다. 그러나 내가 이런 자리에 처음 참석하여 처음 발견한, 그녀들 간의 엄격한 칭찬 예절은 아프리카의 수렵채집 부족과 일맥상통하는 면이 있었다. 이 모임을 비롯해 여자들만 모인 자리에서 자화자찬은 절대 금물이었다. 누가 "그거 클로에 블라우스지? 색깔이 자기한테 참 잘 받는다!"라고 칭찬해도 "아유, 자그마치 4년이나 된 옷인걸. 게다가 나 지금, 한 10년은 못 잔 얼굴일 텐데!"라고 겸손하게 대꾸해야 했다. "어쩜 피부가 그렇게 좋아!"라는 칭찬에 적절한 대답은 "툭하면 뒤집어지는걸. 오늘따라 화장이 아주 잘됐나 보네, 내 팔자에 피부 좋아 보인다는 소리를 다 듣고!"였다. 누가 "살 좀 빠졌나 봐? 확 달라졌는데!"라고 하면 "아냐, 바지가 거들처럼 딱 받쳐줘서 그래 보이는 것뿐이야"라고 간단히 부인하고 "자기야말로 매일 트레이시 앤더슨Tracy Anderson*이랑 운동한다며? 확실히 티가 난다!"라며 도리어 상대방을 치켜세우는 식으로 화제를 돌리는 것이 정석이었다.

　　이러한 겸손과 부정과 화제 전환을, 처음에 나는 질투심을 피하려는 시도로 해석했다. 자기가 가진 것을 다른 누군가가 탐내서 적의를 갖거나 심지어 해코지하는 사태를 미연에 방지하기 위해 스스로 그 가치를 깎아내리는 것이라고 말이다(지중해와 중동에서는 이를

---

* 미국의 유명 여성 트레이너.

'악마의 눈길 피하기'라 일컫는다). 하지만 내가 틀렸다. 이런 식의 대화 방식, 이런 식의 칭찬 주고받기와 그 과정에서의 자기비하는, 수단에 제한이 없어 누구나 뭐든 원하는 대로 거머쥘 수 있고 그래서 끊임없이 유동하기 쉬운 그녀들의 위계를 일정하게 유지시키는 역할을 했다. 칭찬은 일종의 시험이었다. 당신이 우리의 일원이라면 우리처럼 대답할 줄 알아야 해. 어디 한번 증명해봐. 당신의 위치를 알고는 있어? 아니면 스스로 빛나서 위로 올라가려는 거야? 그 자리에서 칭찬을 있는 그대로 받아들여도 되는 사람은 오직 레베카뿐이었다. 오늘은 더욱 눈부시다는 (결코 과찬이 아니었던) 칭찬에 그녀만은 선선히 미소 지으며 "어머나, 고마워!"라고 답했다. 끝내주게 멋있다는 얘기를 들을 때마다 거만하게 끄덕이며 입꼬리만 들썩하는 미소로 답했던 부유하고 영향력 있는 놀이모임 주최자 엄마(여름 놀이모임에 나와 내 아들을 대놓고 따돌리려 했던 바로 그 여자)처럼, 레베카는 자타 공인 이 시간의 주인공이었다. 그래서 모두 아름다웠을지언정 누구 하나 내색하지 않았다. 그것이 이 자리의 협약이었다.

　고용인들이 착착 내오는 글루텐프리 유기농 건강식을 먹는 동안, 화제는 서부해안 출신이면서 난데없이 뉴욕 사교계에 끼어든 한 부부에 대한 뒷담화로 넘어갔다. 로스앤젤레스에서 온 그 부부, 특히 아내 쪽이 각종 자선행사의 오랜 단골인 어느 산업계 거물의 기부 기념식 현장에서 마땅히 주인공이 받아야 할 관심을 가로채는 바람에 구설수에 올랐다. 아무개 씨가 해당 자선단체에 100만 달러(약 12억 원)를 쾌척했다는 발표가 나오는 순간, 흑발의 그 여자가 벌떡 일어나 아주 자신만만하게 "우린 200만 달러(약 24억 원)를 기부할 건데요!"라고 소리쳤다는 것이다. 그 뻔뻔함과 무례함에 장내는 일순 정적에 휩싸였으며, 그길로 그녀는 뉴욕 자선업계 수뇌부가 벌이는 적대적 물밑 작업(뒷공론, 인쇄물, 사회적 배척)의 표적이 되었다. 그러니 지금 레베카네 집에 모인 호사가들의 입방아에 그녀가 오른 것도 당연했다. 한 여자가 재치 있게 분위기를 돋웠다. "딱 LA 사람이야. 아주 직설적이지. 처음 소개 받은 자리에서 대뜸 나한테 가슴 수술을 어디서 받았냐고 묻지 뭐야? 이게 진짜일 리 없다면서 말이야. 이거, 진짜 맞거든!" 나머지 여자들은 웃음을 터뜨리며 끄덕였다. 본인들이 오래전에 체화한 맨해튼 특유의 사회규범과 코드를 그 LA 부부는 아직 파악하지 못한 탓이 크다는 데 모두 동의하면서.

맨해튼 사교계는 최소 100년 전부터 특이한 계절적 양상을 띠었다. 4월부터 6월까지는 각종 행사가 열리는 시기이고, 그다음은 여름 휴가철로 주민들 대다수가 햄프턴스에 머무르다 돌아오며, 9월부터 11월까지는 막대한 기부금을 낸 사람이 주빈의 특권을 얻는 만찬회, 자선이나 질병 연구·자연보호·문맹퇴치·문화시설 지원 등 특정한 목적의 비영리단체를 후원하는 조찬회, 갖가지 이유의 오찬회가 끝없이 이어진다. 부부동반인 만찬회를 제외하고 나머지는 전부 다 철저히 성별로 분리된, 여성 전용 모임이다. 원칙은 명확하다. 입장권을 구매하거나, 손님으로 초대되거나, 단체의 책임자나 회원 또는 이름과 시간을 내어준 위원으로서 행사를 주최한 사람이 참석 한다. 가장 친한 친구 아홉 명을 초대하고 자신을 포함해 열 명의 자 리를 마련한다면 점심식사는 3천 500~7천 500달러(약 400~900만 원), 저녁식사는 1만 달러(약 1천 200만 원) 이상의 비용이 든다. 많은 경우 행사 현장에서 입찰식 명품 경매를 진행하고 그 수익금을 좋은 일에 쓰기도 한다.

이렇게 여성들만 모이는 조찬회나 오찬회에 갈 때마다, 나는 비 인간 영장류의 털 고르기가 떠올랐다. 꼬리감는원숭이, 짖는원숭이, 개코원숭이는 서로 털 고르기를 해주면서 친해진다. 때로는 몇 시간 씩 이어지는 다정한 밀착과 접촉으로 유대감을 다지고, 언젠가 구명 줄이 될 수도 있는 동맹의 길을 닦는다. 서로의 몸에서 벌레를 훑어 내지는 않았지만 우리가 지금 모여서 하는 일들도 원숭이류의 털 고 르기와 다를 바 없었다. 같은 목적으로 한자리에 모여 함께 먹고 마 시며 대화하고, 서로의 옷차림과 아이들 안부와 일에 대해 묻고, 그 러면서 우리도 서로를 위로하고 동질감을 느끼며 친해졌다. 행사철 이면 영장류학자들이 상호 이타주의reciprocal altruism라 일컫는 현상 이 ("당신이 내 털을 손질해주면 나도 당신 털을 손질해줄게요") 내내 성 행한다. "당신이 내 자선행사에 오거나 기부하면 나도 당신 행사에 가거나 기부할게요!" 이것은 맨해튼 특권층이 친분을 쌓고 유지하는 방법 중 하나다. 좋은 일에 힘을 보탤 능력이 있음을 과시하면서 실제로도 좋은 일에 힘을 보태는 방법이기도 하다. 모든 영장류가 그러하듯, 인간은 사회적 동물이다. 그리고 농경시대 이후의 수많은 인간 사회가 그러하듯, 우리는 위계를 세우고 계층화하는 경향이 있다. 끼니때마다 이어지는 사교 및 자선행사가 이를 방증한다.

남편들도 참석하는 만찬회는 대개 공개 경매 행사를 겸한다. 앵귈라 여행권, 제트기 지분, 뉴욕 양키스 경기 특등석 입장권, 뉴욕 닉스 홈구장(매디슨스퀘어가든) 경기 플로어석 입장권을 두고 경쟁적으로 팻말을 들어 누가 가장 비싸게 살 수 있느냐를 가린다. 어느 어린이집 행사의 공개 경매 현장에서 액면가 4달러(약 5천 원)짜리 쿠키 병 하나가 무려 6만 달러(약 7천만 원)에 낙찰됐고 한반 아이들이 단체로 그린 손가락 그림의 낙찰가는 2만 달러(약 2천만 원)였다는 얘기도 들렸다. 과시적 소비를 대단한 미덕이라고 여기거나 그 정도 낙찰가를 대단히 하찮게 느껴서가 아니었다. 돈이야 누구나 쓸 수 있다. 그러나 행사장에서 누구를 아는지, 누구와 대화하는지, 어디에 앉는지, 누구의 초대를 받았거나 누구를 초대했는지 등등의 모든 면면이 자신의 입지를 세우는 데 유용한 요소로 작용한다. 이곳의 규범을 미처 몰랐던 사람들도 허울 좋은 이 부족의 방식이 얼마나 견고하고 완강한지 금세 깨닫기 마련이다. LA에서 온 그 여자가 그랬고, 그보다 한참 전에도 저명한 투자가인 펠릭스 로하틴Felix Rohatyn이 그랬다. 로하틴은 넘쳐나는 '암 환자 돕기 무도회'를 순회하느니 간단히 수표를 써주는 편이 더 효율적일 거라며 공개적으로 불평했다가 곧바로 배척당하고 결국 〈뉴욕 타임스〉에 메아 쿨파mea culpa*라는 요지의 해명 기사를 실은 바 있었다.

맨해튼 사회의 '출세주의'는 그야말로 장난이 아니다. 출세주의라는 단어를 들으면 내 머릿속에 하나의 광경이 펼쳐진다. 샤넬 원피스나 입생로랑 턱시도 점프수트 차림에 스틸레토를 신고, 반짝이는 클러치를 손에 들거나 야윈 어깨에 걸친 여자들이 높은 나무를 기어오르는 광경. 여왕벌들의 여왕을 비롯한 무리가 맨 위에 있고, 나머지는 그녀들을 바짝 따라 올라간다. 어스름 속에서 수많은 가지를 요령껏 헤쳐 올라가면서, 숲 바닥을 굽어보거나 탁 트인 초원을 바라보기에 적합한 높이의 이상적인 지점을 찾아내어 차지한다. 우리 인류의 호모 사피엔스 조상들을 포함해 모든 종의 영장류처럼, 그녀들은 최고의 전망에서 안전과 풍요를 느낀다.

슬슬 파장하는 분위기가 되자 다들 레베카에게 감사 인사를 하고 볼 키스를 나누었다. 헤어지면서는 여느 때처럼 서로서로 이후 계획을 물었다. "목요일 거기서 만나는 거지? 내일 어린이집 모임에

---

* '내 탓이오'라는 뜻의 라틴어.

는 갈 거야?" 이렇게 다음번 만남을 정하는 것은 칭찬에 겸손하게 반응하는 것과 마찬가지로 부족의 일원임을 확인하는 방식이었다.

⋮

내가 연구하는 부족민 여성들은 미모의 대가를 치렀다. 표정과 더불어 교감 능력을 잃었고, 공복감과 운동 습관이 몸에 배었다. 자기 자신, 자녀, 배우자의 인맥과 사회적 지위를 구축하고 유지하는 일에도 끊임없이 정성을 들였다. 그렇지만 돈을 지불하는 쪽은 남자들이었다.

그날 밤 레베카네 아파트에 모인 여자들이 부와 경쟁력과 미모에 막강한 영향력까지 지녔으리라 믿기는 어렵지 않았다. 그러나 남녀가 항상 따로 행동한다는 사실이, 너무나 확연히 성별로 분리된 이 문화가 나는 늘 의아했다. 여자들은 항상 "우리끼리 있어야 더 재미있잖아!"라고 답했다. 남녀가 아예 다른 공간에 따로 앉게 돼 있었던 어느 디너파티에서 남자들은 "장난해요? 우리가 좋아서 이렇게 앉는 거라고요!"라며 내 의문을 일축했고, 실제로도 그곳 분위기는 유난히 화기애애했다. 직장에 다니지 않고 가사와 자녀 양육을 전담하는 '전업주부'의 개념이 그랬듯이, 내게는 성별 분리 현상도 더 심오하고 유의미한 속사정이 있지만 단순히 선호의 문제라는 가면을 쓴 것으로 느껴졌다. 그들의 주장으로는, 옷장에 걸린 디자이너 드레스처럼 성별 분리도 다수의 경우 중 하나로서 '선택'하는 것이었다.

그러나 전 세계 민족지학 자료는 그들의 주장과 다른 양상을 보여준다. 즉 위계화·계층화한 사회일수록 성별 분리 성향이 강하고 여성의 지위가 낮다. 예외 없는 법칙은 없다지만 이 경우만은 예외가 없을 가능성을 고려할 수 밖에 없었다. 내가 속한 부족의 여자들이 도시의 여러 소매점과 규방(이런저런 조직의 여성위원회, 유아 음악교실과 헬스장과 스파 근처의 고급 식당들)에 모여 아이들 문제나 학부모회 일을 논하는 동안 남자들은 어디에서 무엇을 하는가? 보통은 일터에, 여전히 거의 남성의 독무대이자 상거래가 일어나는 공적 세계에 있었다. 때로는 도시 전역 사립학교의 고정 수입원이자 따라올 엄두를 내는 아내도 그 어떤 질문도 없는 아빠들의 포커 모임에 있었다. 또 간혹 내 주변 여자들은 부자에 권력가인 남편이 바람을 피우고 혼외정사(현장 생물학자들이 '짝외교미extra-pair copulation'라 일컫는 행위)를 즐기는 것 같다며 불안감을 토로했다.

인류학과 영장류학의 관점으로 보면, 이는 대개 도덕적 결함보다는 환경의 문제다. 물론 내가 연구한 부족의 많은 남성이 일부일처제를 선택했다. 그러나 여러 가지 요인에 의해, 전 세계의 고위급 부유층 남성은 가상세계와 현실세계에서 얼마든지 혼외정사를 벌여도 별다른 후환이 없다. 모든 유인원의 전형적인 습성에 맞게 여성 호모 사피엔스도 성적 성숙기에 혈족 무리에서 흩어져 혈육의 든든한 지지가 없는 곳에서 (비혈족) 여성들과 동맹을 맺는 경향이 있다. (유인원 중 유일하게 암컷 보노보는 깨지기 쉬운 비혈족 동맹의 약점을 개선하고 유대를 강화하는 전략을 찾아냈다. 즉 보노보 무리 내에는 암컷 간의 동성애가 빈번하다.) 무조건적으로 뒤를 봐주고 언제든 기댈 수 있는 원가족의 울타리 안에서 (또는 대초원에서) 생활하는 경우보다 친족과 떨어져 상대적으로 사회적 유대가 약한 환경에서 사는 경우에 자녀들을 데리고 훌쩍 떠나기가 얼마나 어려울지는 쉽게 짐작할 수 있다. 한 엄마는 "지금 생활에 익숙한 애들을 무작정 롱아일랜드의 외가로 데려갈 수는 없잖아"라며 애들이 기숙학교를 졸업할 때까지는 어쩔 수 없이 바람둥이 남편과 살아야 한다고 했다.

배우자 관계의 주도권이 남성 쪽으로 기우는 것이 비단 여성의 이산離散 때문만은 아니다. 여성 호모 사피엔스는 비인간 영장류 세계에 유례가 없는 근본적인 곤란을 겪는다. 즉 호모 사피엔스 여성은 특이하게도 의존적이다. 우리는 음식과 자원을 집약적으로 공유하는 유일한 영장류로, 많은 사회의 여성이 주거와 생활을 남성에게 의존한다. 어미 새와 침팬지, 에페족 엄마 들은 새끼가 있다고 해서 먹이 구하러 다니기를 중단하지 않는다. 실제로 !꿍산족은 갓난아이의 엄마들도 무리에 필요한 일일 칼로리의 85퍼센트 이상을 조달하며, 필리핀의 아그타족Agta 여성은 임신 중에도 사냥을 한다. 밥벌이를 하면 힘이 생긴다. 내키는 대로 동반자 관계를 벗어나고, 애인을 취하고, 자유롭게 드나들고, 자신이 속한 집단 내에서 적극적으로 목소리를 내고 영향력을 행사할 수 있다. 칼라하리 사막과 동남아 우림지에서처럼, 어퍼이스트사이드에서도 자원이 관계의 핵심이다. 덩이뿌리와 샤sha 뿌리를 캐오지 않으면, 돈을 벌지 못하면, 결혼생활의 약자가 된다. 세상의 약자가 된다. 무조건.

내가 관찰하고 (하나같이 사교에 조금 서툴러 보여 자주 어색하게) 어울렸던 남자들은 환경 이상의 강점을 쥐고 있었다. 어디에서나 영장류 우두머리 수컷에게는 암컷을 붙잡아두는 갖가지 전략이 있다. 한꺼번에 여러 마리의 암컷을 거느리는 수컷 망토개코원숭이는 암컷들이 다른 짝짓기 상대를 찾거나 심지어 멀리 가지도 못하게끔 눈꺼풀을 뒤집어 위협하거나 목을 깨무는 방식으로 암컷을 통제한다. 푸에르토리코의 붉은털원숭이는 서열 낮은 수컷과 교미를 시도하는 암컷을 추적해 때에 따라 상해를 입히기도 한다. 또한 여러 비인간 영장류 수컷이 영아 살해를 서슴지 않는다. 다른 수컷의 어린 새끼를 죽여 그 어미를 발정기로 되돌리고 자기 새끼를 배게 하려는 것이다.

파크애비뉴에 서식하는 수컷 영장류의 전략은 확실히 더 교묘하다. 그들은 동족 암컷의 의존성을 이용해 자원 통제라는 독특한 방법으로써 자신의 행동거지와 상관없이 배우자를 예속시킨다. 명품 선물과 호화 여행에 돈을 쓰거나 아끼고, 계절별 의상과 얼굴 및 신체 '업그레이드' 비용이며 여성의 공적 세계 진출권인 자선활동비를 대주거나 대주지 않는 것까지, 특정 상황의 주도권을 주로 남성이 쥐고 있다. 주변의 여러 엄마들 얘기로는, 남편이 아내에게 주는 '연말 상여금'도 그런 식이다. 혼전계약서에 상여금 조항이 있거나, 그저 남편이 '선의'로 주거나, 또는 어떤 이유로든 지급되지 않을 수도 있다고 한다. 이는 공공연한 비밀로, 여성위원회 모임이나 친목 모임에서 은근히 언급되고는 했다. "올해는 뭘 기부하겠다고 장담을 못 하겠네. 자선활동비를 얼마나 받을지 몰라서." "내 자리가 VVIP석일지 VIP석일지 모르겠어. 내 1년 용돈을 (남편이) 아직 안 정했거든." 많은 고위급 남성이 이렇듯 편하고 후한 유인책의 탈을 쓴 사실상 강압 전략을 사용해 사회의 유력 인사이자 가정의 절대 강자로 군림한다.

들여다보면 볼수록 권력의 불균형은 확연했다. 비단 여성 간 관계뿐 아니라 제도적·사회적·문화적으로도 권력은 어느 한쪽으로 기울었다. 맨해튼에서 재정적으로 성공한 남자들은 15만 달러(약 1억 8천만 원) 이상의 연회비(본인의 기부금과 모금액의 총합)로 병원, 대학, 주목받는 질병 재단 등 주요 단체의 이사회 자리에 앉는다. 그 아내들은 연회비가 5천~2만 달러(약 600만~2천만 원)로 비교적 덜 주요한 이사회나 여성위원회, 시외 자치구 미술관에서 활동한다. 부유하고 힘 있는 남편들이 최고급 사립학교의 신탁 관리자라면, 그 아내들은 '학부모회 임원'이 되어 다른 모든 엄마들을 위한 사교와 소통의 중추로서 무료로 봉사한다. 남편들이 수백만 달러를 벌어들이는 동안, 아이를 키우는 아내들은 별 수 없이 어퍼이스트사이드의 '마미노믹스Mommynomics(엄마경제)'에 항복하고 만다(이 엄마들은 "내가 훌륭한 자원봉사자여야 우리 애가 좋은 학교에 입학할 수 있다"라는 말을 입에 달고 살았다). 학부와 대학원과 그 잘난 직장까지 다니면서 갈고닦은 기술을, 그녀들은 아이들 학교에서 기념식 준비, 소식지 편집, 도서관 운영, 수제 빵 판매 행사 개최 등을 하며 공짜로 내어준다. 해마다 수십만 달러어치 무보수 노동을 제공하는 이 특권층 엄마들이 없으면 학교는 운영난에 빠지고 말 것이다. 어찌 보면 마미노믹스에 참여하는 것은 자신이 유능하고 바쁜 사람이라 느끼고 실제로 그렇게 되는 하나의 방법이다. 또한 사치를 과시하는 행위이기도 하다. "나도 한때 일을 했어. 물론 지금도 할 수 있지만, 굳이 그럴 필요가 없지." 하지만 마미노믹스와 남편들 경제활동의 규모를 비교해보라. 남편들은 일을 그만둬도 먹고사는 데 문제가 없는 수준을 넘어 재산의 절반 이상을 사회에 환원하겠다고 공약하는 억만장자들의 '기부선언Giving Pledge' 대열에 당당히 낄 수 있을 정도의 부를 갈망하고 이뤄냈다.

특권층 아내들이 프레즈*나 버그도프굿맨에서 다른 엄마들과 점심 모임을 갖는다면, 우두머리 남편들은 고급 술집에서 그들만의 모임을 갖는다. 몇 년 전 21클럽▲에서는 헨리 키신저Henry Kissinger*, 로저 에일스Roger Ailes*, 윌리엄 새파이어William Safire*가 서로 지척에 자리를 잡고 실내를 누비며 세계적인 지배력을 강화하는 모습을 볼 수 있었다. 그릴 룸▼도 남자들의 아지트 격이어서, 하루는 거기 다녀온 내 남편이 말하길 남자 고객이 80퍼센트였다고 했다(다른 지인의 말로는 평소 남녀 비율은 2:1이라고 한다). 이런 장소에서 비즈니스가 이루어진다. 그리고 내가 연구한 부족민 사이에서 비즈니스는 대개 남성의 영역이다.

그날 밤 레베카네 건물 앞에서 택시를 잡는 동안, 나는 26층 위의 거대한 창문으로 내다본 전망을 다시금 떠올렸다. 세계 최고 경제 엘리트가 모인 최고 엘리트 지역, 특수한 동네의 좁은 구역 내에서, 여성은 평생 일한 적이 없거나 일을 그만두고도 경제적 부담 없이 아이를 낳고 기른다. 굉장한 행운아로 보이고 실제로도 그러한 이 부유층 여성들은, 인류학적 관점으로 보면 성별로 분리된 세상

----

* 메디슨애비뉴의 바니스 백화점에 위치한 이탈리안 레스토랑.
▲ 역사가 오래된 맨해튼의 고급 레스토랑으로, 많은 유명인사들이 방문한다.
* 미국의 정치외교가로, 1973년 노벨 평화상을 수상했다.
* 뉴스 전문 케이블 방송국 폭스뉴스의 전 회장.
★ 〈뉴욕 타임스〉의 유명 칼럼니스트.
▼ 맨해튼 포시즌스 호텔의 고급 레스토랑. 금융계 거물들이 자주 오가는 곳으로 알려졌다.

에, 덜 주요한 이사회에, 자선 조찬회와 오찬회에, 아이들 놀이모임에, 여름철 햄프턴스 생활에 속박돼 있다. 반면에 성비가 유리한 환경에서 가정의 경제권을 쥐고 의존적인 아내와 더 의존적인 자녀들을 거느리는 어퍼이스트사이드의 특권층 남성은 뭐든 마음대로 할 수 있다. 부부의 가계 기여도가 대등하지 않은 가운데서도 남자들은 진정한 동반자로서 말하고 행동할 수 있다. 그러나 이러한 관계는 견고하지 못하고 조건이 붙기 마련이며, 여성은 여전히 남편에게 의존하지만 남편은 언제든 간단히 결혼서약을 무시해버릴지도 모른다. 남편 돈으로 생활하는 것이 괜찮을 수도 있다. 그러나 우리 인간과 비인간 영장류에 관한 비교연구에 따르면, 그런 방식으로는 밥벌이 하는 자의 권위를 살 수 없다. 이를 잘 알거나 어렴풋이 눈치채고 있기에, 남편의 권위와 자신의 권위 사이에 있는 심연 같은 차이를 감지하는 것만으로도 생각 있는 여자들은 밤잠을 이루지 못할 수 있다.

제6장

이상행동:
예쁜 알코올 중독자들

나는 주머니가 여럿 달린 국방색 조끼와 실용적인 고무 굽 신발 차림으로 버그도프굿맨 2층을 은밀히 훑고 있다. 위장용으로 연보라색 쇼핑백을 잔뜩 들고서, 프라다족과 랑방족 가운데 표적을 찾아본다. 허탕이다. 생물학자들이 현장에서 사용하는 유형의 취관을 고쳐 쥔 다음, 엘리베이터를 타고 '젊고 재미난' 디자이너 브랜드가 밀집된 5층으로 향한다. 이번에는 오히려 기준에 맞는 후보가 너무 많아서 하나를 선택하기 어렵다. 눈에 띄게 날씬한, 스트레스 지수가 높고 불면증에 시달리는, 어퍼이스트사이드의 가임기 중년 여성. 그녀들은 무리를 지어 이동하는 경향이 있고 하필 가죽 레깅스나 청바지를 즐겨 입기 때문에 내 임무는 녹록지 않다. 최적의 견본에다 최적의 순간까지 찾아내야 한다. 난 기다릴 수 있다. 이게 중요하다. 지금까지 주로 부족의 단체행동을 연구했는데, 이제는 개개인을 속속들이 이해해야 한다. 혈액표본 하나면 그녀들의 심리와 감정에 대해 많은 것을 밝혀낼 수 있다.

바로 그때, 무리에서 홀로 떨어져 발렌시아가 매대를 살피는 여자가 눈에 띈다. 마침맞게도 얇은 바지 차림이다. 내가 시선을 고정한 채 취관을 훅 불자 마취 침이 정확히 그녀의 엉덩이에 꽂힌다. 그녀는 비틀비틀 탈의실 쪽으로 걸어가다 20초도 안 되어 부드러운 카펫 바닥에 쓰러지고 만다. 난 그녀를 질질 끌어 가장 넓은 탈의실의 두꺼운 커튼 뒤로 들어간다. 신경내분비학자이자 영장류학자로 마사이 마라 국립공원에서 올리브개코원숭이의 삶을 연구하고 혈액검사를 수행한 바 있는 로버트 사폴스키Robert Sapolsky가 나를 맞아들이며 "제법이군" 하고 내 솜씨를 인정해준다.

꾸물댈 여유가 없다. 우리는 신속히 그녀의 생체신호를 기록하고 혈액표본을 채취한다. 정신이 돌아올 무렵, 예쁘게 차려입은 이 작은 유인원은 플러시 카펫 바닥에 누워 있을 것이다. 탈의실 탁자의 샴페인 잔을 보고 우리가 가져다놓은 줄은 꿈에도 모른 채 자책할 것이며, 창피한 마음에 누구에게도 이 일을 털어놓을 수 없을 것이다. 그동안 우리는 백화점을 유유히 빠져나와 파크애비뉴와 렉싱턴애비뉴 사이의 이스트 57번 가에 있는 퀘스트 다이아그노스틱스

Quest Diagnostics[*]로 향한다. 발걸음이 깡충거린다. 휘파람이라도 불고 싶은 심정이다. 궁금해서 애가 탄다. 내 주머니 속 시약병에 들어 있는, 아직도 따끈한 그녀의 혈액이 들려줄 이야기를 빨리 듣고 싶다.

∶

이 책을 쓰면서 이런 상상을 수없이 되풀이했다. 공원을 가로지르는 M86번 버스 안에서, 지하철 안의 플라스틱 좌석에 끼여 앉아서, 또는 놀이터 가장자리의 벤치에서 아이들을 대강 눈으로 좇으며 다른 엄마들과 수다를 떠는 와중에도.

하지만 큰애 어린이집과 작은애 놀이모임을 통해 알게 된 많은 어퍼이스트사이드 엄마들의 형태학(몸과 얼굴)으로도 알 수 있는 것들이 있었다. 어린이집 복도와 엄마들 점심모임, 각종 행사장에서 마주치는 그녀들의 여윈 얼굴이며 눌린 용수철처럼 팽팽히 긴장한 몸통과 팔다리를 보면 금방이라도 싸우거나 도망칠 태세인 동물의 모습이 떠올랐다. 아이폰이나 블랙베리 화면에 대고 분주히 움직이는 손가락. 앙다문 턱. 잔뜩 찌푸린 이맛살. 단 보톡스 주사로 이맛살

---

[*] 진단기술 개발 및 의료정보 서비스 분야의 세계적인 선도 기업.

이 경직된 경우라면 입술에서 표정을 읽을 수 있었다. 자주 일그러지거나 뻣뻣한 미소를 머금은 그녀들의 입술이 드러내는 감정은 기쁨이나 행복이나 편안함과는 거리가 한참 멀었다. '안녕, 당신이 보이기는 하는데, 내가 지금 아주 바빠.' 그러나 진짜 이야기는 눈에 담겨 있었다. 목숨이 달린 문제라는 듯 끊임없이 두리번거리는 가젤처럼, 그녀들은 두 눈을 크게 뜨고 주변의 모든 것을 과민하게 살폈다.

이즈음 나는 어퍼이스트사이드의 특권층 엄마들이 치르는 통과의례와 신고식을 알고 있었다. 이 부족민의 정체성은 암묵적이지만 명백한 동의하에 치르는 특정 의식들로 빚어졌다. 18세기 영국 소설 속 화자들이 '정략적 사교'라 칭한 행위, 코옵 운영위원회 인터뷰와 아파트 리노베이션, 자녀의 명문 사립학교 등록, 매일 감행하는 혹독한 운동, '마미노믹스'에 뛰어들어 자선 오찬회와 지역사회 및 학교 행사 등을 돌며 전략적 동맹을 맺고 사회적 위치를 높이거나 다지는 일 등등.

그렇지만 종종 궁금했다. 어퍼이스트사이드에서 우두머리(또는 우두머리에 버금가는 부우두머리)의 아내이자 어린아이의 엄마로 살아가는 것은 과연 어떤 느낌일까? 이미 동화됐다고는 해도 나는 뒤늦게 들어온 구성원이며 주변의 동족 여자들 대부분이 나보다 훨씬 더 부자라는 사실은 영원히 변하지 않을 터였다. 아직도 나는 비교적 신참에 서열도 낮았다. 아이를 등하원시킬 때나 어린이집 행사며 아이들 놀이모임에 갈 때마다 내가 느끼는 스트레스와 불편함이 그녀들의 감정과 정확히 일치한다고 자신할 수는 없었다. 내 작업에 호의적이었던 어퍼이스트사이드 엄마족 몇 명이 함께 커피를 마시며, 또는 어린이집 방과 후에 따로 만나서, 자기들 얼굴 표정이 의미하는 바를 직접 말로 옮겨주었다.

"난 난방기가 소음을 낼 때마다 깜짝깜짝 놀라."

"어린이집 선생님이, 우리 딸애가 쉬는 시간에 좀처럼 친구들하고 어울리지 못한다는 거야. 눈물이 왈칵 솟더라고."

"남편이 뭐 물어볼 게 있어서 내 어깨를 톡톡 두드렸는데, 난 소스라치게 놀라서 소리를 지르면서 의자에서 굴러떨어졌지 뭐야. 딴 데도 아니고 집이었는데!"

어느 날, 점심 약속 장소에 늦게 도착한 캔디스가 "길이 무지막지하게 막히더라고"라며 사과하고는 숨 돌릴 틈도 없이 내쳐 말했다. "네가 쓰는 책 내용에 꼭 포함돼야 할 주제가 있어." 그녀는 재빨리 핸드백에서 뭔가를 꺼내어 입에 톡 털어 넣었다. 바로 전날 아들이 축구를 하다 다쳐 뇌진탕 진단을 받았다고 했다. 또, 남편은 새 직장을 구하는 중이었다. 눈 밑의 다크서클로 미루어 짐작건대 그녀는 밤새 잠을 설친 모양이었다. 그간 살도 어찌나 많이 빠졌던지, 건드리면 툭 부러질 것만 같았다. 위로해주고 싶었지만, 그녀의 이야기를 먼저 듣고 싶었다. 캔디스는 내 연구대상인, 경쟁심이 투철하고 남들보다 훨씬 성공한 사람들을 제대로 아는 친구였다. 어쨌거나 그녀의 남편도 이 부족의 일원이었고, 그녀 자신은 상류층 이벤트 플래너로 맨해튼에서 가장 부유하고 영향력 있는 사람들의 베이비 샤워며 아이들 생일파티며 자선행사를 준비하고 진행하는 일을 오랫동안 해왔으니까. 그녀는 그들이 방심한 순간, 최악의 모습을 전부 다 목격했다.

테이블 맞은편에서 캔디스는 진지하게 속삭였다.

"불안. 너희 동네 엄마족과 불안에 대해 써야 해."

"그래." 난 끄덕이며 생각해보다가, 넌지시 물었다.

"캔디스, 음, 아까 그거 무슨 약이었어?"

"아티반Ativan.•"

그녀는 담담하게 답하고는 미소와 함께 한숨을 내쉬며 가죽의자에 느긋하게 등을 기댔다. 잔뜩 긴장했던 어깨와 얼굴이 풀어지고, 비로소 그녀는 아름답고 환한 평소 모습을 되찾았다.

"우리, 와인 주문할까?"

• 신경안정제.

불안과 스트레스는 서구사회의 질병, 즉 위어드WEIRD가 겪는 고통이다. 위어드는 인류학자 재레드 다이아몬드Jared Diamond가 만든 용어로, 서양의Western 교양 있고Educated 산업화됐고Industrialized 부유하며Rich 민주적Democratic인 사회인을 가리키는 말이다. 비정상적인 불안을 가늠하는 데 믿을 만한 척도인 사회불안장애를 문화 간 비교 연구한 자료가 이를 확실히 입증한다. 한국, 중국, 나이지리아, 대만의 사회불안장애 유병률은 1퍼센트 미만인 데 반해 미국의 유병률은 거의 열 배에 달한다. 미국인은 네 명에 한 명꼴로 일생의 어느 시기에 심각하고 지속적인 불안을 경험한다는 얘기다.

도시인은 특히나 유별나게 스트레스와 불안에 시달린다. 북적이는 길거리와 만원버스, 고공비행하는 의식주 물가, 끊임없는 공사 소음 등이 도시인으로 하여금 통제력의 위기와 약화를 느끼게 하고 극심한 불안과 스트레스를 유발하며 스트레스 관련 질병의 발병률을 높인다. 실제로 도시 특유의 생태조건은 인간 두뇌의 대상엽과 편도체에 변이를 일으켜, 도시인이 비도시인에 비해 스트레스 대처 능력이 떨어지는 악순환이 이어지고 있다.

스탠퍼드 대학의 생물학자 겸 신경과학자이자 내 버그도프굿맨 백일몽의 공범자인 로버트 사폴스키는 한때 필수 적응기제였던 스트레스가 어쩌다 뒤틀어져 만성 스트레스와 만성 불안이라는 동시대 고유의 난제를 낳게 되었는지를 연구했다. 그는 '일반 포유류에게 스트레스란 공포의 3분이 지나면 사라지거나 극복할 수 있는 것'이라고 설명한다. 스트레스는 목숨을 지키기 위한 단시간의 유용한 심리상태로 진화했다. 심장은 빠르게 온몸에 산소를 퍼뜨리고, 폐는 더 열심히 일하며, 몸은 당장의 생존에 불필요한 것을 모두 차단한다(사자한테 쫓기는 상황에 배란이나 성장이나 세포조직 재생에 에너지를 쏟을 겨를이 있겠는가. 그런 건 나중지사다). 이렇게 잠시간 공포에 휩싸이면 내분비기관에서 아드레날린과 코르티솔 같은 스트레스 호르몬이 마구 뿜어져 나온다. 사자를 완전히 따돌린 뒤에야 혈액 내 스트레스 호르몬 수치도 낮아진다.

그러나 사폴스키는 '진화의 본래 목적과 상관없이, 현대인은 순전히 심리적 요인에 스트레스 반응을 나타낸다'고 전한다. 목숨이 위급해서가 아니라, 교통체증에 짜증이 나거나 테러리즘이 걱정되어 혈압이 180/120대로 상승한다는 것이다. 그렇다고 '차단' 버튼이 따로 있는 것도 아니다. 그리하여 본래 적응기제였던 스트레스는 순식간에 만성 스트레스와 영구 불안장애로 자리 잡게 된다. "예전에는 오로지 생존만을 위해 분비됐던 호르몬들이 요즘은 지속적으로 (……) 예컨대 오존층 문제를 생각할 때나 연설을 앞두고 긴장할 때에도 분비된다." 사폴스키의 가장 중요한 발견 중 하나는, 개코원숭

이나 어퍼이스트사이드 주민들처럼 서열사회를 이루는 포유류에게
는 사회적 지위가 어마어마한 스트레스 요인이 되어 혈액·신체·정
신의 변화를 야기한다는 사실이다. 특히 서열이 불안정하고 개개인
의 자리다툼이 치열한 경우에는 그 정도가 더욱 심하다. 우리는 조
만간 한계에 이를 참이었다.

:

와인 한 방울과 똑같아 보이는 피 한 방울에 실로 많은 정보가 담겨
있다고, 나는 어퍼이스트사이드의 시아주버니 집 식탁에 앉아 생각
했다. 유월절을 맞이해 시댁 식구들이 모인 자리였다. 우리 집 큰애
는 유월절을 무척이나 좋아했다. 명절 음식이며 손 씻기 의식과 기도
문도 사랑했다. 작은 녀석은 사촌 형, 누나들의 집중적인 관심을 실
컷 누렸고, 노랫소리에 즐거워하거나 얌전히 앉아 있었다. 나는 결
혼을 하고 나서야 어퍼이스트사이드 엄마족에, 그리고 이 유대교 전
통에 편입했다. 내 남편과 시댁 식구들이 의례적으로 행하는 유월절
만찬 의식도 나와 두 아들에게는 아주 새롭고 매혹적이었다. 유월절
만찬 중 출애굽 사건을 되짚어보는 하가다Haggadah 순서가 되어, 우
리는 이스라엘 백성을 노역의 땅에서 놓아주길 거부한 바로(파라오)

와 그가 다스리는 땅에 신이 내린 형벌 즉 애굽(이집트)의 10대 재앙을 하나씩 열거하며, 그때마다 손가락을 각자의 잔에 담갔다 꺼내어 접시 가장자리에 와인 방울을 떨어뜨렸다. 피. 개구리. 머릿니. 파리. 가축의 떼죽음. 종기. 우박. 메뚜기. 어둠. 맏이와 만물의 죽음. 속으로 나는 또 다른 재앙 목록, 이제 잘 알게 된 이 부족 여성들의 고난을 하나하나 떠올렸다. 머릿니. 사립학교 지원. 모금 활동. 밖으로 나도는 남편. 성내 경쟁. SEC(미국 증권거래위원회) 조사. 이혼. 이외에도 더 있음을, 심지어 아주 많다는 것을 나는 알고 있었다.

와인 한 방울에 신께 감사를.

⋮

어퍼이스트사이드의 많은 엄마들이 나와 친해졌지만 그 외의 엄마들은 여전히 내게 거리를 두는 상황에서, 나는 '소속belonging'의 의미를 파악하는 데 점점 더 몰두하게 되었다. 나에게, 이제는 내 친구가 된 여자들에게, 아직 친구가 아닌 여자들에게, 소속이란 어떤 의미일까?

내 일부는 완전한 적격자로서 이곳 부족민 전원에게 인정받고 싶었다. 어쨌든 영장류는 심히 관계 지향적이고 고도로 사회화한 동물이며, 그런 점에서 다른 동물종과 구별되니 말이다. 침팬지, 개코원숭이, 마카크처럼 우리도, 설령 아랫동네 출신으로 약간 냉소적인 엄마라 해도, 타인과의 관계를 그 무엇보다 더 중시한다. 놀이약속 세계의 왕따로 지낸 과거 몇 달간의 경험은 아직도 내 간담을 서늘하게 했다. 물론 그런 '텃세'가 인간과 비인간 영장류 사회에 드물지 않음을 알고 있었고, 배척과 노골적인 등 돌림도 딱히 사적인 악감정 때문이었다고는 생각지 않았다.

그렇지만 다시 따돌림 받을 수도 있다는 두려움이 내 두뇌의 가장 원초적인 영역에 깊이 뿌리박혀 있었다. 자신이 있는 곳에 적응하고 싶지 않은 사람이 있을까. 버클리의 히피족이든, 오마하의 학부모회 엄마들이든, 어퍼이스트사이드를 떠나 아랫동네로 이주한 트라이베카의 전학생이든, 주변 사람들과 잘 어울리고 싶은 마음은 모두 매한가지일 것이다. 내 일부는 이미 규범을 따르기로 작정했다. 어울리게 차려입고, 어린이집 학부모회를 돕고, 점심모임에 참석하고……. 그러는 동안 내 전두엽은 '만약'을 헤아리느라 여념이 없었다. 만약 그러지 않는다면, 혹은 그럴 수 없다면 어떻게 될까? 어떻게 무리에서 이탈하며, 그러고 나면 또 어떻게 될까?

보아하니 이혼과 소득감소, 이름하여 'DD divorce and diminution of income 재앙'이 이 집단에서의 퇴출을 유발하는 두 가지 사건인 듯했다. 이혼하고 나면 행사장 입장권을 구매한다거나 생바르텔르미나 파리, 마이애미로 원정 파티에 합류한다거나 하면서 이전과 똑같은 수준으로 생활할 만한 금전적 여유가 없을 가능성이 높고, 그렇기 때문에 초대도 뜸해진다. 이혼녀가 환영받지 못하는 또 다른 이유도 있다. 이혼녀는 종종 유부녀의 공포심에 불을 지핀다. '나한테도 일어날 수 있는 일'임을 상기하게 되고, '이 여자가 다른 여자의 남편을 노리고 있을지도 모른다'는 생각을 떨치기 어렵기 때문이다. 어퍼이스트사이드 엄마족이자 이혼녀인 한 친구는 "이혼을 하고 나니 친구들하고도 작별하게 되더라고. '깍두기'는 위협적인 존재거든"이라며 자조했다. 이혼 후에도 친구 한둘쯤은 남을지 모르나, 결국 사교의 폭은 현저히 줄어들기 마련이다.

배우자와 헤어졌다는 이유로 내가 알던 삶이 사라질 수 있다고 생각하면 두려운 것이 당연하다. 그러나 어떤 여자의 사연을 듣고서, 나는 특히나 찜찜한 마음을 떨쳐낼 길이 없었다. 여기서는 그녀를 '레나'라 부르기로 하자. 레나와 그녀의 남편은 2008년 세계금융위기로 거의 모든 것을 잃었다고 한다. 햄프턴스의 해안별장. 파크애비뉴에 있는 전쟁 전 건물의 방 여덟 개짜리 아파트와 방 일곱 개짜리 아파트를 다 쓰던 집. 자녀들도 명문 사립학교를 그만둬야 했다. 원래 레나 부부는 그 학교의 거물급 후원자이자 학생 선발에 영향력을 행사할 권한이 있는 이사회 임원으로서 엄청난 문화자본을 거머쥐고 있었지만, 더 이상은 아니었다.

그들 가족은 110번가*로 이사했다. 레나는 아무에게도 알리지 않고 맨해튼 근교의 상류층 동네에 있는 고급 백화점 판매원으로 취직했다. 어떻게 보면 그저 부득이한 일이었다. 그러나 달리 보면, 스스로 신분을 낮춘 셈이니 아마 상당한 용기가 필요했을 것이다. 하루는 레나가 알던 여자들이 그 백화점의 그 매장에 와서는, 이제 '반대편에서' 손님들에게 구두를 가져다주는 신세가 된 그녀를 보고 충격을 받았다. 친구라면 단체 쇼핑 나들이를 계획해 십시일반으로 레나의 판매수당을 올려줬을지도 모른다. 먼저 도움의 손길을 내밀며 기운을 북돋고자 했을지도 모른다. 나라면 그랬을 것 같다. 하지만 아니었다. 레나의 이른바 '예전 친구들'은, 간단히 그녀를 외면했다. 왠지 놀랍지 않았다. 하지만 화가 났다. 내게 서먹하게 구는 일부 엄마들의 태도가 떠올랐고, 그녀들의 감정과 행동 그리고 내 감정과 행동 사이의 괴리를 생각나게 했다. 여전히 신분제를 고수하는 그녀들의 세상에서 레나는 영원히 전락해버린 불순분자였다. 레나와 그녀의 역경은 실로 끔찍한 것이었기에, 그녀는 금기의 대상이 되었다. 아마 레나의 과거 지인들은 그녀가 수치심을 느끼고 자진해서 멀어졌다 믿었겠지만 내 생각은 달랐다. 설령 그렇다 해도, 그게 친구를 저버릴 이유가 된단 말인가?

---

* 부유한 어퍼사이드와 빈곤한 할렘의 경계가 되는 지역. 더 북쪽으로는 유색인종, 빈민층이 주로 거주한다.

258

"이 세계의 사고방식이 그래. 누군가 사정이 어려워져도 '죽든 살든 알아서 할 일'이지." 부자이며 권력가인 남편과 갓 이혼한 여자가 나와 커피 한잔 하면서 털어놓은 말이다. 여왕벌들의 여왕이 더는 자기한테 말을 걸지 않을 거라기에, 나는 차라리 그건 잘된 일인지도 모른다고 위로했다. 하지만 그렇게 외면당하고 따돌려지는 기분이 어떨지 알고 있었고, 그래서 레나처럼 그녀도 안쓰러웠다.

결국, 레나 부부는 도시를 떠났다고 한다. 그녀가 불교에 귀의해 행복하게 지낸다는 소문에 나는 흥미를 느꼈고 안심했다. 그러나 특정 무리의 여자들에게, 그녀는 더 이상 존재하지 않았다. 내가 레나 소식을 묻자 한 여자는 "히피 동네 같은 데로 이사 갔을걸? 사이비종교인지 뭔지에 들어갔겠지?"라고 대꾸했다. 레나는 죽은 사람이었다.

⋮

내가 느끼기로는 어퍼이스트사이드 문화 자체가 내 동족 엄마들에게 내린 대재앙이었다. 어퍼이스트사이드는 규범의 압박과 완벽을 향한 의욕, 외모지상주의가 유별나고 가혹한 동네다. 집 근처 구멍가게에 우유를 사러 갈 때에도 잘 차려입어야 한다는 사실을 내가 일찍이 깨달은 것은 빙산의 일각에 불과했다. 눈치가 아예 없는 사람이 아니고서는 항상 머리끝부터 발끝까지 완벽한 모습을 유지하고 알맞은 때에 알맞은 장소에서 알맞은 사람과 어울려야 한다는 압박감을 느끼지 않을 도리가 없다. 그러나 여기에는 더 심층적인 면도 있다. 레나의 사연은 어퍼이스트사이드라는 세계가 베두인족과 고대 로마 사회처럼 명예와 수치의 문화honor/shame culture임을 내게 가르쳐주었다. 수치심과 공포는 주요한 사회통제 수단이다. 특히 부적응 또는 배척이나 추방에 대한 공포는 지옥행이나 감옥행에 대한 두려움을 능가할 정도다. 어퍼이스트사이드 주민은 자칫하면 명예 또는 '낯'을 잃을 수 있다. 여기서 낯이란 단순히 말하고 먹고 화장하는 신체 부위가 아니라, 한 사람의 위신과 명망, 진정한 자아를 의미한다. 중국이나 일부 아메리카 원주민 사회에서도 이러한 문화를 발견할 수 있다. 프랑스의 사회학자 겸 인류학자였던 마르셀 모스 Marcel Mauss는 북서부 아메리카 원주민 문화를 이렇게 서술했다.

> 콰키우틀족 (……) 귀족이 지닌 '낯'의 개념은 중국인들이 지닌 개념과 동일하다. 포틀래치*를 베풀지 않은 신화상의 어느 대大추장에 대해 그들은 '낯이 썩었다'고 표현한다. (……) 낯을 잃는 것은

---

* 북서부 아메리카 원주민 귀족이 권력을 과시하기 위해 행하는 무분별한 증여나 파괴 행위, 또는 그런 행위가 이루어지는 잔치.

영혼을 잃는 것, 즉 '참모습'이자 춤의 가면, 정령을 구현하고 상징물이나 부적을 지닐 권리를 잃는 것과 같다. 낯이란 한 사람의 성패가 달린 진정한 외적 자아persona로, 증여 경쟁이나 전쟁 또는 의례상의 과오로 잃게 될 수 있듯이 포틀래치에 의해서도 잃게 될 수 있다.

만약 모스가 내 연구대상인 어퍼이스트사이드 엄마족 문화를 목격했다면 이런 내용을 덧붙였을지도 모른다. '돈이 떨어지면 낯을 잃을 수 있다. 집에 빈대가 나타나는 경우에도 그러하다.'

빈대와 머릿니는 뉴욕 시민들 삶에 불편을 안기는 스트레스 요인이다. 그러나 어퍼이스트사이드의 특권층 엄마들에게는 단순히 스트레스 요인 정도가 아니다. 예를 들어 내 친구 지나는 빈대 때문에 며칠을 울었다. 빈대 박멸에 너무 많은 돈과 시간과 에너지가 들기 때문만은 아니었다. 온몸이 물린 자국으로 뒤덮여 가렵기 그지없고 잠자리에 들어서도 편히 쉬기는커녕 스트레스에 시달리기 때문만도 아니었다. 건물 판매자는 최대 자산의 해충 문제를 공시해야 한다는 법이 새로 제정된 탓에 이후 몇 년간은 아파트를 내놔봤자 팔리지 않을 것 같아서도 아니었다. 천만에, 지나는 친구들이 알게 될까 봐 진짜로, 몹시도 마음을 졸였다. 놀이모임 주최자, 완벽한 집의 안주인, 그 외의 여러 가지 자랑스러운 신분이 그녀의 정체성을 이루었는데, 이제 집에 빈대가 생겨서는 사회적으로 매장당할 수도 있는 무시무시한 가능성을 안긴 것이다. "이제 누가 우리 집에 놀러오겠느냐고!"라며 그녀는 내게 하소연했다. 아이들이 친구를 사귀지 못하면 그녀의 사교생활도 끝장이었다. 관계 지향적이고 위계화한 세계에서 사교계에 끼지 못할 경우 어찌 될지야 불 보듯 훤하지 않은가. 사회적인 의미로, 사형이다(심지어 개코원숭이 세계에서는 실제로 목숨을 잃을 수도 있다).

비단 지나만 그런 게 아니었다. 내 주변에는 심한 수치심과 굴욕감에 사로잡힌 엄마들이 허다했다. 이혼이나 파산 같은 삶의 큰 고비뿐 아니라, 체중이 2킬로그램 불었거나 아이에게 작업치료가 필요하다는 진단을 받았거나 2주간의 아스펜 여행에 쓸 여윳돈이 없다는 이유로도 그녀들은 낯을 들지 못했다. 명예와 수치의 문화, 셀룰라이트 자국 한 줄도 뻗친 머리칼 한 올도 용납하지 않는 세계, 포틀래치 식으로 무엇을 얼마나 증여하고 집을 어떻게 관리하며 자녀를 탈 없이 키워내느냐 그러지 못하느냐에 한 사람의 전부가 달린 세상에서는, 낯을 잃기 쉽다. 죄악도, 아마 신도 없을 테지만(이 부족이 유일하게 믿는 것은 전통, 단 종교시대 이후의 전통이었다) 수치는 있다. 어쩌면 이런 문화가 생소하게 느껴질지도 모르겠다. 그러나 명예와 수치의 문화적 논리로 들어온 이상, 남들 앞에서 낯을 들 수 없는 처지가 될 가능성 그 자체가 실질적인 스트레스 요인으로 작용할 것은 자명하다. 지치고 수척한 얼굴들. 또 한 방울의 와인.

⋮

이 부족에 관한 캔디스의 견해는 거의 항상 옳았다. 실제로 그녀의 제안에 따라 조사해보니 과연 남녀의 불안지수에 미묘한 차이가 있었다. 선진국에서는 여성이 불안장애에 걸릴 확률이 남성의 두 배에 이른다(그러나 비선진국에서는 그렇지 않다). 그렇지만 원래 나는, 우리 부족은 예외일 거라고 봤었다. 어쨌거나 비교적 많은 특권을 누리는 맨해튼 엄마들 아닌가. 그 사실이 결정적으로 힘이 된다는 것을 나는 체험으로 알고 있었다. 보험도 없이 중병에 걸렸거나 아이를 배곯게 할 정도로 돈이 없는 상황처럼 큰 시련이 없을 뿐 아니라 대도시 생활의 일상적인 괴로움까지도 이 동네 엄마들은 얼마든지 완화할 능력이 있었다. 소소하게는, 마사지를 받거나 주말여행을 다녀오는 식으로 스트레스를 풀었다. 그리고 천문학적 규모의 부와 전용기를 이용해 3주간 캐리비언과 아스펜(또는 터크스 케이커스 제도와 베일)에 다녀오거나, 여자친구들끼리 캐년 랜치Canyon Ranch 리조트에 일주일 내내 머무르면서 스파와 휴양을 만끽하거나, 북적이는 도시 인파에 넌더리가 날 때마다 이스트햄프턴의 퍼더 레인에 있는 한

적한 장소로 피신할 수도 있었다. 그러니 내 아들이 다니는 어린이집과 놀이모임의 대부호 엄마들은 일반적인 여자들보다 심리적으로도 훨씬 더 여유로워야 마땅했다. 최고급 서비스를 보장하며 거액의 수수료를 요구하는 중개업체를 통해 흠 잡을 데 없이 유능한 보모를 고용했다면, 또는 자녀를 최고 명문 사학에 들여보냈다면, 엄마로서도 자녀의 행복을 어느 정도 확신하고 안심하기 마련 아니겠는가. 이 정도 특권이면 나는 그 어떤 근심이라도 잠재우기에 충분하다고 여겼다. 내 눈에 주변 엄마들은 넘치도록 많은 것을 가졌는데도 현재에 만족하지 못하고 엉뚱한 일에 조바심치며 스스로 스트레스와 불안을 만들어내고 있었다.

내가 잘못 봤다.

옛말 틀린 것 하나 없다 했다. 가난과 질병, 배고픔 같은 기본적인 문제가 없다는 전제하의 얘기지만, 돈으로 행복을 살 수는 없다. 그리고 물론, 돈으로는 불안을 해소할 수도 없다. 아니, 어퍼이스트 사이드의 부자 엄마들을 극심한 신경쇠약증 환자로 만드는 일상적인 요소들과 더불어 그녀들이 처한 생태적 지위 특유의 수많은 스트레스 인자를 고려하면, 돈은 도리어 불안을 가중하는 것 같다. 명예와 수치의 문화와 생태적 해방 상태의 조합은 가공할 위력으로 엄마들의 불안을 유발한다. 완벽한 삶은 근본적으로 내 주변 엄마들의 심리에 최악의 악재로 작용했다.

서구사회와 부유층 특유의 '모성 집약적 육아intensive mothering' 문화는 내가 연구한 엄마들에게 확실히 재앙이었다. 이 용어를 만든 사회학자 섀런 헤이즈Sharon Hays는 모성 집약적 육아를 '자녀 양육에 엄마가 어마어마한 양의 시간과 에너지와 돈을 소비하게 (의무화)하는 성편향적 육아방식'이라 정의한다. 끊임없는 감정적 소모를 감당하고, 아이의 심리상태를 지속적으로 관찰하고, 꾸준히 활동을 제공하고, 아이의 '지능발달'을 '촉진'하는 것까지 전부 다 엄마의 역할로 간주되며, 그 모든 역할에 철저하지 못하면, 심지어 자유방임하기만 해도 엄마로서 태만하다는 지적을 받기 십상이라고 헤이즈는 전한다.

현 세대의 육아는 윗대와 달리 끝이 없는 노동이다. 우리는 쿠키 굽기 활동을 통해 아이에게 산수를 가르치고, 교육을 위해 아이와 함께 박물관에 드나들며, 어린이집이나 학교 일에 '관여'한다. 이런 패러다임 안에서, 엄마란 주 7일 24시간 이어지는 불안하고 소모적이며 위험부담이 큰 직책이다. 아이가 실패와 좌절감을 경험해봐야 극복할 줄도 알게 되며 결국 더 행복하고 강한 사람으로 성장할 수 있다는 인식이 사실상 어퍼이스트사이드에서는 전혀 통하지 않는다. 아니 될 말씀. 아이가 실패하면, 즉 유치원 입학시험에서 상위 0.1퍼센트에 들지 못하거나 미술교실에서 멋들어진 그림을 그리지 못하거나 장애물 통과 경주나 달리기 경주에서 좋은 성적을 거두지 못하면, 이를 통해 배울 점은 별로 없고 엄마가 엄마 노릇을 잘못했다는 사실만 확인하게 될 뿐이다.

그러나 아이에게 집중하고 육아에 헌신하는 엄마라면, 아이를 망치는 '헬리콥터 맘helicopter mom'이라며 비난당할 가능성도 각오해야 한다. 181명의 엄마들을 대상으로 진행된 설문조사에서, 모성 집약적 육아를 택한 엄마들의 불안 및 우울 지수가 높게 나온 것은 누가 봐도 당연한 결과다. 그렇다고 모성 집약적 육아를 간단히 포기해버릴 수도 없는 노릇이다. 아이는 TV를 보게 하고 그동안 자신은 잡지를 훑거나 딴 일을 한다면, 그 엄마는 '나쁜 엄마'이기 때문이다. 모성 집약적 육아는 발전적 양육원리(다양한 연령의 아이들이 온종일 섞여 놀면서 자연스레 익힌 기술로 집안일을 거드는 한편 엄마는 자매나 사촌들과 시간을 보내고 함께 부모 노릇을 하는 선순환적 구조)를 한참 벗어났다. 이보다 더 동떨어진 방식을 떠올리기 어려울 정도다. 접시 가장자리에 또 한 방울의 와인이 떨어진다.

넘쳐나는 선택권과 돈 역시 내가 속한 엄마족에 내린 재앙이었다. 이 사실을 깨닫고서 처음엔 의외라고 생각했다. 부자는 가난한 이에게 없는 선택권을 가졌고, 선택권을 가졌다는 건 특권이라고들 하니까. 맞는 말이다. 학생 수가 너무 많은 공립학교보다 소규모 학급제를 유지하는 사립학교에 자녀를 보내기로 선택할 수 있으면 좋은 게 당연하다. 사고율이 높아도 가장 저렴한 차종을 고르기보다 비싸도 안전하기로 정평이 난 두 가지 차종 중 하나를 선택할 여력이 있는 편이 좋은 것도 당연하다. 이외의 다른 예를 보아도, 경제력과 선택권이 있으면 (어떤 볼보를, 종양 전문의를, 놀랜드 대학Norland College* 출신의 보모를 선택할 것인가?) 삶의 질 향상뿐 아니라 삶을 보호하는 데도 유리하다. 그러나 한동네에서 같은 시기에 애를 키우는 주변 엄마들을 관찰하면서, 나는 위 설문조사 결과의 의미를, 즉 과다한 선택권도 스트레스의 원인임을 이해하게 되었다. 선택지가 서너 개를 넘으면 후회와 지나친 기대, 실망 등의 부정적인 결과를 낳을 가능성이 높아진다. 선택지가 늘어날수록 부정적 반응도 증가해 결국엔 불안으로 이어진다. 이런 악영향을 완화하는 요인은 단 하나, 선택의 주체가 선택의 결과를 책임지지 않는 경우뿐이다.

하지만 특권층 엄마들의 모성 집약적 육아는 정반대의 상황을 만든다. 최고급에 가장 안전한 유아용 카시트, 유모차, 유기농 당근 등 어쩌면 아이의 인생을 좌우할지 모를 모든 선택을 엄마가 하고 그 결과도 전적으로 엄마의 책임이다. 하루는 어린이집 구내 카페에서 한 엄마가 한탄했다. "어떡해, 누굴 고르면 좋을지 당최 모르겠어!" 그녀 앞에는 보모들 이력서가 잔뜩 쌓여 있었다. 그녀는 곧 직장에 복귀할 계획이었다. "그렇다고 아무나 고를 수도 없잖아. 내 새

---

* 육아 전문가 양성소로 유명한 영국의 전문대학.

끼들 일인데."

'제1세계 문제first-world problem'라 해도 좋다. 단, 비유가 아닌 문자 그대로 이해해주길. 세계 대부분 지역에서 육아는 크게 문제시되지 않는다. '온 마을이 다 함께'가 자동차 범퍼 스티커에 새기는 일개 표어가 아니라 실제 생활방식이기 때문이다. 그 덕분에 엄마들은 일터에 나가고 충족감을 느낄 수 있다. 엄마 노릇과 사생활을 분리하면서도 죄책감을 느끼지 않는다. 불안해하지 않아도 된다. 그러니 와인 한 방울 추가.

보모와 가정부, 청소부, 집 관리인은 특권층 엄마의 가장 중요한 아군이다. 그러나 내가 직간접적으로 배웠듯이, 자주 그들은 가장 만만찮은 적수이자 불안의 주요인이 되기도 한다. 아이를 낳고 윗동네로 이사 오기 전에는, 집안일을 거들어주는 피고용인과 사이좋게 지내는 게 간단한 일인 줄로만 알았다. 내가 '상냥하고' 예의 바르게 대하면 보모도 '만족하고' 잘하겠지. 당연한 이치 아닌가. 보모나 가정부와 갈등이 있는 여자들은 약자인 피고용인을 상대로 부당하게 권력을 휘두른 탓에 그 대가를 치르는 것뿐이리라.

그러나 나도 금세 깨달았다. 실제로 보모나 가정부와 안주인의 관계는 영화 〈내니 다이어리〉에 나온 것보다 훨씬 더 흥미롭고 복잡하며 불안을 유발한다. 첫째로 돈 문제. 내가 아는 보모들 대다수가 매년 10만 달러(약 1억 2천만 원) 이상을 벌었고 전용 제트기로 전 세계를 여행했다. 유급휴가, 건강보험료의 반액 또는 전액 지원, 넉넉한 명절 상여금 같은 혜택도 누렸다. 그러니까, 어퍼이스트사이드의 보모들은 박봉에 노동력을 착취당하는 처지가 아니었다는 얘기다. 보모와 사모님이(그렇다, '사모님'이다. 내가 연구하는 부족민 사이에 아이 아버지가 가사 행정에 적극적으로 나서는 경우는 극히 드물었다) 기 싸움을 벌인다는 사실이 내게 충격적이고 의외였던 건 바로 이런 이유에서였다. 어떤 엄마가 보모와 겪은 갈등을 침울하게 털어놓았다. "보모보다 내가 더 아쉬운 처지인 걸 들킨 게 화근이야. 우리 집에 자기가 없으면 안 된다는 걸 알아채고부터는 갈수록 심한 요구를 들이미는 거 있지. 이 여자가 우리를 등쳐먹기로 작정했구나 싶더라니까." 알고 보니 이런 식의 관계 악화는 피고용인과 안주인 사이에 꽤나 흔한 현상이었다.

진실은 이러하다. 엄마들에게 돈이 있다면, 보모들에게는 힘이 있다. 고용주의 삶을 편하게 만들어줄 수 있지만 고의건 아니건 간에 고용주의 계획과 일상을 뒤엎어버릴 수도 있는 힘. 무엇보다도, 고용주 가족의 가장 소중한 구성원을 돌보는 데서 오는 막강한 힘. 이 세상엔 훌륭하고 애정 넘치는 보모가 아주 많다. 내 친구의 보모는 자발적으로 지역 재능문화센터의 보육 세미나에 다녔다. 그것도 내 친구는 보모가 주방 조리대 위 가방 옆에 무심코 놓아둔 수첩을 슬쩍 들여다보고서야 알았다고 한다. 보모는 세미나 내용을 서투른

영어로 소리나는 대로 적은 뒤 꼼꼼히 스페인어로 번역했다. 누가 시키지도 않았고 무슨 보상이 있는 것도 아닌데 많은 시간과 정성이 필요한 수고를 마다하지 않았다. 자신의 역할을 다하여 고용주에게 만족을 주는 데 그치지 않고, 더 나은 보모가 되는 일에도 스스로 최선을 다했다. 한편 자기가 돌보는 아이를 위해 목숨까지 건 보모도 있었다. 어퍼웨스트사이드의 어느 식료품점 밖에서 공사용 철근이 붕괴하는 사고가 벌어졌다. 너무 위험하다며 말리는 긴급구조대원을 뿌리치고, 그녀는 잔해 속으로 뛰어들어 아기를 구해냈다. 다행히 아기는 다치지 않았다. 보모의 용기와 헌신이 아니었다면 어찌됐을지 모를 일이다.

그렇지만 자신의 처지를 억울해하는 보모들, 보육에 대한 배경지식도 관심도 없으면서 '진짜 하고 싶은 일을 찾아낼 때까지만'이라는 마음가짐으로(이 경우는 대부분 대학을 갓 졸업한 20대 여성이다) 또는 다른 직업을 구할 자격이 못 되어 이 일을 하는 보모들도 있다. 은근히 고용주의 진을 빼는 보모가 있는가 하면, 대놓고 마음대로 행동하는 보모도 있고, 판단력이 흐리며 태도가 고약한 보모도 있다. 맨해튼에 느닷없이 강풍이 심하게 몰아친 어느 날, 경찰이 사람들에게 실외활동을 삼가라고 권고할 정도여서, 한 친구는 보모에게 전화해 아이들을 집으로 데려오라고 했다. 나중에 그녀의 일곱 살 난 아들이 말하길, 전화를 끊고 나서 보모가 "네 엄마는 왜 이렇게 유난을 떠니?"라며 비웃듯 말했다는 것이었다. 중요한 집안 행사가 있는 날 병가를 내서 안주인을 골탕 먹이는 보모가 있는가 하면, 불만의 표시로 일부러 집을 어지럽히는 보모도 있는 것이 현실이다. 그래서 보모와 엄마는 기 싸움을 벌인다. 말다툼을 한다. 서로 싫어하지만 서로 필요하기에, 한 지붕 아래서 툭하면 부딪치고 속을 끓인다. 사회경제적 차이와 문화적 차이(보모가 외국 출신인 경우), 세대 간 격차(보모가 20대인 경우), 질투(엄마는 아이가 엄마보다 보모를 더 따라서 씩씩대고, 보모는 고용주가 자기보다 가진 게 훨씬 더 많아서 속이 부글대고) 등 갖가지 요인이 복잡하게 뒤섞인 갈등과 타협의 모든 과정이 집 안에서 벌어진다. 보모를 고용한 아이 엄마이건, 아이 엄마에게 고용된 보모이건 간에, 이 둘의 관계는 유용할 수도 있고 환장할 노릇일 수도 있다. 그러나 이 관계가 단순하고 쉽다는 말은 난 이제껏 단 한 번도 들어본 적 없다.

보모와의 궁합은 배우자와의 궁합 못지않게 복잡하기 그지없고, 막상 겪어보기 전에는 알 길이 없으며, 그래서 어퍼이스트사이드 엄마족의 불안 수준을 높이고 삶의 질을 떨어뜨리는 주요인에 속한다. 예전의 나였다면 "해고해버리면 그만인데 대체 뭐가 불안하대?"라고 비꼬았을지도 모른다. 하지만 엄마 입장을 겪고 난 지금은 이렇게 생각한다. '해고해버리면, 그다음엔 어쩌라고?' 정치학자 앤 마리 슬로터Anne-Marie Slaughter의 표현처럼 '육아를 위한 사회기반도, 보육인에 대한 정부의 기준이나 감리 체계도 없는' 환경에서, 엄마와 보모는 선택의 여지가 극히 적고 지나치게 상호 의존적이기 때문에 절대로 단순한 관계일 수가 없다. 또다시, 와인 한 방울이다.

여기에 더해 내 부족민이 3중으로 겪는 고질적인 재앙이 있다. 나와 대화했던 엄마들 거의 모두가 칼로리 부족, 에스트로겐 급감, 불면증에 시달리고 있었다. 어퍼이스트사이드에서 엄마로 살다가 어느 시점에 이르러 나 자신도 분명히 깨달았다. 불안과 불행감이 수면장애와 호르몬 이상을 일으키고 사람을 허기지게도 한다는 말은 결코 과장이 아니다. 비교적 늦게 결혼하고 아이를 낳은 여자들은 아마 20대보다 나은 지각력과 분별력을 갖추었고 사회적·재정적으로도 안정된 생활을 할 것이다. 하지만 우리는 젊은 엄마들에 비해 기력이 달린다. 재충전을 위해 휴식을 취하는 것이 너무나 절실하지만, 그것조차 쉽지 않다. 에스트로겐 수치가 (일부 경우 30대 중반부터) 뚝 떨어지면서, 좀처럼 단잠을 이루지도 못하게 된다. 에스트로겐 부족은 수면장애에다 다른 문제들도 일으킨다. 최근 학계에서는 여성이 불안 및 기분장애에 취약한 원인을 에스트로겐 감소에서 찾을 수 있다고 보는 견해가 지배적이다. 건강한 여성과 암컷 생쥐 체내의 에스트로겐은 공포 반응을 가라앉힌다. 공포소멸훈련 fear extinction이 되어 혈중 에스트로겐 수치가 높은 여성은 소스라치게 놀라는 경우가 적다. 즉 에스트로겐 수치와 평정심은 거의 정비

례한다.

이제, 길고 긴 재앙 목록에 어퍼이스트사이드 엄마족의 가장 특이한 의무 하나가 추가된다. 호리호리하되 탄탄한, 체지방율 제로의 몸매 유지하기. 내 남편이 나이지리아의 아부자로 출장을 간 김에 내 선물을 사려고 시장에 들렀다. 풍만한 몸에 강렬한 색상의 전통의상을 입은 주인 여자가 매대의 알록달록한 옷가지를 살펴보는 그를 거들면서 "아내 분은 살집이 좋은가요?" 하고 물었다. 내 남편이 어리둥절한 표정으로 "예? 아뇨, 말랐어요!" 하고 대답하자 여자는 황망히 시선을 내리깔았다. 여자의 말뜻은 '아내 분이 건강한 미녀인가요? 당신은 부자고요?'였다. 내 남편이 물건 값을 치르면서 고맙다고 말하는 순간까지도 그녀는 한사코 눈을 맞추지 않았다고 한다. 남편이 되어서는 아내가 말랐다고 버젓이 시인하다니. 얼굴에 부스럼이나 잔뜩 나라.

그러나 이곳 어퍼이스트사이드에서는, 가장 작은 사이즈가 가장 먼저 팔려 나갔다. 이곳 여자들은 말랐고, 더 말랐으며, 제일 말랐으니까. 빼빼 마른 몸이 미인의 조건이요 부의 상징이니까. 이 기준은 엄격하니까. 맨해튼의 심리분석가 스테파니 뉴먼은 이곳에서 섭식장애 환자들을 치료한 경험을 토대로 "할리우드와 패션모델계를 제외하면, 말라야 한다는 강박이 어퍼이스트사이드보다 심한 곳은 내가 아는 한 어디에도 없다"고 평했다. 내분비학자들에 의하면,

마르면 마를수록 에스트로겐 분비량은 감소한다고 한다. 지방이 과다하면 물론 건강에 해롭지만, 지방세포는 에스트로겐을 생성하고 에스트로겐은 불안을 완화한다. 신경증과 깡마른 몸은 '돌체'와 '가바나'처럼 한 단어로 붙어다닌다.

케일 즙으로 끼니를 때우고 만성 공복감에 시달리며 마른 몸매를 유지하는, 내가 연구한 부족민의 생활방식은, 에스트로겐 수치 외에도 많은 면에 영향을 끼친다. 오늘날 어퍼이스트사이드 여성들 대다수의 일상과 미국의 권장 체중감량 기준(매주 0.5~1킬로그램 감량을 목표로 매일 섭취량보다 500~600칼로리를 더 소비하기)은 제2차 세계대전 말기에 양심적 병역 거부자 서른여섯 명이 참여한 굶주림 실험의 복사판이라 해도 과언이 아니다. 이 실험의 피험자들은 매주 1킬로그램 감량을 목표로 하루에 1,600칼로리를 섭취하고 일주일에 35킬로미터를 걸었다. 그 결과 급격한 무기력증, 짜증, 불안, 현기증, 추위 민감증, 탈모, 이명, 집중력 저하, 성욕 감퇴를 겪었다. 음식에 집착하게 되어, 거식증 환자들이 식사 준비와 음식 소비를 의식화하듯이 그들에게도 매 끼니가 정교한 의식으로 발전했다.

한마디로 이 실험은 산트 암브뢰우스의 주중 점심때 풍경과 상당히 유사했다. 제2차 세계대전 당시의 굶주림 실험에서 의욕 있고 건강했던 청년들로 구성된 피험자 집단의 6퍼센트가 식사량 제한으로 인해 정신병원 신세를 지게 됐다는 점에 주목하자. 한 명은 자살

충동에 시달렸고, 다른 한 명은 손가락 세 개를 스스로 잘라버렸다. 당연히 내 주변의 여자들, '녹즙 식사'와 단식과 '해독 다이어트'와 혹독한 운동을 일상화한 여자들도 극도로 과민했다. 그녀들이 칼부림을 하지 않고 그저 어린이집 엘리베이터 안에서 질투 어린 시선을 서로 날카롭게 쏘는 것으로 그친 게 기적으로 느껴질 정도였다.

어퍼이스트사이드 엄마족치고 깡마르지 않은 사람은 없는데, 깡마른 중년 여성의 에스트로겐 감소는 실제로 공격성을 키운다. 한 연구단이 고高불안군에 속하는 여성과 그렇지 않은 여성을 대상으로 '감점 공격성 패러다임point-subtraction aggression paradigm' 실험을 수행한 결과, 고불안 여성의 공격률이 높았다.* 그러나 사실상 공격을 선택한다 해도 점수를 얻는 데 주요하게 유리하지는 않았으므로, 연구단은 '악의적이며 반사적인 공격성 표출의 순수한 사례'라는 의외의 결론을 내렸다. 이 논문을 읽다가, 불현듯 떠오르는 장면이 있었다. 아하! 내가 터를 잡은 이 동네에서 일상적으로 벌어지는 길거리 기선제압 현상의 원인을 깨달은 순간이었다.

---

* 이 실험에서 피험자는 주어진 시간 동안 점수 획득, 보호, 탈취 버튼 중 자신이 원하는 버튼을 내키는 만큼 누르라는 지시를 받는다. 탈취 버튼은 가상의 상대에게서 점수를 빼앗아 오는 것인데, 이를 선택한 비율이 높을수록 공격성이 높은 것으로 평가된다.

:

우리가 겪는 모든 재앙에 건배. 재앙 하나에 와인 한 방울을. 혹은 한 잔을. 혹은 몇 잔을.

어퍼이스트사이드의 부유한 남편들은 레드와인을 수집한다. 그들이 햄프턴스 별장에 꾸민 와인창고는 일종의 문화자본으로, 그 주인이 단순히 돈 많은 소비자가 아니라 세련되고 박식한 전문가라는 표식이다. 그들은 즐기기 위해, 나누기 위해, 그리고 과시를 위해 병을 딴다. 적절한 동시대 예술품처럼, 적절한 94년산 포므롤Pomerol 와인은 그 주인이 재력과 지식을 겸비한 인물임을 암시한다. 맨해튼의 식당에서 부부가 외식을 할 때 세 자리 숫자의 가격표가 붙은 와인을 병째로 주문하는 쪽은 대개 남편이다. 단, 부부동반 모임인 경우에는 동석한 다른 남편들과 상의해 주문한다.

반면에 아내들은 (레드와인을 마시면 잠이 더 안 온다는 이유로) 보통 화이트와인을 마신다. 어퍼이스트사이드 엄마족과 음주는 불가분의 관계다. 미국에서 여성은 와인 산업의 성장 동력이다. 우편번호 10021, 10075, 10028 지역 거주민이라면 누구나 아는 사실이다. 뉴욕 건강정신위생부의 조사 결과, 어퍼이스트사이드 주민이 여타 뉴요커보다 거의 모든 면에서 더 건강한 것으로 나타났다. 그러나 한 가지, 어퍼이스트사이드 주민의 폭음 성향은 다른 지역에 비해

35퍼센트나 높았다. 다시 말해 내 연구대상인 부족민 다섯 명 중 한 명은 과거 한 달 이내에 폭음을 즐겼다는 얘기다. 그렇다면, 그런 술꾼 중 여성은 몇 명이나 될까? 공식적인 통계는 없으나, 당사자 또는 참여 관찰자로서의 경험과 현장연구를 근거로 내가 내린 준(準) 과학적 결론은 '아주 많다'다. 엄마들의 밤 모임에서 1인당 와인 넉 잔 정도는 정말이지 아무것도 아니다. 생일파티나 우천 시 모임 장소로 즐겨 꼽히는 예술공예 스튜디오들은 오전 11시부터 와인을 제공한다. 내가 아는 엄마들은 매일 밤 화이트와인을, 보드카를, 데킬라를 마셨다. 본인이 남자에 뒤지지 않음을 인정받고 싶거나 여느 여자들과 다름을 과시하고자 하는 경우에는 스카치 같은 '남성적인' 위스키를 벌컥벌컥 들이켰다. 월요일은 예외였다. 월요일은 속죄의 날이었다. 주말에 흥청망청 먹고 마신 죄를 녹즙 단식으로 만회했다. 대신 화요일부터 금요일까지 하루도 빠짐없이 음주를 즐겼다.

무슨 법칙이라도 있는 거냐는 내 질문에 한 친구가 친절히 설명해주었다. "주말은 법칙이 없는 게 법칙이야." 무슨 말인고 하니, 내키면 아침부터 시작해 점심식사에는 와인을 곁들이고 오후에는 칵테일로 목을 축인 뒤 저녁식사 때에 또다시 와인을 마신다는 뜻이었다. 맨해튼에서 알게 된 많은 엄마들, 그러니까 수요일과 목요일과 금요일 아침이면 어린이집 복도에 선글라스를 끼고 나타나는 엄마들에게 음주는 자기위안이자 자가치료, 최소한의 해법이자 자장가였다. 시내에서 택시로 이동하고도, 보모와 다투고도 살아남은 자신에게 주는 선물이었다. 행사장이나 만찬회에서 음식은 거의 먹지 않고 술을 실컷 마시는 광경, 인사불성이 된 여자를 운전기사가 차 안으로 짐짝처럼 밀어 넣는 광경을 이 동네에서는 심심찮게 볼 수 있었다. 너무 취한 나머지 추태를 부렸다 해도, 다음 날 사람들이 수군대기야 하겠지만, '우리는 마신다. 별일 아니다'라는 기본적인 이해와 암묵적인 합의가 있었다. 물론, 술을 전혀 입에 대지 않는 사람부터 알코올중독 수준에 이른 사람까지 음주의 정도는 다양했다. 그러나 엄마들 술자리에 참석해 어울리면서, 나는 음주가 심리적으로나 사회적으로나 정서적으로도 이 부족의 문화라는 인상을 받았다. 문화의 일부이므로 따르는 것이 도리 아니겠는가. 또한 이 부족 문화에서 음주의 비중이 높은 까닭은 술이 걱정을 덜어주기 때문이다. 어느 날 아들을 데리고 응급실에 다녀온 캔디스가 열변을 토했다. "소아과 응급실에서는 왜 술을 안 파나 몰라!"

음주만이 아니다. 어퍼이스트사이드 엄마들에게는 신경안정제 역시 최고의 벗이다. 내가 아는 이 동네 엄마들 대다수가 매일같이 처방약에 의존했다. 아티반. 자낙스. 발륨. 클로노핀. 앰비엔. 그녀들은 온갖 종류의 신경안정제를 구비해두었고, 거리낌 없이 복용했다. 약과 와인을 섞어 먹기도 했다. 일례로, 잘나가는 패션 디자이너이자 두 아이의 엄마인 한 여자는 어퍼이스트사이드의 유명 식당에서 접시에 머리를 대고 잠들어버리기 일쑤였다. 그것도 점심때에. 많은 엄마들이 잠들기 위해 항불안제를 복용했다. 주로 한밤중에, 자녀 교육 문제나 돈 문제나 남편의 바람기 문제로 골머리를 썩이며 잠을 이루지 못할 때 약을 먹었다. 아이를 어린이집에 데려다주러 가기 전 또는 점심 모임 전에, 순수한 친구가 아니라 친구 겸 적인 여자들을 마주 대할 생각을 하면 손이 절로 약통을 찾았다(행사장에서 여왕벌들의 여왕을, 그녀의 조소와 멸시를 마주하게 되리라는 예상만으로도 내 안에서는 휴대용 술병을 챙겨 가고픈 충동이 일었다). 약효가 떨어질 즈음 다시 약을 먹었다. 그런 그녀들을, 맹세컨대 나는 꿈에서도 손가락질하지 않았다. 나도 비행 공포증이 있어 벤조계 약에 기대는 입장이었으니까. 하루는 어린이집 엘리베이터에서 어떤 엄마가 친구에게 하소연하는 얘기를 우연히 엿듣게 되었다. 자낙스를 먹어도 비행 공포증이 가시지 않는다고 하기에, 나도 모르게 불쑥 끼어들어 "자낙스는 블러디메리°랑 섞어 먹어야 약발이 잘 들어요!" 하고 진지하게 조언했다. 그 엄마와 나는 완전히 초면이었다. 이전까지 말을 섞어보기는커녕 눈 한 번 마주친 적 없던 사이였다.

아이가 어느 정도 자라면, 그래도 엄마들은 술과 약을 끊고자 할 것이다. 그녀들에게 술과 약은 육아와 고용인 관리를 책임지는

° 토마토로 만든 칵테일로, 외국의 대표적인 해장술로 통한다.

자리가 안기는 스트레스를 완화하기 위한 교육지책이다. 아이가 더 자라 거의 온종일 학교에서 지내는 시기가 되고 엄마가 악전고투하는 단계에서 멀어지면, 술이나 신경안정제와도 자연스레 멀어진다. 그러나 일부 엄마들은 그 후로도 음주와 복약을 끊지 못한다. 그녀들에게 엄마라는 신분은 술과 약을 부르는 시련이지만, 진실을 가리는 편리한 핑계이자 은폐막이기도 하다. 모두가 술과 약에 의존한다. 그래서 아무도 눈여겨보지 않는다. 그러는 사이 일부 특권층 엄마들의 의존성은 '중독'으로 발전한다. 어퍼이스트사이드의 AA* 회합 장소는 매디슨애비뉴의 프라다 매장과 랄프 로렌 매장 사이에 있는 어느 교회다. 남쪽 몇 블록 이내의 샤넬, 셀린느, 발렌티노 매장에서 구입한 옷가지로 세심하게 치장한 깡마른 엄마들이, AA 모임이 운영하는 탁아시설에 자원봉사를 나간다는 핑계로 남몰래 모임에 참석하고는 한다. 그녀들은 부족 내의 비밀결사로, 절대 비밀을 발설하지 않는다. 그녀들은 파티 장소에 남들보다 일찍 도착해 와인처럼 보이는 무알코올 음료를 와인 잔에 담아 달라고 요청한다. 세라피나에서 엄마들끼리 모이는 저녁식사 자리에서는 보드카 토닉 대신 라임 띄운 토닉을 홀짝인다. 항생제 때문에, 머리가 아파서, 다음 날 아침 일찍 약속이 있어서, 라고 둘러대면서. 모임에는 얼굴을

---

* Alcoholics Anaymous의 약자로, 알코올중독자들이 익명으로 모여 중독 치료를 도모하는 모임.

비추어 체면치레를 해야 한다. 그것이 원칙이고 방법이기 때문이다. AA 모임에서, 그녀들은 긴장을 놓지 못하고 의자에 반쯤 걸터앉아 날렵하고 초조한 경주마처럼 안절부절못한다. 잔뜩 굳은 얼굴에는 의지와 걱정이 반반 서려 있다. 정말이지, 금주의 다짐은 위태롭기 짝이 없다. 유혹이 도처에 도사리고 있다. 엄마들의 점심모임 장소인 르 빌보케처럼 유명한 식당일 수도, 덜 유명한 식당일 수도, 동네 한 귀퉁이의 부족민 모임 장소일 수도 있다. 빠진 것이라곤 와인 잔뿐.

⋮

그러나 진짜 큰 불안은 와인으로도 씻어낼 수 없다. 그런 불안의 원인 중 하나가 바로 종속성dependency이다. 이를 나는 레베카네 모임에서 처음 인지했다. 주변 엄마들을 관찰하고 그녀들의 이야기를 듣고 함께 식사하거나 술잔을 기울이는 횟수가 늘어날수록 더 뚜렷이 보였다. 그녀들의 삶과 행복과 정체성은 전적으로 타인에게, 그리고 자신이 통제할 수 없는 것들에 달려 있었다.

그녀들은 남편에게 경제적으로 의존하며 살아가기 때문에 뜬눈으로 밤을 지새웠다. 밤잠을 설치는 이유가 그것임을 알든 모르든. 어쩌면 남편이 다른 여자를 만나 자신을 버릴지도 모르는데 남편 없이 혼자서는 생계를 유지할 수 없다는 단순한 자각이 공복으로 인한 통증만큼이나 고통스럽게 그녀들을 갉아먹고 있었다. 어떤 엄마들은 어머니와 할머니가 그랬듯이 자기도 '만일을 대비해' 비밀 계좌를 트고 용돈과 부수입을 모으는 중이라고 내게 은밀히 털어놓았다. 삶의 동반자라기보다 고용인인 것처럼 남편으로부터 '연말 상여금'을 받는다고 한 엄마도 여럿이었다. 하루는 놀이터 벤치에서 한 엄마와 수다를 떨던 중, 얼마 전 진흙탕 싸움을 벌이며 이혼하여 소문이 파다하게 난 지인 얘기가 나왔다. 그 엄마는 말했다. "친정엄마가 나더러 남편한테서 귀금속을 되도록 많이 받아두래. 그게 보험이라고." 그녀는 아이비리그 대학교를 최우등으로 졸업한 수재였다. MBA 학위도 있었다. 그러나 직장에 다닌 적은 없었다.

맨해튼의 임상심리학자이자 저자인 스테파니 뉴먼에게 어퍼이스트사이드 여성들이 느끼는 불안과 경제적 종속성의 관계를 어떻게 보느냐고 물어보았다. 뉴먼은 "막강한 재력가 부류에 끌리는 여성은 혼자 힘으로 자녀를 부양할 수 없다는 데 두려움을 느끼고 결국 자괴감에 빠질 수 있다"라고 했다. 변호사 겸 심리분석가인 레이첼 블레이크먼Rachel Blakeman은, 결혼생활이 순조롭지 않다 해도 "완벽한 가정을 꾸려야 한다는 강박이 자아개념self-concept을 완전히 뒤덮어버린 여성에게 이혼은 아마 현실적으로나 감정적으로도 해답이 아닐 것"이라고 말한다. 애당초 '인생의 정답'이라 여겨 부유하고 영향력 있는 남자와 결혼했고 뒤늦게 그것이 오답이었음을 깨닫는다 해도 그녀들로선 불행한 현실을 벗어날 방법이 없다.

프랑스 출신이며 미모의 투자은행가인 한 엄마가 있었다. 그녀의 아이들은 우리 집 애들보다 손위였고 다른 어린이집에 다녔다. 그런데 우리 어린이집 엄마들 중 상당수가 그녀에게 양가감정을 내비치는 게 의아해서 물어봤더니, 다들 "유부남하고 시시덕거리는 게 꼴사납잖아!"라고 단호히 대답하는 것이었다. 그녀는 부유한 뉴욕 토박이와 결혼하면서 이 부족에 편입했고, 내가 그랬듯이 성별로 분리된 이 부족의 관습이 혼란스러웠던 것 같다. 나처럼 그녀도 아이들 생일파티나 연주회에서 남자들과 대화하는 모습을 자주 보였다. 아마 사업상 대화를 나누면서 조금은 재미도 느끼고자 했을 것이다. 그녀는 멋있고 똑똑했으며 언제 어디서나 돋보였다. 심지어 나는 내 남편과 그녀의 만남을 주선하기도 했다. 예쁜 여자가 내 남편과 적당한 선에서 재미를 보면 나에게도 이로운 것 아닌가? 그가 기분 좋으면 내 삶도 한결 편해진다. 안전한 재미와 자극 정도로 설마 일생의 서약이 뒤집힐까. 하지만 결혼생활과 엄마 노릇이 자신의 전부인 여자들, 남편이 자신의 유일한 생명줄인 여자들은 가벼운 희롱조차 불안해하고 나아가 공포를 느끼기도 한다. 내 남편과 외간 여자의 만남은 내 전부를 빼앗길 가능성을 암시하고 상기시키기 때문이다.

어퍼이스트사이드 엄마족 중 몇몇은 남편뿐 아니라 남편의 부모에게도 경제적으로 종속돼 있었다. 이 동네에는 엄청난 부를 대물림하는 집안이 대다수여서, 부모가 젊은 성년(그리고 그다지 젊지 않은 성년)에 이른 자녀를 이상하게 어린애 취급하는 경우가 많다. 시부모가 경제권을 쥐고 있기 때문에 좋든 싫든 비위를 맞춰야만 한다고 내게 토로한 이들도 있었다. 어린이집 단체 견학 현장에서 아이들을 뒤따라가며 나와 대화한 한 엄마는 "기본적으로 아들한테 물려주는 게 워낙 많으니까 시댁 어른들이 우리 삶을 좌지우지하는 거야"라고 간단히 설명했다. 어린이집 등록비도 시부모가 대준다고 했다. 아이폰 달력을 열어 빼곡히 찬 다음 주 일정을 보여주면서, 그 모든 약속과 점심모임에 시어머니를 모셔다주거나 동행해야 한다고 말했다. "모시고 다니기 싫은 게 아니야. 시댁에서 결혼선물로 아파트를 사줬고 내 남편이 친아버지 밑에서 일한다는 이유로 왠지 나를 빚쟁이 취급하는 것 같다는 게 문제지." 또 다른 엄마가 들려준 사연은 어퍼이스트사이드의 전형적인 사례로 꼽을 만했다. 그녀와 남편은 해변에 집을 구해 부부와 두 아이만 따로 나와 살기를 원했는데, 남편의 부모는 당신들 집이 훨씬 더 크고 다 함께 살기에 부족하지 않을 만큼 방도 넉넉한데 이사를 나가는 건 '비합리적'이라며 딱 잘라 금했다고 한다. 그녀의 시부모는 재정적으로나 정서적으로도 후한 분들이었지만, 그 때문에 아들과 며느리는 시부모의 심한 간섭을 감내해야 하는 입장이 되고 말았다. 그녀는 담담하게 말했다. "어엿한 어른 대접을 해주면 오죽 좋아. 어르신들 간섭받지 않고 우리끼리 살면 정말 좋을 텐데." 내가 연구한 부족민 사이에서는 그녀와 같은 처지가 흔하면 흔했지 드물지는 않았다. 본인도 이미 상당한 부자인 이 동네 주민들 상당수는 더 부자인 윗대가 세상을 뜨길 어느 정도는 기다리게 되는 복잡한 심사에 괴로워하는 처지였다.

한편 '본인 소유'의 재산이 있는 엄마들도 있었다. 그러나 이 경우는 재정적·정서적으로 친정에 기대고 있다는 의미였다. 한 엄마는, 두 자매가 대부호인 친정 부모의 상속자로 아파트 매입이나 아스펜 여행, 자녀 교육에 드는 비용을 받아 쓰는 형태의 특전을 누리며 생활한다고 했다. "나야 괜찮지만, 남편 입장을 생각하면 아무래도 이상하긴 하지." 이런 여자의 남편은 자주 처가 덕을 본다. 장인어른이 운영하는 사업체의 중역을 맡거나, 장인어른의 문화자본을 창업과 사업상 인맥 구축 및 거래에 활용한다. 대개 부모의 경제적 지원은 절대 공짜가 아니므로, 경제적으로 종속된 상태란 거의 어김없이 복잡한 사정을 동반하기 마련이다. 레이첼 블레이크먼은 "재정적인 면에서 아무리 좋다 해도, 나와 내 가족의 삶이 다른 누군가에게 얽매여 있다면 종종 감정적인 면에서 비싼 값을 치르게 된다"면서 "원한과 불안감 같은 악감정이 일고 개인과 가정에 갖가지 문제가 생길 수 있다"라고 지적했다.

옛 시대의 여성은 주로 채집을 하고 더러는 사냥도 했다(오늘날에도 아그타족 여성은 사냥을 한다). 무리에 식량을 조달하고 칼로리를 공급하는 필수 불가결한 존재가 되어, 자율권과 권위를 누리고 배우자 관계에서도 힘을 행사할 수 있었다. 세상 이치는 크게 달라지지 않았다. 따라서 내가 연구하고 어울리고 함께 커피를 마셨던 여성들은 경제적 종속성마저 초월하는 뭔가가 있는 게 분명했다. 많은 경우 그녀들의 정체성 자체가 조건부이며 상대적인 것 같았다. 그녀들을 규정하는 건 자기 자신이 아니라 주변인, 즉 친구, 친부모 및 시부모, 그러나 다른 누구보다도 남편과 자녀들이었다. 완벽한 결혼생활이란 게 존재하던가? 세상에 완벽한 자녀가 있던가? 그렇지만 어퍼이스트사이드 엄마들에게는 이 핑계가 통하지 않는다. 완벽한 결혼생활을 영위하지 못하면 힘 있는 남자의 완벽한 아내일 수도 없다. 완벽한 자녀를 두지 못하면 완벽한 엄마, 하다못해 좋은 엄마도 될 수 없다. 그래서 낯이 서지 않는다. 이혼은 답이 아니다. 완벽하지 못한 아이를 완벽한 아이와 바꿔치기할 수도 없다. 내가 아는 많은 여성이 타인의 자아를 확장시킨 존재이자 거울로서 살아가는 데서 오는, 기이하고 문화 특수적인 불안에 시달리고 있었다. 이런 점에서 그녀들의 정체성, 그녀들의 자아조차 온전히 혹은 엄밀히는 자신의 것이 아니었다.

　"휴, 다 지나가서 다행이야." 점심때 만난 캔디스가 남편의 이직 소식을 전했다. 남편의 향후 거취가 불확실해서, 혹은 한동안 고정

수입 없이 생활할 생각에 그동안 마음고생이 심했구나 싶었다. 하지만 캔디스는 고개를 저었다. "아냐, 이제 내가 숨 좀 돌릴 수 있겠다는 얘기지. 그이가 구직생활을 하는 동안 난 매 순간 근사해 보여야했단 말이야. 여기선 그래야 되거든. 특히 남들한테 뭔가 부탁하는 처지일 때는. 빵 좀 건네줄래?" 그래서였다. 그 특이한 스트레스 때문에. 명예와 수치의 문화에서는 남편이 고위급이면 아내도 덩달아 높은 지위를 점한다. 그러나 보기에 훌륭한 아내, 즉 누구나 선망하는 몸매와 패션 감각에 막강한 인맥까지 갖춘 아름다운 아내 역시 남편의 사회적·직업적 지위를 강화하고 심지어 끌어올릴 수도 있다. 캔디스 남편의 사회생활도 아제딘 알라이아Azzedine Alaïa* 드레스를 훌륭히 소화해내는 아내의 미모에, 그녀의 사교 수완에, 거의 모든 이에게 호감을 사는 그녀의 재주에 어느 정도 빚을 지고 있었다. 남편에게 아내란 값비싼 장신구이자 와인 병처럼 자신의 훌륭함을 입증하는 도구였고, 아내에게 남편은 밥줄이었다. 그 불안감이란. 또 하나의 재앙이다. 와인 한 방울감이다. 아니 한 잔. 거기에 한 잔 더.

---

* 튀니지 출신 프랑스 디자이너로. 여체의 곡선을 강조하는 '밀착 패션'을 선보여 패션계의 거장으로 자리매김했다.

⋮

신이 내린 마지막 재앙에 바로는 결국 무릎을 꿇고 말았다. 이미 이와 종기가 백성을 덮쳤고, 피, 개구리, 파리, 돌림병, 우박, 메뚜기, 어둠의 재앙이 애굽을 휩쓸었다. 그럼에도 바로가 굴복하지 않자, 신이 말했다. "이제 내가 이스라엘 백성을 제외한 애굽 사람의 장자를 모조리 죽이리라."

어느 날 캔디스로부터 전화가 걸려왔다. 목소리에 울음을 참는 기색이 역력했다. 그 통화로 나는 불안에 시달리는 엄마들에 대해 또 한 가지를, 돌이켜보면 너무나 분명한데도 이전까지 내가 놓쳤던 사실을 알게 됐다. 캔디스는 아무도 듣지 못하게 혼자 욕실에 숨어서 내게 전화를 걸었다. 뇌진탕으로 응급실까지 다녀왔던 아들은 이제 다 나았다고, 적어도 다 나은 것 같다고 했다. 일주일간 읽기나 화면 보기를 삼가고 어둑한 방에서 '두뇌 휴식'을 취한 뒤, 이어서 또 일주일간 몸을 많이 쓰지 않고 요양한 끝에 녀석은 다시 일어나 뛸 수 있게 되었고, 엄마를 똑 닮아 재미있고 영리하며 활기 찬 원래 모습을 되찾았다. 그러나 사고 이후 14일이 지난 지금, 다른 문제가 생겼다는 것이었다. 이 얘기를 듣는 순간 가슴이 철렁했다. 자칫 친구의 불안을 부추길세라, 난 최대한 소리 나지 않게 심호흡을 했다. 곧이어 그녀가 비련의 여주인공처럼 말했다. "치아." 치아, 라고? 딴 게 아니라 그냥 치아? 난 안도감에 가슴을 쓸어내렸지만 그녀는 비통하게 이어 말했다. "애 이가 꺼멓게 됐어. 너무 흉해." 급기야 울먹이기 시작했다. 난 나직이 위로했다. "괜찮아질 거야. 의사는 뭐래?" 그러고는 가만히 기다렸다. 캔디스는 단숨에 자초지종을 쏟아냈다. 그냥 사고였어. 사소한 몸싸움. 경기 중에 다른 애랑 몸이 부딪친 것뿐이야. 피를 보기는 했지. 그게 다야. 애도 멀쩡했고. 그런데 이 하나가 꺼멓게 변했더라고. 부딪칠 때 충격으로 신경이 죽었대. "치수괴사가 웬 말이니." 그야말로 망연자실한 목소리였다.

우리 집 둘째 녀석이 주방 바닥에서 냄비와 프라이팬을 가지고 노는 소리가 들렸다. 통화할 시간을 벌 요량으로 내가 녀석에게 갖고 놀라고 준 것이었다. 하지만 머릿속엔 다른 광경이 펼쳐졌다. 몇 달 전 잉가와 함께 둘러보았던 모든 아파트의 모든 거실 벽에 걸린 모든 사진들. 사진 속에서 환히 웃는 아이들의 치아는 하나같이 새하얬다. 꺼먼 치아는 하나도 없었다. 단 하나의 결점이 그렇게나 엄청난 비극이었나? 훌륭한 엄마로서의 정체성을 앗아가고 안전을 위협해 거대하고 압도적인 좌절감을 안길 정도로? 캔디스는 울고 울고 또 울었다. 난 전화기를 귀와 어깨 사이에 끼우고는 다 괜찮을 것이고 별 탈 없을 거라며 그녀를 달래고 달래고 또 달래면서, 본능적으로 손을 내려 배를 어루만졌다. 아무래도 이상해. 그래도 뭔가 더 있을 거야.

완벽한 치아가 죽었다. 바로의 맏아들과 모든 이의 맏아들이 신의 손에 죽었다. 한갓 치아일 뿐이었다. 한갓 이야기일 뿐이었다. 그러나 뭔가 잘못되었고 다른 일들도 잘못될 수 있다는 뜻이었다. 따라서 내가 현재 누리는 것들을 잃을 수도 있다는 의미였다. 그것은 바로 그 순간까지 내 눈에는 도무지 이해할 수 없는 미친 짓으로만 보였던, 수많은 맨해튼 엄마들 행동의 중심에 도사린 유령이었다. 완벽해야 하고 완벽하게 살아야 한다. 길거리에서 치킨게임을 벌이고, 어떤 유모차와 어떤 무독성 매트리스를 고를지 고심하고, 아들을 알맞은 학교에 입학시키려 분투하고, 딸아이에게 자전거 타는 법을 가르쳐줄 사람을 고용하고……. 이 모든 것이 축축하고 비옥한 공황의 땅에서 발아한, 정교하고 복잡하며 기이한 생태형이다. 난 생각했다. 제발, 와인 한 방울을 더.

제7장

공통습성:
엄마라는 이름으로

딱히 언제라고 꼬집을 수 없는 순간에 난 변했다. 어퍼이스트사이드에서 아이를 키우며 생활한 지 2년, 어느새 나는 참여 관찰자가 아닌 그냥 참여자였고, 내부인 겸 외부인으로서 연구하겠다는 초기 다짐이 무색하게 '외부인의 시선'을 잃었다. 아랫동네 연줄은 거의 닳아 없어질 지경이었다. 그나마 남은, 대부분 독신에 예술가나 학자인 아랫동네 친구들을 추수감사절과 크리스마스 같은 때에 만나는 정도였다. 그때마다 그 친구들은 내 아이들에게 맛있는 간식거리와 선물을 잔뜩 안겨주고 책도 읽어줬다. 그리고 내 변한 모습을 장난스럽게 놀려댔다. 속속들이, 요상하게, 그런데 왠지 귀엽게 변했다나 뭐라나. 내가 변한 건 사실이었다. 분명히 일러두는데, 우리 부부는 백만장자가 아니었다. 파크애비뉴에 있는 우리 집도 결코 널찍하달 수 없었다(그럼에도 내 핸드백 전용 수납장을 따로 갖춰놓았지만). 난 일부러 아이들에게 잔심부름을 자주 시켰다. 거창한 생일파티를 열어주지도 않았고, 녀석들이 과분하다 싶은 자리, 이를테면 양키스 경기를 타자석에서 가장 가까운 관중석 맨 첫 줄에 앉아 관람할 기회를 얻거나, 조랑말을 타고 곡예사 묘기를 구경할 수 있는 햄프턴스 별장 파티에 초대를 받으면 이런 행운에 고마워하게끔 확실히 가르쳤다. 내 아이들이 인생을 환상적인 최고급 경험의 연속이라 여기게 되는 건 싫었다. 공연히 눈만 높은 사람이 아니라, 소박한 장소와 사소한 일에서 즐거움을 찾아낼 줄 아는 사람으로 키우고 싶었다.

하지만 이제 나는 누가 뭐래도 어퍼이스트사이드 엄마였다. 내 동족인 어퍼이스트사이드 엄마들이 신경 쓰는 것이 내게도 똑같이 신경 쓰였으니까. 내 아이들이 어느 어린이집에 다니는가. 나는 아이들에게 충분히 잘하고 있는가. 내 아이들을 가르치는 교사들은 전문성이 있고 유능한가. 내 인간관계는 만족스럽고 건전할 뿐 아니라 나에게, 내 아이들에게, 내 남편의 사회생활에 유용하기도 한가. 난 안락하고 세련되게 살고 싶었다. 끝내주는 몸매를, 할인행사를 통해서라도 돌체앤가바나와 프라다의 아름다운 옷과 구두를, 두 달에 한 번꼴로 미용실에 돈을 갖다 바치고 얻는 근사한 머리색을 갖고 싶었다. 해변에 지어진 멋진 집을 원했다. 다만 다수의 어퍼이스트사이드 엄마족 친구들과 달리, 나는 또한 일을 하고 싶었고 내가 자랑스러워하는 것들을 글로 남기고 싶었다. 그렇지만 이 동네 친구들처럼, 내가 훌륭한 아내이길 바랐다. 그리고 역시 그녀들처럼, 그 무엇보다도 간절히, 훌륭한 엄마이길 소망했다. 그저 괜찮은 엄마가 아니라, 아이들을 위해 내가 해야 하는 일과 할 수 있는 일을 전부 다 해주는 엄마이고 싶었다.

어퍼이스트사이드 거주민은 물론이고 서구 산업사회에 사는 사람들이 으레 그러하듯, 나 역시 모성에 대한 어떤 고정관념에 사로잡혀 있었다. 특권층 특유의 문화이며 아마도 자기파괴적인 방식이리란 걸 알면서도 모성 집약적 육아의 규범을 따랐다. 관찰에서 시작해 적응을 거쳐 완전히 동화한 이 세계에서, 육아란 내가 낳은 생명을 지켜주는 것, 그러기 위해 나를 혹사하고 나의 많은 부분을 희생하는 것, 가끔씩 기쁘지만 대체로 짜증나고 약 오르고 불안한 그런 것이었다. 당연히 나도 주변의 특권층 엄마들과 나란히 조바심치고 애를 태웠다. 아이들 일이라면 아주 예민하게 굴기도 했다. 어쩌면 나도 캔디스처럼, 꺼멓게 변색한 치아 하나가 의미하는 모든 것에 망연자실해 몇 시간이고 온종일이고 울고불고할지도 모른다. 그러나 내 주변의 모든 사람들처럼, 나는 몇 년간 경험한 풍요와 소아과의사와 어린이집에 길들었다. 고층 건물의 안락한 집에 살면서 푹신한 SUV를 타고 다니다 보니 즉각적인 위험에 둔감해졌다. 생태적 해방과 풍요와 백신의 방조로 나를 포함한 모든 서구인은 위험 불감증에 빠졌고, 그래서 인류의 선조들이나 동시대 수렵채집인들이 상상도 못할 모험적인 방식으로 아이들을 다룬다.

　우리는 아이와 엄마 모두의 '독립성'을 키운다는 명목으로 갓난아기를 바운서에 혼자 앉혀두고서 샤워를 한다. 아기를 계속 안고 다니다가 잠깐 다른 볼일이 있을 때에만 몇 분에서 몇 시간 정도 가까운 친족에게 맡기는 대신, 입소문 또는 중개업체를 통해서만 알거나 아예 생면부지인 보모를 고용한다. 아기가 배고프거나 졸리다는 신호를 보낼 때가 아니라 엄마가 정한 시간에 맞춰 먹이고 재운다. 또한 다른 문화권의 부모들에게는 아연실색할 일일 테지만, 우리는 아기를 나무상자에 눕혀놓고 밤새 따로 떨어져 잔다. 아기는 혼자 잠을 청하며…… 운다. 오늘날에도 전통적인 생활방식을 따르는 수렵채집 및 농경사회의 사람들에게 우리는 젖먹이를 방치하는 불가해하고 잔혹한 엄마로 비칠 것이다. 실제로 다수의 인류학자가 보고한 그들의 반응은 모두 한결같다. 정작 갓난아기를 불가에 앉히거나 불 근처에서 기어 다니게 하고 두세 살짜리 아이가 도끼나 칼을 갖고 놀아도 뭐라 하지 않는 사람들이 서구사회의 육아법을 들으면 도리어 질겁한다는 것이다. 서구사회에 '울려 재우기cry it out'라는 수면교육법이 있다고 알려주면, 그들은 선뜻 믿지 못하다가 이내 충격에 휩싸여 '세상에서 가장 소중하고 가장 연약한 젖먹이 아기한테 어쩌면 그렇게 냉담할 수 있느냐'고 힐난한다.

상대적으로 특권층에 속하는 서구의 부모는 행위뿐 아니라 사고방식으로도 다른 문화권의 부모와 구별된다. 우리는 자녀가 둘, 셋, 넷, 다섯, 심지어 여섯이라 해도 온 가족이 생존함은 물론이고 당연히 '아주 잘 먹고 잘 살 것'이라 믿는다. 예방주사 한 방이면 홍역, 백일해, 소아마비처럼 외모를 흉측하게 만들거나 일부 신체 기능을 마비시키거나 목숨을 앗아가기도 하는 끔찍한 질병을 피할 수 있다. 면역력이 좋아서 감기, 독감, 수두 같은 병은 잘 걸리지도 않지만 걸린다 해도 가볍게 털어낼 수 있다. 아이들은 어린이집부터 초·중·고등학교와 대학교를 거쳐 의학전문대학원이나 경영대학원이나 로스쿨 학위를 딴다. 때가 되면 결혼을 하고 자녀도 낳는다. 아이들은 부모의 자랑이며, 언젠가 부모를 땅에 묻을 사람들이다. 이것이 우리네 인생의 모범답안이다.

그렇기 때문에, 어퍼이스트사이드의 여느 엄마들과 똑같이 아이들을 키우며 하루하루 살아가는 동안, 나는 모성의 영역과 상실의 영역이 얼마나 근접하게 겹치는지를 진지하게 헤아려보지 않았다. 그건 비밀이다. 본인이 직접 겪어보기 전까지는.

．
．
．

'임신이라고?' 여성 시청자를 겨냥한 비극 드라마나 시트콤의 여주인공처럼, 나는 소변에 젖은 막대기에 두 줄로 나타난 보라색 선을 응시하다가 포장 상자 겉면에 쓰인 설명문을 다시 살폈다.

그럴 리가. 말이 안 되잖아. 그래, 두 달 전 피임이 제대로 안 된 건 사실이었다. 그렇지만 잘못된 걸 곧바로 알았기 때문에 주치의의 처방을 받아 사후 피임법을 썼고, 그 달에는 생리를 했다. 양이 적었지만, 어쨌든 했다. 그다음 달에도. 그러니 역시 불가능한 일이었다. 일곱 살 아들과 이제 막 걷기 시작한 아들을 둔 마흔세 살 아줌마가 또 임신을 하다니. 피임에 실패하고 나서 사후 피임에도 실패할 확률이 얼마나 되겠는가? 더구나 마흔세 살에 실수로 임신할 확률까지 더하면? 시험관아기 시술에 몇 번이나 실패한 친구들은 "도대체 비결이 뭐야?" 하고 캐묻겠지. 대리석 세면대 모서리를 움켜쥔 채, 나는 집안 대대로 구전돼 내려온 옛이야기를 떠올렸다. 아주 뒤늦은 나이 즉 갱년기에 임신한 체로키족과 스코틀랜드 조상들에 관한 이야기였다. 내 할머니는 "인생 전환기의 임신"이라 묘하게 에둘러 표현했는데, 이제 와 생각하건대 그런 용어까지 따라붙은 걸 보면 우리 집안엔 그런 일이 심심찮게 있었던 것 같다. 그렇다면 아예 불가능한 일은 아니었다. 희박한 가능성은 있었다. 어쩌면 테스트기가 잘못됐을지도 모르고. 난 두 번째 막대기를 뜯어 두근대는 마음으로 소변을 묻혔다.

변기 물을 내리고 기다리면서, 두 줄의 보라색 선이 의미하는 바를 생각했다. 몇 주 전만 해도, 나는 때 이른 폐경기가 급작스럽게 온 줄 알았다. 아니면 머리가 어떻게 됐거나. 혹은 죽을병에 걸렸거나. 두뇌가 솜뭉치로 변한 것만 같았다. 머리가 제대로 돌아가지 않았다. 괜히 남편과 애들한테 신경질을 부렸다. 별의별 것이 평소보다 더 짜증스러웠다. 전화기가 어디 갔지? 선생들이 이 정도밖에 못 가르쳐? 위층 집 인테리어 공사는 언제 끝나는 거야? 그리고 너무 피곤해서 툭하면 꾸벅꾸벅 졸았다. 책상 앞에 앉아서, 식료품점 계산대 앞에 서서("저기요, 손님? 어라?"), 심지어 필라테스 강습실 리포머에 누워 스트레칭을 하는 와중에도. 주치의에게 전화해 몸이 이상하다고 말하고 무작정 진료 약속을 잡았다. 의사를 만난들 뾰족한 수가 있을까. 글쎄다, 왜 그런지 모르겠지만 갑자기 정신이 회까닥했으며 확실히 어딘가 아프다고 설명하면 되려나? 아무튼 기다렸다. 커피를 마셔도 멍하고 피곤하고 무기력한 증상은 가시지 않았다. 오히려 커피 향만 맡아도 구역질이 났다.

오, 맙소사. 헛구역질이 났었어. 커피에. 그러고 보니 다른 냄새에도 속이 메슥거렸잖아. 심하게. 아이고 이런. 시선을 흘끗 내렸다. 그러면 그렇지, 아무렴. 여지없이 선명한 두 줄의 보라색 선. 무시하지 마시오.

　확률을 따지는 게 무슨 의미가 있을까. 불가능이고 자시고 간에, 틀림없이 임신이었다.

⋮

산부인과 대기실. 나는 생강사탕을 빨면서 기다리는 중이었다. 곧 의사를 만나면 내 계획을 알릴 셈이었다. 주위에 널린 잡지들 표지 속에서 행복하게 웃는 임신부들을 무심히 눈으로 훑었다. 생각해보면, 영장류학자이자 진화생물학자인 사라 허디가 공식화한 '농경시대 이후를 살아가는, 털이 없고 두 발로 걸으며 발정기가 따로 없는 고위 영장류'로서, 현재 내가 처한 상황은 특유하면서도 참으로 당연한 것이었다.

　선사시대의 여성은 3~5년의 간격을 두고 임신을 했다. 주식은 식물과 견과류였고 이따금 고기류도 조금씩 먹었으며, 섭취한 칼로리는 사냥 및 채집 활동으로 모조리 소비했으므로 자연히 살찔 틈이 없었다. 체지방률이 낮은 여성은 배란 및 생리 주기가 길어서, 경우에 따라 1년에 네 번 정도로 그치기도 한다. 여기에다 수유 및 육아와 식량 채집까지 병행하다 보니, 한 번 출산한 후에는 오래도록 생식력이 매우 낮은 상태일 수밖에 없었다. 큰아이가 갓 태어난 동생을 잠깐씩 돌볼 수 있을 만큼, 이를테면 네 살 정도로 자라고 나서야 엄마 배에 다음 아이가 들어서고는 했다. 그러나 농경시대에 접어들면서 여성의 활동량이 현저히 적어졌다. 칼로리 소비량이 줄어드니 체지방률은 급격히 높아졌고 덩달아 생식력도 증가했다. 다시 말해 기본적으로 매달 생리를 하게 되었는데, 그 때문에 우리는 들판과 농장을 벗어나 쇼핑몰과 호화주택과 아파트 건물 안에 갇혀버렸다. 한 집안 형제자매의 터울도 두 살 정도로 좁아졌다. 미국의 모든 도시에서 엄마들이 유모차에 갓난아기를, 유모차에 딸린 스케이트보드에 두 살배기를 태우고 다니는 모습을 흔히 볼 수 있는 이유다. 시간이 흐르고 시대가 바뀌면서, 농경시대 이전의 생활양식은 우리 인류에게 생소한 것이 되었다. 우리의 생활상은 지금도 끊임없이 변화하고 있다.

그래서였다. 아장아장 걷는 아이와 어린이집 2학년생(누가 우리 애들의 나이 차를 물으면 나는 그저 어깨를 으쓱하고 "현세의 전형적인 터울이지요"라고 답했다)의 엄마인 내가 또다시 10주차 임신부가 된 까닭은. 내 이름이 불려 진료실로 들어갔다. 태연한 척 애썼지만 의사가 문을 닫자마자 무너지고 말았다. 눈물을 글썽이며, 임신 테스트기의 선명한 두 줄을 거듭 확인한 뒤 남편과 상의한 내용을 전했다. 내 나이, 아직 어린 둘째, 내 병력 등등의 이유로 역시 무리라는 결론을 내렸다고……. 의사는 끄덕였다. 이제 내가 할 일을 일러주고는 필요한 서류에 서명을 한 뒤 내게 건넸다. 나는 의사가 일러준 병원으로 가서 몇 가지 서류를 더 채웠다. 무감각한 상태로 정보를 기입하고 접수원에게 차트를 건넸다. 접수원은 연민 어린 표정과 옅은 미소를 띠고서 내게 다음 날 아침에 다시 오라고 나직이 말했다.

집도 작업실도 아닌 센트럴파크로 걸어가 호숫가 나무 아래의 작은 나무 정자에 앉았다. 하늘이 맑았고 날은 서늘하되 춥지는 않았다. 주중 아침이어서 사람도 거의 없었다. 말무리로 뒤덮인 탁한 물속에서 헤엄치는 거북이들을 바라보며, 모성에 대해 생각했다. 사랑이 넘치고 관대하며 한없이 주기만 하고 헌신적인 엄마를, 그리고 데이비드 랙이 관찰한 어미 새들처럼 감정을 배제한 채 전략적으로 사고하고 냉정하게 손익을 따지는 엄마를 생각했다. 번식을 위한 취사선택과 모성의 절약에 대해 생각했다. 선사시대부터 유사시대까지 모든 동물종의 수많은 암컷이 새끼를 배고서 선택의 기로에 놓였을 테고, 힘든 결정을 내려야만 했던 순간도 무수했을 것이다. 쌍둥이 둘 다에게 젖을 물릴까, 아니면 한 놈한테만 물릴까? 주는 데도 한계가 있고, 너무 많은 희생이 따르는 경우도 있으니까. 부실한 아기를 업둥이로 보내면 아기는 아마 죽고 말겠지만, 대신에 엄마는 이미 영아기를 무사히 살아낸 아이들을 먹여 살리는 데 전념할 수 있다. 아니, 다른 아이들에게 돌아갈 기회가 적어질지라도 아기를 품고 키워야 옳은가? 천적을 피해 달아날 때 품 안의 새끼를 버리고서라도 엄마가 살아남아야 하는가? 단, 엄마가 아직 젊어서 다음을 기약할 수 있어야 하지만. 그렇다면 알맞은 생태조건(충분한 식량, 살기 좋은 기후, 적은 수의 천적)을 기다렸다가 다시 임신할 수 있다. 또다시 그다음을 기약할 수도 있다.

모성을 연구하는 학자이자 사회생물학자인 사라 허디는, 모성이란 언제나 그런 계산과 선택의 문제였다고 밝힌다. 우리 여성의 옛 조상들과 세계 곳곳의 온갖 동물종 암컷들처럼, 우리는 이미 있는 자녀들의 안위와 미래에 생길 자녀들의 안위, 그리고 우리 자신의 안위 사이에 균형을 찾고자 한다. 그러지 않으면 다 죽으니까. 설령 살더라도 다 같이 힘들어지니까. 부유하건 가난하건 간에 '여성은 대략 지속성과 번식 사이에서 끊임없이 취사선택을 한다'고 허디는 전한다. 나의 곤경은 오래전부터 존재했으며 특별한 게 아니었다. 하지만 세상이 무너지는 기분이었다.

그 자리에 몇 시간을 머물렀다. 해가 뉘엿뉘엿 저물 무렵에야 집으로 돌아가 남편과 오랫동안 얘기했다. 의사의 전화 응답기에 음성 메시지를 남겼고, 얼마 지나지 않아 그에게서 전화가 왔다. 난 다음 날 아침 예약을 취소하겠다고 했다. 일정을 다시 잡겠느냐고 묻기에 아니라고, 수술하지 않기로 결정했다고 알렸다. 몇 시간 뒤 아이들은 각자 방으로 자러 들어가고 우리 부부도 침대에 누웠다. 어찌나 부드럽고 포근하던지. 밀려오는 만족감과 평화와 졸음을 느끼며 나는 남편의 팔을 당겨 내 어깨에 둘렀다. "우린 행운아야." 난 말했고, 남편도 끄덕였다.

⋮

영아기나 유아기는 언제나 상대적으로 위태로운 시기였다. 선사시대와 유사시대, 심지어 오늘날에도 인간의 일생 중 영·유아기보다 더 위험천만한 시기는 없다. 태아기를 제외하고는. 산전 관리가 철저한 미국에서조차 태아의 대다수는 끝내 태어나지 못한다. 여러 보고서에 자주 인용되는 1988년 조사에 의하면, 임상적으로 인정된 임신의 31퍼센트가 유산으로 끝난다고 한다. 알려지지 않은 임신까지 고려하면, 모든 임신의 절반 이상이 '자연유산'된다는 추산도 가능하다.

물론 선진국에서 태어난 아기는 생존율이 매우 높다. 미국의 경우, 영아 사망률은 약 1,000분의 6에 불과하다. 그러나 전 세계에서 매일 약 100만 명의 아기가 대부분 조산, 질병, 영양실조 등의 합병증으로 사망하는 것이 현실이다. 영·유아 사망률은 그리 멀지 않은 과거에도 어마어마했지만, 선사시대로 거슬러 올라가면 그야말로 경악할 수준이었으며, 동시대의 전통 부족도 이런 통계수치를 유지하는 형국이다. 예를 들어, '문명의 영향을 전혀 받지 않은' 수렵 채집 부족민의 43퍼센트가 15세 이전에 사망한다. 사라 허디는 놀랍게도 !꿍산족 여성의 절반이 자녀가 없는 상태로 사망한다고 추정한다. 그러나 출산 경험이 없어서가 아니다. !꿍산족 여성은 평생 동안 평균 3.5명의 아이를 낳는다. 1970년대에 인류학자 마조리 쇼스탁Majorie Shostak이 집중 취재한 !꿍산족 여인 니사Nisa가 이 가슴 아픈 통계의 전형적인 사례에 해당한다. 니사는 두 번의 유산을 겪었으며, 네 아이를 낳았으나 그중 두 명은 청소년기가 되기 전에 사망했고 나머지 두 명마저 성인이 되기 전에 세상을 등졌다.

이렇듯 유아기란 실로 위험천만한 시기인데, 우발적인 만일의 사태가 불안하지 않은 엄마가 있을 수 있을까? 걱정 많은 주변 엄마들과 내가 아이를 등하원시키고 껴안고 때로는 버럭 성질을 내기도 하는 모습을 지켜보면서, 엄마는 결코 두려움을 떨쳐낼 수 없다는 생각이 들기 시작했다. 아무리 시대가 좋아졌다고 해도, 잊어도 되는 상황이라 해도, 유아기를 무사히 넘기기란 어려운 일이고, 따라서 엄마가 계속 엄마이리라는 보장도 없다는 사실을 진정으로 잊기란 불가능하다.

놀이터에서 마음을 졸이고, 놀이모임의 모든 순서를 꼼꼼히 살피고, 엄마들의 밤 모임에서 긴장을 푸는 동안에도, 우리의 내면은 엄마로서의 자아에게 이 심오한 진실을, 불가피한 집단적 불행을,

영원을 통틀어 어미가 자식을 지켜낼 확률과 잃을 확률은 반반이었다는 사실을 끊임없이 경고한다. 자식을 땅에 묻는 일은 자식을 보듬고 돌보는 일 못지않게 엄마들 세계에 늘 실재해온 깊고도 근본적인 경험이다. 무릎이 까진 아이를 달랠 때마다, 우리는 내심 이 정도로 끝났음을 고마워해야 한다. 바로 그 사고로 아이를 잃은 자신을, 또는 다른 엄마를 위로해야 했을 수도 있으니까. 매우 일어날 법한 일이니까. 표면상 가장 안전한 동네인 어퍼이스트사이드에서 수년을 살면서 믿게 된 사실이 있다. 우리의 정체성에 영향을 미치는 수많은 압박과 변화무쌍하고 다양한 제약으로 우리가 엄마가 되는 것을 막는 수많은 현실이 존재한다. 이와 마찬가지로 엄마 역할의 상실이라는 프로그램은 틀림없이 여전히 그 자리에 있다. 또한 이 사실이 우리가 아이를 위해 내리는 모든 결정과 선택에 어느 정도는, 가장 내밀한 수준으로 반드시 영향을 끼친다. 우리는 언제나 이를 염두에 두고 있지 않은가? 설령 스스로 그렇다는 것을 인지하지 못한다 해도? 캔디스처럼 말이다.

상실이 엄마에게, 우리 인류에게 미치는 영향을 연구하는 진화심리학자들은 이렇게 서술한다.

자녀의 죽음은 인류 진화에 중요한 역할을 담당해왔다. 모든 발달 단계 중에서, 그리고 현대를 포함해 모든 역사적 시간을 통틀어,

유아기는 가장 높은 사망률과 연관돼 있다. 성인으로서의 생존이나 배우자 찾기, 출산 등의 다른 진화 압력evolutionary pressures에 비해, 유전자 계승에 직접적으로 기여하는 데 실패할 확률은 유아기에 가장 높다. 이러한 잠재적 영향력에도 불구하고, 자녀의 죽음은 인류의 진화심리에 영향을 미치는 요소들 중 가장 적게 연구되는 주제인 것으로 보인다.(볼크와 앳킨슨Volk and Atkinson, 2008)

맨해튼 같은 도시에 사는 사람들에게, 내 연구대상 같은 특권층 부족민들에게, 비극은 이상하게도 이중의 충격을 안긴다. 맨 처음 사실을 인지하는 순간에는 머리를 망치로 맞은 듯이 얼떨떨하다가, 그다음 순간 또 다른 충격이 밀려온다. 안락하고 안전한 삶을 위해 온갖 노력을 기울이는데도 내 삶이 안락하지도 안전하지도 않다는 사실을 자각하는 데서 오는 충격이다. 우리는 성실히 운동한다. 소아과 전문의의 전화번호를 외워둔다. 종류별로 세세하게 보험에 가입한다. 혼돈과 불확실성을 멈추는 대가로 시간당 200달러(약 20만 원)나 청구하는 정리 전문가까지 고용해 집을 꼼꼼히 정돈한다. 그럼에도 불구하고, 표면을 긁어내면, 내가 아는 거의 모든 엄마들이, 그 엄마의 자매나 친한 친구가, 이루 말할 수 없는 방식으로 자식을 여의었다. 임신 2주 차, 혹은 12주 차에. 39주 된 태아가 넝쿨에 꽃이 말라 죽듯 탯줄에 목이 감겨 죽었다. 잠결에 보모가 몸을 뒤척이다 신생아의 몸을 덮쳐 질식시켰다. 두 살배기 아이가 놀이터 기구에서 떨어져, 높은 데서 떨어진 것도 아니고 머리를 부딪친 것 같지도 않았는데 뇌진탕으로 며칠 만에 눈을 감았다. 이제 막 걷기 시작한 아이가 창문 밖으로 굴러떨어졌는데 하필 달려오던 차에 부딪쳐 온 도시인의 마음을 산산이 부서뜨렸다. 갓 돌 지난 아이가 간단한 수술을 받으러 시내 최고의 병원에 갔다가 영영 돌아오지 못했다. 소녀 세 명이 화재로 목숨을 잃었다. 화마의, 상실의 흉포함이란. 모두 여기서, 바로 여기에서, 우리가 사는 이곳에서 일어난 일이다. 어퍼이스트사이드는 안전한 동네다. 여기서는 뭐든 가능할 것 같다. 그렇지 않을 때까지는.

:

임신 중에는 속이 편할 날이 없었다. 이토록 지독한 구역질은 난생처음 경험하는데 다들 입덧을 대수롭지 않게 여겼다. 매일같이 토하는 거야 첫째와 둘째 때에도 이골이 나도록 겪었다. 아침에 일어나자마자 토했고, 그다음엔 이를 닦다가, 또 그다음엔 아들을 어린이집에 데려다주면서 토했다. 어린이집 밖에서 엄마들과 대화하다가, 또는 전화 통화를 하다가도 구역질을 했다. 택시 안에서는 봉지에 토했다. 그래도 산부인과 의사들 말마따나 이게 다 아기가 잘 크고 있다는 신호이려니 했다. 하지만 매일 구토를 하고 녹초가 되는 건 정말 고역이었고, 둘째 녀석과 제대로 놀아주지 못하는 것도 속상했다. "엄마는 동그란 방울인 척할 테니까, 너는 어린애를 하렴." 내가 방바닥에 드러누워 말하면, 녀석은 장난감을 모조리 꺼내 와 늘어놓고 내 곁에서 놀았다. 나중에는 제법 부푼 엄마의 가슴과 배를 토닥이며 빙그레 웃었다. 내 배를 어루만지면서 공갈 젖꼭지를 문 채로 "이상해"라며 키득거린 적도 있었다.

체중이 줄었지만 이 역시 지난번 임신 때에도 겪은 증상이었다. 뱃속의 아기는 무럭무럭 잘 자랐다. 각종 수치 검사와 유전자 검사를 무사통과했으며 아미노 수치도 우수했다. 여자아기라는 걸 알았을 때에는 부부가 같이 놀랐다. 이런 일을 주관하는 존재가 누구이건 간에 따져 묻고 싶었다. '여자애를 어떻게 키우라는 거예요? 이제껏 사내 녀석들만 키워봤는데!' 지천명을 넘긴 나이에 이 모든 과정을 또다시 거쳐야 한다니 아무래도 갈팡질팡할 수밖에 없었을 내 남편의 마음이 비로소 중심을 잡은 것도 그때였다. 이따금 그는 들뜬 목소리로 말하곤 했다. "곧 아기가 태어날 거야!"

셋째를 갖는 게 부담스러웠던 건 사실이다. 아기가 집에 들어오면 작은오빠가 쓰던 요람을 내줘야 하고, 훗날 사립학교며 대학교 등록금도 나갈 것이며, 인테리어도 새로 해야 하고 종일제 보모를 앞으로 4~5년간은 더 써야 할 테고……. 그래서 내가 마지막 순간까지 망설였던 것이다. 그러나 이제는 부담감이 느껴지지 않았다. 이 아이를 위한 계획이 늘면 늘수록 새 식구를 맞이할 기대와 흥분만 커졌다. 우리는 준비하고 계획하고 잠도 잘 잤다. 셋째에게는 나의 성을 물려주고 싶었다. 아들들 때에도 이 문제로 남편과 심하게 다투곤 했는데 웬일인지 이번에는 남편도 순순히 내 뜻에 따라줬다. 남편에게는 아직 비밀이었지만 난 아기 이름도 이미 정했다. '다프네.' 이토록 간절히 태어나고자 하는 아이의 의지를 어떻게 내 마음대로 꺾을 수 있겠는가? 어떻게 이름을 지어주지 않을 수 있겠는가?

⋮

뉴욕 시가 자연과 거리가 먼 장소라고 생각하는가? 아니다. 우리 동네에는 나무가 아주 많았고, 수풀이 우거진 센트럴파크 입구도 근처에 있었다. 초여름 아침이면 새들이, 지저귀는 정도가 아니라 숫제 비명을 질러댔다. 비가 오던 그날도, 산부인과에 가려고 엘리베이터를 탔는데 건물 로비 층에서 문이 열리자마자 요란한 새소리가 귓전을 때렸다. 전날 오후에 의사와 통화를 했다. 오늘 검은색 팬티를 입어서 확실히 하혈인지는 잘 모르겠는데요, 휴지로 아래쪽을 닦았는데 연한 분홍색이 묻어나왔어요. 그래도 새빨간 피가 아니니 크게 걱정할 일은 아니겠지요? 의사는 엄한 말투로 내게 누우라고 했다. 언제든 아이에게 동화책을 읽어주러 또는 저녁 준비를 하러 튀어나갈 태세로 어정쩡하게 눕지 말고, 제대로 드러누우라는 뜻이었다. 그는 내게, 누워서 물을 좀 마시고 다시 전화하라고 했다. 의사와 통화를 마치고 나서는 남편에게 전화를 걸었다. 남편은 "임신 중 하혈은 드문 일이 아니잖아. 특히 당신은 매번 그랬고. 당신 몸이 그런 것뿐이야"라고 했다. 난 그렇지, 하면서 한숨을 짓고는 이어 말했다. "그런데 의사는 아주 심각한 일처럼 말하더라고. 뭐, 괜찮겠지?" 그는 보모에게 야근을 부탁한 뒤 일 관련 행사장에 갔다. 걱정하는 보모에게 나는 "아마 별일 아닐 거예요"라고 말했다.

의사가 지시한 대로 하고서 얼마 후 다시 전화를 걸었다. 그는 물을 더 마시라면서 밤새 꼼짝 말고 누워만 있다가 아침에 일어나자마자 병원으로 오라고 했다.

문지기가 로비 문을 열어주자, 새소리에 귀가 먹먹해질 지경이었다. 뭐가 그리도 위급한지 큰어치가 떼로 울부짖고 있었다. 우리는 건물을 나섰다. 정문 앞의 차양 아래를 지나 길가에서 비를 맞으며 까만 중형차를 기다렸다. 그때 남편이, 누구에게도 무례하게 구는 법이 없던 그 사람이 불쑥 문지기에게 "우산은요?"라고 물었다. 비가 오면 보통 문지기가 외출하는 입주민에게 우산을 받쳐주며 따라 나와 차를 탈 때까지 기다려줬다. 그래서 우리는 굳이 우산을 챙기지 않아도 비 한 방울 맞지 않고 이동할 수 있었다. 하지만 그날의 비는 (아직은) 보슬비여서, 문지기는 멋쩍게 웃으며 어깨를 으쓱했고 나도 그랬다. 잠시 후 차가 도착했다. 나는 뒷좌석으로 기어들어가 남편 무릎에 머리를 베고 가로로 누웠다. 남편은 나직이 투덜거렸다. "도대체 왜들 그러나 몰라." 그러고는 차가 공원을 가로지르는 내내 창밖을 바라보았다. 비 오는 공원 풍경은 적막하고 흐릿했다. 햇살 좋은 주말의 북적이고 소란스럽고 운치 없는 공원이 아니라, 내가 사랑해 마지않는 한적하고 조용하며 차분한 공원이었다. 이윽고 남편이 고개를 흔들었다. "에이 씨, 어쨌든 우산은 받쳐줬어야지. 옷이 다 젖었잖아."

⋮

"어때요?" 조심스레 의사에게 물었다. 긴장이 되지는 않았다. 유산의 조짐이 보이니 계속 누워서 지내라는 얘기는 전에도 들었다. 수건인지 뭔지 아무튼 발받침을 감싼 미니마우스 무늬의 헝겊 조각에 발을 얹고서 곰곰이 생각해보니, 둘째 아이를 임신했을 때인 1년 반쯤 전에 그런 처방을 받았고 결국엔 별 탈 없이 지나갔었다. 지난 며칠 동안은 내가 아는 한 가장 침착한 엄마인 릴리와 긴 이메일을 주고받으며 마음의 안정을 찾았다. 그녀는 전화통을 붙들고 훌쩍이는 나를 몇 시간이고 달래주기도 했다. 난 밤낮 할 것 없이 계속 누워 있어야만 했기 때문에, 간병인이 집으로 와서 나와 함께 스도쿠를 풀고 볼로네제 소스 펜네를 만들어주었다. 난 리얼리티 쇼인 〈오렌지카운티의 주부들The Real Housewives of Orange County〉을 시청했다. 릴리와 캔디스에게 매회의 내용을 아주 자세히 늘어놓았고, 귀찮은 티 한번 내지 않고 다 들어주고 웃어주는 친구들 덕에 난 기운을 낼 수 있었다. 다 괜찮을 거야. 이전의 일들도 다 무사히 지나갔듯이. 첫째 임신 중에 옅은 피가 비쳤을 때, 의사는 확률이 반반이라고 했다. 말도 못하게 길었던 첫째 분만 당시에는 심하게 요동치는 아기의 활력 징후를 지켜보던 간호사가 의사에게 "아, 불안한데요, 이 아기는 오자마자 가겠어요!"라고 외쳤다. 남편과 내가 평생 안고 가려 노력하는, 남편의 전처 및 딸들과의 문제도 있었다. 사건 사고는 끝이 없는 것만 같았다. 그래도 모두 다, 결국엔 잘 해결됐다.

"모르시는 편이 나아요." 내 하체를 완전히 덮은 분홍색 천 아래에서 의사의 한숨 소리가 새어나왔다. 그는 회전의자를 뒤로 밀어 내가 그를 볼 수 있는 위치에 멈췄다. 팔꿈치로 침대를 짚으며 상체를 일으키려 하는 내게, 그는 거의 속삭이듯 말했다. "누워 계세요."

반듯하게 드러누운 자세로 나쁜 소식을 듣는 건 영 이상하다.

상대방이 곁에 와 내 얼굴 위로 몸을 숙이거나 내가 눈을 감지 않는 한, 난 그저 천장을 응시하며 들을 수밖에 없다. 나쁜 소식의 심각성이 어느 정도냐에 따라, 정신과 몸이 분리되어 내가 나를 바라보는 상태를 경험하게 되기도 한다. 전에는 진부하다거나 극적인 장치에 불과하다고 여겼던 일인데. "양막팽륜"이니 "경관무력증"이니 "아기 발이 자궁 경관 밖으로 비어져 나왔다"느니 하는 목소리가 허공에 둥둥 떠다녔다. 그동안 나는 생각했다. '내가 언제 일어났지? 저기 누워 있는, 참담한 표정의 저 여자는 누구고?' 그녀의 얼굴 전체가 울고 있는 것처럼 보였다. 잔뜩 일그러진 그 얼굴이 벌겋게 달아올라 곧 녹아버릴 것만 같았다. 그런데도 꼼짝 않고 누워만 있는 모습 또한 몹시 섬뜩했다.

남편이 내 손을 잡는 순간, 내 정신은 다시 몸과 합쳐졌다. 어딘가에 팔꿈치를 부딪친 것처럼, 그런데 팔꿈치가 온 몸인 것처럼, 강렬하고 고통스런 감각이 엄습했다. 가만히 누워 있는데도 어지러웠다. 여전히 믿을 수가 없어서, 잔뜩 갈라진 목소리로 간신히 한마디를 뱉어냈다. "뭐라고요?" 이제야 의사의 얼굴이 보였다. 그는 억지로 침착한 표정을 짓고서 간단히 대답했다. "이런 경우는 대개 결말이 좋지 않아요." 낯빛이 파리하니 지쳐 보였다. 그제야 내가 두 손을 맞잡고 마구 비틀어대고 있었음을 깨달았다. 어쩐지 뭔가를 찾아 헤매는 동시에 떨쳐버리려는 듯한 느낌이어서, 의지를 발휘해 그 손

동작을 멈췄다.

"그러니까, 아기를 잃을 것 같다는 말씀인가요?" 이제는 거의 평온함을 느꼈다. 그게 최악의 경우라는 거지? 알았어. 이보다 더 심한 얘기를 들을 수도 있을까? 설마. 처음엔 이 아기를 꼭 낳겠다고 자신하지 못했고, 마지막 순간에야 결심을 굳혔는데, 이제는 낳고 싶어도 낳을 수 없을지 모른다니. 하지만 낳을 거야. 그렇잖아? 모든 게 다 잘될 거라고. 의사는 자궁경관봉축술을 언급하면서, 자궁 입구를 한두 땀 묶는 수술이라고 설명했다. 나는 예전에 그 수술에 관한 기사를 여성지에 기고한 적이 있어 이미 안다고 대꾸했다. 내가 취재한 여성이 그 방법으로 조산을 방지했는데, 수술 후 몇 주 동안 거꾸로 매달린 채 지냈고 결국 무사히 분만에 성공했다는 얘기도 덧붙였다.

그게 쏘아붙이는 투로 들렸는지, 의사는 잠자코 끄덕이고는 당장 나를 큰 병원으로 보내겠다는 말을 반복했다.

"지금 당장요?" 그는 끄덕였다. 남편이 내 손을 더욱 꼭 쥐면서 "얼마나요?"라고 물었다. 의사가 선뜻 답해주지 않고 머뭇거리는 바람에 난 괴로운 생각을 곱씹어야 했다. 이윽고 그가 찬찬히 설명했다. "음, 경과를 봐야 합니다. 꽤 오래 입원하셔야 할 수도 있어요. 아닐 수도 있고요." 종합병원에 고위험 임신을 전문으로 다루는 의사가 있고 그 사람이라면 괜찮은 해결책을 알지도 모른다면서 이름을 알려주었다. 마침 반가운 이름이어서 나도 모르게 마구 재잘댔다. "아, 그래요, 저 그 선생님 좋아해요. 아미노 검사를 세 번 다 그분한테 받았어요. 참 훌륭한 의사선생님이시죠." 그러니 가서 만나보세요. "지금 당장요?" 좀 전에도 물어봤다는 건 알았지만 대답을 들은 기억이 나지 않아서 재차 물었다. 의사는 정색하며 "네"라고 했다. 슬슬 나갈 채비를 하는데, 의사가 뜬금없이 내 신발이 예쁘다고 했다. 난 이런 신발을 스키머skimmers* 라 부른다고, 특히 이건 비 오는 날 신는 신발이라고, 여자들만 이런 재미를 누린다고 대답했다.

⋮

입원수속을 마치고 병실에 들어가 누웠다. 레지던트가 들어오기에, 왜 침대 발치를 높여 놓지 않았느냐고 따졌다. 어째서 제가 평평하게 누워 있는 거죠? 아기를 뱃속에 넣어두는 게 핵심 아닌가요? 그녀는 미소를 지어 보였다. "앞으로 18주나 20주를 내리 다리를 올린 채로 지내시려고요? 에이, 일단은 이렇게 두자고요." 난 멍하니 그녀를 쳐다보았다. 그녀는 계속 싱글거렸다. 마치 우리 둘이 똑같은

---

* 여성용 단화 또는 플랫 슈즈.

비밀을 공유했다는 듯, 피차 같은 사실을 알고 있다는 듯. 혼란스러운 마음에, 난 무심코 고개를 주억였다. 하지만 내가 고갯짓을 하는 건 '아마도 내가 비극을 받아들이고 있나 보다'라는 어렴풋한 자각과는 하등 관계가 없었다. 불현듯 레지던트의 말뜻을 알아차렸고, 시선을 홱 돌렸다.

'당신이 내 생각을 알기나 해?' 난 방법이 있을 거라고 생각했다. 매번 내 아미노 수치를 측정했던, 너무나 젊고 귀엽고 똑똑한, 뒤에서는 모든 산모와 임신부가 '두기 하우저'*라고 부르는 고위험 임신 전문의를 만날 셈이었다. 그는 해결사였다. 물론 내 문제도 해결해줄 것이다.

초음파 검사도 몇 시간 뒤에나 받을 예정이어서, 남편이 잠깐 집에 다녀오기로 했다. 나는 그에게 챙겨 오라고 부탁할 물품 목록을 작성했다. 화장품과 위생용품, 여성과 공격성에 관한 학술논문 모음, 이미 네댓 번은 읽은 헨리 제임스 소설. 그리고 우리 아들들 사진. 녀석들 얼굴은 봐도 봐도 질리지 않는 것이 꼭 헨리 제임스 소설 같았다. 많은 부침이 있고 때로는 괴롭기도 하지만, 녀석들의 익숙한 모습을 눈과 마음으로 더듬다 보면 진정으로 위로가 되었다. 병원 직원이 무섭도록 선명한 초록색 젤로를 가져왔다. 내가 고맙지

---

* 영재 의사의 레지던트 생활을 다룬 인기 미국 드라마의 주인공으로. 이 드라마는 우리나라에도 〈천재소년 두기〉라는 제목으로 방영되었다.

만 치워달라고 부탁하자, 그녀는 이해한다는 미소를 지어 보이고 도로 가져갔다. 얼마 후 의사가 와서 인사를 건네고는 내 직업을 물었다. 작가 겸 연구가라는 대답에 그녀는 "부디 이건 연구하지 마세요. 그랬다간 미쳐버릴지도 몰라요"라고 말했다. 알았다고 답하는데 갑자기 눈물이 솟구쳤다. 그녀는 의사답게, 상투적인 몇 마디로 나를 위로했다. 난 침대 옆에 붙여둔 두 아들 녀석의 사진(큰애는 벙긋 웃는데 작은애는 형이 안 보이게 꼬집었는지 그냥 아무 이유도 없는지 그저 목청이 터져라 악을 쓰고 울어대는 모습)을 가리켜 보이며 내게는 이미 두 아이가 있다고, 이 녀석들이 없었다면 아마 난 이번 일을 견뎌낼 수 없었을 거라고, 그러니 상황이 지금보다 더 나쁠 수도 있었다고 말했다. 그녀는 한동안 나를 바라보더니, 고개를 갸웃하고서 아주 조용히 말했다. "더 나쁠 수도 있었겠지만, 더 좋을 수도 있었겠죠."

⋮

"여기 아가가 있네요. 이건 심장 소리고요." 초음파 검사원은 차마 나와 눈을 맞추지 못했다. 이내 그녀는 클립보드와 안경을 챙기는 것도 잊고 총총히 나가버렸다. "곧이곧대로 말씀드리겠습니다." 두기 하우저 박사가 들어와 벽에 비친 초음파 영상을 살피며 말했다.

뿌연 흑백의 그림자 세상, 신비로운 미지의 세상에서 내 예쁜 아기의 실루엣이 부유하고 있었다. 나를 다독이듯, 안심시키듯, 절대 멎지 않겠다고 다짐하듯, 심장 소리도 우렁찼다.

"네." 나도 씩씩하게 대답했다. 그래, 다 잘될 거야.

그는 빠르게 설명을 쏟아냈다. 이 일을 얼른 해치워버리고 싶은 사람처럼. 그런 눈치를 느끼고 나서야 그의 말이 귀에 들어오기 시작했다. 결론부터 말씀드리면, 가망이 없습니다. 이 아기는 태어날 수 없어요. 음, 몇 가지 특수한 방법이 있기는 합니다만, 그런 방법을 쓴다 해도 아기가 생존할 가능성은 가슴 찢어지도록, 처참할 지경으로 낮습니다. 어머님한테도 극히 위험하고요. 감염, 고혈압, 사망에도 이를 수 있죠. 현재 아기가 태내에서 죽어간다고 보시면 됩니다. 그런데 시기가 너무 이르고 아기도 너무 약하기 때문에, 조기 유도분만을 해서 세계 최고의 NICU* 인큐베이터에 둔다 해도 아마 살아남지 못할 겁니다. 그는 자분자분, 또박또박, 진지하게, 그리고 신속하게, 조리 있는 말투로, 부조리하고 불합리하며 불가능한 얘기를 늘어놓았다. '아기의 탄생을 기대하지 마십시오. 지난주 초음파 검사 때 다프네가 진짜로 당신한테 손짓한 게 아닙니다. 처음엔 아기를 원치 않다가 마음을 바꿔먹더니 이제는 원해도 가질 수 없게

---

* 신생아 집중 치료시설. Neonatal Intensive Care Unit의 약자.

됐군요.'

난 다급히 외쳤다. "안 돼요, 아뇨, 잠깐만요, 그럼 이렇게 하면 어떨까요……." 이 인간 입을 다물게 해야 돼. 이 인간이 다른 방향으로 생각하게 해야 돼. 다프네가 무사하고 만사가 무탈한 방향으로, 그런 여지가 있는 문장이나 아이디어로, 잘못된 부분을 고쳐서 정상으로 되돌릴 수 있는 곳으로 이끌어야 돼. 그러나 정작 내 입에서는 말이 아닌 비명이 터져나왔나 보다. 두기 하우저 옆에 있던 의사가 "오 이런" 하고 나직이 탄식하며 얼굴을 두 손에 묻더니 문가로 가서 조명 스위치를 켰다. 대번에 실내가 쨍하게 밝아졌다. 환하고 청결한 이곳에서는 그 어떤 그림자도 머무를 수 없었다. 뿌옇고 아름다운 그림자가, 로르샤흐 무늬처럼 무정형인 아기의 형체가 순식간에 사라졌다. 내가 바라볼, 내 마음을 어루만져줄, 나를 또 다른 세상으로 인도해줄 아기가 흔적 없이 사라졌다.

그동안 두기 하우저는 계속 조잘거렸다. 어떤 분들은 생존 가능성이 희박한 미숙아를 유도분만으로 낳길 원하십니다. 더러는 '자연의 섭리에 맡겼다가' 사망한 태아를 내보내길 원하시기도……. "다들 미쳤대요?!" 난 그의 말을 자르며 딱히 누구에게랄 것도 없이 고함을 질렀다. 하지만 두기 하우저는 내가 정말 궁금해 하는 줄로 아는지 아까의 설명을 계속 이어갔다. "음, 이쯤에서 일을 매듭짓고자 중절 수술을 받는 분들도 있습니다. 그런 분들은……."

난 다시 그의 말을 끊었다. "우리 아기, 얼마나 자랐어요?" 그는 정확히 알기는 어렵다며 어물쩍 넘어가려는 눈치였지만, 내게는 이 문제가 다른 무엇보다도 중요했기에 난 악을 쓰며 재우쳤다. "얼마나 자랐어? 아기 몸무게가 얼마냐고!" 기어이 그에게서 추정치를 듣다가, 또다시 흐느끼기 시작했다. 그러나 달리 선택의 여지가 없음을 이제는 알고 있었다. 내 안에서 소중하게 존재하는 다프네가 점점 시들어 끝내 사라질 때까지 하릴없이 두고 볼 수는 없었다. 오랫동안 슬며시 멀어지는 식으로 내 아기와 작별할 수는 없었다. 언제부터였는지 남편도 두 눈을 질끈 감은 모습이었다. 한참을 더 지켜봤지만 그는 눈을 뜨지 않았다. 다프네가 심하게 발차기를 했다. 배를 내려다보다가, 내 모습이 6개월 차 임신부로서 얼마나 이상한지 이제야 알아챘다. 나는 체구가 작은 데다 이번이 세 번째 임신이어서 배가 일찍부터 나왔고, 지금은 모르는 사람이 보면 거의 만삭인 줄 알 정도였다. 변하고 커지던 몸이, 수많은 계획이, 새로 꾸민 방이, 아기가 있었던 바로 그 자리가 텅 비고, 거대한 공허만 남을 거라 생각하니 정말이지 견딜 수가 없었다.

자연의 섭리에 맡기면 며칠 걸린다는 두기 하우저의 설명을 들으면서, 이른바 '궁지에 몰린 야수의 기분'이 뭔지 깨달았다. 난 꼼짝없이 덫에 걸려들었다. 점점 좁아지는 공간에 웅크린 채, 빠져나갈 구실을 대려 기를 썼지만 말이 나오지 않았다. 말 대신 밭은 숨소리만 나왔고, 그러는 나 자신에게 화가 치밀었다.

두기 하우저가 말했다. "아기는 고통을 느끼지 않을 겁니다. 어머님이 잘못한 건 아무것도 없어요." 내가 "선생님이 어떻게 알아요? 내 잘못인지 아닌지 어떻게 아시냐고요!"라며 다그치듯 묻자 그는 미간을 모으며 눈을 감더니 한참 만에 다시 눈을 뜨고 대답했다. "제가 아니까요. 어머님 잘못이 아니란 걸 알아요." 잘은 모르지만, 눈을 감은 동안에 뭔가를 통감한 듯했다. 갑자기 그는 인간 대 인간으로서, 이성을 잃은 여자에게 이성을 되찾아주려 애쓰고 있었다.

⋮

수술 전날 입원했다. 애들 곁에 있어주라며 부득부득 남편을 집으로 보내고 혼자서 밤을 보냈다. 내 병실은 분만실이 모인 구역에 있었고, 밤새도록 아기들 우는 소리가 들리는 통에 잠을 설쳐야 했다. 깰 때마다 괴로웠다. 이 병원에서 나의 두 아들이 태어났다. 다프네도 태어나야 했다. 문밖에서 들려오는 응애응애 소리가 내 금쪽같은 딸아이의 울음소리인 것만 같았다.

다음 날 아침, 담당 집도의인 두기 하우저 박사가 들어서는 왠지 멋쩍은 말투로 수술이 오후 3시로 잡혔다면서 예정보다 늦어져 죄송하다고 말했다. 내가 읽고 있던 책을 힐끗거리기에 헨리 제임스에 대한 얘기도 잠깐 나눴다. 그다음은 기다림의 시간이었다. 처음에는 혼자서, 나중엔 남편과 대화나 할 뿐 달리 하는 일 없이 기다리기만 했다. 금식을 지시받았지만 뭘 먹고 싶은 마음도 없었다. 다프네가 하도 몸부림을 치고 발차기를 해대서 환자복을 입고도 배가 불쑥불쑥 나오는 게 보였다. 의사들은 양수가 새서 그러는 거라고 했다. 내 귀에는 내 새끼가 숨이 막혀 그런다는 말로 들렸다. 난 미안하다고, 오래가지 않을 거라고 마음속으로 또 입으로 끊임없이 아기를 달랬다. 그러다 남편을 돌아보며 "그동안 참 행복했어"라고 말했다. 힘든 일을 겪을 때마다 내가 그에게 하는 말이었다. 그는 가만히 미소 지었다.

바퀴 달린 들것에 누워 수술실로 향하는 동안에는 그럭저럭 괜찮았다. 들것에 누운 환자 시각에서 찍은 TV 드라마 장면과 똑같이 주변이 극적으로 왜곡돼 보였다. 수술실에 들어가서도 일단은 괜찮았다. 고요하고 엄숙한 분위기. 눈부시게 밝은 조명. 녹색 수술복과 마스크와 두건. 내 몸이 들것에서 수술대(이 명칭이 맞던가?)로 옮겨지는 도중에 다프네가 또 심하게 발버둥을 쳤다. 양수가 거의 다 빠져나갔으며 아기가 더는 살 수 없기 때문이라고 간호사가 설명했다. 나는 애처롭게도 "제발 서둘러주세요. 더는 못 견디겠어요. 애가 너무 차요"라고 중얼거렸던 것 같다. 분홍색 마스크를 쓴 간호사의 눈에 고인 눈물이 보였다.

두기 하우저가 내 손을 잡고 말을 걸었다. "혹시 제가 깜짝 놀 랄 일이 있을까요? 이를테면 피어싱이라든가. 그럼 지금 미리 말씀 해주셔야 합니다." 난 맥없이 웃었고, 그는 지금까지 수술 중에 겪었 던 당황스러운 경험들을 몇 가지 얘기해주었다. 그는 내내 내 손을 놓지 않았는데, 그게 어색하면서도 왠지 안심이 되었다. 자칫 연인 의 손길 같기도 했다. 하지만 그 연인은 내 안에서 죽어가는 아기를 없애는 수술을 집도할 사람이었다. 아기가 살 가망은 전혀 없고, 그 저 죽은 아기를 꺼낼 날을 기다리기만 하는 건 엄마로서 차마 못할 노릇이기에. 무슨 약을 쓸 거냐는 내 질문에 마취의가 "바로 잠드실 수 있게 해드릴 거예요"라고 답하자, 두기 하우저는 눈을 부라리며 그녀를 나무랐다. "지금 이게 어떤 상황인지 파악이 안 된 겁니까? 정확히 어떤 약물을 얼마나 주입할 건지 이분께 말씀드리세요." 내 게 쓰일 마취약은 벤조디아제핀계 약물이었다. 내가 최대치를 넣어 달라고 청한 기억이 난다. 죽은 듯이 잘 수 있도록, 그렇지만 죽지는 않을 만큼. 까무룩 넘어가기 직전에 가까스로, 위생에 유의해달라는 부탁도 했다. 내게는 두 아들이 있는데 충분히 예방할 수 있었던 감 염으로 허망하게 죽으면 얼마나 한스럽겠는가.

:

내 주치의가 왔다 간 뒤 남편이 와서 두런두런 얘기를 나눌 때 두기 하우저 박사가 들어왔다. 아마 내 상태를 보려고 들렀을 것이다. 그는 인사를 하고는 내게 물었다. "수술 후 마취에서 깰 때 저랑 무슨 얘길 했는지 기억나세요?" 난 눈을 휘둥그레 떴다. 불현듯 긴장도 되고 궁금하기도 해서 열심히 기억을 더듬었다. 전혀 생각이 나지 않았다. "남편 앞에서는 못할 얘기였던가요?" 내가 넌지시 되묻자 모두 웃음을 터뜨렸는데 두기 하우저만은 웃지 않았다. 그는 끝내 내 궁금증을 풀어주지 않은 채 병실을 떠나버렸다. '대체 내가 뭐라고 했지?' 실은 지금도 모른다. 이날 이때까지도, 다프네를 잃은 일을 생각하면 내가 암흑에서 헤엄쳐 나오는 동안 두기 하우저 박사에게 대체 무슨 말을 지껄였을지 몰라 불안해진다. 이 끈질긴 고민이 나와 그를, 그리고 다프네를 연결하는 검은 끈이다.

의사들은 현재 상황과 '할 수 없는' 일들을 설명할 때 꼭 '태아'라는 단어를 썼다. 태아는 살릴 수 없습니다. 어떠한 방지 조치로도 태아의 사산을 막을 수 없습니다. 이 상황을 늦추거나 되돌리거나 멈출 방법은 없습니다. 태아는 태어날 수 없습니다……. 그런데 '수술' 이후에 찾아온 사회복지사는 그 애를 '아기'라고 칭했다. 이 날카롭고 급작스러운 의미 전환은 아마 의도적이었을 것이다. 뇌리에서 어머니를 지워야 수술을 받을 수 있다. 아기가 죽어 사라졌으니, 이제는 뇌리에 어머니를 되새겨야 애도할 수 있다. 그렇게 우리는 잃어버린 자식을 영원히 가슴에 묻는다. 사회복지사는 장례식을 치르길 원하느냐고 물었고 난 아니라고 답했다. 이미 두기 하우저한테서도 들은 질문이었다. 따로 장례식을 치르지 않으면 '병원식'으로 매장하는데 그 말인즉 의료 폐기물로 처리됨을 뜻한다는 설명도 들었다. 그는 재빨리 "물론 아기는 폐기물이 아니지만요"라고 덧붙였고, 나는 "글쎄요, 아닌 게 아닌 것 같은데요"라고 대꾸했다. 줄기세포를 기부하거나 다른 어떤 식으로도 그 애의 조직을 활용할 수는 없으니까요. 사회복지사는 그럼 추모 상자를 간직하시는 건 어떻겠느냐면서, 아기 모자와 사망증서, 작디작은 손도장과 발도장이 들어간다고 설명했다. 난 얼굴을 찡그렸다. 그랬던 것 같다. 분노가 솟구쳐서. 그리고 어쩐지 어이가 없어서. 그런 상자를 가지고 뭘 어째야 하는지 상상해봤다. 옷장 안 높은 선반 한구석에 처박아둘까? 창고에 보관해? 뭐, 어쩌라고? 나는 하고많은 사람들 중 왜 하필 나인지 모르겠다고 말했다. 세상에 누가 뱃속에서 6개월이나 된 아기를 잃는데요? 12주가 지나면 안정기라고들 하잖아요. 누가 알았겠어요? 나한테 왜 이런대요? 사회복지사는 이 병동에 있는 모든 여자들이 임신 중기나 후기에 아기를 잃었다고 전했다. '이 병동의 모두가……' 동지가 있다고 생각하니 조금은 위로가 되었다.

:

엄마의 역할은 삶의 영역뿐 아니라 죽음의 영역도 포괄한다는 사실을 나는 일찍이 알지 못했다. 소아과의사들도 언급한 적 없었고, 〈피트 프레그넌시〉나 〈뉴 맘!New Mom!〉 같은 여성지도 그런 내용은 다루지 않았다. 그런데 인류학으로 눈을 돌려 원래부터 내 책장에 있던 책들과 다프네를 잃은 뒤 이 일을 이해해보려 구매한 책들을 읽다 보니, 비로소 보였다. 이 거대하고 은밀한 진실은 영겁의 세월에 걸쳐 부단히 영향력을 행사하고 있었다. 니사의 사연은 내 상실을 이해하는 데 도움이 되었다. 아울러 다프네는 내게 또 다른 진실을, 전에는 단 한 번도 생각해보지 않았던 명백한 교훈을 안겨주고 떠났다. 자식이 죽으면 세상이 멎는다. 미미하지만 매우 현실적으로, 되돌리거나 부정할 수도 없게, 세상이 끝난다. 그러나 시간은 꾸준히 흐른다. 사랑하는 아이를 떠나보내야 했던 사람들 모두가 몇 주, 몇 달, 몇 년에 걸쳐 서서히 세상을 재건하고 생활을 재개한다. 그렇지만 우리가 할 일은 여기서 끝나지 않는다. 우리는 이런 일이 일어나는 세상에서 어떻게든 살아갈 방법을 찾아내야 한다. 잔인하고 부당한 현실 속에서 속수무책인 상태로 생살이 찢기는 듯한 고통을 안고 무미건조한 하루하루를 죽을힘으로 살아내야 한다. 영영 떠나버린 어린것을 가슴 깊이 묻은 채 속히 다 잊은 척해야 한다는, 자동차에 치이거나 수영장에 빠지거나 하여간 어떤 식으로든 내 목숨도 다할 것이라는, 비이성적이지만 일견 타당한 강박에 빠지기도 한다. 얼마나 오래됐을까? 언제부터 여자들이 이런 기분을 느껴야 했을까? 언제부터 이런 일을 겪고, 잊고, 기억했을까? 이 의문이 계속해서 머릿속에 맴돌았다. 이 은밀한 진실이 우리 안에 상주함을 알고 있었기에.

릴리의 세 살배기 딸아이가 감기를 앓다가 불가사의하게 급사했을 때, 우리는 바닥에 쓰러져 오열했다. 그 애를 사랑한 모든 이가, 제 자식을 사랑하는 모든 이가, 그 소식을 들은 모든 이가 가눌 길 없는 슬픔에 휩싸였다. 릴리의 애끓는 상실감은 우선 그녀의 친구들에게로 전이된 데 이어 그 친구들의 친구들에게, 또 그들의 친구들에게로도 전해졌다. 애도의 물결은 계속해서 퍼져, 미취학 자녀를 둔 맨해튼의 모든 부모가 비통함에 젖어들었다. 아이를 등하원시킬 때나 어린이집 복도나 카페에서 대화할 때, 전화 통화를 할 때도 우리의 얼굴은 사뭇 침통했고 눈두덩은 빨갛게 부었으며 목이 메어 제대로 말을 잇지 못했다. 모두가 참 많이도 울었다. 지금도 그렇다. 그 애를 아는 사람의 지인의 지인의 지인까지도. 말도 안 돼. 어떻게 이런 일이 일어날 수 있어? 이러면 안 되는 거잖아. 뭐가 어떻게 된 거야? 도대체 왜? 애 엄마는 어떡하라고?

플로라는 3년 하고도 9개월을 살았다. 아직 성긴 금발머리에 눈동자는 크고 파랬다. 입맛이 까다로웠다. 누가 머리를 만지면 싫어

했고, 요리하기와 어린이집과 발레를 무척 좋아했다. 이제 막 자아 정체성을 만들어가는 중이었다. 쓰러지기 약 일주일 전, 플로라는 엄마, 아빠, 언니와 함께 우리 집에 놀러왔다. 아이들끼리 놀게 하고 부모들은 외출할 계획이었다. 나갈 채비를 하는데, 누군가 내 방문을 똑똑 두드렸다. 문밖에 플로라가 하얀 박엽지와 금색 리본으로 포장한 물건을 손에 들고 서 있었다. 시선을 내리깐 채 배시시 웃으며 "선물이에요"라고 수줍게 말하더니, 한순간 힐끔 내 눈을 올려다봤다. 난 무릎을 꿇고 그 애 뺨에 뽀뽀를 해줬다. "고마워, 플로라." 따뜻하고 밝은 거실의 텔레비전에서 방영하는 영화 〈더 캣〉을 또래들과 함께 보다가, 슬그머니 빠져나와 어둑하고 긴 복도를 아장아장 걸어왔을 게다. 이 선물을 내게 전하려고. 선물은 릴리가 만든 치마였다. 선물 풀기를 도와주고 나서 플로라는 다시 혼자서 복도를 걸어갔다. 나중에 나한테서 이 얘기를 듣고, 릴리는 감동을 받은 듯 작게 헛기침을 했다. "애가 점점 용감해져. 갈수록 그렇게 깜찍한 짓을 한다니까."

그렇게 플로라는 이 세상에 잠깐 머물다 갔다. 이성은 아주 작은 단편들만을 이해할 뿐이다. '그 애는 이제 없어. 노란 꽃무늬 스웨터를 입은 플로라, 앙증맞은 분홍색 장화를 신은 플로라를 다시는 볼 수 없어.' 그 애가 꾸민 만들기 작품과 분홍색 배낭을 보관하던 어린이집 사물함도 깨끗이 비워지겠지. 나는 그 애의 공주풍 우산을 손에 쥐어보겠지만 정작 그 애는 두 번 다시 우산을 들지 않겠지. 그럴 수 없으니까. 얼마나 걸릴까? 이 모든 단편들을 하나로 모아 온전히 이해하기까지, 하나의 존재가 영원히 사라졌다는 사실을 마음으로 받아들이기까지, 얼마나 오랜 시간이 필요할까?

겔라다개코원숭이, 침팬지, 마운틴고릴라 가운데서도 죽은 새끼를 품에 안고 어르거나 털 고르기를 해주는 어미들이 목격된 바 있다. 시체가 미라처럼 말라비틀어지도록 오랫동안 품에서 놓지 않는 어미들도 종종 있다. 죽은 새끼의 팔다리를 한 손에 들거나 입에 물고 다니는 식으로 살아 있는 새끼들과 다르게 취급하는 것을 보면, 비록 다정하게 돌보기는 해도 새끼의 죽음을 인지한 상태임을 알 수 있다. 그 어미들을 생각할 때마다 나는 동질감을 느꼈다. 나 역시 부질없는 희망과 비탄과 본능을 질질 끌고 다녔다. 그리고 아마 릴리도 그렇겠지 하고 생각했다. 뱃속에만 품었던 아기를 잃은 심정을 4년 가까이 사랑으로 키운 자식을 잃은 심정에 견주고자 한 건 아니었다. 그러기엔 너무나 조심스러웠다. 하지만 릴리는 이따금 "너도 힘든 일을 겪었기 때문에 내 심정을 이해하는 것 같아"라고 말하곤 했다. 그래, 나도 겪었기 때문에. 우리 모두 겪었기 때문에. 그러나 극한의 비극을 겪은 건 릴리였다. 니사였다. 단일하지만 보편적이며 특수하지만 평범한, 도무지 견딜 수 없는 슬픔을 겪도록 지목된 수많은 엄마들이었다.

：

더는 임신부가 아니라는 사실을 실감하고 받아들이기까지 아주 오 랜 시간이 걸렸다. 하루는 수유용 절개선이 있는 티셔츠와 브래지어 와 부드러운 스웨터 따위의 임부복과 산모복을 커다란 비닐봉지 하 나에 죄다 쓸어담아 일반 쓰레기와 재활용 쓰레기 수거함이 있는 층 에 내놓았다. '옜다, 가져가라.' 건물 관리 직원들이 늘 그러듯 거기 에서 쓸 만한 물건들을 골라 자기들이 갖거나 교회에 기증하겠지.

그 무렵이었다. 머릿속에 뿌연 안개가 내려앉은 때는. 열쇠를 어디에 뒀는지 잘 기억나지 않았다. 이메일에 답신한 것을 잊고 네 번이나 또 보내기도 했다. 툭하면 화가 났다. 이를테면 지갑을 엉뚱 한 곳에 두거나, 신발을 벗고는 당연하다는 듯 쓰레기통에 던져 넣 어서. 그러고는 나 자신에게 신경질을 냈다. 잃어버린 휴대전화기를 냉장고에서 찾아냈을 때에도 부아가 치밀었다. 치매에 걸린 게 분명 하다는 내 말을 믿어주지 않는 의사에게도 화가 났다. 내가 무슨 말 을 했고 어떤 행동을 했는지, 어디에 있었고 무슨 약속을 했는지 자 꾸만 까먹는 증상을 달리 무엇으로 설명할 수 있단 말인가? 게다가 항상 으슬으슬 추웠다. 큰애 방에서 우연히 발견한, 녀석이 그린 그 림 속에는 꼬챙이 같은 몸통과 팔다리에 배만 뽈록 나온 여자와 눈 대신 'X'가 두 개 박힌 작은 아기가 있었다. 선이 삐죽삐죽 나온 네

모난 상자도 있었다. 내가 "이 상자는 뭐야?"라고 묻자, 아들 녀석은 "아기가 하늘나라로 갔을 때, 의사선생님한테 있었던 기계예요"라고 답했다. 녀석은 편지도 썼다. 다프네에게 한 통, 플로라에게도 한 통. 다프네에게는 '네가 내 동생이라서 기뻐. 비록 만나지는 못했지만'이라고 썼다. 플로라에게 보내는 편지의 끝인사는 '보고 싶어. 할 수 있을 때 답장해줘'였다.

우리 가족은 슬픔 속에 고립되었다. 남편은 내 괴로움과 분노의 깊이를 이해하지 못했다. 어떻게 이해하겠는가? 가장 암울했던 시기에는 남편조차 내 상실의 배후인 양 내가 벽을 둘러쳤다. 일을 하면 좀 나을까 싶어 글을 써보려 했지만, 좀처럼 집중하기 어려웠고 내 머리도 못 미더웠다. 난 어휘력을 잃었다. '허망하다' 같은 단어가 대번에 떠오르지 않는 거야 누구나 그럴 수 있다손 쳐도, 심하게는 '그것'이나 '또한' 같은 기초적인 단어조차 생각나지 않았다. 캔디스나 영문학 교수인 제프에게 전화를 걸어 도움을 청했다. 이런 걸 뜻하는 단어가 뭐더라? 내가 무슨 내용을 쓰려고 하는 거니? 방향을 잃고 헤매는 내게, 친구들은 한 번에 한 단어씩 방향을 일러주고 괴로움을 극복하게 도와주었다.

난 집 밖의 세상일에도 시큰둥해졌다. 상실을 경험하고 심사가 뒤틀린 탓인지 예전에 신경 쓰고 몰두했던 일들이 다 하찮게만 느껴졌다. 글쓰기뿐 아니라, 그저 낯설기만 하다가 조금씩 적응하는 과정을 거쳐 이제 거의 익숙해진 세계에서 나와 내 아들들의 자리를 찾으려 애쓰던 일도. 다 무슨 소용인가? 책 한 권 더 내는 게 무슨 대수라고? 내 아들이 생일파티에 초대를 받거나 말거나, 놀이모임에 퇴짜를 맞거나 말거나, 누가 신경이나 쓴다고? 그까짓 게 다 뭐라고 그토록 안달복달했을까? 비록 더없이 취약한 상태였어도, 더는 맨해튼 엄마들의 한심한 경쟁을 참고 견디지 않겠다는 의지만큼은 충만했다. 누구든 나한테 눈총을 쏘기만 해. 내 새끼를 조금이라도 깎아내리거나 함부로 대하기만 해. 당장에 인생의 쓴맛을 보여주겠어. 나와 함께 나락으로 떨어져보면 뭐가 진짜 중요한지 한두 가지는 알게 되겠지. 난 특히 여왕벌들의 여왕을 노렸다. 얼마 전 그 여자가 어린이집 복도에서 대뜸 어떤 엄마의 코트 깃을 젖히면서 어디 거냐고 물었다가 대답을 듣지 못하자 "싸구려구나?"라며 비웃었다는 소문을 들은 터였다. 그래, 어디 내 눈에만 띄어봐라. 단단히 별렀지만, 둘 다에게 다행히도 그녀는 내 눈에 띄지 않았다.

그런데 뜻밖의 일이 벌어졌다. 큰애가 다니는 어린이집과 작은애 놀이모임을 통해 알고 지내는 엄마들이 매일같이 나를 챙겼다. 이전까지 내 눈에는 억 소리 나는 부자에 무신경하고 허영심 많은 여자로만 비쳤던 한 엄마가 함께 커피를 마시며 조심스레 자기 얘기를 털어놓았다. "아미노 수치가 계속 제자리걸음이어도 끝까지 희망을 갖고 기다렸어. 그래서 진짜 한참이나 진행된 뒤에야…… 그렇게 됐지." 그녀는 내 눈을 들여다보며 나직이 말했다. "그 심정, 잘 알아. 나도 진심으로 속상하고." 슬픔에 침잠해 있어서, 또 만사가 피곤해서 거절하는 나를 그녀가 한사코 불러내어 만난 자리였다. 아주 친한 사이도 아니었는데. 눈물이 났다. 다프네가 가여워서. 그녀의 아기가 가여워서. "내가 도와줄게"라던 그녀의 말은 빈말이 아니었다. 그녀는 이 일의 일부였고 그 사실을 자신도 알고 있었다. 모두가 그랬다. 전혀 기대하지 않았는데 놀랍게도, 이제껏 내가 불친절하고 이기적이며 얄팍하다고 여겼던 엄마들 중 상당수가, 자기들이 어떤 사람이며 엄마란 어떤 존재인지를 내게 몸소 보여주었다.

하루도 거르지 않고 누군가는 내게 연락했다. 나를 점심모임에 데려가거나, 꽃을 보내주거나, 우리 가족을 자기네 여름 별장에 초대하거나, 이메일로 그저 안부를 묻기도 했다. 그녀들은 자신의 경험담을 내게 들려주었다. "임신 22주 차에 쌍둥이를 잃었어. 한 애는 사산했고 나머지 한 애는 2주를 더 버텼지만 끝내 태어나지는 못했지. 그러니까 내 말은, 충분히 이해한다고. 정말이야." 또 어떤 엄마는 임신 19주 차에 유산을 했는데 출혈 과다로 본인도 목숨을 잃을 뻔했다면서, 연이어 수혈을 받는 동안 다른 아이들 꿈을 꿨다고 고백했다. 운동복 차림으로 센트럴파크의 산책로를 거닐며, 그녀는 내 얘기를, 나는 그녀의 얘기를 들었다. 모퉁이를 돌자, 우리 집 둘째 녀석이 '구부러진 나무'라고 부르는 장소가 눈에 들어왔다. 구부러진 나무줄기에 꼬맹이를 앉히고 그 애를 사랑하는 어른이 뒤에서 한 팔로 받쳐주기에 딱 좋은 형태. 문득 나는, 우리가 있는 지점에서부터 점점 퍼져가는 동심원을 상상했다. 지금 이 순간 이 공원에서, 주변의 건물에서, 나아가 온 도시와 온 나라와 온 세계에서, 얼마나 많은 여자들이 비슷한 상실을 곱씹고 있을까.

출산예정일이 포함된 그 주에, 또는 예정일 하루 전에 아기를 잃은 엄마들도 있었다. 내가 늘 쌀쌀맞다고 느꼈던 한 엄마는, 어느 날 생후 6개월 된 딸아이가 아기 방에서 죽어 있는 걸 발견했다고 한다. 그 애의 사인은 SIDS*였다. 또 어떤 엄마는 그녀의 아기가 태어난 지 8개월 만에 죽었는데 아무도 그 이유를 모른다고 얘기했다. 내 상실이 핵심이라는 듯 자기 일은 지나가는 투로 짧고 담담하게 끝냈다. 난 걸음을 멈추고 살며시 그녀의 팔을 잡았다. 그녀는 괜스레 미안한 표정을 지으며 말했다. "절대 괜찮을 리 없겠지만, 그래도 괜찮아질 거야."

그동안 어퍼이스트사이드 엄마족의 텃세와 비상식적인 배타성에 나는 숱하게 상처 입고 겁먹었었다. 내 쪽에서 그녀들을 폄하하기도 했다. 그렇지만 섣부른 판단이었다. 내 멋대로 재단했던 엄마들의 다른 면모를 발견한 지금, 나는 부끄러움과 혼란함과 안도감

---

* 영아 급사 증후군. Sudden Infant Death Syndrom의 약자.

을 한꺼번에 느꼈다. 도무지 정이 가지 않았던 못돼먹은 엄마들 대부분이 더 이상 전처럼 못되게 굴지 않았다. 내 큰아들이 친구와 밤새 놀 수 있게 자기네 집에서 재워주겠다고 했다. 그 녀석을 자기 아이와 함께 영화관에 데려가줬다. 근사한 저녁거리를 보내왔다. 주말 가족여행에 우리 가족을 초대했다. 우리는 먹고 마시고 떠들었으며, 두 가족의 아이들과 어른들이 다 함께 수영을 즐겼다. 우리는 이 여행을 '아기 추모 여행'이라 불렀다. 상실로 인해 나와 다른 엄마들의 간극이 넓어질 줄 알았는데, 실제로는 오히려 좁아졌다. 나와 그녀들은 피차 비슷한 상실을 경험했으니까. 우리끼리 실없는 농담도 했다. "우리, 티셔츠나 맞출까? 앞면에 넣을 문구는 '6개월간 죽도록 토했는데…… 건진 거라곤 이 촌스러운 티셔츠뿐'." 괜찮은 날도 있었고 힘든 날도 있었고 죽을 것만 같은 날도 있었다. 그러나 다른 엄마들은 하루도 나를 가만두지 않았다. 길거리 기선제압을 일삼는, 버킨 백으로 무장한, 나와 내 아들들이 놀이약속 세계에서 왕따라고 느끼게 만든 그 엄마들 중 몇몇도 이번에는 나를 간단히 저버리지 않았다. 텃세를 부리며 나를 괴롭혔던 바로 그 엄마들 중 몇몇도 이제는 와인 한잔 하자며 일부러 나를 찾아왔다. 그녀들은 나와 마주 앉아 내 애기에 귀를 기울이면서 내 고통과 분노를 곁에서 받아주고 신경 써주는 놀랍고도 인상적인 능력을 발휘했다. 몇 주에서 몇 개월, 경우에 따라서는 몇 년이라도.

:

우리가 협력적 양육자로 진화했다는 현장연구가들의 발견으로, 지난 10년 사이 인류학계의 인식이 크게 바뀌었다. 핵가족 안에서 아이를 키우기 시작한 건 비교적 최근의 일이며, 인류의 유구한 가족 생활 역사 속에서는 찰나에 지나지 않는다. 과거에는 남들과 단절된 채 엄마 혼자서 또는 아이 아빠와 단 둘이서 아이를 키우는 경우가 없었다. 단독 육아는 몹시 고되고 변칙적이며 '부자연스러운' 방식이다. 실제로 인류가 존재한 기간 내내, 엄마들에게는 육아를 도와줄 다른 여성들, 즉 친족과 다정한 이웃들이 있었다. 대체로 우리는 니사처럼 서로 지켜주고 서로 보살피며 서로의 아이를 돌봐주는 방계 다가구 집단 안에서 생활했다. 카리브 해안 일부 지역의 원주민들은 오늘날에도 이런 생활방식을 유지한다. 즉 어른들은 거리낌 없이 남의 자식한테 이래라저래라 하고, 아이들 역시 부모가 아닌 어른의 말도 고분고분 따른다. 한편 하와이에는 하나이hanai라는 수양가족 풍습이 있어서, 수양부모가 피 한 방울 섞이지 않은 아이의 안녕과 교육에 진정으로 관심을 기울인다. 이제는 대다수 인류학자가 협력적 양육자 진화론에 동의한다. 엄마들에게는 불도 사냥도 배우자도 아닌 동성의 협력자들이 진정으로 도움이 되었다는 것이다. 우리의 조상은 다른 여성의 아기를 안고 다루고 돌보며 병간호도 마다하지 않았다. 나머지 호미닌hominins과 프리호미닌prehominins*이 역사의 뒤안길로 사라진 반면 호모 사피엔스가 번성했고 여전히 번성하는 것은 상당 부분 여성의 협력적 육아에 기인한다고 볼 수 있다. 동성 간에 돈독한 우정을 다지는 여성의 독특한 능력도 이러한 상호의존과 상부상조의 역사로 설명할 수 있을 것 같다. 우리는 육아, 제정신 유지, 생존을 그야말로 영원히 서로에게 의존한다. 한 아이의 죽음은 이 연결망 내의 모든 엄마들 마음을 무겁게 짓누른다. 모두가 약간은 그 아이를 제 자식처럼 여기기 때문이다.

머리로 알고는 있었다. 아들을 어린이집에 보낸 경험과 내 나름의 조사를 통해 협력적 육아와 공동 육아에 대해 배웠다. 이에 관해 숙고하고 글을 썼다. 그러나 이제는 마음으로 이해했다.

경험해보지 않은 엄마들은 내가 겪은 일에 분명 공포를 느꼈을 것이고, 경험해본 엄마들은 견디기 힘든 기억을 되새겨야 했을 것이다. 그러나 그녀들은 중단하지 않았다. 꾸준히 내 안부를 물었고, 계속해서 알고 싶어 했다. 맨해튼에서 아이를 키우는 엄마들은 첨예한 경쟁을 펼치고 공격성을 자주 드러낸다. 어린이집 엘리베이터에서도 서로의 패션을 견주며 대결하려 하고 눈대중으로 남을 평가하길 일삼는다. 하지만 서로의 자식을 보살핌으로써 서로를 보살피는 일에

---

* 초기 인류와 인류의 선조.

관한 한, 협조와 지원을 아끼지 않는다. 작은 마을의 엄마들처럼, 오랜 옛 시절의 엄마들처럼, 어퍼이스트사이드의 엄마들도 정서적 지원과 대리 육아를 겸하는 *끈끈한* 관계망을 형성한다. 그녀들은 나를 포기하지 않았다. 그럴 수 없었기 때문에.

제8장

생존 후기

현.장.기.록.

맨해튼에 위치한 대략 1제곱킬로미터 넓이의 어퍼이스트사이드라는 동네에서 어린 자녀를 키우는 약 150명의 엄마들과 부대끼며 근 6년 간 현장연구를 수행했다. 그러는 동안 나는 연구대상인 이곳 거주민 부족에 흡수되어 전반적으로 그들의 습성에 동화했다. 이렇게 되리 라고는 생각지도 못했다.

연구 초기에 나는 이 특별한 고위 영장류 무리에 갓 들어온 신참이었 다. 성적 성숙기에 고향을 떠나 지리적·문화적 거리가 아주 먼 섬으 로 왔고, 수년간 섬의 남부 한구석에 살면서 그 지역의 관습과 생활방 식을 익히다가, 나와 내 새끼를 위한 기회를 찾아 풍요가 넘치는 북쪽

동네로 이주했다.

어퍼이스트사이드 엄마족의 규범에 순응한 것은 아니다. 옷차림, 장신구, 화장법 같은 꾸밈새부터 그녀들과 구별됐다. 처음에는 잘 몰라서 그랬고, 이 부족의 방식을 습득하고 나서도 굳이 흉내 내기에 급급하지는 않았다. 계절에 따른 자발적 이동 양상도 달랐으며, 내가 가진 자원도 상대적으로 적었다.

당연한 일이었지만, 전 세계의 인간과 비인간 영장류 무리에 갓 이주한 다른 여성 또는 암컷이 그랬던 것처럼 나 역시 꽤 오랫동안 (대개 부모와 남편의 지위를 물려받은) 기존 고위급 구성원들의 텃세에 시달렸다. 이 상황이 영원히 이어질 것만 같다는 생각이 들 때도 있었다.

그러나 영장류학자 로버트 사폴스키가 동료 연구가들과 함께 다년간 야생 현장에서 비인간 영장류의 습성을 관찰한 결과를 바탕으로 언급했듯이, 낮은 서열은 스트레스를 낳고 높은 서열은 대를 이어 온갖 혜택을 안기지만, 서열이란 대다수 현장연구가의 당초 예상만큼 고정적이지 않고 오히려 유동적인 것으로 보인다. 예를 들어, 서열이 낮은 개코원숭이는 (털 골라주기, 소규모 충돌 시 동맹 형성, 식량 공유, 젖먹이 돌보기를 통해) 기민하게 연합체를 구축해 자신과 새끼에게 이로운 생활환경과 성과를 꾀한다.

나아가 사폴스키 연구단은 부우두머리급이 우두머리급보다 스트레스 지수가 낮다고 전한다. 최고 위치에서는 끊임없이 아래 서열의 시기와 서열 전복 시도를 막아야 하므로, 그 위치에 있지 않을 때 삶이 한결 수월하다는 것이다.

이러한 발견이 인간에게 의미하는 바는 불분명하다. 그러나 수개월간 내 편을 찾아 동맹을 맺으려 애쓴 끝에 나는 내 서열과 인간관계에 그리고 영장류로서 가장 중요한 내 새끼의 장래에 결국 만족했으며, 어퍼이스트사이드 엄마족과 부대끼는 생활을 수년간 버텨낸 끝에 마침내 이 부족을 내 동족으로 여기게 되었다.

내 서열이 올라간 데는 사교 '작업'의 공도 어느 정도는 있었다. 나는 나와 내 아들들이 소속되어 지지받을 수 있는 환경을 조성했고, 무시당하는 현실을 무시하고 끈덕지게 (보기에 따라서는 측은하도록) 주변 엄마들과의 연합을 꾀하여 낯을 세웠으며, 우두머리 아빠의 한시적인 관심을 최대한 활용했다.

하지만 내 서열이 급상승한 결정적인 계기는 아마 뱃속에 품은 아기를 잃은 사건이었을 것이다. 뜻밖에도 그 일이 내 동족 엄마들의 연민을 이끌어냈다. 아마 내 상실이 어퍼이스트사이드 엄마들의 내면에 잠재해 있던 아량과 자상함과 공감력을 활성화했나 보다. 어쨌든 모든 여성이, 친족과 공동체 내의 아이들을 자주 돌봤던 선조들의 유전자를 물려받아 협력적 양육자로 진화했으니 말이다.

생태 및 환경 조건이 완전히 달라진 현대에는 더 이상 보편적인 방식이 아니라 해도, 협력적 양육과 상호의존 그리고 사심 없는 배려에 관한 한, 인류학자 스티브 조지프슨Steve Josephson의 표현처럼 '프로그램은 여전히 그 자리에 있다.'

인류학자 브로니슬로프 말리노프스키의 《서태평양의 항해자들(이하 《항해자들》)》은 그가 뉴기니 연안 트로브리언드 군도에서 수행한 민족지학 연구 과정을 공식적으로 기록한 책이다. 한편 이 책의 외전 격인 《엄밀한 의미의 일지Diary in the Strict Sense of the Term》(이하《일지》)를 통해, 우리는 반듯한 학자가 아닌 개인으로서의 말리노프스키를 엿볼 수 있다. 20세기 초는 사회과학 전문가들이 선교사, 무역인, 식민지 행정가와 자신들을 차별화하기 위해 분투하던 시기였다. 말리노프스키도 그러한 '사회과학'의 이름으로 외딴 군도에서 생활을 시작했으나, 《일지》에 자주 자신을 '미아'라 표현한다. 담배를 받는 대가로 트로브리언드 원주민의 실상과 문화를 알려주겠다고 약속한 정보원들이 막상 담배만 챙기고 줄행랑을 치기 일쑤라, 인류학계의 개척자로 추앙받는 이 저명한 학자는 분통이 터진다. 《일지》의 말리노프스키는 개인으로서 또 전문가로서도 불안정하다. 오두막 생활, 뜨거운 햇빛, 낯선 언어, 철저히 고립된 생활 등 당황스러운 환경에 적응하는 과정에서 일종의 정서적·심리적 추락을 경험한다. 그는 죽을병을 앓는 듯한 착각에 연거푸 시달린다. 불안, 외로움, 성적 욕구불만을 느낀다.

어퍼이스트사이드로 이사한 후로 나는 박사 학위를 딸 때 논문의 소재로 삼았던 말리노프스키를 자주 떠올렸다. 제 발로 그곳에 걸어 들어갔지만 통제할 수 없는 곤경에 봉착한 그의 뜨거운 고뇌를 생각했다. 그는 훌륭한 학자였지만 매우 허술하고 옹졸하며 비과학적인 면도 있었다. 《항해자들》에서는 그토록 냉철하고 분석적이며 객관적이고 전문적인 그가 《일지》에서는 얼마나 얄팍하고 편협한지 모른다. 기본적으로, 말리노프스키와 몇몇 학자들이 인류학을 '발명'했다. 나에게 인류학은 늘 매혹적인 학문이었다. 스토리텔링과 통찰의 효과적인 혼합. 문화에 대한 기록 안에 존재하는, 외부인의 개인적 경험과 중대한 학문적 서술의 어색하면서도 명백한 병치. 나는 인류학자가 아니다. 인류학을 공부했지만, 나중에는 직업적으로 인류학을 이해하고 인류학과 관련된 글을 쓰고 문화 연구 강의의 일환으로 인류학 역사를 가르치기도 했지만, 정작 인류학을 전공하지는 않았다. 여느 영장류학자들처럼 머나먼 산지나 들판에서 생활하며 야생 침팬지나 유인원, 개코원숭이, 원숭이를 관찰하고 기록한 적도 없다. 인류학과 영장류학은 단순히 내가 공부하면서 푹 빠지게 된, 훗날에는 새로 터를 잡은 사회의 낯선 규범과 사고방식과 관습에 당황하고 소외감을 느끼다가 그곳 생활에 적응하기까지의 내 경험에 적용한 학문 분야이자 하나의 관점이었다.

난 맨해튼 땅을 벗어난 적 없었고 새 언어를 배울 필요도 없었지만, 말리노프스키의 《일지》에 담긴 격분과 문화적 혼란의 경험이 마치 내 일처럼 친숙하다. 나는 소속되길 갈망했고, 동족이 아닌 사람에게 너무나 무신경하고 심지어는 경멸하기까지 하는 이웃들이 때로는 미치도록 원망스러웠다. 친하게 지내자고 다가가도 용기 낸 보람도 없이 허구한 날 무시당하면서 왕따의 기분을 톡톡히 체험했다. 신기하고 낯선 환경과 문화, 좀처럼 받아들여지지 못하고 배척당하는 내 처지가 일종의 문화충격으로 다가왔다. 나는 그들을 이해하고자 했지만, 그들을 조롱하고 싶은 한심한 충동과 싸우기도 했다. 딱히 사적인 감정이 있어서가 아니란 걸 알면서도, 그들의 텃세에 순전한 적의를 느낀 적도 많았다(격노한 상태에서 말리노프스키는 '[때로는 정보원들을] 싹 다 죽여버리고 싶은 심정'이라고 적었다). 한마디로 나는, '현장연구가의 기분'을 매일같이 느꼈다.

그러나 내가 수년간 더불어 살면서 연구한 엄마족은 결국 나를 놀라게 했다. 어퍼이스트사이드에서 현장연구를 시작하고부터 몇 년간은 그보다 심한 경험을 떠올릴 수 없을 만큼 지독히도 힘들었다. 하지만 내 딸 다프네를 잃은 뒤에 경험한 것보다 더한 온정과 보살핌, 진정한 우정 또한 떠올릴 수 없다. 이전까지 오만하고 몰인정해 보였던, 나를 업신여기고 비웃고 특히나 무시하면서 놀이약속의 왕따로 만들었던, 자기 자신이나 자매나 친구가 나와 같은 상실을 경험한 바로 그 엄마들이 놀라운 목적의식과 헌신과 아량으로 나에게 도움의 손길을 뻗었다. 이제 그녀들은 애초에 내게 다가온 까닭을, 냉담하고 무심하며 이따금씩 심술궂게 굴기보다는 상냥하고 관대하게 대해주기로 마음먹은 계기를 잊은 것 같다. 그 후로도 계속 내게 친절한 것을 보면 말이다. "어쩌다 우리가 다시 친해졌지? 그래서 정말 다행이긴 한데⋯⋯. 어린이집 덕분이겠지, 아마?" 어느 날 아침 친구와 함께 커피를 마시고 매디슨애비뉴로 나와서 햇빛을 쬐며 서성이다가 나온 말이었다. 난 친구의 샤넬 선글라스와 햇살을 받아 근사하게 빛나는 머릿결을 바라보았다. 그래, 이 사람과 나는 친구다. 이 우정의 핵심은 아주 깊숙이 묻혀 있는데, 굳이 들춰낼 필요가 있을까. 나는 우리가 친해진 계기를 말하지 않았다. 가만히 말을 흘려보냈다.

어퍼이스트사이드에서 어린아이를 키우는, 친구의 친구 혹은 (내 부실한 인맥 내의) 지인이 적을 둔 위원회나 모임 회원을 요즘도

가끔 만난다. 그런 엄마들은 대개 처음 한두 번, 아니 세 번째 만날 때까지도 쌀쌀맞거나 비우호적인 인상을 준다. 내 동족을 감싸고돌 겠다는 건 아니다. 하지만 이제는 경험으로 말할 수 있다. 어떤 엄마 가 무신경한 인상을 풍겨도, 무례하거나 불쾌하게 굴어도, 나를 무 시하거나 혹은 경쟁상대로 보는 것 같아도, 그녀의 내면에는 분명 더 나은 면이 잠재해 있다. 끔찍한 시련이 닥치면, 나는 그녀의 진면 목을 보게 될 것이고 그녀 또한 나의 진면목을 보게 되리라.

⋮

영장류학자 프란스 드 발Frans de Waal은 동물의 감정이입을 연구하 는 새로운 분야의 선봉에 있는 인물이다. 그는 영장류뿐 아니라 개, 코끼리, 심지어 설치류까지 연구대상으로 다루는데, 모든 포유류 특 히 영장류가 '서로의 감정을 예민하게 감지하며 어려운 처지에 반 응한다'고 주장한다. 드 발과 제인 구달과 로버트 사폴스키가 다년 간 현장연구로 수집한 증거를 볼 때, 이 주장은 충분히 설득력이 있 는 것 같다. 드 발은 침팬지가 속상해하는 동족을 포옹과 입맞춤으 로 위로한다고 밝힌 관찰 기록이 수천 건에 이른다는 점을 강조한 다. 유인원은 '설령 자기 몫이 축난다 해도 기꺼이 동족에게 식량을 나눠준다'고 한다. 흰목꼬리감기원숭이 두 마리를 나란히 놓고 '이기적' 토큰과 '친사회적' 토큰 중 하나를 선택하게 하는 실험에서, 원숭이들은 자신과 동료 모두가 보상을 받을 수 있는 친사회적 토큰을 주로 선택해 이타심이 있음을 시사했다. 그런데 학계는 인간의 특질을 동물에 투사하는 의인화anthropomorphism의 요소가 들어간 이론을 무르고 감성적이며 부정확하다는 이유로 좀처럼 받아들이지 않는 경향이 있다.

그렇지만 동물의 이타심을 시사하는 증거가 넘쳐나는데도 덮어놓고 무시할 수는 없는 법이다. 우리 인간의 본성은 폭력적 갈등과 무관심뿐 아니라 협력과 인정人情으로 이루어졌다고 강조하는 인류진화사의 이 '피비린내 덜한' 버전에 한해, 학계도 냉정한 태도를 누그러뜨리고 슬슬 받아들이는 추세다. 인간이 본래 협력적이라는 이 가설은 부분적으로는 비인간 영장류의 일상 행위를 관찰한 결과에서 비롯되었다.

그렇다. 침팬지는 공격성을 드러내고 폭력을 행사하며 맨해튼의 인정사정없는 헤지펀드 매니저조차 감탄할 방식으로 권력에 편승한다. '사교 정치'를 펼치며 눈 하나 깜짝 않고 경쟁자를 죽이는 침팬지의 습성을 더 잘 이해하고자 일찍이 마키아벨리를 연구한 바 있는 드 발은 특정 비인간 영장류가 마키아벨리 뺨치는 전략가 기질을 지녔다고 주장한다. 그러나 비인간 영장류는 또한 유대가 탄탄한 공동체 생활을 하며 경우에 따라 놀랍도록 이타적인 행동을 보이기도 한다. 예를 들어 드 발이 관찰한 암컷 침팬지 데이지는 대팻밥을 무척 좋아했는데, 같은 무리의 수컷인 에이머스가 앓아눕자 그동안 비축해둔 대팻밥을 전부 다 가져가서 에이머스가 편히 기댈 수 있도록 요를 만들어주었다. 데이지는 자기가 아는 느낌('대팻밥 정말 좋아! 너무너무 푹신해!')을 어쩌면 에이머스도 느낄 거라 가정하고 자신의 손해(그날 낮과 밤은 대팻밥 없이 보내야 한다)를 기꺼이 감수하면서 에이머스의 불편을 덜어주었다. 이 이타적 행동의 동기는 보상에 대한 기대가 아니라 순수하고 깊은 연민이었다. 본질적으로 데이지는 환자가 편하도록 베개를 부풀려주는 담당 간호사 같은 행동을 한 셈이었다.

⋮

왜 남을 보살피는가?

드 발은 '포유류에게 모성애는 이타주의의 원형原形이자 나머지 모든 것의 정형定型'이라고 말한다. 어미는 새끼를 잉태하고, 제 몸을 (그리고 많은 인간 엄마들이 증명했듯이, 마음도) 축내가며 태내에 생명이 자라게 하고, 출산한 뒤에는 젖을 분비해 (또는 모유를 대체할 만한 에너지원을 구하다) 먹이고, 몇 시간도 며칠도 몇 주도 아닌 수십 년 동안이나 새끼를 중심으로 돌아가는 생활을 영위한다. 이 모든 모성 애적 행위가 자아와 타아 간, 이기심과 진이 빠질 정도로 포괄적인 연민·공감·배려 간의 경계를 근본적이고도 심원하게 흐린다.

공감이란 상대방이 나에게 이렇게 해주면 좋을 거란 걸 알기에 손해가 막심하더라도 나 역시 상대방에게 똑같이 해주게 되는 깊은 상호 이해를 일컫는 단어다. 사라 허디는 공감이 모성애만이 아니라 협력적 육아, 다시 말해 '온 마을이 다 함께'라는 관습과 철학에도 내 재해 있다고 말한다. 서구 산업사회에서는 '온 마을이 다 함께'가 주 로 힐러리 클린턴이 인용하는 표어에 지나지 않지만, 나머지 문화권 에서는 여러 서아프리카 국가에 여러 언어로 '한 아이에게 많은 부모 가 있다'는 뜻의 격언이 있을 만큼 분명 널리 통하는 육아 철학이다.

허디와 인류학자 크리스텐 호크스, 더 근래에는 케이티 힌드 Katie Hinde도, 드 발의 표현을 빌면 '인간의 집단의식은 어머니뿐 아 니라 주변의 모든 어른들까지 아이에게 집단적 관심을 기울인 데서 비롯됐다'고 밝혔다. 여기서 말하는 어른 집단은 남성도 포함하지 만, 호크스와 힌드가 주장하듯 구성원의 대부분은 여성이고, 친족이 건 아니건 간에 필요할 때면 사심 없이 도움을 주고받을 수 있는 사 람들이다. 협력적 양육은 일종의 선행이면서, 그것을 행하는 주체에 게 좋은 기분을 안겨주기도 한다. 모성애와 공동 육아가 기분 좋은 일임을 대변하는 단적인 증거로 드 발은 붉은털원숭이를 예시한다. 붉은털원숭이의 출산기인 봄철이 되면, 인간의 청년기에 해당하는 젊은 암컷들이 젖먹이를 돌보고 싶어 안달한다. 이 시기에 젊은 암컷은 갓 출산한 어미 원숭이에게 조심스럽되 끈질기게 접근하여 털을 골라주며 환심을 사려 애쓴다. 그러다 마침내 젖먹이를 잠시 돌봐도 된다는 허락이 떨어지면, 젊은 암컷은 그야말로 환장을 하면서 젖먹이를 낚아채고는 거꾸로 뒤집어 생식기를 살피고, 얼굴을 핥고, 구석구석 털을 골라주다가, 끝내는 품속에 단단히 안은 채 선잠에 빠진다. 신기하게도, 이들 임시 애보개가 젖먹이를 안고 잠드는 일은 시계처럼 정확하고 예외가 없다. 게다가 잠든 애보개의 표정은 무아지경 혹은 황홀경에 빠진 듯한 인상이다. 젖먹이를 바투 끌어안으면 두뇌와 혈액 내에 옥시토신이 퍼져 달콤한 잠에 빠져들게 되기 때문이다. 임시 애보개는 정확히 몇 분 만에 깨어나 어미에게 젖먹이를 되돌려준다.

제임스 릴링James Rilling은 인간의 친척뻘인 비인간 영장류를 관찰하고 뇌영상 실험을 수행한 끝에 '우리의 감정은 협력하는 쪽으로 반드시 기울게 돼 있는데, 이 편향성을 막으려면 많은 노력을 들여 의식적으로 제어해야만 한다'는 결론에 도달했다. 다시 말해, 협력은 우리 인간의 본능이다. 다만 이성의 의지에 번번이 가로막혀 좀처럼 발현되지 못할 뿐이다.

：

결국 우리 집 장난꾸러기들은 어퍼웨스트사이드에 있는 학교로 진학했다. 맞벌이를 하는 우리 부부가 매일 출퇴근 시간대에 시내를 횡단해가며 아이들을 등하교시키자니 아무리 생각해도 무리였다. 하여, 웨스트사이드로 이사했다. 어퍼웨스트사이드 엄마들은 어퍼이스트사이드 엄마들에 비해 더 격의 없고 상냥하며 편할 것 같았는데, 이사 와서 확인해본바 내 예상이 틀리지 않았다. 어퍼웨스트사이드 엄마들은 놀이약속에 큰 의미를 두지 않는다. 방과 후에 아이들끼리 근처 놀이터로 우르르 몰려가 알아서들 잘 논다. 이 동네에서는 길거리에서 기선제압을 당하는 경우가 드물다. 언제 어디서나 잘 차려입어야 한다는 강박도 없다. 게다가 이제 나는 캔디스, 릴리네 집과 가까운 데서 산다.

그렇지만 가끔은 어퍼이스트사이드의 청결한 거리가, 안전하다는 느낌이, 으리으리하고 격식을 중시하며 차분한 분위기가 그립다. 어퍼이스트사이드에 사는 친구들이 보고 싶거나 산트 암브뢰우스에서의 점심식사, 샬롯 올림피아˚ 매장 구경, 매디슨애비뉴를 거닐며 즐기는 눈요기 쇼핑 같은 어퍼이스트사이드에서의 경험이 그리울

˚ 영국 고급 신발, 액세서리 브랜드.

때면 공원 건너 동네로 후딱 마실을 다녀온다. 아직 이스트사이드에 살지만 나처럼 아이가 웨스트사이드의 학교에 다니는 친구들도 꽤 있어서, 이따금 그 친구들이 이쪽 동네로 마실 오기도 한다. 윗동네 거주민들이 대부분 그러듯 나도 동·서 양쪽에 발을 걸치고 있다. 그러나 또한 아랫동네 거주민 대부분이 그러듯 내게도 여전히 이 두 동네, 어퍼이스트사이드와 어퍼웨스트사이드는 판이하게 느껴진다. 이제 나는 이스트사이드 주민이 아니고 그곳 문화를 해독하여 어떻게든 녹아들고자 애면글면할 필요도 없으므로, 얼마든지 두 동네의 차이를 사랑하고 인정하고 수용할 수 있다.

내 버킨은 명예퇴직했다. 파리로 여행을 갔을 때 나는 6구에 있는 한 병원에 들러 고질적인 팔 저림 증상을 진찰받았다. 뉴욕에서 상담한 신경과 전문의는 심각한 이상이 없다고 단언하면서도 해결책을 일러주거나 증상의 근본 원인을 속 시원히 알려주지도 못했다. 하지만 내 증상은 겨울이면 타자를 칠 수 없을 정도로 심해져서, 그나마 곱게 말해 '불편'했다. 파리 여행 중에도 나는 오른팔 마사지에 며칠을 허비하며 속을 태운 터였다. 진찰실 책상 뒤에, 멋진 파리지앵 의사가 멋진 파리지앵의 자세로 앉아 있었다. 그녀는 직업이 작가인데 팔 때문에 작업을 못 한다는 내 하소연을 귀 기울여 듣는 동시에, 내 옷차림이며 가방이며 겉으로 보이는 모든 것을 눈으로 유심히 훑었다. 한참 만에 그녀는 강한 프랑스 억양이 섞인 영어로 내

무거운 가방을 탓했다. "범인은 버킨이네요. 아니면 글쓰기. 선택하세요."

　나는 릴리가 2년 전에 낳은 쌍둥이 딸의 대모다. 목요일마다 거의 어김없이 그 애들을 보러 가며, 그 애들을 한없이 애지중지하고 뭐든 다 해주는 것을 내 사명으로 삼았다. 내 대녀들은 활기 넘치고 호기심도 많고 너무너무 예쁜 데다 끊임없이 나를 웃게 한다. 릴리는 내가 아는 누구보다도 엄마다운 엄마다. 쌍둥이를 키우다니, 첫째와 둘째 사이에 터울을 두고 낳은 나보다 훨씬 침착하고 능숙한 엄마인 건 분명하다. 가끔 우리 둘은 함께 플로라를 추억한다. 릴리는 전보다 편해지거나 나아지지도 않았지만 요즘은 자주 행복하다 하고, 나는 그 심정을 이해할 수 있을 것 같다고 얘기해준다.

　내 아들 녀석들은 더 이상 꼬마가 아니다. 웨스트사이드 부모들이 자식한테 바라는 능력인 읽기, 쓰기, 산수 실력을 다 갖췄다. 나한테서 잔소리는 좀 듣는다. 자고 일어났으면 침대 정돈을 해야지. 아이패드 그만 봐. 감사 편지 쓰렴. 이제 큰 형아인데 좀 진지해지면 안 되겠니? 공손하게 말하려무나. 나는 일단 다그쳐놓고서 느긋하게 그저 두고 본다. 여름에는 아들들을 데리고 해변으로 놀러가 녀석들이 헤엄치는 모습이며 타이어 그네 타는 모습 등을 구경한다. 아이들의 친화력은 정말 대단하다. 원래 알던 친구건 처음 만난 친구건, 해변에서건 동네에서건, 좌우지간 끼리끼리 잘도 뭉쳐 논다. 서로 어울려 노는 아이들을 지켜보면서 나도, 원래 알던 사이건 아니건 상관없이, 곁에서 함께 지켜보는 다른 부모들과 이런저런 얘기를 나눈다. 그러다 보면, 어퍼이스트사이드와 그곳의 위성 동네인 이스트엔드처럼 부티 나고 정갈하고 특권이 넘쳐나는 동네에서조차 아이들은 소란스럽고 무질서하며 유해서 엄마 노릇도 비교적 단순해질 수 있다는, 엄마라서 행복할 수 있다는 진리를 새삼 깨닫는다.

1년에 몇 차례, 애들 없이 남편과 나 둘이서만 주로 유럽 아니면 남편 출장지에 다녀온다. 막상 떠나면 아이들이 보고 싶어 죽겠다. 아이들과 엄마들의 모습이 대륙별로, 도시별로, 장소별로 얼마나 다른지 체감할 때마다 나는 경탄을 금치 못한다. 한때 내가 연구한 작은 섬의 작은 동네에 사는 작은 부족의 관습은 또 얼마나 신기하고 흥미롭고 감동적인지. 찰스 다윈Charles Darwin이 남긴 말이 생각난다. 무자비한 이기심을 정당화하고 '이기적 유전자'라는 개념을 합리화하기 위해 그동안 학계는 그의 업적을 지나치게 단순화하고 아전인수 격으로 배치했다. 하지만 여기서 내가 말하는 다윈은 학자 다윈이 아니다. 자식 셋을 잃고 정상적인 생활이 거의 불가능한 정도로 애통해 했던, 아내와 함께 나머지 일곱 자식을 성인으로 기쁘게 키워낸 아버지 다윈이자, 학자와 아버지라는 두 가지 역할에 고루 애정을 쏟았던, 그런 점에서 우리에게 큰 교훈을 남긴 다윈이다.

"사교 본능이 있기에 동물은 더불어 사는 사회에서 즐거움을 누리고, 동료들과 어느 정도 공감하며, 그들에게 다양한 도움을 베푼다."

:

그렇다. 얼마 전 가족 동반 파티에 초대를 받아 간 광대하고 완전무결한 햄프턴스 별장의 광대하고 완전무결한 잔디밭에서, 요즘 내 삶은 순풍에 돛 단 배라고 생각했다. 나는 내가 인정 많고 너그럽고 동정적인 사람이라고 느꼈다. 엄마로서는 물론이고 작가로서의 내 능력도 꽤 만족스러웠다. 출판 계약을 맺고 탈고와 송고까지 마쳤는데, 최근 할리우드에서 그 작품에 관심을 보였다. 아직까지 나와 연이 닿는, 온갖 소문의 온상인 작은 모임들에서 그 소식은 제법 큰 화젯거리였다. 내 아들이 아는 아이들의 부모들, 엄마이다 보니 이런 저런 계기로 알게 된 사람들이 선의로 나를 응원해주었다. 잘되길 바란다, 책은 성공할 거다, 하는 격려가 쇄도했고, 그런데 나중에 책 속의 누가 실제의 누군지 알려달라는 장난 섞인 요청도 덩달아 따라왔다. 물론 우리 애들이 지금 다니는 유치원, 어린이집 얘기며 애들이 참 좋아한다는 얘기 등 다른 화제도 있었다. 그런데 한창 대화를 나누던 중, 큰 녀석이 왔다. 녀석은 상기한 얼굴로 내게 귓속말을 했다. "엄마, 나 아파요." 이마를 짚어봤더니 열이 펄펄 났다. 난 남편과 둘째를 찾아 파티장을 눈으로 휘둘러보며 녀석에게 일렀다. "이 물병 가지고 아무도 없는 나무 그늘로 가서 좀 앉아 있어. 엄마도 금방 따라갈게. 얼른 집으로 가자."

하필 그때였다. 여왕벌들의 여왕, 못돼먹은 엄마들 중에서도 제일 못돼먹은 그 엄마가, 하필 그때 내 앞에 나타났다. 아, 몇 달 동안 용케 잘 피해 다녔는데. 어린이집 복도에서 그녀가 보이면 잽싸게 계단통 안으로 숨어들었고, 행사장에서 마주칠 것 같으면 곧바로 등을 돌리고 내 친구들 틈에 숨었으며, 보통은 그녀와 영영 마주치지 않기를 기도했다. 나도 모르게 헉, 하고 받은 숨소리를 내고 말았다. 제발 딴 데로 가는 길이길. 어차피 어지간하면 나를 알은척도 안 하잖아. 너무 하찮아서 눈에 띄지도 않는 여자한테 구태여 알은척할 이유가 없지, 안 그래? 협력적 양육과 배려를 되새기며 그녀 편에서 내가 납득할 만한 핑계를 상상해봐도 ('섭식장애를 앓는 거야. 아님 남편이 바람을 피운다든가. 아님 자기가 자기인 게 싫은가 보지. 아무리 이번 시즌 샤넬을 쫙 빼입어도 성에 안 차는 거지.') 나로서는 도무지 그녀를 이해할 수 없었다. 그녀의 심술에 관한 최근 일화만 해도 한 트럭이었다. 모임마다 꼭 한 엄마를 지목해 못생겼다는 둥, 멍청하다는 둥, 네 애가 이상하다는 둥, 하여간 친구들 앞에서 함부로 면박을 줬다. 비록 샤넬을 몸에 휘둘렀지만, 그녀는 벌거벗은 임금님이었다. 워낙 부자에 막강한 영향력까지 있어서, 다들 뒤에서나 눈을 부라릴 뿐 그녀 앞

에 서면 자칫 심기를 건드려 불똥이라도 튈세라 벌벌 떨었다. 어린
이집에 거액의 후원금을 꼬박꼬박 쾌척하는지라 어린이집 관계자들
만은 그녀에게 진심으로 우호적이었다. 나머지 사람들은 그녀의 하
대를 묵묵히 감내했고 행사장에서는 떡고물이라도 건지길 기대하며
그녀 테이블에 앉았다. 무슨 떡고물을 기대하는 건지, 원. 사업 기
회? 돈? 그녀가 입은 명품 옷에서 떨어진 주름 장식이나 리본?

"안녕." 그녀의 시선이 내 눈을 애매하게 비껴갔다. 난 심장이
두근대고 속이 울렁거리고 머리가 지끈거렸다.

"아, 미안해요, 지금 우리 큰애가……" 더듬거리며, 나는 빠져
나갈 구멍을 찾으려 두리번거렸다. 역시나 이 여자는 내가 말을 더
듬건 말건 눈곱만큼도 관심이 없었다. 나 같은 건 자기 인사에 응할
자격조차 못 된다는 듯이.

"소문 들었어. 책인지 뭔지 낸다며? 제목이 뭐야?" 그녀의 시선
은 더 나은 먹잇감을 찾아 잔디밭을 탐색하는 중이었다. 내 팔꿈치
에 조심스레 닿는 아들 녀석의 손길이 느껴졌다.

책 제목을 말해주고 아들을 돌아보며 안심시켰다. 응, 그래, 지
금 갈 거야.

"괜찮은 제목이네." 그녀는 건성으로 대꾸하고 무심히 내 아들
을 한 번 힐끗했다.

"아, 고마워요, 그런데 지금……"

"출판사에서 지어줬나 봐?" 질문이 아니었다. 선언이었다. 너 따위한테 좋은 제목을 지을 능력이 있을 리 없어. 좋은 책이나 기타 등등은 말할 것도 없고. 난 허리를 곧추세우며 그녀에게로 돌아섰다. 그녀는 뻐기는 웃음을 날렸다.

"아뇨, 내가 지은 제목이에요." 그녀를 똑바로 쳐다보고 딱딱하게 응수했다. 아들 녀석이 기침을 했다. 그녀는 빈정대는 미소를 띠고서 씹어뱉듯 말했다. "아무렴, 그렇겠지." 한순간 욱한 나머지, 아랫동네의 어떤 엄마가 했다는 행동을 나도 할 뻔했다. 소문에 의하면, 여왕벌들의 여왕이 그 엄마의 아들한테 입에 담지 못할 소리를 지껄였는데, 그 엄마는 여왕의 어깨에 손을 얹고 "다들, 너, 싫대"라고 엄숙히 말했다는 것이다. 그녀는 여성 버전의 폴 버니언*이었다. '대담무쌍한 여인', 그녀의 전설이 노래와 소문 속에 영원히 살리라.

하지만 내가 어찌해보기도 전에 아들이 내 몽상을 깨웠다. 눈앞의 광경이 영화 속 느린 화면처럼 흘러갔다. 아무것도 모르는 그 녀석이 다년간 교육받은 대로 여왕을 향해 공손히 손을 내밀었다. 내 머릿속에, 이번엔 액션 히어로 영화의 한 장면이 역시 느린 화면으로 펼쳐졌다. "안 돼애애애애애애애!" 외치며 내가 둘 사이로 몸을 날려 극적으로 아들의 손을 가로채는 장면. 무시무시한 유치원 1학년

---

* 미국 전설 속 괴력과 기술을 지닌 나무꾼.

생의 감기 혹은 열병으로부터 어떤 엄마를 구해내기 위해. 전에 다른 엄마들이 내게 그랬듯이, 그녀를 염려해서. 지금 그녀에겐 누군가의 연민이 필요한 상황이니까. 내가 풀밭에 나동그라져 있다. 내 드레스는 영웅적 행동의 흔적으로 흙투성이에 풀 얼룩까지 졌다. 나를 쳐다보는 여왕벌들의 여왕의 눈빛에 놀라움과 고마움이 담겨 있다.

퍼뜩 정신이 들었다. 평범한 날이었다. 난 연둣빛 잔디밭에 서서, 아무것도 하지 않았다. 여왕벌들의 여왕이 '너한테 관심은 없지만 악수는 해줄게' 식으로 팔을 늘어뜨려 내 아들의 손을 잡게 내버려뒀다. 난 인사도 생략한 채 아들 녀석을 데리고 그 자리를 벗어났다. 남편과 둘째 녀석을 찾은 다음 우리를 초대한 파티 주최자에게 급히 인사를 했다. 파티장을 나서기 직전, 마지막으로 여왕벌들의 여왕을 눈으로 찾아봤다. 그녀도 파티장을 빠져나가는 참이었다. 열이 펄펄 나는 내 아들과 악수하는 데 썼던 바로 그 손으로 눈두덩과 코를 문지르면서. 내 얼굴에 흡족한 미소가 번졌다.

내 아들 녀석이야 뭐, 해열제를 먹이고 좀 쉬게 하면 금방 낫겠지. 밝고 푸른 하늘, 서쪽으로 태양이 가라앉고 있었다. 차창을 내린 채 아름다운 오후를 감상하며 온 가족이 함께 집으로 돌아가는 길. 느리지만 뿌듯하게, 내 안에 행복감이 가득 차올랐다.

감사의 글

/

나에게 어퍼이스트사이드 엄마가 되는 법을 가르쳐준, 어린아이를 둔 엄마들에게 감사를 전한다. 초기에는 서로 경계하기 바빴지만, 결국 그녀들은 모든 영장류가 아는 사실을, 즉 우리는 친화 욕구가 강한 사회적 동물임을, 오랜 세월에 걸친 집중적이고 고도로 협력적인 육아의 궤적이 현재의 우리를 있게 했음을 증명했다. 나와 내 프로젝트를 받아들여준 어퍼이스트사이드의 엄마들 집단은 훌륭하고 관대한 현지 안내인이었다. 그녀들은 내게 '길'을 알려주었고, 그 길 이면에 숨은 신념 체계를 지성과 유머감각으로 열어 보여주었다. 권력, 육아, 섹스, 불안, 상실 같은 영장류에게 중요한 문제들에 관한 재미있는 일화와 가슴 아픈 사연을 들려주었다. 말 못할 속사정을 내게 말해주었고, 제 집 안으로 나를 들였으며, 자기가 보고 느끼고 생각한 것들, 그리고 (우리 유인원에겐 너무나 중요한) 식량을 나눠주었다. 그녀들 덕분에, 일개 외부인이었던 내가 사람들과 함께 모닥불 가에 둘러앉아 있을 때의 온기를 알게 되었다. 한편 내 얘기에 귀 기울이고 조언해주고 그때그때 상황에 맞는 도움을 아끼지 않은 친구들에게도 난 마음의 빚을 졌다. 그럼 여기, 내가 감사인사를 전하고 싶은 분들의 이름이다. 리건 힐리-애스네스, 질 비코프, 린지 블랑코, 재키 칸토르, 비비엔 첸, 에이미 퍼셀만, 엘리자베스 고든, 로렌 겔러, 배리 글래브먼, 주디스 구어비치, 마조리 해리스, 이바 헤이먼, 수리 케이서러, 제니퍼 킹슨, 켈리 클라인, 베스 코지마, 엘런 퀸, 낸시 라셔, 시몬 레빈슨, 웰링턴 러브, 이브 맥스위니, 데이비드 마골릭, 제니퍼 맥스웰, 재키 미첼, 리즈 모건 웰치, 에이리아나 뉴먼, 솔라나 놀포, 제프 누노카와, 데비 폴, 레베카 라파엘, 바바라 라이크, 티나 로벨-라이크버그, 제시카 리프-코헨, 아투사 루벤스타인, 재키 새클러, 에리카 새뮤얼스, 젠 슈이엄버그, 캐롤라인 슈미트, 애덤 슈워츠, 캐롤 스태브, 데이나 스턴, 레이첼 탤벗, 에이미 타르, 에이미 윌슨.

트리시 토드는 다른 엄마들이 제 자식을 얼마나 감싸고도는지를 정확히 아는 엄마의 감각으로, 통찰력 있고 예리하며 무한한 인내심과 책임감이 여실히 드러나는 편집 작업을 해주었다. 그녀는 전에도 그랬고 지금도 탁월한 서적 주술사다. 제 몫 이상의 능력을 발휘해준 리처드 파인과 결코 쉬는 법이 없는 샌디 멘델슨에게도 감사를 전한다. 베서니 솔트먼은 내 연구와 조사에 헤아릴 수 없을 만큼 큰 도움을 주었다. 캐서린 맥키넌 교수, 리처드 프럼 교수, 케이티 힌드 교수, 댄 워튼 교수는 그들의 세계관에 대한 한 외부인의 오해를 변함없는 관용으로 시간을 들여 깨우쳐주었다. 이 책에 담긴 학문적 지식에 결함이 있다면 그것은 전적으로 내 책임이다. 아울러 하이디 월도르프(MD)와 데니스 그로스(MD), 스테파니 뉴먼(phD), 리처드 블레이크먼(JD/LCSW)의 전문가적 통찰력은 아름다움과 불안에 대한 내 사고의 범위를 확장해주었다.

내 아이들을 돌봐준 카를로스 프라고소, 엘리자베스 달, 사라 스와테즈, 이들 대행부모가 있었기에 내가 이 책을 쓸 수 있었다. 내 아이들과 진실하고 유의미한 애착 관계를 형성한, 녀석들의 사촌들, 백부모, 외숙부모들, 조부모, 외조부모, 이복누나들에게도 큰 은혜를 입었다. 가까운 데 사는 친족이나 보모가 없는 상황에서 세 아이를 키우면서도 어떻게든 시간을 내어 나에게 가르침을 준, 그래서 내가 인류학과 생물학, 글로리아 스타이넘, 제인 구달과 그녀의 곰비 침팬지들을 사랑하도록 이끌어준 내 어머니에게도 깊이 감사한다. 독보적으로 너그럽고 상냥한 마음씨를 지닌 내 친구 루시 반스, 거의 매일 내게 책의 진행 상황을 물어보고 날 실비와 윌리아의 대모로 만들어준 그녀에게 특별한 감사를 전한다.

내 두 아들, 엘리엇과 라일 덕분에 나는 엄마의 사랑에 내재한 위험을 기꺼이 감수할 줄 알게 되었다. 사랑한다, 내 원숭이들. 마지막으로, 내게는 최고의 독자이자 인생 최고의 선택, 내 남편 조엘 모서. 남편이 있었기에 나는 엄마가 되었고, 인류 진화의 역사에서 찰나에 불과한 이례임에도 부부의 연이란 고향 같은 푸근함을 선사한다는 사실을 배웠다. 그러니 내가 영원히 고마워할 일이다.

참고자료

/

Baumeister, Roy, and Dianne Tice. "Anxiety and Social Exclusion." *Journal of Social and Clinical Psychology* 9, no. 2 (1990): 165–95.

Beck, Taylor. "Estrogen and Female Anxiety: Study Suggests Lower Levels Can Lead to More Mood Disorders." *Harvard Gazette*, August 9, 2012.

Bell, Adrian, Katie Hinde, and Lesley Newson. "Who Was Helping?: The Scope of Female Cooperative Breeding in Early *Homo*." *PlosOne*, December 2013 (http://www.plosone.org/article/info%3Adoi%2F10.1371%2Fjournal.pone.0083667).

Bennetts, Leslie. *The Feminine Mistake: Are We Giving Up Too Much?* New York: Voice, 2007.

Blurton-Jones, Nicholas. "The Lives of Hunter-Gatherer Children: Effect of Parental Behavior and Parental Reproductive Strategy." In Pereira, Michael E., and Lynn A. Fairbanks, eds. *Juvenile Primates: Life History, Development, and Behavior.* New York: Oxford University Press, 1993. 309–26.

Bogin, Barry. "Evolutionary Hypotheses for Human Childhood." *Yearbook of Physical Anthropology* 40 (1997): 63–89.

Campbell, A., and M. Haussman. "Effects of Oxytocin on Women's Aggression Depend on State Anxiety." *Aggressive Behavior* 39, no. 4: 316–22.

Carmon, Irin. "Strong Proof: 'Drink' and 'Her Best-Kept Secret.' " Sunday Book Review, *New York Times*, November 13, 2013. Retrieved online April 14, 2014.

Cronk, L., N. Chagnon, and W. Irons, eds. *Adaptation and Human Behavior: An*

Anthropological Perspective. Hawthorne, NY: Aldine de Gruyter, 2000.

de Waal, Frans. *The Bonobo and the Athiest: In Search of Humanism Among the Primates*. New York: W. W. Norton, 2014.

Deans, Emily, MD. "Dieting Can Make You Lose Your Mind." Online edition, *Psychology Today*, retrieved March 24, 2011, at http://www.psychologytoday.com/blog/evolutionary-psychiatry/201103/dieting-can-make-you-lose-your-mind.

Donner, Nina, and Christopher Lowry. "Sex Differences in Anxiety and Emotional Behavior." *European Journal of Physiology* 465 (2013): 601–26.

"Generalized Anxiety Disorder: An In-Depth Report." *New York Times*. Retrieved online http://www.nytimes.com/health/guides/disease/generalized-anxiety-disorder/print.html.

Gesquiere, L., et al. "Life at the Top: Rank and Stress in Wild Male Baboons." *Science* 333: 357–60.

Glaser, Gabrielle. "Why She Drinks: Women and Alcohol Abuse," *Wall Street Journal*, June 13, 2013. Retrieved online April 12, 2014.

———. *Her Best-Kept Secret: Why Women Drink—and How They Can Regain Control*. New York: Simon & Schuster, 2013.

Grant, Adam M., and Barry Schwartz. "Too Much of a Good Thing: The Challenge and Opportunity of the Inverted U." *Perspectives on Psychological Science* 6 (2011): 61.

Hays, Sharon. *The Cultural Contradictions of Motherhood*. New Haven, CT: Yale University Press, 1996.

———. "The Ideology of Intensive Mothering," in *From Sociology to Cultural Studies: New Perspectives*, ed. Elizabeth Long. New York: Blackwell, 1997.

Hewlett, Barry, and Michael Lamb, eds. *Hunter Gatherer Childhoods: Developmental and Cultural Perspectives*. Piscataway, NJ: Aldine Transaction, 2005.

Hoffman, Stephan, and Anu Asnani. "Cultural Aspects in Social Anxiety and Social Anxiety Disorder." *Depression and Anxiety* 27, no. 12 (December 2012): 1117–27.

Hrdy, Sarah Blaffer. *Mothers and Others: The Evolutionary Origins of Mutual Understanding*. Cambridge, MA: Harvard University Press, 2009.

———. *Mother Nature: Maternal Instincts and How They Shaped the Human Species*. New York: Ballantine, 1999.

Konner, Melvin. *The Evolution of Childhood: Relationships, Emotion, Mind*. Cambridge, MA: Harvard University Press, 2010.

Kramer, Karen. "Variation in Children's Work among Modern Maya Subsistence Agriculturalists." Dissertation. University of New Mexico, 1998.

———. *Maya Children: Helpers at the Farm*. Cambridge, MA: Harvard University Press, 2005.

Lurey, David. *The Anthropology of Childhood: Cherubs, Chattel, Changelings*. Cambridge, UK: Cambridge University Press, 2008.

Mauss, Marcel. *The Gift*. New York: W. W. Norton, 2000.

Offer, Shira, and Barbara Schneider. "Revisiting the Gender Gap in Time-Use Patterns: Multitasking and Well-Being among Mothers and Fathers in Dual-Earner Families." *American Sociological Association* 76, no. 6 (2011): 809–33.

Sapolsky, Robert. *A Primate's Memoir: A Neuroscientist's Unconventional Life Among the Baboons*. New York: Scribner, 2002.

———. "Peace Among Primates" and "How to Relieve Stress" at http://www.beinghuman.org/mind/robert-sapolsky.

Scutti, Susan. "Binge Drinking—Rich Women Most Likely to Binge Drink." *Medical Daily*, April 24, 2013. Retrieved online April 14, 2014.

Shostak, Marjorie. *Nisa: The Life and Words of a !Kung Woman*. Cambridge, MA: Harvard University Press, 2000.

Small, Meredith. *Our Babies, Ourselves: How Biology and Culture Shape the Way We Parent*. New York: Random House, 1999.

———. *Kids: How Biology and Culture Shape the Way We Parent Young Children*. New York: Random House, 2002.

Smith, Harriet J., *Parenting for Primates*. Cambridge, MA: Harvard University Press, 2005.

Smuts, Barbara. "The Evolutionary Origins of Patriarchy." *Human Nature* 6, no. 1 (March 1995): 1–32.

Sterck, Elisabeth, et al. "The Evolution of Female Social Relationships in Nonhuman Primates." *Behavioural Ecology and Sociobiology* 41 (1997):291–309.

Stockley, P. and A. Campbell, eds. *Female Competition and Aggression: Interdisciplinary Perspectives. Philosophical Transactions of the Royal Society/Biological Sciences*, October 2013.

"Summary of Vital Statistics 2012, The City of New York: Pregnancy Outcomes." New York City Department of Health and Mental Hygiene, 2014.

Symons, Jane. "Caveman Fasting Diet May Leave Women Diabetic." *Express*(home of UK Daily and Sunday Express), January 27, 2013. Retrieved online April 13, 2014.

"Take Care Upper East Side." *Community Profiles*. New York City Department of Health and Mental Hygiene, 2006.

Thompson, Clive. "The Ecology of Stress." *New York Magazine*, September

15, 2010. Retrieved online at http://nymag.com/nymetro/urban/features/stress/10888/.

Volk, A. A., and J. Atkinson. "Is Child Death the Crucible of Human Evolution?" *Journal of Social and Cultural Evolutionary Psychology* 2 (2008):247–60.

Walter, Chip. "Why Are We the Last Apes Standing? How Childhood Helped Modern Humans Conquer the Planet." *Slate*, January 29, 2013. http://www.slate.com/articles/health_and_science/science/2013/01/evolution_of_childhood_prolonged_development_helped_homo_sapiens_succeed.html.

Warner, Judith. *Perfect Madness: Motherhood in the Age of Anxiety*. New York:Riverhead Press, 2005.

Weisner, Thomas, and R. Gallimore. "My Brother's Keeper: Child and Sibling Caretaking." *Current Anthropology* 18 (1977): 169–90.

Primates of Park Avenue